L'AMOUR NE SUFFIT PAS

KIM FIELDING

L'AMOUR NE SUFFIT PAS

KIM FIELDING

Publié par
DREAMSPINNER PRESS

5032 Capital Circle SW, Suite 2, PMB# 279, Tallahassee, FL 32305-7886 USA
www.dreamspinnerpress.com

Édition e-book en français : 978-1-64080-437-1
Édition imprimée en français : 978-1-64080-438-8
Première édition française : novembre 2017
v 1.0

PROLOGUE

JEREMY COX était au *Save-Rite* [1] quand il apprit la nouvelle concernant Keith Moore.

Maman l'avait envoyé chercher du lait et des cigarettes, et il prenait son temps, traînant ses tennis sur l'asphalte poussiéreux en écoutant la stridulation des cigales. Il tenait à la main son tee-shirt roulé en boule, une chaleur de four le cuisant à petit feu. Le soleil blanchissait ses cheveux blonds et dessinait de nouvelles taches de rousseur sur ses épaules nues.

Il était à mi-chemin du magasin quand il entendit une voiture approcher derrière lui. Il s'écarta sur le bas-côté, marchant sur l'herbe sèche, mais la voiture ne le dépassait pas, aussi finit-il par lever les yeux sur la vieille Buick décatie.

Une voix familière l'interpella :

— Hé, Germy !

C'était Troy Baker et sa bande. Jeremy comprit aussitôt qu'il n'échapperait pas aux railleries habituelles. Ce fut effectivement le cas.

— N'est-ce pas là l'affreux Germy Cox, le lèche-cul ?

— Sale petite lavette, pédé !

La dernière insulte fut accompagnée d'un jet de canette, qui rebondit sur l'épaule de Jeremy et renversa sur son bras des gouttes de bière chaude. Ensuite, Troy accéléra et s'éloigna avec un hurlement de rire, asphyxiant Jeremy avec la fumée noire qui émanait de son vieux pot d'échappement.

Jeremy avait espéré que ses tortures cesseraient en mai, une fois Troy et ses amis enfin diplômés. Malheureusement, tous étaient restés à Bailey Springs, Kansas. Troy travaillait à la station-service et le reste de la bande dans leurs fermes familiales respectives. Et chacun paraissait prendre un grand plaisir à faire de Jeremy sa tête de Turc. Il ne lui restait plus qu'une seule et unique option : obtenir son diplôme de fin d'études secondaires et quitter sa ville natale. *Trois ans. Encore trois ans à attendre.* Ça lui paraissait une éternité.

1 Chaîne américaine d'épiceries discount.

Une fois entré au *Save-Rite*, il prêta peu d'attention au petit groupe d'adultes agglutinés à la caisse. Il se rendit au rayon des boissons fraîches et prit une brique de lait et une bouteille de coca, qu'il comptait boire en rentrant chez lui. Il revenait vers le comptoir demander les *Virginia Slims* [2] de sa mère quand il surprit ce que disait M. Stoltz, le directeur du magasin :

— … comme si les Moore avaient besoin d'autres problèmes !

Mme Peasley acquiesça.

— C'est vrai ! Dieu sait que ces pauvres gens ont déjà suffisamment souffert.

Ses achats posés devant elle, sur le comptoir, attendaient d'être scannés. Apparemment, elle comptait faire un gâteau au moka pour ses amis – le mercredi étant traditionnellement réservé à des parties de cartes. La grand-mère de Jeremy, qui s'y rendait assidument, revenait en se plaignant des piètres talents de pâtissière de cette pauvre Mildred Peasley.

— Vous pensez qu'il a voulu se suicider ? demanda Betty Ostermeyer, la caissière.

Tout en parlant, elle soulevait un paquet de farine. Diplômée deux ans plus tôt de l'école de Bailey Springs, elle avait été abandonnée enceinte par son mari. Depuis la naissance de sa petite fille, Betty la confiait à sa mère durant la journée et travaillait à la caisse du supermarché.

— Il s'agit peut-être d'un accident, ajouta-t-elle. Il aura voulu nager. Il fait si chaud en ce moment !

Mme Peasley fit claquer sa langue avec réprobation.

— Non, le jeune Moore était un inconscient, mais pas au point de sauter pour s'amuser du pont Mémorial. C'est bien trop haut, bien trop dangereux.

Le cœur de Jeremy battait si vite qu'il était certain que tous devaient l'entendre. Pourtant, personne ne s'intéressait à lui. Il resserra sa prise sur son lait et son coca, qui lui paraissaient soudain bien lourds.

— C'était un vaurien, pas un idiot, déclara M. Stoltz. Il connaissait le danger.

Mme Peasley acquiesça, puis se pencha en avant, comme pour partager un secret. Pourtant, elle ne baissa pas la voix.

— J'ai entendu dire qu'il s'est attaché une corde autour du cou avant de sauter. Et cette corde a cassé !

2 Marque de cigarettes américaines.

2

Sans doute Jeremy demanda-t-il les cigarettes et paya-t-il sa note, même s'il n'en garda aucun souvenir. Il avait la tête vide et l'estomac à l'envers comme ce jour, à la fête foraine, où il était monté dans le Fire Ball après avoir mangé trois hot-dogs et une barbe à papa. Quelque part entre le *Save-Rite* et la maison, Jeremy s'arrêta net et se pencha sur les mauvaises herbes qui poussaient dans le fossé. Il vomit avec de gros hoquets. La bile lui brûla la gorge, le soleil tapait durement sur sa nuque.

Il finit par se redresser, s'essuya la bouche de son avant-bras et continua son chemin. Il ne vit aucun des petits bungalows qu'il dépassait, tous avec de petits jardins plantés de tournesols et de roses trémières. Il ne vit pas non plus les grandes roues et les marelles dessinées à la craie sur les trottoirs.

Il ne voyait que Keith Moore, son grand corps maigre, ses vêtements trop amples, ses longs cheveux noirs qui lui cachaient partiellement visage et ses jambes qu'il agitait constamment à peine assis. Keith avait deux ans de plus que lui, mais ils étaient dans la même classe en mathématiques et en biologie, parce que Keith redoublait et que Jeremy avait un an d'avance dans ces deux matières [3]. Tous deux étaient les parias de l'école : Jeremy parce qu'il était surdoué – et qu'on le surnommait Germy Cox, la lavette –, Keith parce qu'il fichait la trouille aux autres. Parfois, quand Keith regardait Jeremy, sa bouche s'adoucissait un peu, même s'il ne souriait jamais vraiment. En général, Jeremy rougissait de cette attention, ce qui faisait briller un moment les yeux noisette posés sur lui. Jeremy en ressentait une étrange exaltation, quelque peu affolante.

Et voilà que Keith avait sauté du pont Mémorial.

Au cours des jours qui suivirent, Jeremy apprit par bribes le reste de l'histoire. Son père en parla brièvement le soir même au dîner, avant que maman intervienne et change de sujet, tout en adressant à son mari un regard de reproche qui désignait Jeremy. À la bibliothèque, il entendit deux juniors [4] en discuter à haute voix. Et Lisa, la meilleure amie de Jeremy, téléphona pour lui répéter ce qu'elle avait appris de sa sœur aînée. Les récits se contredisaient sur certains détails.

Quand l'école reprit, deux semaines plus tard, Jeremy avait reconstitué la vérité, du moins ce qui s'en rapprochait le plus. Une nuit, Keith Moore

3 Les élèves aux Etats-Unis ont des cours « a la carte ».

4 Correspond au 11ème grade de l'école secondaire, avec des élèves de 16-17 ans

avait furtivement quitté l'énorme demeure victorienne de ses parents et parcourut près de deux kilomètres jusqu'à la rivière. Une fois au milieu du pont, il avait escaladé la balustrade en béton et sauté dans l'eau sombre. Il n'avait pas utilisé de corde. La police en avait effectivement trouvé une à proximité, mais elle n'avait probablement rien à voir. À l'aube, un pêcheur avait découvert un corps échoué sur un banc de sable, loin en aval. Keith Moore était brisé et inconscient, mais encore vivant.

À Bailey Springs, personne ne le revit jamais. Certains le prétendaient enfui à peine sorti de l'hôpital, d'autres affirmaient qu'il était mort de ses blessures. La rumeur la plus persistante affirmait qu'il était dans un asile d'aliénés dans un autre État. Le Dr Moore continuait à traiter ses patients, Mme Moore continuait à régner sur le Garden club, le club féminin et l'association des parents d'élèves. Aucun d'eux n'évoquait jamais leur fils.

Au cours des trois années suivantes, Jeremy y pensa de temps en temps. Ayant enfin eu sa poussée de croissance, il se demandait si Keith serait encore plus grand que lui. Il n'avait pas oublié le sourire à peine esquissé de Keith ni la façon dont son visage, en s'éclaircissant ainsi, devenait beau au lieu d'être menaçant. Il tenta de sortir avec des filles de sa classe, Jenny Novak d'abord, puis Pam Archer, et réalisa après quelques baisers qu'il était loin d'être intéressé. Évoquant à nouveau Keith, Jeremy dut admettre à contrecœur la vraie raison qui l'avait poussé à tant rougir sous son regard noisette.

Enfin, Jeremy se trouva libre. Il obtint une bourse d'études dans une petite université privée en Oregon et quitta le Kansas pour n'y plus revenir. Peu à peu, il apprit à aimer le ciel gris et brumeux, l'odeur des sapins Douglas et les montagnes couvertes de neige qu'il apercevait au loin quand le temps était dégagé.

Il ne pensait plus au Kansas.

Il avait presque oublié Keith Moore.

I

— JE FAIS rien de mal ! cria le gamin d'un air mauvais.

Assis sur la marche en béton, il s'accrochait à son sac à dos croupi, comme si cela pouvait le protéger du grand homme musclé qui avançait vers lui. Il avait quatorze ans, quinze peut-être. Difficile à dire. Un capuchon couvrait l'essentiel du visage mince et sa silhouette amaigrie disparaissait dans les plis d'une veste verte beaucoup trop grande.

Jeremy resta sa distance et parla d'une voix douce.

— Je n'ai jamais dit le contraire. De plus, je ne suis pas de la police.

Sceptique, le gamin haussa les sourcils et fixa le badge accroché sur la poitrine de Jeremy.

— Oui, je porte un uniforme, je sais. Mais il est vert, pas bleu. Je suis park-ranger.

— Comme Yogi [5] ? s'étonna le garçon.

Jeremy se mit à rire.

— Non, Yogi, c'était l'ours. Si je me souviens bien, le garde s'appelait Smith.

L'enfant se détendit, mais il ne souriait toujours pas.

— Nous sommes à Portland, pas à Jellystone.

— C'est vrai. Mais nous sommes *quand même* dans un parc.

D'un geste, Jeremy désigna l'énorme fontaine non loin d'eux. Suite à des réparations en cours, l'eau ne coulait pas, aussi le parc était-il plus silencieux que d'habitude. Et c'était aussi bien. Désireux de ne pas effrayer le garçon, Jeremy préférait ne pas avoir à crier pour se faire entendre.

— Peu importe. J'ai rien volé dans les paniers pique-nique.

— En fait, je comptais te demander si ça te dirait de déjeuner avec moi. Ils vendent d'excellents hamburgers dans la rue d'en face.

Le jeune visage exprima aussitôt une méfiance qui dépassait son âge. L'adolescent détourna les yeux et serra les dents, ce qui fit saillir sa mâchoire. Tous ses muscles étaient tendus, comme s'il s'apprêtait à s'enfuir,

5 Personnage principal du film américain *Yogi l'ours* qui se situe dans le parc Jellystone.

puis il changea d'avis. Sans doute avait-il réalisé que Jeremy n'aurait aucun mal à le rattraper avant même qu'il atteigne le trottoir.

— Qu'est-ce que j'aurais à faire en échange ? demanda le gamin, les yeux dans le lointain.

Jeremy espéra que son expression ne trahissait pas le dégoût qu'il ressentait.

— Rien. Nous resterons en public et je ne compte pas te toucher. Je me disais simplement qu'un bon repas te ferait plaisir. En plus, je déteste manger seul. Allez, viens. Ils ont aussi des milk-shakes. Des vrais, tu sais, bien épais, qu'ils servent dans un gobelet métallique.

Tenté, le garçon pointa la langue une fraction de seconde. Jeremy comprit que c'était gagné. Il resta à distance pendant que l'adolescent se remettait debout, faisait passer sur son épaule la bandoulière de son sac et s'approchait de quelques pas, en hochant la tête. Alors seulement, Jeremy se mit en marche, passant le premier pour retourner dans la rue. Son uniforme attira les coups d'œil curieux de certains passants, mais personne ne sembla remarquer l'enfant maigrichon qui marchait à ses côtés.

— Comment t'appelles-tu, petit ? Moi, c'est Jeremy.

— Pourquoi pas un nom plus officiel ? Ranger Rick [6], peut-être.

— Je ne ressemble pas un raton laveur, mais si tu préfères, tu peux m'appeler ranger Cox. Ou même chef-ranger Cox, pour être plus précis. Et si tu trouves que mon nom prête à rire, vas-y, ne te gêne pas. Rigole ! Je préfère que tu le fasses franchement.

Le garçon s'étrangla en cherchant à retenir un ricanement.

— *Cox* [7] ? Vraiment ?

— Oui. Ce nom fait rigoler les ados depuis des générations. Mes parents ont eu le bon goût de ne pas m'appeler Richard.

Pendant un moment, le garçon parut ne pas comprendre. En traversant la rue, il éclata de rire.

— Oh, oui, Dick [8] Cox, ce serait reloud. Je suis Toad [9].

6 Nom d'un raton laveur de BD, icône d'un magazine pour enfants sur la nature et la biologie.

7 Jeu de mots intraduisible... *Cox* est un homonyme de *cocks* (sexes).

8 Autre jeu de mots intraduisible : Dick, surnom commun de Richard, signifie aussi « sexe ».

9 « Crapaud ».

Jeremy lui jeta un bref coup d'œil, le gamin haussa les épaules et précisa :

— C'est comme ça qu'on m'appelle.

— Tu n'as rien d'un crapaud. Alors, pourquoi ce surnom ?

— Sais pas. C'est pas grave.

— Ça me plaît. J'aime beaucoup les crapauds. L'*anaxyrus boreas*, par exemple, est un animal remarquable capable de vivre dans des tas d'environnements très différents. Et ils émettent un petit « bip » tout à fait adorable. Leur peau sécrète une sorte de toxine, ce qui éloigne d'eux les prédateurs. Malheureusement, ils sont en voie de disparition, c'est dommage. C'est sans doute dû à la circulation routière et à la diminution des marécages.

— Vous savez… vraiment beaucoup de choses sur les crapauds !

Avec un sourire, Jeremy tapota son insigne.

— Souviens-toi que je suis ranger.

Ils arrivaient au restaurant auquel Jeremy avait pensé : *Chez Perry*. Il ouvrit la porte pour Toad et le suivit à l'intérieur. Trois quarts des tables étaient déjà occupées par une clientèle hétéroclite – hommes d'affaires et étudiants étaient assis coude à coude sur les sièges en vinyle orange. L'air sentait la friture, les conversations sonores se télescopaient et des serveurs en tabliers blancs couraient d'une table à l'autre. Perry servait des plats plutôt décents, mais il n'appréciait guère les jeunes sans le sou et d'aspect débraillé.

L'hôtesse qui trônait derrière son comptoir reconnut Jeremy.

— Salut, chef. Asseyez-vous où vous voulez. Nos plats du jour sont affichés au tableau.

Jeremy la remercia d'un signe de tête et dirigea Toad vers un box au coin de la salle. Une fois assis, il tendit au garçon un des menus plastifiés glissés derrière le distributeur de serviettes en papier et ordonna :

— Commande ce que tu veux.

Au milieu de tant de personnes, Toad paraissait un peu affolé. Il baissa la tête et étudia le menu.

Le serveur avait une vingtaine d'années et beaucoup de tatouages. L'aspect du garçon ne le fit pas tiquer – il avait vu Jeremy accompagné de cas bien pires. Il nota la commande, fit un clin d'œil à Jeremy et tourna les talons.

— Je vais me laver les mains, murmura Toad.

Il quitta son siège et se précipita aux toilettes, *avec* son sac à dos. Jeremy le remarqua sans en prendre ombrage : l'enfant était dans la rue depuis assez longtemps pour avoir appris à se méfier de tout le monde et à ne jamais laisser derrière lui ses maigres possessions. Pourtant, il n'avait pas oublié les règles de base de l'hygiène.

Toad revint quelques minutes plus tard, les mains propres. Son visage était lui aussi nettoyé, tout rose d'avoir été énergiquement frotté. Il reprit sa place et demanda :

— Alors, euh, que fait au juste un gardien de parc ?

— Je préfère park-ranger. Et je fais beaucoup de choses. Je renseigne les touristes et les visiteurs, je veille à ce que le règlement soit appliqué, j'aide éventuellement gens qui en ont besoin. Nous avons pas mal de programmes éducatifs, nous travaillons aussi avec les gardes forestiers, les équipes qui entretiennent le sol et autres du même genre.

— C'est bizarre.

— C'est un métier qui me plaît. Je peux aider mon prochain et travailler en plein air. Et puis, c'est très varié, je n'ai jamais deux journées identiques.

Toad réfléchissait encore à ses paroles quand leur serveur revint. Il tendit à Jeremy une tasse de café chaud et à Toad un milk-shake. Le garçon ouvrit de grands yeux en notant l'énorme quantité de crème fouettée et la cerise qui couronnaient sa boisson. Il tira sur sa paille, sans succès, avant de se résoudre à utiliser une longue cuillère. On aurait dit un tout jeune enfant. Son air ébloui et son plaisir faillirent tirer un rire à Jeremy. *Son cas n'est pas perdu. Pas encore.*

Leurs hamburgers arrivèrent peu après, chacun accompagné d'une montagne de frites. Jeremy devrait courir quelques kilomètres de plus le lendemain. En prenant de l'âge, il absorbait moins facilement les calories. Toad, manifestement, n'avait pas le même problème : il se jeta sur son assiette comme un loup affamé.

— Vous ressemblez à un flic, grogna-t-il, la bouche pleine. Ça m'a fichu la trouille.

— J'ai passé un moment dans la police avant de décider que ce n'était pas mon truc.

— Waouh ! Vous avez un flingue ?

— Non. Je ne suis plus assermenté. Si j'ai un problème qui nécessite l'usage d'une arme à feu, j'appelle les renforts.

Sourcils froncés, Toad glissa une frite dans sa bouche.

— Les flics sont des salauds !

— Il y a des salauds parmi eux, c'est certain, mais il y en a partout. Le monde en est rempli. À mon avis, c'est plus enrichissant de s'intéresser aux gens bien.

— Ben voyons ! jeta Toad.

Il sirota son milk-shake. Maintenant qu'il avait un peu fondu, la paille fonctionnait.

Et voilà le moment délicat, pensa Jeremy. Toad paraissait rassuré et il n'avait pas terminé son déjeuner. Peut-être ne s'enfuirait-il pas, si Jeremy s'y prenait bien.

— Où est ta famille ? demanda-t-il à mi-voix.

Les yeux durcis, Toad pinça les lèvres.

— J'en ai pas.

— Oh, tu es juste tombé de la lune pour atterrir dans le parc, c'est ça ?

En guise de réponse, Toad lui lança un regard furieux, puis engouffra une énorme bouchée de son hamburger. Jeremy sirota son café et resta silencieux. La balle était dans le camp de Toad à présent, il parlerait… ou pas. En général, insister ne rapportait rien.

Quand Toad finit par craquer, ce fut d'une toute petite voix qui portait à peine.

— Mes parents m'ont jeté dehors, d'accord ? Ils ne voulaient pas d'un fils pédé.

Relevant le menton, il ajouta un peu plus fort :

— Et je m'en tape. J'ai pas besoin d'eux.

Jeremy avait anticipé cette histoire, ou un truc du même genre – il avait si souvent entendu ces mêmes aveux ! Néanmoins, la bile lui remonta dans la gorge et son intestin se noua. Il termina son café avant de répondre.

— Tu as raison, reconnut-il avec un soupir. Tu n'as pas besoin d'eux. Mais tu as besoin de quelqu'un. De quelqu'un qui veille sur toi.

— Ce quelqu'un, c'est vous ? cracha Toad.

— Non, je ne te toucherai pas, je te l'ai déjà dit. Mais je peux t'aider. C'est mon boulot, non ?

— Si vous comptez me balancer que ça s'arrangera avec le temps, vous pouvez éviter les conneries. Vous savez rien de ce que je vis.

— Si, un peu, rétorqua Jeremy.

Toad étrécit les yeux.

— Sans blague ? Pourquoi ?

— Parce que moi aussi, je suis gay. Si mes parents ne m'ont pas flanqué à la porte, c'est parce que je n'ai pas eu les couilles d'être franc avec eux quand j'étais ado. Je leur ai dit la vérité des années plus trad. Ça fait quinze ans qu'ils sont au courant, ils ne s'en sont toujours pas remis. Ils n'en parlent jamais.

— Ah, vous voyez ? Ça s'arrange jamais !

Sur ce, Toad repoussa son assiette vide et croisa les bras.

— Si, ça s'arrange, insista Jeremy. J'ai beaucoup d'amis qui se fichent complètement que je sois gay. J'ai fait mon coming out au travail et ça n'a rien changé. J'ai une chouette maison, une chouette voiture et plein de trucs sympas. J'aimerais que ça aille mieux entre mes parents et moi, mais c'est leur choix et en y réfléchissant bien, ils ont plus à perdre que moi. Aujourd'hui, je suis heureux. Quand j'avais ton âge, je croyais que c'était impossible. Le temps m'a prouvé le contraire.

Toad tripota sa paille, essayant d'aspirer les dernières gouttes de son milk-shake.

— Vous avez un copain ?

Cette partie était difficile, pour Jeremy, en tout cas.

— Pas en ce moment, reconnut-il. J'ai eu deux relations sérieuses, mais au final… ça n'a pas marché. Peu importe, j'ai tenté ma chance. J'ai aimé, j'ai été aimé. Et j'espère un jour trouver le bon numéro.

Il « espérait », mais sans trop y croire. Peut-être était-il de ces gens destinés à passer leur vie tout seuls. Cette perspective ne le dérangeait pas vraiment. La plupart du temps. Il était ainsi libre de mener sa vie comme il l'entendait.

Le serveur vint débarrasser.

— Autre chose, messieurs ? Un dessert ?

— Tu as envie d'une tarte, Toad ? Elle est très bonne.

Toad réfléchit un moment avant de secouer la tête.

— Non, ça va aller.

Le serveur tendit à Jeremy l'addition, puis tourna les talons après un dernier clin d'œil.

— Bon après-midi, jeta-t-il par-dessus son épaule.

Il était mignon, bien sûr, mais beaucoup trop jeune. Jeremy avait appris à ses dépens que les hommes avec quinze ans de moins que lui ne pouvaient être que des plans cul. Or, il s'était lassé des histoires de sexe sans lendemain.

Toad souleva son sac à dos par sa sangle.

— Euh, je dois y aller, mec. Merci pour le déjeuner.

— De rien. Merci de ta compagnie. Et nous savons tous les deux que tu n'as nulle part où aller. Je peux te conduire quelque part, tu sais.

À nouveau, les yeux de Toad étaient durs et méfiants.

— Où ?

— *Chez Patty*. C'est à l'est de la ville, dans un quartier sympa. C'est un endroit sûr. Tu auras de quoi dormir, de quoi manger, de quoi trouver un boulot… ou terminer tes études. Ce sont de gens bien, Toad.

L'espoir qui illumina brièvement le visage du garçon lui brisa le cœur, mais moins que la résignation qui suivit.

— Ils vont me jeter dehors dès qu'ils découvriront que je suis pédé.

— Non. *Chez Patty* recueille justement les jeunes LGBT. Ou P, pour pédé, T, pour tante – et toutes les autres lettres que tu veux.

Toad se mordait si fort les lèvres que Jeremy s'étonna de ne pas y voir du sang. Merde ! À son âge, Toad ne devrait penser qu'aux jeux vidéo ou à sa prochaine interro de chimie, et non à des difficultés qui dépassaient son âge. On lui avait volé son enfance, c'était lamentable.

— Et si je le déteste cet endroit ? chuchota-t-il.

— Personne ne te forcera à rester. Si tu détestes, tu t'en iras. Mais je pense que tu devrais tenter le coup. J'ai conduit là-bas beaucoup d'enfants, aucun ne l'a jamais regretté.

Bien sûr, tous ne s'en étaient pas sortis. Certains s'étaient enfuis, d'autres avaient retrouvé la drogue, deux enfin, trouvant leur fardeau trop lourd, s'étaient suicidés. Malgré ces cas extrêmes, le refuge leur offrait une meilleure chance de réussir que la rue. Pendant un certain temps au moins, on s'occupait d'eux.

Toad ne dit rien. Il se contenta de hocher la tête.

QUAND JEREMY laissa Toad *Chez Patty*, il était déjà tard et les lampes urbaines commençaient à s'allumer. Il passa un coup de fil à quelques-uns de ses rangers pour faire le point et s'arrêta brièvement à Laurelhurst Park pour s'entretenir avec les représentants d'une association de quartier. Le voisinage s'inquiétait d'une récente série de cambriolages et pensait que le coupable se cachait quelque part dans le parc. Jeremy leur promit que ses gardes resteraient vigilants, ce qui sembla temporairement les satisfaire.

Il avait encore du travail – rapports à compléter et comptes à examiner –, mais il n'était pas d'humeur à s'y mettre ce soir. Aider les jeunes lui plaisait, certes, mais sa rencontre avec Toad l'avait émotionnellement drainé. Il décida donc de passer à la salle de gym, ensuite de dîner légèrement et peut-être de passer un moment dans un café près de chez lui, le *P-Town*. Sans doute n'y aurait-il pas ce soir de musique en live, mais tant pis. Parfois, écouter les conversations flotter autour de lui, comme les douces vagues d'une marée humaine, suffisait à le détendre. La paperasserie attendrait lundi.

La salle de gym se trouvait à quelques rues de chez lui, aussi gara-t-il sa Jeep dans son garage et grimpa-t-il au pas de course les trois volées de marches jusqu'à son loft. Dieu, qu'il aimait cet endroit ! Il y vivait depuis cinq ans, depuis sa rupture fracassante avec Donny. Même si l'appartement ne figurerait jamais dans un magazine d'architecture, il était spacieux et attrayant avec ses hauts plafonds, ses grandes fenêtres qui laissaient entrer le rare soleil de Portland, ses sols en béton lissé et ses comptoirs d'inox étincelants. Une paroi séparait la chambre du salon et la salle de bain était si grande que c'en était presque ridicule. Entre la baignoire surdimensionnée et la douche énorme, on pourrait y envisager une orgie aquatique, si Jeremy avait été du genre à s'y risquer. Son mobilier était confortable, mais spartiate. Il aimait avoir de l'espace autour de lui.

Le premier étage abritait des bureaux, aussi était-il vide pendant le week-end et personne ne se plaignait s'il faisait du bruit au milieu de la nuit. Il partageait le garage souterrain avec les employés de bureau et avec les clients du spa, au rez-de-chaussée. Le quartier avait en outre de nombreux restaurants et bars, plus une épicerie fine dont les tarifs auraient poussé M. Stoltz, du *Save-Rite* de Bailey Springs, à faire un arrêt cardiaque.

Jeremy mit quelques minutes à se changer, ôtant son uniforme pour un pantalon de survêtement et un tee-shirt. Il enfila ensuite des chaussures de footing et termina par une veste molletonnée.

Il s'acharna aux machines plus longtemps qu'il ne l'aurait dû, jusqu'à ce que ses muscles douloureux lui rappellent qu'il avait dépassé le cap fatidique de la quarantaine. Dans les douches du vestiaire, il remarqua un brun qu'il avait vu soulever plus de quatre-vingt-dix kilos. Moins robuste que lui, l'homme avait cependant un cul superbe, rond et bien musclé. Malheureusement, dans son état de fatigue, Jeremy n'était pas en état d'en profiter. Il ne savait même pas si le brun s'intéressait à lui.

Il sécha vigoureusement ses cheveux blonds coupés court, puis enfila les vêtements propres qu'il avait mis dans son sac de gym. Sa tenue était toute simple : jean, tee-shirt blanc et un vieux sweater vert qu'il possédait depuis une éternité. Il se souciait assez peu de ce qu'il portait.

Quand il sortit du bâtiment, le brouillard vespéral s'était transformé en petite pluie serrée. Il releva le capuchon de sa veste et sourit, heureux de savoir Toad à l'abri. Cette nuit, le garçon la passerait dans un lit chaud et sec. Il avait paru soulagé de l'accueil qu'il avait reçu *Chez Patty*, mais un peu affolé par tant de nouveaux visages, aussi sympathiques soient-ils. Il s'y ferait, tout irait bien. Cette pensée réchauffa autant Jeremy que son dîner thaïlandais – du poulet grillé accompagné de nouilles. En quittant le restaurant, il se demanda s'il ne devrait pas faire des courses, ses placards étant vides, puis y renonça. Ce soir, tout effort lui paraissait superflu. Il préféra donc se rendre directement au *P-Town*.

Ptolémée, le barman l'accueillit d'un :

— Comme d'habitude, chef ?

C'était un androgyne qui s'amusait souvent à passer d'un sexe à l'autre. Aujourd'hui, « elle » portait une blouse en dentelle largement échancrée et une jupe rayée. La veille, « il » ressemblait à un biker. Sinon, les cheveux restaient les mêmes, courts et multicolores. Ptolémée était d'une intelligence remarquable. Son doctorat presque terminé, il s'apprêtait à conquérir le monde.

— Oui. Grand format.

Ptolémée hocha la tête, sortit de sous le comptoir un mug énorme et le remplit à ras bord. Elle la fit ensuite glisser sur le comptoir.

— Voilà. Une autre journée merdique, c'est ça ?

— Rien de trop grave, répondit Jeremy. Le week-end suffira à tout remettre en perspective.

Il paya son addition, se retourna et trouva une table vide dans un coin de la salle. Le café était bondé, mais moins que les soirs musicaux. Jeremy aimait l'ambiance du *P-Town*, ses odeurs de sucre et de café, ses tableaux colorés accrochés aux murs. Le plus proche de lui rappelait *American Gothic* [10], mais au lieu de représenter un couple devant sa ferme, il s'agissait d'un bel homme torse nu debout à côté d'un loup. Ils avaient l'air heureux.

Jeremy les fixait toujours quand la propriétaire du café tira la chaise en face de lui et s'y assit. Rhoda était grande et imposante, avec une poitrine proéminente qui évoquait pour Jeremy la proue d'un navire. Ses

---

10 Tableau de Grant Wood (collection de l'Institut d'Art de Chicago) inspiré par un chalet conçu dans le style néogothique avec le couple supposé y vivre.

seins ressemblaient à de vrais obus. La cinquantaine environ, Rhoda offrait une vision flamboyante avec ses vêtements de couleurs vives aux motifs audacieux, et ses courts cheveux bouclés teints d'un rouge improbable.

— Ptolémée me dit que tu as eu une journée difficile, déclara-t-elle.

— Pas vraiment. J'ai juste récupéré un gosse dans la rue. Je l'ai conduit *Chez Patty*. J'espère qu'il s'en sortira.

— Ça me parait génial. C'est si rare de sauver son prochain. Ça n'arrive pas à tout un chacun, tu sais.

Jeremy leva sa tasse avec un sourire.

— Ah, mais ton café accomplit des miracles, Rhoda. Il me sauve bien souvent.

Il le sirota avidement. Son amie s'adossa dans son siège et haussa les sourcils. Il avait fait sa connaissance au moment de sa rupture avec Donny, alors qu'il était au fond du trou. C'était grâce à elle qu'il avait pu remonter la pente. Plus tard, il lui avait rendu la pareille à la mort brutale de son mari, tué dans un accident de voiture. Depuis lors, chacun était capable d'extirper à l'autre les confidences les plus intimes.

— Je suis fatigué, admit Jeremy. Toad est en sécurité, d'accord, mais demain, il y aura un autre enfant à sa place dans la rue.

— Toad ?

— C'est le nom qu'il m'a donné. Et puis, il ne s'agit pas seulement des jeunes fugueurs ou des sans-abri. C'est… la totale.

Il ne trouvait pas de mots pour exprimer le vide qu'il ressentait, un espace qu'il rêvait de remplir, sans pour autant trouver ce qu'il lui fallait.

— Alors, que vas-tu faire, Jer ? Prendre des vacances ? Il y a des années que tu ne t'es pas offert de congés. N'aurais-tu pas plutôt besoin d'un compagnon ? Ou d'un nouveau hobby ?

Il baissa les yeux.

— Je ne sais pas. Pour le moment, je vais reprendre un café.

Elle le fixa d'un œil féroce puis, sans insister, se releva, lui arracha des mains sa tasse vide et s'éloigna. Les yeux dans le vague, Jeremy écouta le bruit qui l'entourait, le brouhaha des conversations, le sifflement de la machine à café. C'était comme une barrière. Contre quoi ? Il l'ignorait. Peut-être se protégeait-il de ses pensées.

Quand Rhoda revint avec son mug plein, elle paraissait déterminée.

— J'ai une idée. Ou pour être plus exacte, une idée pour une idée.

— Ah, bon ?

— Demain soir, toi et moi irons dîner dans ce restaurant bosnien. Nous nous gaverons de *Ćevapi*, ensuite, nous irons boire, *ensuite*, et nous remettrons ta vie en ordre.

— Ça ressemble à un rendez-vous romantique, dit-il en souriant.

— Non. Si je voulais te draguer, je choisirais mieux qu'un fast-food, fut-il exotique. Il s'agit plutôt d'une *intervention*. Tu es d'accord ?

Il doutait de trouver un remède à une « maladie » dont il ignorait le nom et la cause, mais il se consola en se disant qu'au moins, il passerait une bonne soirée avec une amie dans un restaurant sympa.

— Oui. Bien sûr.

Elle se leva et lui tapota le bras.

— Parfait. Passe me chercher ici à dix-huit heures. Et pour ce soir, tu devrais peut-être discuter avec mes clients.

— Non, merci. Je vais rester tranquille un moment et rentrer tôt.

Rhoda sourit et le quitta pour faire le tour de la salle, nettoyant certaines tables au passage.

Pendant un moment, Jeremy réfléchit au conseil qu'elle venait de lui donner. Il avait un ou deux numéros à appeler, s'il le souhaitait. Il n'avait pas de véritables amis. Quand il était dans la police, il avait eu pas mal de « copains », mais son histoire avait Donny avait tout flanqué en l'air. Un seul restait de ce temps-là, Nevin Ng, un gars sympa. Sauf que ces derniers temps, il était mystérieusement occupé. Et Jeremy préférait ne pas se montrer trop amical avec ses rangers – il était leur patron, après tout. Aussi passait-il l'essentiel de son temps à travailler, à courir, à faire du sport. Ou à rester assis dans ce café, seul, à rêvasser.

Peut-être était-ce là son problème. Peut-être devrait-il élargir son cercle social ou prendre un nouveau passe-temps. Le tambour. Il avait toujours apprécié les batteurs.

Il resta devant sa tasse jusqu'à ce que son café devienne trop froid pour continuer à le boire. S'adossant contre la banquette, il examina le flux et le reflux de l'humanité qui l'entourait. Son regard s'accrocha brièvement à un homme à l'autre bout du café, assis seul, le dos tourné. Ses cheveux noirs qui s'argentaient aux tempes étaient coupés court, révélant un long cou vulnérable. L'inconnu portait une veste en cuir élimé et se penchait sur un livre, les épaules voûtées. Jeremy se demanda ce qu'il lisait de si absorbant.

Quand un bâillement manqua lui décrocher la mandibule, il décida qu'il était temps pour lui d'aller se coucher. Demain, samedi, il se réveillerait tôt et irait courir… longtemps. Il ferait aussi ses courses. S'il avait le temps, il passerait à la salle de gym avant son brûlant rendez-vous avec Rhoda. Oui, tous ces projets lui plaisaient.

Il essuya sa table d'un coup de serviette, ce qui lui valut un sourire de Ptolémée, et quitta le café. Il sortit sur le trottoir, son sac de sport à l'épaule. Il pleuvait toujours, la chaussée humide reflétait l'éclairage urbain et les couleurs vives des néons publicitaires. Un bus passa devant lui dans une grosse flaque et l'éclaboussa. Le tumulte d'un bar voisin s'entendait jusque dans la rue. Apparemment, les Trail Blazers [11] venaient de marquer. Si Jeremy avait eu un peu plus d'énergie, il serait entré un moment prendre une bière et regarder le match.

Il secoua la tête et continua son chemin pour rentrer chez lui. De la rue, il devina que les bureaux et le spa étaient fermés, tout le monde avait disparu. Il aurait l'immeuble pour lui tout seul tout le week-end. Il pourrait mettre la musique à fond et regarder une heure ou deux un porno sur Internet. Tremper longuement dans sa baignoire pour détendre les courbatures qui lui restaient de ses excès de la soirée. Se masturber dans son grand lit confortable.

Il monta au premier et s'apprêta à prendre la dernière volée de marches quand l'odeur le frappa, à la fois métallique et salée. Du sang et de la sueur. Un relent si puissant qu'il effaçait complètement l'odeur habituelle de béton humide qui s'attardait toujours dans la cage d'escalier. Jeremy accéléra le pas, prenant les marches deux par deux. Il contourna enfin l'angle qui conduisait à son loft.

Un homme était assis par terre sur son paillasson, dos à la porte. Ses vêtements déchirés étaient sales et ensanglantés, une petite flaque rouge s'était formée sur le carrelage autour de lui. En l'entendant arriver, il leva la tête et tenta son sourire patenté de vainqueur, mais en vain, son visage enflé gâchant nettement l'effet habituel.

— Salut, Jer.

Sidéré, Jeremy ne put proférer qu'un seul mot :

— Donny.

---

11 Équipe de basket-ball de la NBA basée à Portland, Oregon.

II

— JE VOUS ressers ? C'est gratuit, vous savez.

Levant les yeux de son livre, Qayin Hill toisa sévèrement celle qui venait de l'accoster, une femme dans une tunique aux motifs flamboyants.

— J'ai de quoi payer.

— Possible, mais c'est quand même gratuit. Alors, je vous remplis votre tasse ou pas ?

Il ne put résister à son sourire chaleureux. Il se détendit.

— Oui, volontiers. Merci.

Quand elle s'éloigna, il la suivit du regard : elle traversa le bar encombré de clients, s'arrêtant de-ci de-là pour poser la main sur l'épaule d'un habitué ou saluer un nouvel arrivant. Sans doute était-elle la propriétaire des lieux, conclut-il. Elle avait le pas décidé d'un patron.

Elle revint peu après et lui apporta une tasse fumante. En la déposant devant lui, sur la table, elle précisa :

— J'ai laissé un peu de place pour mettre de la crème. Voulez-vous que je vous en apporte ?

Il n'était plus offusqué, mais amusé.

— Ne vous dérangez pas pour moi. En plus de pouvoir payer mon écot, je suis aussi capable de me lever et de traverser la salle.

— Je m'en doute, mais vous me paraissez plongé dans un bon livre et moi, il faut que je rajoute des pas sur mon Fitbit [12]. Je m'en occupe.

Sans lui laisser le temps d'argumenter davantage, elle tourna les talons, s'éloignant cette fois en direction du comptoir en bois où se trouvaient différents produits de première nécessité dans un café : sucre, crème, bâtonnets mélangeurs et autres. Elle prit un petit pichet métallique et quelques sachets de sucre, puis revint à sa table.

— Voici, mon chou.

— Merci. Euh… j'occupe cette table depuis un bon bout de temps. J'espère que ça ne vous dérange pas ?

12 Nom d'un traqueur d'activité physique (d'après la société américaine du même nom, qui conçoit, développe et commercialise des gadgets connectés.)

Il n'avait consommé qu'une seule tasse de café alors que le bar était plein à craquer : presque toutes les tables étaient occupées.

Elle éclata de rire comme si sa question était la plaisanterie la plus drôle qu'elle ait entendue de toute la journée.

— Me déranger ? Alors qu'un de mes clients se sent assez bien chez moi pour lire et se mettre à l'aise ? Mon cher, si je tenais à faire décamper les gens, je leur mettrais un autre genre de musique. Du *dubstep* [13], peut-être… Quelle horreur ! annonça-t-elle en tremblant de façon exagérée. Mon fils en écoutait autrefois.

Qay ajouta dans sa tasse autant de crème qu'il le put, puis un sachet de sucre. Il ne remua pas le mélange qui atteignait maintenant le bord. Il préférait le boire comme ça, alors que chaque couche avait un gout différent.

— Dans certains établissements, on se fait mal voir si on reste trop longtemps assis sans rien consommer, remarqua-t-il, d'un ton prudent.

— Pas chez moi, trancha-t-elle. De plus, j'apprécie tout particulièrement les clients qui lisent de vrais livres papier au lieu d'utiliser une tablette ou un smartphone. Ça donne à mon café un air intellectuel.

Elle lui sourit, récupéra le pichet de crème et s'en alla.

Son livre était bon – un roman noir pendant la ruée vers l'or –, mais Qay ne parvint pas à s'y remettre tout de suite. Il sirota une gorgée prudente de son café brûlant et s'adossa plus confortablement dans siège rembourré. En fait, il n'était pas censé lire, mais réviser son examen de lundi. Merde, croyait-il encore aux miracles ? Il ne réussirait pas, il n'obtiendrait jamais ce putain de diplôme. Et même si c'était le cas, personne ne l'engagerait, sauf pour des boulots de merde.

Pense positivement. N'envisage pas de renoncer. Parce qu'il savait très bien où ça risquait de le conduire : à la catastrophe.

D'accord. Ce soir, il lirait, demain, il travaillerait – ce qui lui laissait la soirée de samedi et son dimanche pour tenter de comprendre John Stuart Mill [14].

Il rouvrit son livre et reprit sa lecture. Un demi-chapitre plus tard, il sentit des démangeaisons dans les épaules – comme si on le fixait. Il se voûta légèrement et tenta d'ignorer la sensation, en vain. Il se faisait l'effet d'une souris repérée par un chat. Sa veste en cuir, qu'il considérait généralement comme une seconde peau – ou peut-être une armure –, le

13 Genre de musique électronique, née à Londres à la fin des années 90.

14 Philosophe, logicien et économiste britannique (1806/1873).

serrait à l'étouffer, le joyeux brouhaha du bar devenant assourdissant. Peu de temps auparavant, sa réaction aurait probablement été de récupérer son livre et de filer sans demander son reste, mais ce soir, il s'entêta à rester assis. *Tu es un adulte, merde. Personne ne peut plus te faire du mal. Tu ne le permettras pas.*

La sensation finit par se dissiper. Alors seulement, Qay osa se retourner et jeter un coup d'œil derrière lui. Merde. Son observateur était un malabar, ça se voyait même assis. Il avait un corps bardé de muscles, des cheveux pâles coupés court et hérissés, et des mains gigantesques dans lesquelles le mug, pourtant de grande taille, paraissait lilliputien. Il portait un jean, un sweat vert fané et une veste, et tout en lui, allure, posture et assurance criait « flic ». Il était plutôt beau à sa manière, un peu comme un superhéros de l'univers Marvel. *Captain Caféine. Venu sauver le monde en anéantissant les mauvais expressos et les cappuccinos à la crème allégée.*

Par chance, le Captain Caféine ne le regardait plus, il fixait la foule sans s'attarder sur personne en particulier. Qay devina que les pensées du mec étaient loin d'ici. Il paraissait troublé.

Merde alors, même les superhéros avaient le blues !

QAY LOUAIT un appartement au sous-sol d'une vieille maison victorienne, deux pièces sombres et humides où traînait toujours une odeur de pisse de chat, alors qu'il n'avait pas de chat. La maison perchée sur sa tête avait connu des temps meilleurs, bien des décennies plus tôt. À présent, elle menaçait constamment de s'effondrer. Chez Qay, la grande pièce avait un coin-kitchenette, une table bancale entourée de chaises dépareillées, un canapé effondré et vieux poste de télévision à écran cathodique, encastré dans un meuble en contreplaqué. Les couleurs n'étaient pas terribles, mais la télé marchait encore. La chambre attenante avait un lit 90 dont le sommier était posé à même le sol, et une énorme commode qui paraissait sortir du château de Dracula. La salle de bain avait été retapée dans les années 1970, le sol arborait des carreaux en vinyle orange, le lavabo était encastré dans du formica brillant et les robinets étaient en laiton.

Qay n'y habitait pas depuis longtemps, mais les pièces étaient déjà encombrées. Des livres dûment utilisés – de poche, essentiellement – s'amoncelaient partout en piles précaires. Des bibelots, la plupart légèrement ébréchés, fissurés ou endommagés d'une façon ou d'une autre, couvraient toutes les surfaces horizontales. Il avait aussi arraché des photos de magazines pour les épingler aux murs. En général, de jolis paysages ou d'adorables animaux, mais aussi des mannequins presque nus des pubs de sous-vêtements.

En entrant dans son appartement, Qay se figea, comme toujours. Il regarda autour de lui avec un petit sourire. *Il était chez lui.* Un endroit sûr dans un quartier relativement calme, bien desservi par les lignes de bus, avec une laverie à proximité. Il réussissait à payer le loyer, mais de justesse. Et pour ça, il se fichait bien de devoir souvent manger du *ramen. Je suis chez moi* – en tout cas, tant qu'il était à jour dans son loyer et pensait à contrôler le volume de sa télé.

Il accrocha sa veste en cuir sur une patère près de la porte, jeta son livre sur le canapé et se débarrassa de ses baskets trempées. Il n'avait pas faim, il venait de terminer son livre et n'avait pas envie d'en commencer un autre de sitôt, et rester collé à son écran pourri ne l'attirait pas vraiment. Il devait se lever tôt le lendemain pour aller au travail, mais il n'était pas fatigué – c'était dû à la caféine qu'il avait consommée au *P-Town*. Il avait envie de sortir et de se lâcher. Ce qui, dans le passé, l'avait conduit aux pires conneries. Seigneur, il ne voulait pas replonger !

Il décida qu'il serait moins enclin à se lancer dans Dieu savait quelle folie s'il devait préalablement faire l'effort de se rhabiller, aussi ôta-t-il tous ses vêtements et les jeta-t-il dans le panier en plastique situé près de son lit.

Une fois nu, il se mit à frissonner. Au moins, c'était un problème qu'il savait gérer.

Il passa dans la chambre, son lit n'était pas fait. Il s'y allongea néanmoins et tira les couvertures jusqu'à sa taille. Le plafond était bas et décati, avec d'étranges petites boursouflures et des taches décolorées. Sans beaucoup d'effort, Qay y voyait une constellation dans un ciel nocturne, ou un test de Rorschach – mais ce dernier point réveillait en lui des échos douloureux. Il les repoussa sans peine. Il avait l'habitude.

Il éteignit la lampe de chevet perchée sur une caisse en plastique et ferma les yeux. Mentalement, il passa en revue son stock de souvenirs pornos. Ce moment à Memphis, au mois d'août, quand il s'était laissé embarquer par deux gars. Après tout un week-end au lit, tous les trois avaient fini à moitié morts, déshydratés et incapables de bouger. Ou encore ce gars sur une plage de Californie qui l'avait attiré dans les toilettes publiques et débarrassé de son short avant de tomber à genoux devant lui. Il s'était masturbé tout en faisant à Qay une fellation phénoménale, de quoi lui drainer le cerveau à travers le sexe.

Ses exploits sexuels se faisaient rares ces derniers temps – son stock ne recevait plus aucune mise à jour. Les scènes qu'il gardait en mémoire dataient de plusieurs années. De plus, il censurait impitoyablement toutes celles qui impliquaient les drogues ou l'alcool. Donc, la quasi-totalité de son passé sen ce domaine.

Si son esprit fonctionnait mal ce soir, c'était peut-être parce que Qay ne cessait de penser au Captain Caféine, aux épais pectoraux qui déformaient le coton de son sweater, aux mains puissantes qui tenaient le mug de café, aux rides de tension qui marquaient les yeux gris pâle. Sans doute portait-il sous ses vêtements une cape et un collant en Spandex. Sans doute avait-il une voix sonore qui portait loin quand il luttait pour rétablir la vérité, la justice et le commerce équitable des grains arabica. Sans doute son plus grand problème dans la vie était-il de décider quelle partie de son corps il allait d'abord faire travailler lorsqu'il se rendait à la salle de gym.

D'accord, là, il se montait injuste. Captain Caféine avait vraiment eu l'air troublé. D'expérience, Qay savait que l'aspect physique ne signifiait pas tout et qu'un bel homme ne menait pas forcément une vie parfaite. Même un superhéros avait contre lui un ou deux ennemis prédestinés.

Il commençait à bander. En se masturbant, il chercha à imaginer le Captain Caféine débarrassé de sa veste molletonnée, de son sweater et de son jean râpé. Ses biceps gonfleraient quand il se coucherait sur Qay, son sexe érigé – bon sang, pourvu qu'il soit bien membré ! – se frotterait au sien et les muscles puissants de ses fesses durciraient sous les mains de Qay, plaquées dessus. Il évoqua ensuite les grondements rauques émis par Captain Caféine en le pénétrant, le goût de la sueur qu'il lécherait à même la large poitrine, l'odeur musquée du rut qui envahirait peu à peu son petit appartement.

Tout son corps se contracta de désir, sa main droite bougea plus vite sur son sexe, l'autre tordit fiévreusement ses mamelons, ses dents se plantèrent dans sa lèvre inférieure. Il vit ensuite le regard que posait sur lui Captain Caféine, ses yeux gris pâle verrouillés dans les siens, assombris par le désir et par… quelque chose de plus.

Il jouit avec un sanglot étouffé.

QAY TRAVAILLAIT de l'autre côté de la rivière. Pour s'y rendre, il lui fallait prendre deux bus, ou un seul et marcher sur une bonne distance. Aujourd'hui, parce que les bus étaient moins nombreux le week-end, Qay décida de marcher. Il était à mi-chemin quand une fine pluie se mit à tomber, aussi arriva-t-il au travail trempé et frigorifié. Il resta plusieurs minutes devant le radiateur de l'accueil, le temps de se réchauffer. Trouver un appartement plus proche de son lieu de travail lui aurait simplifié la vie, mais en zone industrielle, les logements disponibles étaient rares et les quartiers voisins dépassaient ses moyens financiers.

À l'usine de fenêtres où il était employé, le samedi était un jour calme. La plupart des employés étaient en congé, seuls les techniciens de surface, dont Qay faisait partie, passaient nettoyer les sols et le matériel, préparer les expéditions du lundi et assembler les cartons des emballages et les divers matériaux protégeant la marchandise à livrer. Si Qay ne ratait pas son examen, il pourrait éventuellement obtenir un meilleur poste, par exemple mesurer, couper et vitrer les fenêtres. Ce n'était pas exactement le travail dont il avait rêvé, mais c'était le mieux qu'il puisse actuellement espérer. S'il obtenait ses qualifications, au moins aurait-il de meilleurs horaires et une augmentation, ce qui l'arrangerait bien. Pour le moment, il touchait à peine un peu plus que le salaire minimum. Il avait de bien meilleures chances de grimper un échelon hiérarchique que d'obtenir un foutu diplôme universitaire.

— Hill ! Bouge-toi le cul et prends un balai !

C'était Stuart, le chef d'équipe, qui avait tendance à se prendre pour Dieu le Père. Il adorait bousculer ses subordonnés. Et c'était d'autant plus pénible à supporter qu'il était bien plus jeune que Qay.

Qay aurait volontiers conseillé à ce sale petit emmerdeur de se coller ledit balai à un endroit où le soleil ne brillait pas, mais il avait besoin de ce foutu boulot, de ce salaire surtout. Alors, il la boucla. Après un dernier regard nostalgique au radiateur, il avança jusqu'au placard à balai, y prit son matériel et un plein seau de produits nettoyants, et se mit au travail.

Pour nettoyer autant de vitres et de verre, il fallait faire bien attention. Les imprudents découvraient vite qu'échardes et tessons étaient douloureux. Même avec ses lourdes bottes, ses gants et ses épaisses lunettes de sécurité, Qay s'était coupé plus d'une fois. Aujourd'hui, il tenta de rester vigilant en poussant son balai sur le béton d'un sol qui lui paraissait interminable. Malheureusement, il n'y parvint pas. Pour commencer, il fit la liste mentale de tout ce qu'il aimerait dire à ce petit con de Stuart. Quand il se lassa de ce sujet de méditation, il évoqua son prochain examen en général et John Stuart Mill en particulier. *La liberté consiste à faire ce que l'on désire.* Oui, facile à dire pour Mill.

Une fois le sol balayé, Qay prit sa pause de quinze minutes avec les autres gars, assis sur des chaises en plastique au bord du quai de déchargement, à ciel ouvert, en regardant tomber la pluie.

— Quelqu'un a une clope ? demanda Barry, s'adressant au groupe en général.

Personne n'en avait. Parfois, Qay regrettait d'avoir cessé de fumer. Il y était parvenu pendant un de ses séjours en asile psychiatrique et n'avait jamais repris.

Une fenêtre était ouverte dans l'usine d'en face, qui fabriquait des futons. Un triste blues à la guitare électrique en émanait, des notes mélancoliques qui flottaient jusqu'aux hommes agglutinés.

— Comment se fait-il que le personnel des futons ait un orchestre le week-end ? demanda Qay.

Barry haussa les épaules.

— C'est sûrement une de ces idées modernes à la con, mélange de hippy et de New Age, censées rendre le personnel plus heureux. Si tu veux mon avis, ils glandent surtout sur leurs foutus matelas et fument de l'herbe pendant leurs pauses.

— Ou alors, ils baisent, suggéra un autre.

C'était Rob. Ou Rick. Qay ne s'en souvenait jamais. Tous éclatèrent de rire, mais Qay se sentit dériver sur le sujet qu'il avait tenté d'éviter depuis son réveil : ce qui s'était passé la veille au soir. Se masturber en fantasmant sur le corps solide d'un flic était aussi ridicule qu'embarrassant. D'abord, le gars était probablement hétéro – et même s'il était gay, il serait sans doute plus tenté d'arrêter Qay que de le baiser. Non pas que Qay soit actuellement en marge de la loi, mais dans le passé, cela n'avait jamais empêché certains flics désireux de faire du zèle de lui chercher querelle. Un jour, juste après l'avoir menotté, un flic lui avait glissé un sachet de dope dans la poche en disant : « je me fous que tu n'aies rien sur toi aujourd'hui, ça vaudra pour toutes les fois où tu n'as pas été pris. »

Il y avait autre chose qui le dérangeait, une réminiscence qui lui avait titillé la mémoire la veille. Aussi étrange que ça paraisse, le géant lui rappelait quelqu'un. Bien sûr, des hommes qui *ressemblaient* au Captain Caféine, Qay en avait souvent vu : solides et bien bâtis, avec le regard méfiant d'un flic, ils s'asseyaient dans un bar avec le poids du monde sur leurs épaules. Mais celui d'hier lui semblait familier de façon plus… personnelle. Malheureusement, Qay n'arrivait pas à déterminer pourquoi.

— Hill ! La pause est finie ! Au boulot !

La voix stridente de Stuart l'arracha à ses questions sans réponses. Il inspira un grand coup et se redressa.

LA JOURNÉE lui parut interminable, malgré une brève interruption pour déjeuner – il sortit de son sac sa gamelle – et une pause dans l'après-midi, plus courte encore que celle du matin. Qay fut reconnaissant à Barry de lui proposer de le raccompagner en voiture. Barry vivait au centre-ville, d'où Qay n'aurait plus qu'un court trajet en bus pour rentrer chez lui. En général, il refusait, par fierté, ces propositions répétées de covoiturage, mais pas aujourd'hui.

Il dîna de nouilles chinoises – quelle surprise ! – qu'il agrémenta de légumes congelés et de steak haché. Il était récemment tombé sur des promotions intéressantes et en avait profité pour remplir son congélateur. Il fit ensuite la vaisselle, rangea ses couverts et assiettes, et s'attabla avec ses livres de cours et ses notes.

Très vite, les petits bruits du sous-sol lui devinrent oppressants : les locataires du dessus arpentaient le sol sur sa tête, faisant claquer leurs talons ; de l'eau coulait dans l'évier ; un chien voisin aboyait, son vieux frigo faisait un bruit d'aspirateur. Il ne cessait de relire les mêmes phrases sans rien y comprendre.

— Et merde ! grogna-t-il.

Il finit par refermer rageusement son bouquin et le repoussa sur la table. Ras-le-bol de cet examen, ras-le-bol de ses cours, ras-le-bol de cette putain d'université communautaire ! Peut-être ferait-il mieux de sortir. De trouver un bar. De draguer un plan cul et de baiser jusqu'à tout oublier. Oui, ce serait...

Très con. Et demain matin, il serait dix fois plus mal.

Puis une idée lui vint : il n'avait pas à rester chez lui pour étudier. Il pouvait très bien emporter son livre et se rendre ailleurs. Au *P-Town*, par exemple. La propriétaire ne lui avait-elle pas affirmé, la veille, qu'elle se fichait qu'il occupe une table sans consommer régulièrement ? Peut-être aurait-il une chance de se faire entrer l'utilitarisme [15] dans le crâne !

Jetant toutes ses affaires scolaires dans son sac à dos, Qay enfila sa veste en cuir et sortit sous la pluie.

---

15 Doctrine qui, en philosophie politique ou en éthique sociale, prescrit de maximiser le bien-être collectif.

III

DONNY METTAIT du sang partout dans la salle de bain de Jeremy. D'accord, peut-être pas *partout*, car la pièce était immense, mais des traces ensanglantées marquaient les toilettes, le lavabo, le carrelage du sol et plusieurs serviettes. Donny était assis sur le couvercle des toilettes, torse nu, sa peau blême marbrée de meurtrissures pourpres.

Il ferma très fort les yeux pendant que Jeremy pansait une profonde entaille sur son sourcil, terminant par des bandelettes Stéristrip.

— Merci d'avoir accepté de ne pas appeler le 911.

— Je n'en ai pas besoin. Le chef de la police et la plupart de ses hommes sont dans mes contacts.

— C'est vrai. J'oublie toujours que tu es devenu une grosse pointure, chef Cox.

— Ferme-la.

Satisfait d'avoir à peu près rafistolé le visage de Donny, Jeremy examina de plus près les coupures que son ex avait à l'avant-bras gauche. Des blessures défensives. Les plaies ne saignaient plus, mais restaient béantes.

— Il te faut des points de suture, déclara-t-il. Je vais t'emmener aux urgences.

Donny tenta de sourire, mais son visage enflé ne lui permit qu'un léger étirement des lèvres.

— Tu sauras le faire, Jer. Tu es un vrai boy-scout.

Connaissant de triste expérience la futilité d'argumenter avec Donny, Jeremy secoua la tête, résigné. Il se redressa et rassembla le matériel dont il avait besoin.

Sa liaison avec Donny, une erreur aussi somptueuse qu'explosive, avait duré six ans et ressemblé à un film de Michael Bay [16]. Ils s'étaient connus au poste de police, où tous deux travaillaient alors. Jeremy était seul depuis un certain temps et Donny, qui se prétendait hétéro, se trouvait aux

16 Réalisateur, producteur et acteur américain, célèbre pour ses films catastrophe et ses effets spéciaux.

prises d'un divorce qui se passait très mal. À l'époque, Jeremy s'efforçait de ne pas cacher son orientation sexuelle sans pour autant porter un pin arc-en-ciel sur son uniforme. Néanmoins, au boulot, la plupart le savaient gay. Quand Donny et lui eurent à enquêter conjointement, leur complicité professionnelle devint peu à peu de l'amitié. Une nuit, ils se retrouvèrent au lit ensemble, Donny hurlant comme un sauvage pendant que Jeremy le pilonnait.

L'alchimie entre eux avait été phénoménale. À couper le souffle. À chaque nouvel orgasme, Jeremy était légèrement surpris de découvrir que la Terre n'avait pas *réellement* bougé sur son axe. Ex-hétéro, Donny s'était gavé de sexe gay comme un affamé tombant sur un buffet gratuit. Et même quand ils ne baisaient pas, les deux hommes passaient du bon temps ensemble. Ils allaient au cinéma, assistaient à des matchs, faisaient de longues randonnées dans les Cascades [17] et passaient des heures à la salle de gym. Ils finirent par s'installer ensemble. Trop vite, peut-être, mais avec les meilleures intentions du monde. Jeremy était amoureux fou.

Il réalisa rapidement que Donny buvait trop et trop souvent, et qu'il avait tendance, au travail, à ne pas être à 100 % réglo. Ils se disputèrent à ce propos. De plus en plus. Parfois, Donny niait tout en bloc, parfois, il promettait de se faire soigner, promesses qu'il ne tenait jamais.

Jeremy finit par quitter la police pour ne pas être pris entre deux loyautés contradictoires, celle qu'il éprouvait envers à son amant et celle qui le liait à son métier. Peu de temps après, Donny dut démissionner pour éviter un licenciement imminent.

Les querelles empiraient. Donny continuait à promettre de changer, puis rentrait le soir même ivre mort. Un après-midi, il y eut une explosion avec cris et hurlements, et Jeremy faillit vraiment frapper Donny. Pour s'en empêcher, il serra si fort les poings que ses ongles laissèrent dans ses paumes des sillons sanglants. Il quitta précipitamment l'appartement qu'ils partageaient et courut longtemps. Ensuite, il eut un long cœur à cœur avec Rhoda.

En rentrant chez lui le soir, il trouva Donny dans leur lit, qui baisait une fille ramassée dans un bar.

Pour échapper à ses sombres réminiscences, Jeremy secoua la tête et aligna ses fournitures sur le bord de la baignoire.

17 Chaîne de montagnes s'étendant sur la côte Ouest de l'Amérique du Nord, entre la Californie, l'Oregon, l'État de Washington et le Canada.

— Je ne suis ni médecin ni infirmier.

— Mais tu as des mains solides et tu as suivi je ne sais combien d'heures de formation aux premiers secours. Allez, Jer. Ne me force pas à t'implorer.

Jeremy serra les dents, enfila des gants latex et se mit au travail. Il ne put retenir un petit sourire en voyant Donny grimacer devant un flacon d'antiseptique. Jeremy désinfecta son aiguille à la flamme d'une allumette.

— À l'hôpital, tu aurais été anesthésié, fit-il remarquer.

— Donne-moi un verre d'alcool, ça me fera le même effet.

— Non.

— Nom de Dieu, Jer ! Tu dois bien avoir une bouteille qui traîne ! Au moins de la bière. C'est juste médicinal.

Jeremy hésita. Il avait un pack de six bières dans le frigo, et deux bouteilles d'alcool fort dans un placard – du whisky et du rhum. Mais bon sang, il s'était trop longtemps laissé berner sans protester alors que Donny usait du moindre prétexte pour s'enivrer.

— Si tu tiens au « médicinal », va aux urgences.

Donny poussa un bruyant soupir.

— Sadique, marmonna-t-il.

Ensuite, il resta rigoureusement immobile pendant que Jeremy plantait l'aiguille dans sa chair et nouait son fil après chaque suture. Le travail n'avait rien de délicat. Les doigts épais de Jeremy étaient mal adaptés pour faire de jolis nœuds bien serrés, mais l'ensemble tiendrait sans doute le temps que Donny cicatrise, même s'il en garderait de bien vilaines marques.

Pendant cette pénible épreuve, le silence régna entre les deux hommes, à peine troublé par quelques jurons ponctuels et étouffés. Puis Jeremy banda le bras de Donny – en mettant nettement trop de compresses d'ailleurs. Se redressant, il nettoya les autres abrasions d'un coup de serviette mouillée, essuyant en même temps le sang séché qui restait sur le visage et le torse de son ex.

Enfin, ils se regardèrent droit dans les yeux.

— J'ai déconné, annonça Donny au bout d'un moment.

— Ça, j'avais compris.

— Et tu ne m'engueules pas ?

Un rire amer échappa à Jeremy.

— Nous ne sommes plus ensemble. Si tu déconnes, ça n'est pas mon problème. Sauf quand tu te pointes à ma porte, ajouta-t-il en fronçant les sourcils. Qu'est-ce qui t'a pris, Donny ? Merde !

27

Donny ne put soutenir son regard.

— Je… j'avais besoin d'aide. Le problème, Jer, c'est que tu es le seul en qui j'ai confiance.

Ils ne s'étaient pas revus depuis cinq ans. Si Donny disait la vérité, sa vie était devenue pire encore que Jeremy le soupçonnait.

— Il faut que tu te reprennes en main, cracha Jeremy. J'ignore qui t'a fait ça, mais…

— Crois-moi, mieux vaut que tu n'en saches rien. Écoute, je vais devoir disparaître un moment. Je pense aller chez ma sœur, Laura. Elle vit en Californie.

— Je me souviens.

Jeremy l'avait rencontrée quelques fois, mais le courant n'était pas passé entre eux. Il trouvait Laura Gifford snob et prétentieuse. Quant à elle, elle détestait voir son frère en couple avec un… *homme.*

Donny hocha la tête à plusieurs reprises et tira sur un fil de son boxer.

— Il est tard, je préfère ne pas rentrer chez moi. Laisse-moi passer la nuit ici, d'accord ? Je dormirai sur le canapé, bien entendu, s'empressa-t-il d'ajouter. Et demain, je te libèrerai de ma présence à la première heure, juré, craché.

— Je présume que tu auras mes vêtements sur le dos et mon argent dans la poche ?

— Je te rembourserai !

Il ne le ferait pas, et tous deux le savaient. Là n'était pas le problème de toute façon. Si Jeremy avait eu l'intention de tourner le dos à son ex, il ne lui aurait pas ouvert sa porte. Maintenant, il se voyait mal le mettre dehors, alors que son agresseur inconnu l'attendait quelque part.

— D'accord. Une nuit. Et tu la passeras sur le canapé. Je veux que tu t'en ailles avant le petit-déjeuner, Donny. Je n'ai pas l'intention de recommencer les conneries.

Donny ferma les yeux un moment.

— Merci. Merci, Jer.

Les vêtements que Donny portait en arrivant étant irrécupérables, Jeremy lui donna une tenue propre. Il avait toujours été bien plus grand que Donny, plus lourd et plus musclé, pourtant, il reçut un choc en voyant son survêtement et son tee-shirt flotter sur la silhouette décharnée de son ex. La vie que Donny avait menée ces dernières années l'avait physiquement mis dans un sale état. De toute évidence, il ne faisait plus de sport et il avait perdu du poids. Il paraissait bien plus que ses quarante ans.

Jeremy soupira. Il se sentait épuisé, physiquement et émotionnellement. En parlant d'âge, il se sentait centenaire.

Il sortit des draps et une taie d'un placard et les jeta sur le canapé.

— Fais ton lit toi-même, grogna-t-il.

Donny acquiesça et se mit à la tâche. Jeremy soupira encore en voyant le triste état de sa salle de bain : traces de sang séché partout, serviettes sales roulées en boule, emballages déchirés et sa trousse de premiers soins restée ouverte. Il rangea le plus pressé, remettant au lendemain matin un nettoyage complet. Par chance, il ne travaillait pas.

Quand il put enfin retourner dans sa chambre, les lampes du salon étaient éteintes, seul le bourdonnement discret du réfrigérateur troublait le silence. Parfait. Donny dormait déjà, probablement. Il avait toujours eu le don de s'endormir à volonté.

Aussi las que se sente Jeremy, aussi confortable que soit son grand lit, il ne parvint pas à trouver le sommeil. Il tourna et se retourna pendant longtemps. À son corps défendant, il s'inquiétait pour Donny. Avait-il eu raison de céder à la demande de son ex et de ne pas prévenir les autorités ? Merde, il faisait plus ou moins partie desdites « autorités ». Ce soir, pourtant, il n'en avait pas l'impression. Il se sentait… eh bien, un peu perdu. Il aurait bien aimé avoir quelqu'un à ses côtés pour lui tapoter l'épaule et lui dire tout finirait par s'arranger. Et s'il était dans cet état, ce n'était même pas à cause de Donny, car il ne se sentait déjà pas trop dans son assiette en arrivant chez lui ce soir.

Merde. Sans doute avait-il besoin d'une bonne nuit de sommeil.

IL GRIMPAIT dans un arbre pour sauver un chat, mais alors, ce fichu félin se transformait en adolescent et lui échappait sans arrêt. Le sol en dessous paraissait très loin, dangereux, sinon mortel. Jeremy ne savait pas trop pourquoi. S'agissait-il d'alligators affamés ou de milliers de lames de couteaux brandies ? Son attention dériva quand une créature surgit derrière lui et se mit à lui lécher la nuque. Jeremy lâcha prise et tomba…

Il se retrouva assis dans son lit, à battre des bras pour repousser son agresseur.

— Putain, quoi encore ?

En voulant quitter son lit, il se prit les jambes dans sa couette, bascula et faillit renverser la lampe de chevet qu'il cherchait à allumer. Il cligna des yeux sous l'agression de la lumière soudaine.

Donny était agenouillé au centre de son lit. Nu. Souriant malgré son visage enflé.

Jeremy recula de plusieurs mètres.

— C'est quoi ces conneries ? s'exclama-t-il, d'une voix rauque.

— Ton canapé n'est pas très confortable, se plaignit Donny. Et tu es tout seul dans ce lit immense.

Même à distance, Jeremy sentit son haleine lourde et alcoolisée. Sans doute Donny avait-il fouillé dans son placard et trouvé ses bouteilles.

— Dégage.

— Allez, Jer. Ça fait combien de temps que t'as pas baisé, hein ? Je ne te demande pas de recommencer comme avant, je m'en irai demain matin, c'est promis, mais… Bon Dieu ! Rappelle-toi comme c'était chouette, nous deux ! Je voyais des étoiles, mec, des feux d'artifice, putain ! Pourquoi ne pas y goûter encore une fois ? Tu n'as personne…

Debout, tétanisé, ne portant que son boxer, Jeremy se sentait glacé, vidé. Une crampe terrible lui remontait dans le mollet. Sans ajouter un mot, il tourna le dos à Donny, alla jusqu'au salon, s'étendit sur le canapé et s'enroula dans la couverture. La taille de son canapé ne lui permettait pas d'allonger ses jambes, mais au moins était-il seul.

LE LENDEMAIN matin, Donny paraissait éteint. Son visage avait un peu désenflé, mais ses ecchymoses prenaient toutes les couleurs de la palette. Il s'assit en silence sur un tabouret du comptoir et regarda Jeremy préparer du café. Quand une grande tasse fumante fut poussée devant lui, il esquissa un sourire.

— Merci.

Il but trop vite et grimaça. Le fichu imbécile ! Il s'était brûlé la langue !

Jeremy versa un nuage de lait et du sucre dans sa tasse, puis s'adossa à son placard, la tête penchée, savourant l'odeur et la chaleur de son café.

— Hier soir, commença Donny, j'étais…

— Tais-toi. Je ne suis pas d'humeur à écouter tes conneries.

— D'accord.

Donny baissa les yeux sur son bras bandé et enchaîna :

— J'ai mal… c'est comme une sourde pulsation. Et puis, c'est chaud.

— Tu crois que c'est infecté ?

— Non. C'est juste… j'ai mal.

Jeremy posa son café sur le comptoir et passa dans la salle de bain, toujours sens dessus dessous. Il sortit du placard sous le lavabo une plaquette d'ibuprofène. En revenant dans la cuisine, il la jeta à Donny.

— Tiens !

Donny la rattrapa au vol, malgré ses bandages et ses sutures. Il eut un peu de mal à récupérer deux gélules, mais il finit par les mettre dans sa bouche et les fit descendre d'une gorgée de café. Il fixait la plaquette lorsqu'il reprit la parole :

— Je ne fais pas *exprès* de tout foirer, tu sais ? Ma vie est merdique, voilà tout. Je crois que je suis maudit.

Jeremy ne chercha même pas à répondre, se contentant de dire :

— Je n'ai que deux cents dollars sur moi. Ça te suffira pour aller chez ta sœur ?

— Il faudra bien. Merci.

Trente minutes plus tard, Donny était devant la porte. Il portait les vêtements de Jeremy, un survêtement, un tee-shirt et son sweat à capuche préféré. Dans sa poche avant, il avait de l'argent liquide et la plaquette d'ibuprofène.

— J'aurais dû quitter Portland depuis longtemps, déclara-t-il. Mais je vais m'en sortir, tu verras. J'ai des tas de projets.

Jeremy hocha la tête.

— Bonne chance, Donny. Fais attention à toi.

— Oui.

Après un dernier sourire, Donny disparut, dévalant bruyamment les marches de béton.

UNE LONGUE course ne suffit pas pour que Jeremy oublie Donny, un passage à la salle de gym non plus. Engourdi, le cœur en miettes, il rentra chez lui et nettoya énergiquement sa salle de bain jusqu'à ce que chaque surface brille comme un miroir. Pris dans une frénésie de nettoyage, il continua dans tout le reste de son loft, qui n'en avait pourtant pas besoin. Il changea son lit et lava ses draps, et ceux du canapé. Il trouva la bouteille de whisky que Donny avait pratiquement vidée la nuit précédente et versa dans l'évier ce qui en restait. Il irait faire ses courses un autre jour, décida-t-il.

À dix-sept heures, il comprit qu'il n'était pas d'humeur à sortir dîner avec Rhoda. Mais il ne voulait pas non plus lui poser un lapin. Elle ne le méritait pas. En outre, elle écouterait d'une oreille compatissante ce qu'il lui révèlerait de ses aventures de la nuit précédente. Peut-être tous deux pourraient-ils simplement passer un moment ensemble au *P-Town* à siroter du café ?

Il se changea, enfila son jean préféré – celui qui le moulait comme une deuxième peau et qui, d'avoir été souvent lavé, était devenu aussi doux que du daim –, un tee-shirt gris et une chemise vert mousse. Il tenait à faire un effort de présentation, mais également à être à son aise. *Une couverture de sécurité, en quelque sorte.* Cette idée le fit ricaner.

Il se rendit à pied au *P-Town* en prenant son temps, malgré la pluie qui tombait toujours. Il aimait sentir le sol – la Terre – sous ses pieds. Parfois, il baissait les yeux, surpris, même après tout ce temps, de voir la longueur de ses jambes, la solidité de son corps. Il n'avait jamais complètement oublié qu'étant enfant, petit et malingre, il courait pour rentrer chez lui et pleurait quand Troy Baker et sa bande s'en prenaient à lui.

Seigneur ! Troy Baker ! Jeremy n'avait pas pensé à lui depuis des années. Quand il avait quitté Bailey Springs pour l'Oregon, Troy y vivait toujours, il travaillait au garage, changeait l'huile et réparait les moteurs. À l'époque, ayant engrossé une de ses copines, il avait dû l'épouser en catastrophe. Après ça, Jeremy ignorait ce qu'il était devenu.

À peine était-il entré au *P-Town* que Ptolémée le saluait :

— Hé, chef !

Aujourd'hui, il portait une chemise noire sans manches et un jean skinny du même ton. En approchant du comptoir, Jeremy lui fit remarquer :

— Ce look est plutôt strict pour toi, non ?

Ptolémée soupira lourdement.

— Oui. Ma thèse et moi avons eu une sévère prise de bec ce matin. Je me suis vêtu monochrome en signe de protestation.

— Je vois. Hum, j'espère que vous vous réconcilierez très vite.

— Merci, chef.

Ptolémée versa du café dans un des grands mugs que Jeremy préférait et le fit glisser sur le comptoir.

— J'ai entendu dire que Rhoda et toi aviez des projets ce soir, ajouta-t-il.

— Oui. J'espère la faire changer d'avis.

— Quelle idée ! Une dose de Rhoda te ferait le plus grand bien.

— Peut-être.

Après un petit signe amical à Ptolémée, Jeremy traversa la salle pour s'installer dans son siège préféré, près de la fenêtre. Il remarqua tout de suite que le gars avec la veste de cuir était revenu, à nouveau occupé à lire, voûté sur sa table, le dos tourné. Cette fois, il ne s'agissait pas d'un livre de poche, mais d'un gros manuel. À côté était posé ainsi un cahier à spirales. De son stylo, l'inconnu tapotait son cahier. De sa place, Jeremy ne voyait pas si le gars était plongé dans son travail ou s'il rêvassait.

Rhoda apparut devant sa table, interrompant le cours de ses pensées.

— Salut !

Elle portait une robe molletonnée d'un violet aveuglant, des bas ton sur ton et une écharpe vert citron enroulée autour du cou. Elle se laissa tomber sur la chaise en face de Jeremy, lui bloquant la vue sur l'homme occupé à lire.

Elle le toisait d'un air mécontent.

— Tu es sérieux ? Tu n'as plus envie de manger bosniaque ? Pense au *burek*, mon ami. Et à leur pain incroyable !

Jeremy sourit.

— Sans parler de ta merveilleuse compagnie.

— Bien sûr. Alors, pourquoi as-tu changé d'avis ?

— Je...

Il passa les doigts dans ses cheveux courts, puis se frappa le front de la main.

— Sais-tu ce que j'ai fait la nuit dernière ? reprit-il.

— Non, absolument pas.

— J'ai mis trente-cinq points de suture dans le bras de Donny.

Surprendre Rhoda était difficile, mais cette fois-ci, elle resta coite.

— Donny, ton salopard d'ex ?

— Exactement.

— Pourquoi avait-il besoin de points de suture ? Tu l'as frappé ?

Jeremy n'aurait su dire si elle s'en inquiétait ou si elle le félicitait de cet « exploit ».

— Non, quelqu'un d'autre s'en est chargé. Il avait aussi reçu un coup de couteau. Je l'ai trouvé devant ma porte hier soir, méchamment passé à tabac.

— Par qui ?

— Je n'en sais rien. Je ne lui ai pas posé la question. Tel que je le connais, pas mal de gens doivent rêver de le massacrer.

— Pourquoi n'est-il pas allé se faire recoudre à l'hôpital ?

Jeremy haussa les épaules. Elle secoua la tête tristement et enchaîna :

33

— Oh, Jer. Dis-moi au moins que tu l'as flanqué dehors une fois après l'avoir recousu.

— Hum… non, pas vraiment.

Il finit par lui raconter toute l'histoire, y compris l'irruption de Donny dans son lit au milieu de la nuit, nu et enivré, ce qui l'avait poussé, lui, à dormir sur le canapé.

— J'en ai gardé de sacrées crampes, se plaignit-il. Il faut que j'investisse dans un canapé plus long.

— Tu dois virer ce parasite de ta vie !

— C'est déjà fait. Et il compte partir en Californie, de toute façon, pour se planquer chez sa sœur. Je lui ai donné de l'argent et une veste. Avec un peu de chance, il restera là-bas et je ne le reverrai jamais.

Rhoda garda un instant le silence, plongée dans ses réflexions. Puis elle hocha la tête avec énergie et se leva, faisant grincer sa chaise sur le sol.

— Tu sors avec moi ce soir, bébé. Mais nous n'irons pas chez les Bosniaques. J'ai une autre idée. Il faut d'abord que je passe un coup de fil.

— Mais je ne…

Elle l'interrompit en levant la main.

— Ça suffit ! Je ne veux rien entendre. Si tu m'y obliges, je t'emmènerai de force, Jeremy Cox.

— D'accord.

Il retomba dans son siège avec un gémissement. En son for intérieur, il était reconnaissant à Rhoda de tant s'en faire pour lui.

— Bien.

Elle s'éloigna du pas décidé d'un général partant au combat.

Une fois seul, Jeremy réalisa que l'homme à la veste de cuir s'était retourné pour le fixer, bouche bée.

IV

POUR ÊTRE honnête envers lui-même – ce que Qay préférait en général –, il fut déçu en arrivant au *P-Town* de constater l'absence du Captain Caféine. Mais c'était sans doute aussi bien, vu qu'il était censé étudier, non mater subrepticement un superbe spécimen masculin.

Avec l'aide d'une généreuse tasse de café, il put avancer sérieusement dans ses révisions. Peu à peu, le savoir s'infiltrait dans son cerveau délabré, mais rien n'assurait que Qay serait capable de le recracher sur sa copie de jour de son examen.

Il perdit tout intérêt sur les idées de Mill concernant la liberté en surprenant une conversation ayant lieu derrière lui. Ce fut d'abord une voix masculine qui attira son attention, une voix basse et profonde, avec un léger accent qui rappelait à Qay son enfance. Si la plupart de ses souvenirs de l'époque étaient douloureux, l'accent lui manquait parfois, ce mélange unique de Midwest et de Sud qu'on ne trouvait qu'au Kansas.

En prêtant attention aux paroles prononcées dans son dos, Qay comprit que l'homme évoquait une visite de son ex – et la rupture semblait s'être mal passée. Il s'y intéressa pour deux raisons : d'abord, l'homme était gay, de toute évidence, ensuite, il s'était montré loyal envers son partenaire alors que ce dernier s'était comporté en « salaud » – d'après l'interjection de Rhoda. Un héros au cœur noble ? Qay trouvait gratifiant d'apprendre qu'il existait encore des individus qui ne prenaient pas la tangente à la première difficulté. De plus, quel soulagement d'apprendre ne pas être le seul à avoir une vie de merde ! Lui au moins, on ne l'attaquait pas au couteau.

À ce stade de la conversation, Qay avait la quasi-certitude que c'était le Captain Caféine qui se confiait à Rhoda. Qui d'autre, hein ? Mais s'il se retournait pour vérifier, il trahirait immanquablement sa curiosité déplacée et son indiscrétion. Puis Rhoda appela son interlocuteur par son nom complet…

Et le cœur de Qay en rata un battement.

Jeremy Cox ?

Une vision du passé le frappa au cœur : un jeune garçon blond et potelé de deux ans de moins que lui, intelligent, mais discret et effacé. Il restait le plus souvent la tête baissée et la bouche fermée, mais chaque fois qu'un prof l'interrogeait, sa précocité intellectuelle apparaissait clairement. Il était à des années-lumière d'un Troy Baker et de son gang d'abrutis, qui semblaient l'avoir pris pour tête de Turc. En classe, il s'asseyait toujours au dernier rang, comme Qay, deux exilés parmi les autres. Souvent, Qay sentait sur lui les coups d'œil furtifs de son petit voisin. Quand il tournait la tête et lui offrait l'un de ses si rares sourires, le gamin rougissait furieusement.

Il s'appelait Jeremy Cox.

Pourtant, Qay doutait que l'avorton de Bailey Springs, Kansas, soit devenu en prenant de l'âge le Captain Caféine, sauveur d'ex en difficulté et fidèle habitué du *P-Town*, coffee house de Portland, Oregon. En y réfléchissant, le petit garçon potelé avait eu un visage intéressant, promettant de devenir beau avec la maturité et l'expérience. Qay se souvenait surtout des étonnantes prunelles grises, pâles autour de l'iris avec un cercle plus foncé, couleur d'orage.

Il ne put y résister davantage : il se retourna.

Au même moment, Rhoda s'éloignait, laissant à Qay une vue parfaite sur le Captain Caf… sur Jeremy Cox. Repérant son mouvement, le géant fronça les sourcils et ouvrit la bouche. Qay s'attendait à une attaque verbale et virulente.

Il se trompait.

Perplexe, Cox pencha la tête sur le côté.

— Votre tête me dit quelque chose. Désolé, mais je ne suis pas doué pour retenir les noms. On se connaît ? demanda-t-il.

Qay faillit tout lui dire. Mais celui que Cox pensait connaître était mort depuis longtemps, noyé dans la rivière Smoky Hill, et Qay n'avait aucune intention de le ressusciter. Surtout pas devant Jeremy Cox, devenu un homme fort et magnifique, qui s'inquiétait pour son connard d'ex et passait probablement ses moments de liberté à sauver les chats grimpés dans les arbres, ou à aider les petites vieilles à traverser la rue.

— Je ne pense pas, mentit-il.

— Vous en êtes sûr ? Je travaille pour le Service des Parcs, si ça peut vous aider. Je m'appelle Jeremy Cox.

Le Service des Parcs ? Qay aurait parié tout l'argent qu'il possédait que Jeremy Cox était flic.

— Ce nom ne me dit rien. Je suis Qayin Hill.

Puis se souvenant qu'il venait d'être pris en flagrant délit d'indiscrétion, il ajouta :

— Je vous ai entendu parler de ce qui s'est passé la nuit dernière.

Cox se rembrunit.

— Et ça vous choque que je sois gay ? demanda-t-il, légèrement agressif.

Qay secoua la tête avec un petit rire triste. Il commençait à sentir les prémices d'un torticolis.

— Non. Moi aussi, je suis gay. Je me disais juste qu'une telle loyauté envers un ex est assez rare.

Cox l'examina longuement, ce qui poussa Qay à s'agiter, mal à l'aise. Même si le géant ne le reconnaissait pas, il voyait celui que Qay était devenu : un pauvre hère vieilli et mal-vêtu, penché sur des manuels scolaires avec le rêve illusoire d'un avenir meilleur. Quand Cox se leva, sa tasse de café à la main, Qay s'attendait à le voir se détourner de lui avec dégoût et s'éloigner.

Au contraire, il vint jusqu'à sa table et désigna le siège vide en face de lui.

— Je peux… ?

Ben, merde alors ! Ahuri, Qay hocha la tête en silence. Jeremy s'assit.

De près, il était encore plus beau. Ses cheveux blonds, d'un ton légèrement plus foncé que dans son enfance, étaient coupés très court, mais pas parce que leur propriétaire commençait à les perdre. Le visage s'était buriné avec l'âge, il avait pris quelques rides, mais Cox était l'un de ces salopards chanceux qui s'améliorent avec les années. Il serait sans doute aussi beau à quatre-vingt-dix ans. Et il avait perdu sa timidité d'autrefois, bien sûr.

En fait, il regardait Qay avec une franche assurance.

— Qayin ? répéta-t-il.

— Ça s'écrit avec un Q. C'est Caïn en hébreu. La plupart des gens m'appellent Qay.

Le grand sourire de Jeremy exhiba ses grandes dents très blanches.

— Moi, j'ai un prénom bête et banal, Jeremy, suivi d'un nom tout ce qu'il y a de plus gênant. Cox.

Oh, oui ! Qay n'avait pas oublié. Dans leur cours de maths, un autre malheureux s'appelait Sonny Butt (*arrière-train*), il était juste avant Jeremy Cox (*sexes*) et suivi de Brenda Cumming (*jouissant*). Quand le pauvre prof faisait l'appel et prononçait ces trois noms à la suite, toute la classe hurlait de rire.

— Vous auriez pu en changer, suggéra-t-il.

— Non. Vous connaissez cette chanson de Johnny Cash,, *A Boy Named Sue* [18] ? Ça a été la même chose pour moi. J'ai dû apprendre à riposter. D'ailleurs, si le pire que j'entends à mon sujet, c'est que mon nom est ridicule, je ne m'en sors pas si mal, vous ne croyez pas ? ajouta-t-il en riant. De toute façon, je considère avoir eu de la chance. Mes parents envisageaient de me prénommer Richard.

— Et alors ?

— Dick Cox ? Ce serait redondant, non ?

Qay éclata d'un rire si bruyant qu'il se fit presque peur. Et quand Jeremy joignit son rire au sien, eh bien, ce fut sacrément bon.

— Ça fait très star de porno, souligna Qay.

— Je m'en souviendrai si je décide de changer de métier.

Jeremy pencha la tête pour lire le titre des livres de Qay, puis enchaîna :

— De la philo ?

— Oui. Je suis l'étudiant le plus gériatrique du monde.

— Hé, c'est génial ! J'avais envisagé un troisième cycle, il y a quelques années, mais… je n'ai pas trouvé le temps.

Un troisième cycle ? Fantastique.

— Je suis juste quelques cours à l'université communautaire.

— C'est toujours génial. Vous vous spécialisez en philosophie ?

— Non, en psychologie, marmonna Qay.

— J'aimais bien mes cours de psycho, à l'université. Mais j'avais pris bio.

— Pour entrer au Service des Parcs, ça me parait logique.

Jeremy haussa les épaules.

— Je ne fais pas autant de bio que je voudrais. Ce sont les éducateurs qui s'occupent de la faune et de la flore. Moi, je suis park-ranger.

Bingo ! Donc, l'intuition de Qay ne s'était pas fourvoyée, après tout.

— Un flic !

Jeremy fit la grimace, il paraissait étrangement mal à l'aise.

— Non, je ne suis pas assermenté. Mes attributions dépassent de beaucoup la simple application de la loi. Pour être franc, un flic passe beaucoup trop de temps à coller des PV aux gens qui ne ramassent pas les crottes de leurs chiens.

— Vous aimez votre travail ? demanda Qay, sincèrement curieux.

_____

18 « *Un garçon nommé Susanne* » (avant de quitter le foyer conjugal, un père laisse à son jeune fils un nom difficile à porter pour lui apprendre à se battre).

Sa question lui valut un autre grand sourire.

— Oui. Je suppose qu'il y a plus important à faire dans la vie. Plus grand aussi. Mais j'aime penser que je fais une petite différence.

— Hé, vous vous en sortez certainement mieux que moi ! Je suis balayeur dans une usine de fenêtres.

— Si grâce à votre travail les employés ne se coupent pas sur des éclats de verre, vous aussi faites une différence.

Qay s'étonna que des yeux couleur de brouillard puissent être aussi chaleureux. Et franchement, Jeremy pouvait-il être plus parfait ? Peut-être était-il secrètement un tueur en série. Ou un goujat qui se coupait les ongles en public.

Pendant que Qay cherchait les éventuels défauts cachés de Jeremy, ce dernier le regardait fixement, en se mordant les lèvres.

— As-tu dîné, Qay ? finit-il par demander.

— Hum... non.

— Rhoda – c'est la propriétaire de cet établissement – et moi comptions aller dîner. Ça te dirait de venir avec nous ?

Très surpris, Qay resta un moment sans voix. Puis il déglutit et bredouilla :

— Euh... Je ne veux pas m'immiscer.

— Non, au contraire. Si tu ne viens pas, Rhoda va essayer de remettre ma vie en place. Je ne pense pas être en état de supporter ça ce soir. Tu me serviras de bouclier humain.

Soit il était sincère, soit c'était un fabuleux acteur.

Qay jeta un coup d'œil sur sa tenue : une vieille chemise à manches longues élimée et un jean effiloché.

— Je ne suis pas très bien habillé, sauf si tu penses à un *fastfood*...

D'un grand geste, Jeremy indiqua que lui aussi était vêtu de façon décontractée.

— Nous trouverons un endroit où notre code vestimentaire ne détonnera pas. Dis oui, s'il te plaît ?

— Mais... pourquoi ? Pourquoi moi ?

Pendant un moment, Jeremy ne répondit rien. Puis il haussa les épaules.

— Je ne sais pas trop. J'ai vraiment l'impression de te connaître... Tu es intéressant. Et ça me plairait de penser à autre chose qu'à ce désastre avec Donny.

Tout d'abord, cette invitation n'avait rien de romantique. Ensuite, Qay était trop vieux et usé pour se faire des idées. Cependant, il eut un petit sourire.

— Si tu es sûr...

Jeremy sourit, ce qui creusa les rides aux coins de ses yeux.

— Sûr et certain, coupa-t-il. Donne-moi quelques minutes, d'accord ?

Il prit sa tasse de café et s'éloigna. Qay s'attendait à le voir continuer tout droit et prendre la porte. Peut-être cette invitation était-elle une farce, une sorte de vengeance pour tout ce que Jeremy avait enduré étant enfant. Keith n'avait jamais harcelé le petit nerd, mais il n'était pas non plus intervenu pour lui donner un coup de main. À sa grande surprise, Jeremy ne sortit pas du café. Il alla simplement jusqu'au comptoir et parla à Rhoda. La discussion dura un long moment, même si Qay n'avait aucune idée de ce qui se disait. Les deux interlocuteurs ne cessaient de se retourner dans sa direction. Jeremy semblait très content de lui, Rhoda paraissait intriguée.

Quand Jeremy revint vers Qay, ses longues jambes le firent avancer rapidement, il souriait.

— Tu es prêt ? demanda-t-il.

Qay se força à rester calme et à respirer un grand coup.

— Bien sûr.

V

Jeremy était certain d'avoir déjà croisé Qay... et ne pas réussir à se souvenir où et quand l'énervait prodigieusement. Bon sang, et s'il l'avait arrêté durant ses années dans la police ? Non, ça semblait peu probable, vu l'attitude amicale que Qay lui manifestait.

Étonnamment, Rhoda ne se fit pas prier pour accueillir un convive de plus, se contentant de suggérer un restaurant mexicain sur Hawthorne où l'ambiance était décontractée. Ils décidèrent d'y aller à pied : ce n'était qu'à huit cents mètres du *P-Town* et la pluie s'était enfin arrêtée.

De temps à autre, Jeremy jetait des petits coups d'œil à l'homme qui marchait à ses côtés. Qay était grand, presque autant que lui, avec de épaules larges, mais amaigries. Ses cheveux noirs et raides avaient tendance à lui cacher le visage jusqu'à ce qu'il les repousse d'un geste machinal, une habitude si profondément enracinée qu'il ne le remarquait probablement plus. Ses yeux profondément enfoncés étaient noisette, sa bouche renflée et son visage plutôt étroit. Il n'était pas d'une beauté classique, mais il avait du charme. En fait, il émanait de lui une fragilité à la fois inhabituelle et émouvante chez un homme de son âge – environ quarante-cinq ans, d'après Jeremy, à un ou deux ans près.

Aucun des deux hommes ne parla beaucoup en chemin. Par contre, Rhoda avait beaucoup à dire, essentiellement sur le gravissime problème de stationnement dans le quartier et le refus des édiles d'y remédier.

— Et vous savez pourquoi ? Parce que Portland laisse des promoteurs avides abattre les maisons individuelles pour construire à la place des immeubles, mais sans exiger les parkings nécessaires aux véhicules correspondant à cet afflux de nouveaux habitants. Là où vivait jadis une seule famille avec un garage privé, on trouve dorénavant plusieurs familles entassées qui n'ont pour seule option que se garer dans la rue.

— À mon avis, ils aimeraient que les gens se déplacent en vélo ou en bus, déclara Jeremy, plus pour entretenir la conversation que parce que la question l'intéressait.

— Eh bien, ils rêvent en couleurs ! Parce que ceux qui achètent ces nouveaux logements hors de prix ne sont pas du genre à prendre le bus. Et

41

du vélo, ces gens-là n'en font que le week-end, histoire d'arborer leurs jolis shorts et leurs petits culs musclés. Par contre, ils prennent leur SUV pour se rendre au travail, faire des courses, ou conduire leurs gosses apprendre le cantonais ou le raku. Donc, ils ont tous des voitures et ils les garent dans les rues, prenant ainsi les places destinées aux clients et aux touristes.

Elle tourna la tête et pointa le doigt sur Qay.

— *Toi*, comment fais-tu pour te garer ? demanda-t-elle.

Il parut embarrassé.

— Je n'ai pas de voiture.

— Parfait ! On devrait attribuer ces appartements aux gens comme toi.

— Sauf que les gens comme moi n'ont pas les moyens de les payer.

Rhoda eut un petit rire.

— Hé, je suis dans le même cas ! À mon avis, seuls les Californiens achètent à ce prix-là. Ils réclament des plaques de l'Oregon à leur arrivée, mais on les reconnaît quand même : des Californiens !

— Je vis en appartement et je ne viens pas de Californie, souligna Jeremy.

— Oui, mais tu as acheté alors que le marché était au plus bas et tu as un garage. Et je te signale que tu n'es pas né à Portland ! Tu restes un étranger.

Conscient qu'elle se moquait de lui, il lui tira la langue.

— Je suis peut-être né au Kansas, mais j'ai passé à Portland plus de la moitié de ma vie. Je me considère comme naturalisé. Et toi, Qay, d'où viens-tu ?

Qay parut mal à l'aise.

— De nulle part. J'ai beaucoup bougé.

Jeremy, qui le regardait, trébucha dans un trou du trottoir. Rhoda et Qay éclatèrent de rire en le voyant mouliner des bras pour garder son équilibre.

— Fichues racines ! marmonna Jeremy.

Rhoda connaissait bien le propriétaire du *Diablo Verde*, aussi eurent-ils une table sans attendre, même un samedi soir.

Qay regarda autour de lui avec curiosité.

— Quel endroit intéressant !

Le décor comprenait des scènes locales, mais réalisées dans le style artistique populaire mexicain : squelettes dansant sur la pelouse de Pittock Mansion, soleils multicolores et souriants suspendus sur le mont Hood, lézards géants et des cœurs ailés traversant le pont Fremont. Il était difficile d'échapper à l'ambiance joyeuse, en particulier grâce aux délicieuses odeurs qui émanaient de la cuisine ouverte.

Leur serveuse avait des cheveux pourpres et plusieurs piercings au visage.

— Que voulez-vous boire ? demanda-t-elle.

Rhoda consulta du regard les deux hommes en proposant :

— Un pichet de margarita ?

Jeremy s'apprêtait à accepter quand Qay grimaça.

— Hum, pas pour moi, merci, indiqua-t-il. Je m'en tiendrai à l'eau.

Sans hésiter, Rhoda hocha la tête.

— Je te propose un compromis : de l'*agua fresca* [19], d'accord ? À la goyave ?

— Parfait, déclara Qay, qui semblait soulagé.

Il attendit que la serveuse s'éloigne, puis baissa la tête et avoua :

— Euh, autant vous le dire tout de suite, je ne touche plus à l'alcool. J'ai mon badge noir [20] depuis déjà quelques années.

Jeremy n'en fut pas vraiment surpris. Qay avait l'air d'être tombé plusieurs fois dans sa vie, KO pour le compte... et d'avoir eu du mal à se remettre debout. Mais il faisait partie de ceux qui ne renonçaient pas au combat, ce que Jeremy trouvait admirable.

— Merci de ta franchise, déclara-t-il. Et bravo d'en tenir à tes résolutions. Donny, l'imbécile sur lequel je suis retombé hier soir, n'a jamais voulu reconnaître qu'il avait un problème. Bien entendu, il n'a jamais non plus tenté de le dépasser.

Qay le fixa un moment puis, comme s'il avait pris une décision, il hocha la tête. Il enleva ensuite sa veste en cuir, l'accrocha au dossier de son siège et sembla se détendre. En tout cas, ses épaules étaient moins voutées et son dos plus droit.

Le trio étudia le menu jusqu'au retour de la serveuse avec les boissons ; ils lui passèrent commande. Après ça, la conversation se déroula très naturellement. Rhoda s'emballa à nouveau, cette fois-ci contre ce qu'elle a vu sur la chaîne *Fox News* en attendant chez le médecin. Qay interrogea Jeremy sur son travail et parut intéressé par ses réponses. Remarquant vite

19 Littéralement « eau fraîche », boisson mexicaine à base de fruits frais.

20 Les badges rythment la voie de la désintoxication, un badge « noir » signifie une vie libérée de toute addiction (drogue et alcool en particulier.)

que Qay s'arrangeait pour esquiver les questions sur son passé, Jeremy s'en tint à des sujets sans risques, les études et la nourriture.

Il n'en était qu'à la moitié de sa *mole,* quand il comprit que Qay, malgré sa discrétion, était vraiment intelligent. Et trois fois plus intéressant que prévu ! Il avait aussi le sens de l'humour, même s'il se recroquevillait parfois après une plaisanterie, comme s'il regrettait les mots qui venaient de lui échapper.

Bon sang ! Jeremy cherchait toujours où il l'avait déjà rencontré. Sa mémoire reconnaissait ces épais cheveux noirs striés d'argent, ou ce sourire un peu triste qui tremblait aux commissures.

Comme dessert, ils partagèrent un plat de *sopapillas* à la mangue et un deuxième pichet d'*agua fresca.*

Soudain, Qay s'adossa dans son siège et examina longuement Jeremy. Puis il se tourna vers Rhoda et demanda :

— Pourquoi tenez-vous tant à réparer sa vie ? Il me semble bien se débrouiller.

Jeremy poussa un gémissement théâtral. Rhoda sourit d'une oreille à l'autre.

— Non, mon chou. Il cache bien son jeu, je sais, mais crois-moi, il s'occupe beaucoup mieux des autres que de lui.

— Vous dites ça à cause de… hum, son ex ?

Rhoda ouvrait la bouche pour répondre, mais Jeremy la prit de vitesse.

— Il s'appelle Donny. Et je ne l'avais pas revu depuis cinq ans. Jusqu'à la nuit dernière, ajouta-t-il, avec un énorme soupir.

— Et après toutes ces années, il se pointe chez toi, la gueule enfarinée – et pleine de bleus –, en sachant que tu t'occuperais de lui ?

— Je suppose qu'il n'avait nulle part où aller. Il faut quand même que tu comprennes un truc : Donny est très sympa.

— Ah !

Jeremy leva la main pour couper court à la protestation de Rhoda.

— C'est vrai, insista-t-il, c'est un brave garçon, au fond. Son problème, c'est qu'il boit… Il boit beaucoup trop et il refuse de se faire soigner. Ou peut-être qu'il n'y parvient pas, je ne sais pas.

En fait, c'était ça le plus difficile à ses yeux. Si Donny n'avait été qu'un con pur et dur, Jeremy l'aurait largué beaucoup plus tôt – et sans aucun regret. Mais cela lui faisait mal de voir gâcher tant de potentiel, un peu plus à chaque goutte d'alcool ingurgitée.

Qay acquiesça, comprenant ce qu'il voulait dire.

— C'est facile d'être sympa tant qu'on n'a pas bu, mec. Mais si ça dure depuis un bail et qu'il refuse de se faire aider, pourquoi l'avoir accueilli et soigné ?

— Parce qu'il n'a que moi, répondit Jeremy.

Une excuse bidon, il en était conscient. Qay le prenait probablement pour une bonne poire qui ouvrait sa porte à un bonimenteur. Mais Donny était... eh bien, spécial. Jeremy avait aimé deux fois dans sa vie. La première, c'était à l'université, deux étudiants trop jeunes pour faire des projets d'avenir qui s'étaient séparé à peine leur diplôme en poche. Ensuite, il y avait eu Donny.

Qay réfléchit un moment, puis déclara :

— Il a de la chance de t'avoir. En général, les toxicos perdent vite leur cercle d'amis et quand ça devient vraiment difficile, il n'y a plus personne. Peut-être va-t-il sauter le pas, cette fois-ci.

— Peut-être. As-tu toi aussi perdu tous tes amis ?

La question était un peu trop personnelle vu que Qay et lui s'étaient rencontrés à peine deux heures plus, tôt, Jeremy le savait. Mais Qay ne tiqua pas.

— Non. En fait, je n'avais aucun ami.

Il leva le menton en parlant et fixa Jeremy droit dans les yeux. Une fois encore, ce geste défiant éveilla une lueur dans sa mémoire... le souvenir flotta et se rapprocha, presque à sa portée.

Rhoda intervint d'une voix à la douceur inhabituelle :

— Alors, comment fais-tu quand ça va mal ?

— Je me démerde.

Jeremy avait peu de contacts avec sa famille, mais jamais il n'avait été entièrement seul. Durant son enfance, ses parents avaient fait pour lui ce qu'ils pouvaient, dans la limite de leurs moyens – et avec leur vision étriquée du monde. Et il avait toujours eu quelques bons amis sur lesquels compter : ils l'aidaient à déménager, l'écoutaient quand il avait des problèmes à évacuer, l'accompagnaient à l'aéroport si nécessaire. Et s'il avait un jour besoin d'un canapé où dormir ou d'un prêt pour attendre sa prochaine paie, ses amis auraient répondu présents. Il ne pouvait pas imaginer d'être seul au monde.

— Tu es *vachetement* fort ! déclara-t-il.

À sa grande surprise, Qay éclata de rire.

— *Vachetement* ? Où tu as trouvé ça ?

— Deux de ses rangers viennent de Californie, déclara Rhoda. Ils lui ont appris des néologismes idiots. Quand on traîne avec les Californiens, c'est contagieux.

À peine la dernière *sopapillas* avalée, Jeremy s'empara de l'addition en repoussant les protestations des deux autres.

— Hé, c'est *mon* intervention ! C'est à moi de payer.

Il pouvait se le permettre. Rhoda aussi, mais pour Qay, ce serait sans doute plus délicat. En outre, c'était Jeremy qui l'avait invité.

La serveuse prit sa carte de crédit et s'éloigna avec. Qay secoua la tête en le regardant.

— Je ne comprends toujours pas en quoi tu as besoin d'une intervention. Donny s'est pointé chez toi, tu l'as aidé, il est reparti, fin de l'histoire. Pas vrai ?

Jeremy grinça des dents et chercha des yeux la serveuse : il aurait bien voulu la voir revenir pour mettre fin à cette discussion.

Rhoda se pencha vers Qay.

— J'avais prévu cette soirée bien avant cette histoire avec Donny. Ça n'a été que la cerise sur un gâteau merdique.

Qay se mit à rire.

— Un gâteau merdique ? Mmm, mon préféré. En tout cas, c'est celui que je consomme le plus souvent.

Avec un clin d'œil, il frotta son ventre, presque concave.

— Jeremy sombre dans un abîme d'ennui, continua Rhoda, comme si l'intéressé n'était pas juste devant eux.

— Est-ce plus grave encore que les Falaises de la Folie ? demanda Qay, très sérieusement.

— Bien sûr. Parce qu'aucun Westley n'attend notre Jeremy en haut de la falaise. Au contraire, il…

— Ça suffit ! interrompit Jeremy. Je ne veux plus vous entendre citer *Princess Bride*. Je ne suis pas Bouton d'Or. Et mon gâteau n'a rien de merdique. C'est juste que… Je ne sais pas. Je fais peut-être une crise de milieu de vie ?

Rhoda secoua la tête.

— Non, chéri. Dans ce cas, tu achèterais une Corvette et te taperais un gamin bien trop jeune pour toi. Ton problème, c'est que tu vis seul et ça te déprime. Au travail, jour après jour, tu affrontes les mêmes problèmes, aussi durement que tu œuvres à les résoudre, ils recommencent en permanence. Et le soir, tu retrouves un appartement vide. Il y a des gens que ça ne

46

dérangerait pas, Jer, mais tu n'en fais pas partie. Toi, tu as besoin de... de compagnie.

— J'ai des amis, protesta mollement Jeremy.

Rhoda ne parlait pas de ce genre de « compagnie », il le savait très bien. Elle se contenta de le toiser. Vaincu, il baissa les yeux sur sa serviette en papier, qu'il se mit à déchiqueter méthodiquement. Le réalisant, il la reposa sur la table.

Qay les avait écoutés et regardés avec attention.

— Avez-vous une solution à proposer, Rhoda ? demanda-t-il. Je crois que c'est plus ou moins le but d'une intervention.

— C'est vrai, mais la première étape indispensable est d'admettre l'existence du problème. Nous en sommes là pour le moment. Jeremy, nous t'écoutons.

Gêné des regards intenses posés sur lui, Jeremy se tortilla un peu, puis détourna la tête et fixa une bannière en papier multicolore attachée au plafond.

— Il ne s'agit pas d'un *problème*, tergiversa-t-il. Juste d'un incident de parcours. Et je suis tout à fait apte à le gérer.

Rhoda ricana, sceptique. Qay resta silencieux.

EN RETOURNANT au *P-Town*, Rhoda, changeant complètement de sujet, discourut non-stop sur l'état des jardins devant lesquels passait leur petit groupe. Elle critiquait les trop bien taillés, tout en détestant dans d'autres les mauvaises herbes envahissantes. Quand Jeremy souligna que certaines « mauvaises » herbes étaient à la fois botaniquement intéressantes et potentiellement utiles, aussi bien en cuisine qu'en médecine, elle lui tapota la joue.

— Tu prendras toujours à la défense des opprimés.

Le samedi soir, le café restait ouvert plus tard et, d'après ce qu'on en voyait à travers les portes-fenêtres de la façade, l'ambiance était encore très animée. Ptolémée était assisté deux aides-barmans, mais Rhoda s'empressa de déclarer :

— J'y vais ! Ils ont bien besoin d'un coup de main. Merci pour ce dîner, Jer. Pense à ce que j'ai dit. Quant à toi, Qay, je suis vraiment contente que tu aies accepté de venir avec nous. À bientôt, j'espère.

Elle étreignit Jeremy, tapota l'épaule de Qay et se précipita dans son café.

Qay et Jeremy restèrent sur le trottoir. Agrippé à la sangle de son sac à dos, Qay se balançait d'un pied sur l'autre.

— Merci de m'avoir invité, dit-il à mi-voix.

— Je suis heureux d'avoir fait. Mais tout à fait désolé que tu aies dû subir un show aussi pathétique sur la triste vie de Jeremy Cox.

Qay esquissa un sourire.

— Apprendre que tu es humain m'a plutôt soulagé.

Planté là, Jeremy se sentait soudain trop grand, stupide et maladroit. Il se gratta la tête.

— Hum, dis… Ça va peut-être t'inquiéter après ce que Rhoda vient de dire sur moi, mais si je te promets qu'elle exagère, accepterais-tu de dîner avec moi un de ces soirs ? Sans Rhoda et ses interventions pour réparer ma vie, rien que nous deux… J'aimerais mieux te connaître.

Jeremy fut soulagé de constater que Qay ne refusait pas instantanément, pas plus qu'il ne s'enfuyait en hurlant. Il paraissait plutôt hésiter, comme pris dans un dilemme. Il plissa les yeux en dévisageant Jeremy.

— Après ce que tu as vécu avec Donny, tu tiens à *mieux connaître* un autre junkie ?

— Je ne parlais pas d'un junkie, je parlais de *toi*.

Il était sincère. Si Qay n'avait pas menti, il s'était libéré de ses addictions depuis des années. Et il était beaucoup plus qu'un simple ex-junkie. Quelque chose chez lui faisait battre plus vite le cœur de Jeremy. Il avait envie de trouver le moyen d'effacer le chagrin et l'amertume qui creusaient le visage de Qay, de révéler l'homme qui se cachait sous ce masque.

Qay eut un petit rire.

— Un dîner romantique ? Je ne suis pas certain de l'avoir jamais fait. J'ai dû sauter cette étape.

Il se mâchonna brièvement un ongle avant d'ajouter :

— Voilà, je ne suis pas seulement un ex-drogué, j'ai aussi fait de la prison. Oh, rien de grave, j'ai été arrêté deux fois, et vite relâché. Pire encore, je ne suis pas tout à fait sain d'esprit. J'ai passé pas mal de temps en hôpital psychiatrique. Tu vois, Jeremy Cox, je n'ai rien d'un cadeau. Tu devais prendre le large. Et vite.

Sur une impulsion, Jeremy fit plutôt un pas vers Qay, puis un autre.

— Je n'en ai pas envie.

Écartant les cheveux noirs qui lui cachaient le visage de Qay, il se pencha et effleura ses lèvres. Son baiser n'exprimait pas la passion, loin de

48

là. C'était juste un test, pour voir s'il y avait une alchimie. Ce fut le cas sans doute, car Qay posa une main sur l'épaule de Jeremy et crispa les doigts.

Le baiser ne dura que quelques secondes. Qay laissa tomber sa main, Jeremy recula, tous deux se regardèrent solennellement.

— D'accord, déclara Qay. Mais c'est moi qui t'invite.

Jeremy aurait volontiers entamé une danse de la victoire autour du pâté de maisons, mais il réussit à ne pas bouger.

— Marché conclu, déclara-t-il. Quand ? Je suis libre tous les soirs.

— Samedi prochain. Ça te donnera une semaine pour réfléchir à tête reposée. Rendez-vous à dix-neuf heures au *P-Town*, d'accord ? Et si tu changes d'avis, pas de problème. Je comprendrai.

— Ça n'arrivera pas.

Qay parut sceptique, mais il acquiesça néanmoins.

— Alors, à samedi, dix-neuf heures.

— Bonne chance pour ton examen.

Surpris, Qay esquissa un sourire.

— Merci. Je vais en avoir besoin. Tout est là, annonça-t-il en se frappant la tête. Mais j'ai du mal à le transcrire sur le papier.

Il tourna le dos et s'éloigna, sa silhouette efflanquée jetant des ombres dans les flaques de lumière des réverbères et des vitrines de magasins.

De l'intérieur du café, Rhoda regardait la rue, une tasse à la main. De l'autre, elle salua Jeremy. Il répondit de la même façon. Il envisagea d'entrer un moment, puis se ravisa. *Je vais marcher*, conclut-il. C'était ce dont il avait besoin.

Il était au virage avant Mt Tabor quand son téléphone sonna. Il le sortit à contrecœur de sa poche, sachant bien qu'un appel à cette heure tardive était rarement de bon augure.

— *Chef Cox ?* dit une voix éraillée. *Ici le capitaine Frank.*

Il avait rencontré Frank quand il était dans la police et tous deux s'étaient croisés à plusieurs reprises depuis que Jeremy était devenu ranger. Sans être amis, ils se respectaient mutuellement.

— Que se passe-t-il, capitaine ?

— *J'ai besoin de vous pour identifier un cadavre.*

49

VI

CE N'ÉTAIT pas comme dans les films ou les émissions télévisées, quand un époux ou un parent horrifié se fait traîner à la morgue devant un légiste impassible, en blouse blanche, qui soulève un linceul pour révéler le visage du cadavre. Pour commencer, il était rare qu'un corps ait besoin d'être identifié, car même lorsque les gens mouraient seuls, ils avaient en général sur eux de quoi révéler leur identité. Quand Jeremy était encore dans la police, il s'était rendu deux ou trois fois chez le médecin légiste, mais rien n'était vraiment prévu pour recevoir les familles endeuillées. Aussi fut-il soulagé que le capitaine lui donne rendez-vous dans un McDonald.

Frank arriva le premier. Jeremy en fut heureux, car attendre assis sur une chaise en plastique devant un café dégoûtant n'aurait nullement amélioré les nœuds de son estomac. Il avait la sensation qu'une équipe de gymnastes russes s'entraînait dans ses tripes.

En le voyant s'asseoir en face de lui, Frank s'excusa sans attendre :

— Désolé de vous faire un coup pareil.

C'était un homme au visage mince, à quelques années de la retraite. Ses yeux aux paupières tombantes avaient un regard éternellement triste.

D'un signe de tête, Jeremy le remercia de sa délicatesse.

— Je sais bien que ce n'est pas la partie du métier que vous préférez.

— Non, on ne s'y fait jamais vraiment.

Frank soupira bruyamment, but une gorgée de son gobelet et tira d'une des poches de sa veste des photos qu'il poussa vers Jeremy.

— C'est juste une formalité, ajouta-t-il. Nous savons qui c'est. Mais il n'avait aucun papier d'identité sur lui et comme sa famille ne vit pas à proximité, nous avons pensé à vous…

Il s'interrompit et haussa les épaules. En venant, Jeremy avait essayé de se préparer à ce qu'il allait affronter. Sa première pensée, après le coup de fil de Frank, avait concerné Toad, le garçon qu'il avait récemment sorti de la rue. Bien sûr, le gamin avait semblé apprécier l'accueil reçu *Chez Patty*, mais il avait très bien pu filer peu de temps après, faire une overdose, se faire agresser, attirer l'attention d'un taré, ou passer sous un bus.

Presque immédiatement, Jeremy avait rejeté cette idée avec un certain soulagement. Frank ne l'aurait pas appelé pour Toad : comment aurait-il pu savoir qu'ils se connaissaient ? Non, il aurait plutôt contacté le personnel de *Chez Patty*, susceptible de reconnaître un adolescent décédé.

Du coup, Jeremy savait quel visage il allait découvrir sur ces photos.

— Où l'avez-vous retrouvé ? demanda-t-il à mi-voix.

— Dans la rivière.

— Merde. Comment...

— Regardez d'abord, d'accord ?

Malgré son épuisement manifeste, Frank ne cachait pas sa compassion. Jeremy retourna la première photo.

Donny était... dans un sale état. Mais il était déjà bien abîmé l'autre matin, en faisant ses adieux à Jeremy. Son visage enflé ne paraissait pas pire sur la photo, malgré les yeux clos et enfoncés, et le teint grisâtre que n'arrangeait pas le linceul blanc placé sous la tête.

Jeremy regarda une minute ou deux, évoquant le temps où il passait les doigts dans ces cheveux bruns, où il avait vu rire cette bouche et papillonner d'extase ces cils foncés. Ensuite, il reposa la photo sur les autres et poussa le tas vers Frank.

— C'est lui.

Sa voix ne tremblait pas, il en fut soulagé. Frank soupira de nouveau.

— Oui. L'un de mes hommes était pratiquement certain de l'avoir reconnu. Et la veste qu'il portait avait votre nom sur l'étiquette.

Le sweater de Jeremy était gris, sans rien de particulier, aussi l'avait-il marqué au stylo indélébile pour ne pas le confondre avec un autre dans la salle de gym.

— Étiez-vous encore ensemble ? s'étonna Frank. Je croyais avoir entendu dire...

— Non, nous avons rompu il y a cinq ans. Je ne l'avais plus revu avant la nuit dernière.

Le regard de Frank se fit plus acéré.

— Vous l'avez rencontré hier soir ?

— Oui, il est passé chez moi. Il avait été salement tabassé.

— Le légiste m'a effectivement indiqué que les blessures dataient d'un jour ou deux avant sa mort, confirma Frank. Que lui est-il arrivé ?

— Il ne m'a rien dit, et pour être franc, je n'ai rien voulu savoir. Il était très nerveux et angoissé. Il a refusé que je l'emmène à l'hôpital. Alors, je l'ai recousu et pansé de mon mieux, et je l'ai laissé passer la nuit chez moi. Il est parti au matin. Je lui ai donné des vêtements propres et l'argent que j'avais sur moi. Il m'a dit qu'il se rendait chez sa sœur, en Californie

En prononçant ces derniers mots, Jeremy sentit ses yeux le brûler et sa gorge se serrer. Il n'avait pas réellement cru que Donny irait dans le Sud et reprendrait sa vie en mains, pourtant, dans un coin optimiste de son cœur, il l'avait espéré. Il tenait à savoir Donny en sécurité et heureux, libéré des addictions qui avaient causé sa perte. Maintenant, c'était trop tard, Donny était mort.

Jeremy ferma les yeux et baissa la tête.

— C'était un brave homme. Il a déconné terriblement, mais il avait bon fond. Je crois sincèrement que…

Il ne put terminer sa phrase et fut reconnaissant à Frank de son silence qui ne portait aucun jugement. Jeremy ne tenait pas à craquer devant un flic au milieu d'un fast-food. Il inspira un grand coup, avec difficulté, puis regarda Frank et demanda :

— Dans quelle rivière a-t-il été retrouvé ? La Willamette ou Columbia ?

— La Willamette. Un pêcheur l'a récupéré cet après-midi, près du pont Fremont, pris dans les remous. Merde, Cox ! Je ne devrais pas vous le dire. D'après ce que nous en savons, vous êtes le dernier à l'avoir vu vivant.

Épuisé, Jeremy en avait presque les larmes aux yeux.

— Vous me suspectez, capitaine ?

Frank l'inspecta longuement, puis il secoua la tête.

— Non. En principe, vous pourriez être sur notre liste, mais… Écoutez, nous savons tous que Donny Matthews fricotait avec de vrais tordus. Nous l'avons alpagué une fois ou deux fois, vous étiez au courant ?

Non, Jeremy l'ignorait, mais il n'en fut pas surpris.

— A-t-il été en prison ? demanda-t-il, inquiet.

La prison n'était pas un endroit recommandé pour un ex-policier. Puis il se souvint que c'était désormais sans importance. Plus rien ne pouvait atteindre Donny.

Frank secoua la tête et sirota ce qui restait dans son gobelet – du soda apparemment.

— Non, ce n'était rien. Mais certains de ses acolytes sont dangereux. Seigneur ! Je suis dans le métier depuis presque trente ans et j'ai encore presque envie de pleurer quand je vois ce que la drogue fait aux gens !

— Oui.

Jeremy avait *bel et bien* pleuré, chez lui, tout seul. Pour Donny qui foutait en l'air sa vie, sa carrière et l'avenir qu'ils auraient pu connaître, mais aussi pour tous ces hommes et ces femmes dont la vie devenait un enfer. Et surtout pour les enfants – ces gosses comme Toad qui n'avaient jamais eu la moindre chance.

La gorge à nouveau contractée, il évoqua soudain Qay Hill. Lui aussi avait eu un problème de drogue, il en gardait des séquelles – Jeremy l'avait deviné à la raideur de ses épaules et aux rides de son visage –, mais il avait survécu, il s'était repris et, dorénavant, il menait un dur combat pour remonter la pente. C'était bon de se rappeler que la guerre n'était pas perdue d'avance : certains s'en sortaient.

— Comment est-il mort ? demanda-t-il à mi-voix.

— On lui a tiré dessus. Avez-vous une arme, Cox ?

— Non.

Il n'aimait pas les armes à feu, il avait rendu son arme de service en quittant la police.

— Aucune chance que ce soit un suicide, je présume ?

— Non, il a reçu deux balles dans le dos avant d'être balancé dans la rivière. Nous pouvons conclure qu'il s'agit bien d'un meurtre.

Dans le dos. Donny avait-il couru pour échapper à son tueur, ou avait-il été abattu par surprise ? Avait-il eu peur aux dernières minutes de sa vie, ou était-il parti sans même le réaliser ? Était-il mort rapidement ?

Bon Dieu, Donny ! Il avait partagé le lit de Jeremy pendant des années. Jeremy avait caressé le moindre centimètre carré de son corps, tout connu de lui, les petits cris qu'il poussait pendant l'orgasme, mais aussi ses goûts, ses secrets. Par exemple, il savait que Donny avait un faible pour les films de Disney et qu'il était incapable de croiser un chien sans s'arrêter pour le caresser. Il savait aussi que le père de Donny était un salopard machiste et abusif.

— Ça va aller, Cox ?

Avant d'entendre Frank lui poser cette question, Jeremy n'avait pas réalisé qu'il se frottait le visage. Il laissa retomber ses mains sur la table.

— Oui. Désolé.

— Ne vous excusez pas. Vous teniez à Donny. Je suis heureux qu'il ait eu quelqu'un vers qui se tourner.

— Merde. Sa sœur ! Quelqu'un doit la prévenir.

— Voulez-vous vous en charger ?

Jeremy secoua la tête et lutta contre l'envie de cacher à nouveau son visage

— Non. Elle me déteste. Mieux vaut que ça vienne de vous. J'ignore son adresse exacte et son numéro de téléphone, mais je peux vous donner son nom et la ville où elle réside. C'est en Californie. Vous ne devriez pas avoir de problème à la localiser.

— D'accord. Merci.

Une autre idée vint à Jeremy.

— Je ne sais pas si... Donny ne s'entendait pas très bien avec elle.

Laura Gifford était une vraie garce, mais il ne le formula pas aussi abruptement. Il enchaîna d'un ton hésitant :

— Si elle refuse de s'occuper des... funérailles...

Sa voix se cassa. Il avait la gorge affreusement desséchée. Il aurait volontiers bu un soda lui aussi.

— Oui ? insista Frank.

— Si elle refuse, prévenez-moi, d'accord ? Je m'en chargerai.

Parce que Donny ne méritait pas de s'en aller seul et oublié de tous.

— C'est entendu.

Jeremy crevait d'envie de rentrer chez lui, de s'enfouir sous ses couvertures et de ne plus bouger pendant très longtemps. Il se redressa, prêt à s'en aller.

— Vous n'avez plus besoin de moi, capitaine ?

— Non, pas ce soir. Nous reviendrons probablement vous poser d'autres questions, en particulier à propos de ce qui s'est passé hier soir, mais ça peut attendre. Allez dormir, Cox.

— C'est bien mon intention.

Son estomac s'était calmé, mais du plomb lui remplissait les tripes. Il lui fallut un gros effort pour se lever, serrer la main de Frank et se traîner hors du fast-food jusqu'à son SUV.

EN ARRIVANT chez lui, Jeremy ne se coucha pas tout de suite. Il envisagea de fouiller ses placards pour une bouteille d'alcool que Donny aurait pu manquer, puis se ravisa. Il pensa ensuite appeler Rhoda, mais il se faisait tard et il ne tenait pas à la réveiller. Il finit roulé en boule sur le canapé, à regarder un des DVD que Donny avait oubliés chez lui après leur rupture : *Les Indestructibles*, un des films d'animation que Jeremy préférait. Ni marié ni père de famille, il se trouvait néanmoins des points communs avec Bob Parr, le père superhéros.

À la fin du film, Jeremy regarda défiler le générique sur l'écran, toujours aussi éveillé.

Vendredi soir, Donny vivait encore, couché sur ce même divan, et aujourd'hui, il était mort.

Jeremy s'en voulait de l'avoir laissé filer comme ça. Donny avait été tabassé, tailladé au couteau. Bon sang, Jeremy aurait dû l'emmener à hôpital. S'il l'avait fait, Donny serait peut-être en prison actuellement, mais n'y aurait-il pas été mieux qu'à la morgue du comté ?

D'horribles visions de Donny flottaient dans sa mémoire. Pas les souvenirs d'un vivant, mais des photos de cadavre. Rigide et abandonné sur une table en inox dans une chambre froide de Clackamas, un corps aux mains des médecins légistes.

Si Jeremy avait cédé à ses avances enivrées la veille au soir, s'il l'avait baisé, Donny serait-il encore en vie ? Ou… merde ! Jeremy aurait dû le jeter dans son SUV et l'emmener en Californie, quitte à devoir affronter sa garce de sœur.

Oui, il aurait pu faire bien des choses pour aider Donny, au lieu de se contenter de suturer ses plaies, de lui donner de l'argent et une veste, et de lui dire au revoir.

Il finit par s'endormir sur le canapé, sans éteindre ni les lampes du salon ni la télévision.

VII

Qay passa une bonne moitié de son dimanche à se demander s'il devait retourner étudier au *P-Town*. Finalement, il s'en abstint. Non parce qu'il n'y serait pas bien accueilli – il avait fini par accepter le fait que Rhoda était sincère en lui offrant de passer la journée dans son établissement. C'était plutôt que s'il retournait là-bas, Jeremy Cox risquait d'apparaître et dans ce cas, Qay ne réussirait jamais à se concentrer sur ses livres. Et même si Jeremy ne venait pas, Qay passerait son temps à l'espérer, à le chercher. Alors, il resta chez lui, tout en pensant souvent à Jeremy.

Ce n'était pas seulement que l'homme était beau – et pourtant, Seigneur, il l'était ! Et solide, et bien bâti, avec un sourire à vous donner des palpitations, avec une aisance de mouvement qui démontrait une parfaite maîtrise de ce corps de géant. Non, c'était surtout qu'il n'était pas un connard de macho arrogant. Au contraire, il était gentil, attentionné, drôle, légèrement effacé, toujours plus disposé à écouter qu'à parler. Qay s'étonnait encore de lui avoir révélé une bonne partie de ses problèmes – ses addictions, ses séjours en prison et en hôpital psychiatrique. Dire que Jeremy avait à peine tiqué à ces aveux ! Il avait même confirmé son invitation à dîner, paraissant sincèrement heureux à cette perspective.

Dans l'ensemble, Jeremy était l'homme le plus attrayant que Qay ait jamais rencontré. Alors qu'il essayait de se concentrer sur la tyrannie de la majorité, il était en réalité hanté par ses souvenirs de Jeremy Cox enfant, si menu, si timide.

Avec l'instinct classique des prédateurs, les pires brutes de l'école avaient choisi le petit nerd rondouillard comme tête de Turc. Ils s'étaient montrés sans pitié. Peut-être avaient-ils déjà senti en lui une différence alors que Jeremy lui-même ne la réalisait pas encore… ou peut-être était-ce seulement que l'enfant était à la fois très intelligent et introverti. Quoi qu'il en soit, Jeremy avait affronté son calvaire avec un mélange de résignation et de résolution. Une attitude que Qay avait admirée de loin. Personne ne s'en prenait à lui, à l'époque, mais à la place de Jeremy, il aurait réagi violemment.

Puis il avait été étonné de constater que le jeune Jeremy n'avait pas peur de lui – contrairement aux autres élèves. Quand Jeremy le regardait, ce n'était pas comme un monstre, ou un taré. En fait, ces coups d'œil fugaces suivis d'adorables rougissements avaient été pour Qay une révélation : on pouvait le trouver attirant. Ce qui l'avait aidé à traverser des jours très sombres.

Il n'était pas retourné au Kansas depuis son adolescence et cela faisait des années qu'il n'avait plus pensé à Jeremy Cox. En général, il évitait d'évoquer tout ce qui concernait Bailey Springs.

Merde !

Il referma vigoureusement son cahier, se leva et se rendit dans sa kitchenette. Il aurait voulu une bière, un shot, une pilule... quelque chose. Il se contenta d'un verre de lait, attrapa un sac de chips et s'installa devant sa table bancale. Pour le moment, il devait oublier Jeremy Cox. Et Bailey Springs. Et la misérable histoire de sa vie. Tout ça était sans importance. Ce qui comptait, c'était d'ingérer suffisamment de John Stuart Mill pour être capable de « vomir » ses connaissances le jour de l'examen et de réussir à valider son année.

Ben voyons ! Comme si un C ou un B en philosophie allait lui changer la vie !

LA NUIT de dimanche soir, Qay dormit mal. Il resta éveillé longtemps dans l'obscurité, en imaginant tous les moyens possibles qu'il avait de foutre une fois de plus son existence ne l'air – en commençant par rater si honteusement son examen qu'il se ferait expulser de l'université communautaire et interdire de séjour sur le campus. Il y aurait des panneaux accrochés dans les couloirs, avec son visage barré d'une grande croix rouge.

Lorsque l'épuisement finit par le faire sombrer, il eut des rêves inquiétants. Rien d'assez net pour qu'il en garde le souvenir, mais il se réveillait en sursaut, inondé de sueur froide, le souffle court, ses couvertures enroulées autour de lui comme une camisole de force.

Il se leva plus tôt que d'habitude et, après s'être douché et habillé, il jeta à son livre scolaire un regard dégoûté et quitta à la hâte son sous-sol. À peine sorti, il fut accueilli par une petite pluie fine. La drogue et des années d'alimentation sommaire l'avaient amaigri. Même maintenant qu'il était désintoxiqué et faisait plus attention à ce qu'il consommait, il ne reprenait pas de poids. Ses parents avaient été minces, alors peut-être était-ce dans ses gènes. Se dire qu'il n'avait pas hérité d'eux que le pire le rassurait. Il n'avait jamais beaucoup apprécié l'exercice physique, mais ce matin, il en avait besoin pour s'éclaircir les idées.

Il marcha au hasard, sans réfléchir à sa destination, d'abord en direction de la rivière, puis il traversa la zone industrielle au nord du pont de Ross Island. Il ne vit pas grand monde, à part les conducteurs des véhicules qui le dépassaient. Il en fut soulagé. Il finit par arriver près du pont de Marquam, d'où il regarda couler l'eau grise de la rivière en dessous. La Willamette ne ressemblait pas à Smoky Hill.

Quand il se lassa du spectacle, ses vêtements étaient assez mouillés pour le faire frissonner. Il retourna vers sa maison. Sans entrer chez lui, il remonta Belmont jusqu'aux élégantes portes-fenêtres du *P-Town* qui l'incitèrent à entrer. Jeremy n'y était pas, Rhoda non plus, mais Qay apprécia la bonne odeur du café chaud. Il en commanda une grande tasse et engloutit une des pâtisseries présentées de façon alléchante dans la vitrine près du comptoir. Il s'attabla dans un coin, sous un tableau représentant un beau nageur blond dans un étang, et sirota sa tasse en méditant. Il n'aurait pas su expliquer pourquoi, mais il se sentait plus au calme ici que dans son appartement.

Il était encore perdu dans ses pensées quand Rhoda s'assit devant lui, le faisant sursauter. Elle serrait entre ses paumes une tasse qui sentait le thé herbal.

— Tu as l'air plutôt mouillé, dit-elle.

Qay regarda le sol : son manteau trempé et ses chaussures imbibées avaient laissé des traces d'eau.

— Pardon. Je n'avais pas remarqué que je salissais tout.

— Ce n'est que de l'eau, mon chou. Aucune importance. Et si je ne voulais pas d'eau chez moi, je ne me serais pas installée à Portland. Veux-tu une serviette ? Je ne voudrais pas que tu attrapes une pneumonie.

— Ça va aller, dit-il avec un sourire timide.

Il n'avait pas l'habitude qu'on s'occupe de lui et trouvait ça… touchant. Rhoda émit un petit bruit désapprobateur et se pencha en avant.

— Alors, ce test ? Tu l'as déjà passé ?

— Non. J'y vais à seize heures.

— Je suis certaine que tout ira bien.

— Je suis heureux que l'un de nous au moins ait confiance en moi, dit-il avec un petit rire.

Comme il ne voulait plus penser à son examen, il changea de sujet,

— J'ai l'impression que vous êtes tout le temps là, Rhoda. Gérer un café doit être épuisant.

À sa grande surprise, elle éclata de rire.

— Épuisant ? Chéri, je vis mon rêve ! Et ne me regarde pas comme ça. Je suis sérieuse.

Souriant toujours, elle agita la main.

— Mais… commença Qay.

Il regarda autour de lui. Bien sûr, le *P-Town* était un endroit agréable, rempli de bonnes odeurs de café et de pâtisseries, bourdonnant de conversations animées et d'éclats de rire. C'était aussi un joyeusement décoré, avec des meubles hétéroclites, des peintures audacieuses et un éclairage chaleureux.

Mais quand même, ce n'était qu'un café.

— Oh, je sais, déclara Rhoda. La plupart des gens rêvent de beaux manoirs, de voyages exotiques, de renommée mondiale. Pas moi. Je suis casanière, je préfère l'éclectique et le confortable au coûteux, et je suis certaine que je deviendrais très garce si je devais affronter les paparazzis. Je travaille sept jours sur sept dans mon obscur petit café et je ne pourrais pas être plus heureuse.

Elle paraissait effectivement nager en plein bonheur, pensa-t-il. Même quand elle critiquait les nouveaux immeubles, le manque de parkings ou les jardins, elle le faisait avec humour. Elle portait sa joie de vivre comme on le ferait d'un sweat préféré.

— Comment un coffee house est-il devenu votre rêve ? demanda Qay.

Sans doute avait-il posé la bonne question, parce qu'elle lui adressa un sourire rayonnant tout en lui tapotant la main.

— J'ai longtemps exercé un emploi de cadre supérieur dans une grosse boîte sans âme. Oh, je gagnais bien ma vie, mais je me faisais suer dans les grandes largeurs. Je passais mes jours à compter les minutes pour pouvoir rentrer chez moi et une fois à la maison, je redoutais l'idée de devoir bientôt retourner au bagne. Je détestais même les tenues que je devais porter pour avoir l'air « professionnelle », sinistres, classiques et sans couleurs.

Elle arborait aujourd'hui une robe multicolore avec des tartes imprimées, sous un cardigan rose bonbon et des bas assortis. Et des chaussures dorées agrémentées d'une grosse fraise métallique.

— J'aime ce que vous portez, déclara Qay

Il était sincère : les vêtements de Rhoda étaient aussi brillants et excentriques que leur propriétaire.

— Moi aussi. Quand j'étais prisonnière dans mon cachot, je fantasmais sur ce que j'aimerais faire de ma vie, si le choix m'en était donné. Je voulais quelque chose de foncièrement différent, bien sûr. Pour commencer, je serais chez moi, pour pouvoir m'habiller comme je l'entends et décorer l'endroit à mon goût. Je voulais un endroit où rencontrer des gens intéressants, qui viendraient y passer un bon moment, consommeraient, bavarderaient. Je suis une vraie concierge, Qay, j'adore connaître la vie des autres, leurs expériences, leurs anecdotes. Donc, dès que j'ai hérité d'un petit capital, j'ai ouvert *P-Town*.

Elle soupira et son sourire baissa d'un cran.

— Le plan initial, reprit-elle, était de le gérer avec mon mari, mais il est mort deux ans après notre ouverture.

— Je suis désolé.

Rhoda haussa les épaules.

— Oui, le destin se montre parfois odieux. Mais même sans Tim, j'ai tenu bon envers et contre tout ! Quand je me lève le matin, je suis impatience d'aller travailler. Même si je me fais renverser demain par un camion, je me dis que j'aurais au moins passé les dernières années de ma vie à faire exactement ce que je voulais.

Après un moment de réflexion, Qay hocha la tête.

— Je comprends, les rêves ne sont pas forcément glamour. Et je suis heureux que vous ayez ouvert *P-Town*. J'aime beaucoup votre café. Je m'y sens bien.

— Tant mieux, mon chou. Tu seras toujours le bienvenu chez moi. Tu vois, c'était aussi une partie de ma vision : réunir des gens différents. Certains de mes clients roulent en Mercedes, d'autres ont du mal à s'offrir une tasse de café. Et regarde ces deux petites vieilles, là-bas…

D'un signe discret, elles désignaient deux dames aux cheveux gris assises près de la fenêtre. Puis elle enchaîna :

— Elles s'adonnent au sauvetage des chats. Elles se donnent rendez-vous ici tous les lundis pour tenter de trouver des foyers à leurs rescapés les plus récents. Cet homme, en costume, au fond de la salle, c'est un juge ; il traverse la rivière deux fois par semaine pour déjeuner chez moi. Le jeune blond qui lit le journal est musicien. Il joue ici à l'occasion. Certains de mes clients semblent ordinaires, d'autres… sont plus bizarres qu'il n'y parait, mais chacun d'eux est intéressant, à sa façon, et tous se sentent chez eux ici. Mon café est tout à fait rentable, tu sais, mais j'ai parfois l'impression de tenir salon et de recevoir des amis.

Sans laisser à Qay le temps de répondre, elle se leva et s'empara de sa tasse vide.

— Je reviens, annonça-t-elle.

Il la suivit des yeux pendant qu'elle traversait la salle, saluant presque tout le monde au passage. Elle s'arrêta parler une minute ou deux avec les sauveteuses de chats. Amusé, Qay remarqua que les deux dames portaient un pull en tricot avec des pattes de félin. Quand Rhoda revint, elle avait rempli sa tasse. Elle lui apportait également un pichet de crème et une assiette contenant un gros cookie.

— Caramel salé et cassonade, annonça-t-elle en le posant sur la table.

— Mais je…

— J'ai besoin de ton avis, coupa-t-elle. Une nouvelle boulangerie vient d'ouvrir au bas de la rue. Ce matin, ils m'ont déposé des échantillons de leurs produits. Je prépare l'essentiel de mes plats, mais j'envisageais justement de proposer davantage de pâtisseries. Je trouve à leurs gâteaux des saveurs intéressantes. Je ne peux pas tous les manger, sinon je vais exploser, et mes deux barmans sont véganes. Alors, je t'engage comme goûteur temporaire.

— J'ai droit à un badge ? demanda Qay.

— La prochaine fois. Vas-y, goûte celui-là et dis-moi ce que tu en penses.

Elle poussa l'assiette vers lui.

Sans plus se faire prier, il prit le cookie, mordit dedans et mâcha. Quand le goût explosa sur ses papilles, il ouvrit de grands yeux. Il était mal placé pour juger en « gourmet », vu qu'il avait passé l'essentiel de sa vie à manger des produits bas de gamme qu'il achetait le moins cher possible – en supermarché discount un jour de soldes. Mais quand même, c'était *super bon* ! Même si sa mère avait été du genre à faire des gâteaux – ce qui n'avait jamais été le cas –, elle n'aurait pas pu faire aussi bien. Il goûta une fois encore, avala et déclara :

— Incroyable ! N'hésitez pas, prenez-les.

Rhoda hocha la tête.

— Bon travail, Qay. Tu es un excellent testeur.

Elle sirota son thé. Pendant ce temps, Qay ajouta à sa tasse de la crème et du sucre, et y goûta prudemment, sans mélanger. Il le trouva excellent, même s'il n'était pas non plus un grand connaisseur en café. En tout cas, ça ne ressemblait en rien au jus de chaussette qu'il avait ingurgité au fil des années dans diverses institutions.

— Et toi, Qay, quel est ton rêve ? demanda soudain Rhoda.

Il eut l'impression qu'elle avait cette question sur le bout de la langue depuis un certain temps.

— Le mien va rendre le vôtre hyper exotique, Rhoda. Je voudrais rester sobre. Avoir de quoi payer mon loyer. Garder un emploi.

— Cet examen que tu vas passer, fait-il partie de ce rêve ?

Il grimaça et passa un moment à examiner les miettes de son cookie, comme si c'était un spectacle fascinant.

— Je ne sais pas trop… c'est plutôt une illusion. Même si je réussis et que je passe dans l'année supérieure, alors quoi ? Même si j'obtiens par miracle un diplôme universitaire avant de mourir à un âge canonique, alors quoi ? Tout ça ne me mènera nulle part, en fait.

Elle fit la moue.

— Je ne crois pas. Avoir une meilleure éducation générale est un but en soi.

— Génial ! Je serai un balayeur savant !

— Si ça te rend heureux, je ne vois pas où est le mal. Mais tu sais quoi ? Les rêves changent parfois. Ils évoluent. Le tien le fera peut-être.

Qay en doutait fort. Il n'avait jamais été du genre à rêver. Grandir dans la maison Moore, à Bailey Springs, ne l'y avait guère encouragé, pas plus que fréquenter les sinistres endroits où il avait plus tard été enfermé.

Rhoda frappa la table de ses ongles courts, laqués en rose pour s'assortir à son cardigan et à ses collants.

— Il n'est pas nécessaire de viser haut, mais je pense qu'il faut avoir un but dans la vie, sinon, on finit par se perdre. C'est justement le problème de Jeremy en ce moment. Il tourne en rond parce qu'il ne sait pas où aller.

Qay ne connaissait pas suffisamment Jeremy pour en juger, aussi se contenta-t-il de hausser les épaules.

— Il est intelligent. Il trouvera son chemin.

Elle eut un sourire en coin.

— Je l'espère. À mon avis, il a besoin de compagnie. Certains voyages ne devraient pas être faits en solitaire.

Qay secoua la tête.

— Un ex-junkie looser n'est pas très recommandé comme compagnon de voyage ! protesta-t-il.

— Nous avons tous nos petits défauts, mon chou.

Elle cassa un morceau du cookie et l'engouffra. Elle mâcha, puis acquiesça.

— Tu as raison, enchaîna-t-elle, c'est délicieux. Bon, maintenant, j'ai des factures à payer, ce qui n'est pas ma tâche préférée. Bonne chance pour ton examen.

Elle s'éloigna avec un sourire.

QUAND QAY sortit du *P-Town*, ses chaussures étaient encore humides, mais il était gorgé de sucre et de caféine, aussi son anxiété était-elle retombée à un niveau gérable. Apparemment, les papillons dans l'estomac pouvaient être domptés par le caramel au beurre salé. C'était bon à savoir.

Il repassa chez lui récupérer son sac à dos, puis se dépêcha afin d'attraper le bus qui l'emmènerait au campus.

La première fois où il était venu à l'université communautaire, il s'était senti très mal à l'aise. Pour lui, l'école avait toujours représenté un calvaire, même étant enfant. À présent, il était en âge d'avoir *des enfants* étudiants. Il faillit renoncer avant même d'entrer au bureau des inscriptions. Par chance, il fut accueilli par un personnel aimable qui ne portait pas de jugement, et son professeur – un vieil hippie avec un net penchant pour les digressions politiques – était plutôt sympa. Quant aux autres étudiants, eux aussi le traitaient bien, sans lui faire sentir qu'il n'avait pas sa place parmi eux. Et quand le prof les assignait en groupes de travail, tous les élèves écoutaient ce que Qay avait à dire.

Si seulement il réussissait ce fichu test !

Il prit sa place habituelle, à peu près au centre de la salle, et sortit du papier et des stylos. Le professeur était de l'ancienne école, ce qui signifiait que les ordinateurs portables n'étaient pas autorisés. Tant mieux pour Qay ! N'ayant pas suffisamment économisé pour s'en acheter un, il était obligé d'emprunter ceux du campus quand il avait à écrire un devoir ou à utiliser Internet.

À sa gauche, le siège était vide, mais à sa droite était assise une jolie jeune fille, douloureusement jeune – sans doute n'avait-elle pas encore vingt ans. La première fois où elle s'était trouvée en groupe avec Qay, elle s'était adressée à lui en disant « monsieur ». Heureusement, il avait réussi à la convaincre d'user de son prénom, mais elle se montrait toujours déférente envers lui.

— Je suis tellement nerveuse ! murmura-t-elle avec un lourd accent russe. Je crois que je n'y comprends rien.

— Moi aussi, je suis nerveux.

— Vous ! Mais pourquoi ? Vous savez tout.

Il ricana.

— Malheureusement, non.

— Si ! Quand je vous demande une explication, c'est bien plus clair que dans les livres. En fait, je vous comprends mieux que le professeur Reynolds. Vous utilisez moins de mots compliqués.

Comprendre ne suffisait pas. Le problème de Qay était plutôt de transcrire son savoir sur le papier. Il voulut l'expliquer à la jeune Russe, mais n'en eut pas le temps, car le professeur se racla de la gorge pour attirer l'attention de ses élèves. Il brandissait une liasse de papiers.

— Vous êtes tous prêts, vaillants et attentifs ? Parfait. Assurez-vous de bien répondre à toutes les questions, mais sans digressions hors sujet, je vous prie. Vous êtes libres de sortir dès que vous m'aurez remis votre copie. Pour finir, j'aimerais que vous évitiez de récriminer et de gémir.

Pendant que Reynolds commençait à distribuer les sujets, Qay étira son dos crispé et respira plusieurs fois, bien à fond. Il serrait si fort les doigts sur son stylo qu'il craignit de le briser. Reynolds déposa son sujet devant lui, avec une tape amicale sur l'épaule. Qay essaya de sourire. Son cerveau n'était pas vide, non, c'était un tourbillon étouffant, comme une tornade au beau milieu d'un *Walmart*. Pendant un moment terrifiant, il ne put même pas lire les questions imprimées. Et quand il parvint enfin à déchiffrer la première, pas un seul mot pour y répondre ne lui vint à l'esprit.

Décrivez les pensées de Mill sur la tyrannie de la majorité. Donnez un exemple concret de cette philosophie dans l'Amérique moderne. Évoquez brièvement les pièges potentiels des tentatives de contestation de la volonté collective.

Ben, merde alors ! Reynolds aurait aussi bien pu lui demander d'expliquer la théorie de la relativité d'Einstein en sanskrit.

Pour dire la vérité, Qay n'était pas idiot. Après son saut suicidaire, lorsqu'il se retrouva enfermé en hôpital psychiatrique, un de ses psys lui avait fait passer un test de QI. Les résultats le déclaraient surdoué. Le Dr Moore avait refusé d'y croire.

— S'il est tellement génial, pourquoi ne cesse-t-il de redoubler ?

Le thérapeute avait parlé d'anxiété et de dépression, mais le Dr Moore s'était entêté.

— Il le fait exprès ! avait-il insisté en désignant Qay – qui s'appelait encore Keith, à l'époque –, assis à ses côtés, amorphe et renfrogné. C'est comme pour la drogue, le sexe et les tentatives de suicide. Il cherche à me défier.

Après avoir lancé à Keith un coup d'œil plein de compassion, le psychiatre avait vaillamment tenté de convaincre le Dr Moore que son fils était bien davantage qu'un ado insolent. Son intervention ne servit à rien. Quelques jours plus tard, les parents de Keith l'avaient conduit dans un autre établissement, aux murs couronnés de barbelés, où le personnel avait une philosophie plus en harmonie avec celle du Dr Moore.

Ces souvenirs ne firent rien pour calmer l'anxiété de Qay. Bon sang, mais que lui avait-il pris de s'inscrire dans cette classe ? Il délirait, voilà tout. Il ferait mieux d'aller réclamer une cellule capitonnée dans l'hôpital le plus proche.

Mais il alors, il se revit au *P-Town* de Rhoda, un bon café à portée de main et Jeremy assis à proximité. En se concentrant suffisamment, Qay revoyait son manuel ouvert devant lui sur la table, avec le visage acétique de Mill, encadré de favoris blancs, qui le fixait. *Concernant la liberté… Il existe une limite à l'ingérence légitime de l'opinion collective dans l'indépendance individuelle : trouver cette limite – et la défendre contre tout empiètement éventuel – est tout aussi indispensable à la bonne marche des affaires humaines que se protéger contre le despotisme politique.*

Nom de Dieu ! Son *savoir* lui revenait. Son stylo vola sur le papier. Il n'eut pas à se creuser la cervelle pour trouver un exemple, car il pensa instantanément au Mariage pour Tous. Bien sûr, la majorité des électeurs tenait peut-être à interdire son accès aux homosexuels, mais la majorité des juges de la Cour suprême avait décidé qu'une restriction était une injuste entrave à la liberté individuelle.

Une fois dépassé l'obstacle de la première réponse, Qay découvrit que les autres lui venaient facilement. Son seul problème était d'écrire assez vite pour suivre les instructions de son esprit et assez succinctement pour avoir le temps de répondre à toutes les questions. Il espérait que Reynolds serait capable de déchiffrer ses griffonnages… il se rassura, car il connaissait l'écriture de certains de ses camarades de classe, pire encore que la sienne, aussi était-il d'avis qu'un professeur expérimenté avait le pouvoir magique de comprendre les hiéroglyphes.

Quand le temps alloué fut écoulé, Qay rendit sa copie, le cœur étonnamment léger. Il sourit à Reynolds et lui souhaita une bonne semaine. Et puis, souriant toujours, il se précipita sous la pluie pour attraper son bus et rentrer chez lui.

VIII

PENDANT UN jour ou deux après l'examen, Qay ressentit une intense sensation d'euphorie. Il avait la tête qui tournait, mais de façon totalement positive, sans risque d'addiction. Il se sentait... bien, plein de confiance en lui. C'était étrange. Même subir Stuart au travail, qui à son habitude se comportait en parfait connard, ne le dérangea pas. Qay se contenta d'un sourire forcé et rigola en voyant un des gars faire un geste obscène dans le dos de leur chef d'équipe.

Au fil de la semaine, cependant, sa satisfaction commença à se dissiper parce qu'il n'avait pas revu Jeremy. Presque tous les soirs, Qay se rendait au *P-Town* pour étudier et se détendre après son travail. L'atmosphère était excellente et Rhoda trouvait toujours le temps de bavarder gaiement avec lui, mais Jeremy brillait par son absence. Le mercredi, Qay évita le coffee house : c'était un soir musical et il y aurait foule, deux contraintes notoires pour se plonger dans un manuel scolaire. Il revint jeudi et vendredi, et Jeremy n'était toujours pas là.

— Tu fais la tête, déclara Rhoda.

Ignorant l'agitation du vendredi soir qui faisait bruisser la salle, elle s'attabla en face de Qay. Elle apportait un gros brownie, elle le partagea en deux et fit glisser l'assiette vers Qay.

— Tiens, ajouta-t-elle, mange. Je prends moins de calories quand je mange dans ton assiette.

— J'ignorais que ça fonctionnait comme ça !

— Je t'assure que c'est vrai, mon chou. Et les calories ne se comptent pas non plus quand on mange directement dans le frigo ou pendant les vacances.

Elle enfourna un gros morceau de gâteau dans sa bouche.

— Donc, moi, je vais grossir puisqu'il s'agit désormais de mon assiette ? s'enquit Qay.

— Oui, mais c'est pas grave, tu peux prendre quelques kilos. Tout finit par s'équilibrer, tu vois. C'est la loi quantique des calories. N'as-tu rien appris d'utile à l'université ?

Malgré son humeur sombre, il ne put retenir un rire.

— Je n'en suis pas encore arrivé là, sans doute.

À la table voisine, deux hommes se regardaient d'un œil tendre, un livre abandonné posé devant chacun d'eux. L'un était brun avec un pansement sur un œil, l'autre était un habitué. Ensemble, ils étaient adorablement guimauve.

— Tu fronces les sourcils, remarqua Rhoda.

— Excusez-moi.

— Ne me dis pas que tu prépares déjà un autre examen ! C'est ça qui t'inquiète ?

— Non. C'est juste... Auriez-vous vu Jeremy récemment ?

Ce fut au tour de Rhoda de froncer les sourcils.

— Non. En général, il passe plusieurs fois par semaine. Je lui ai envoyé un message mardi pour lui demander s'il voulait que je lui garde un siège pour la soirée musicale... il a répondu qu'il ne viendrait pas, parce qu'il était occupé. Il ne m'en a pas dit plus.

Qay se mordit la lèvre, puis décida qu'il ferait aussi bien de mâcher le brownie. Il y croqua donc goulument.

— Je crois qu'il m'évite, dit-il, la bouche pleine.

— Foutaises. Je suis certaine qu'il...

— Écoutez, je n'ai pas son numéro de portable, mais téléphonez-lui et dites-lui que s'il préfère annuler pour demain, je n'en ferai pas un fromage. Du coup, il se sentira peut-être libre de revenir passer un moment avec vous. Vous êtes *son* amie, après tout.

Rhoda leva les yeux au ciel. Elle ajouta un « pfft » pour une bonne mesure.

— Je suis aussi ton amie et il ne va pas annuler. Franchement, je n'ai jamais rencontré quelqu'un qui baigne autant dans le pessimisme mal placé.

— J'ai raison, marmonna-t-il.

— Continue à étudier, Qayin, mange ton brownie, puis rentre chez toi. Tu as besoin d'une bonne nuit de sommeil. Je te promets que Jeremy t'attendra demain. En fanfare.

JEREMY N'AVAIT pas convoqué de fanfare, mais il portait un jean qui mettait en valeurs ses longues jambes musclées et un pull dont le vert faisait ressortir le gris de ses yeux. Et il attendait au *P-Town*, assis devant une tasse de café quand Qay y pénétra le samedi, trois minutes avant dix-neuf heures. Jeremy paraissait tendu et fatigué, aussi Qay s'attendait-il à une annulation… avant de voir le beau visage s'éclairer en le reconnaissant.

Jeremy se leva alors que Qay s'approchait de la table.

— Tu es là ! déclara-t-il.

Intimidé sans trop savoir pourquoi, Qay hocha la tête.

— Euh, oui. Toi aussi.

Ils se dévisageaient, aussi gauche l'un que l'autre. Qay, les joues brulantes, avait aussi l'impression que tout le café les regardait. Finalement, Jeremy se mit à rire.

— Voyons si nous pouvons nous comporter en adultes, d'accord ? Parce que d'ici cinq secondes environ, Rhoda va se pointer et intervenir.

À travers la pièce, Qay suivit le regard de Jeremy : Rhoda les toisait, les poings sur les hanches. Cette vision suffisant à le détendre, Qay ne put retenir un petit rire amusé.

— Je préférerais qu'elle ne le fasse pas, reconnut-il.

— Moi aussi. Alors, parlons plutôt de notre dîner ? Tu as faim ?

Toute la journée, Qay avait eu l'estomac noué ; du coup, il n'avait rien mangé. Et maintenant que sa soirée avec Jeremy avait officiellement commencé, il n'était pas certain de pouvoir avaler quoi que ce soit. Pourtant, d'après ce qu'il savait, un tête-à-tête « romantique » commençait toujours par un repas.

Réconforté, il esquissa un sourire.

— Oui. Et n'oublie pas, c'est moi qui t'invite. Je te laisse choisir où nous allons. Je… euh, je ne connais pas très bien les restaurants des environs.

En fait, il ne les connaissait pas *du tout*. Ses finances limitées lui permettaient à peine de s'offrir de temps à autre un café au *P-Town*.

Jeremy se frotta la mâchoire en réfléchissant.

— Dis-moi d'abord ce que tu détestes.

— Rien, mais je ne suis pas assez habillé pour entrer dans un endroit chic.

Il portait cependant ce qu'il avait de mieux : son jean le moins élimé et une chemise blanche.

— Moi non plus, répondit Jeremy. Je ne suis pas du genre costume-cravate.

Tant mieux, pensa Qay, qui ne possédait ni l'un ni l'autre. Il sourit de plus belle.

— Alors, tu as une idée ?

— Oui, mais nous allons devoir nous y rendre en voiture. Ça ne te gêne pas ?

— Non, surtout si tu es mon chauffeur.

— Bien sûr.

Jeremy enfila sa veste, puis tous deux saluèrent Rhoda d'un signe de la main et quittèrent le café. La pluie s'était arrêtée, mais l'air était plutôt frais, aussi marchèrent-ils rapidement. Les longues jambes de Jeremy couvraient beaucoup de terrain. À quelques rues du *P-Town*, Jeremy obliqua et entra dans un garage souterrain pratiquement désert, à l'exception d'un grand SUV noir. C'était le genre de véhicule que devait utiliser le dictateur d'un pays d'Europe de l'Est. Un panneau peint sur le mur indiquait que le parking était attribué.

— Waouh ! déclara Qay. Tu as droit à une place réservée ?

Jeremy activa la télécommande, ce qui fit clignoter les feux orange du SUV et déverrouilla les portières.

— Bien sûr, c'est là que j'habite. Je possède le dernier étage.

D'instinct, Qay leva les yeux, comme si, par magie, il pouvait voir à travers plusieurs couches de ciment. Il aurait volontiers parié que l'appartement de Jeremy ne ressemblait en rien à son sous-sol miteux. Merde, quoi, Jeremy vivait dans des sphères bien supérieures aux siennes !

Mais alors, Jeremy lui sourit en lui ouvrant la portière-passager. Subjugué, Qay se glissa à l'intérieur du véhicule.

L'habitacle impeccable sentait le cuir et un soupçon d'après-rasage. Et c'était immense ! Qay avait vécu dans des endroits moins spacieux, il en était certain. Dès que Jeremy mit le moteur en route, la radio se mit à jouer. Les Red Hot Chili Peppers ? Qay sourit, amusé. Il n'aurait pas cru que Jeremy soit un de leurs fans.

Chauffeur émérite, Jeremy sortit du garage souterrain et s'engagea dans la circulation. Qay trouvait déconcertant d'être avec lui en voiture, espace confiné en soi, si proche du grand corps solide qu'il aurait pu le toucher en tendant la main.

— Tu parlais sérieusement en disant que c'est ton premier rendez-vous ? déclara Jeremy tout à coup.

Sa voix était légèrement rauque, mais agréable.

— Pas exactement. J'ai eu pas mal d'aventures sans lendemain. Mais pas depuis des années.

— À l'école secondaire, indiqua Jeremy, je sortais avec des filles, j'en ai même emmené une au bal de fin d'année ! Plus tard, je me suis intéressé aux hommes. Mais ça fait un bail tout ça...

Qay s'interrogea sur celles que Jeremy avait fréquentées. À ce moment-là, lui-même avait quitté Bailey Springs depuis longtemps, ne laissant derrière lui que de sombres rumeurs.

— Un bail ? Tu veux dire depuis... oh, j'ai oublié le nom de cet homme que tu as récemment recousu.

Ils étaient arrêtés à un feu. Jeremy se retourna pour le regarder, le visage assombri.

— Donny. Oui, il n'y a eu personne depuis Donny.

Pendant plusieurs minutes, ils restèrent silencieux. Finalement, Jeremy emprunta la sortie vers le pont Morrison et traversa la rivière pour prendre la direction du centre-ville. Les lumières et les couleurs des néons publicitaires donnaient à Portland une ambiance festive. Qay savait bien que des gens comme lui vivaient dans les rues – junkies, sans-abris, malades mentaux –, mais ce soir, il n'en voyait nulle part. C'était comme si la simple présence de Jeremy apportait une amélioration immédiate. Captain Caféine était un véritable superhéros !

Jeremy pénétra dans un autre parking souterrain, à multiples étages. Cette fois, il n'avait pas de place réservée. Il gara cependant sans difficulté son énorme SUV.

En ressortant dans la rue, Qay sentit les doigts de Jeremy s'emparer des siens.

— Tu n'as rien contre le fait que je te tienne la main en public ? demanda Jeremy, avec un sourire.

— Non, au contraire. Ça me parait adapté à un premier rendez-vous.

Au bout de la rue, ils trouvèrent un petit parc et s'y engagèrent. La nuit était tombée, le parc était occupé par ces sans-abris auxquels Qay pensait un peu plus tôt : hommes et femmes aux vêtements élimés, souvent accompagnés d'un chien pelé, ou accrochés au chariot métallique qui contenait leurs maigres biens.

— Chef ! cria une voix chevrotante.

Assis sur un banc, un homme grisonnant avait une cigarette au bec. Jeremy s'arrêta aussitôt.

— Salut, Ramon. Comment va ?

— Bien, bien.

— Il fait trop froid pour que vous restiez dehors. Vous risquez de vous retrouver à l'hôpital. Je vous avais trouvé un refuge... Que s'est-il passé ?

Ramon secoua la tête et tapota le chien lové à ses côtés.

— Ils voulaient pas de Princesa, chef. Vous savez bien que je peux pas l'abandonner.

— Par temps sec, le parc, ça va, mais il ne va pas tarder à pleuvoir.

— Tant que Princesa est avec moi, je vais bien. Et même très bien.

Peu convaincu, Jeremy soupira.

— Je vais voir si je peux vous trouver un endroit où les chiens sont acceptés, d'accord ? Dans ce cas, accepterez-vous d'y rester ?

— Oui, chef. Hé, un samedi soir, vous êtes pas censé travailler.

— Je ne travaille pas. Je vais dîner avec un ami.

Jeremy leva la main qui tenait celle de Qay. C'était plutôt embarrassant, pensa Qay. Pourtant, il ne broncha pas.

Ramon l'examina d'un œil suspicieux.

— Soyez gentil avec lui, vous m'entendez ? Le chef est un homme bien.

— C'est promis, répondit Qay.

Il espéra que l'obscurité cachait aux deux autres son rougissement. Après avoir échangé quelques plaisanteries avec les autres SDF, Jeremy entraîna Qay. De l'autre côté du parc, ils retrouvèrent le trottoir et entrèrent peu après dans un restaurant animé, *Chez Perry*. Des clients, de toute évidence satisfaits, occupaient de petits box aux banquettes en vinyle orange, avec devant eux des assiettes bien garnies. Tous parlaient fort et le brouhaha ambiant était assourdissant.

Jeremy s'arrêta net et parut hésiter.

— Ce n'est pas très romantique, déclara-t-il.

Manifestement, il venait juste de réaliser que c'était peut-être un problème.

— Ça me plaît beaucoup, affirma Qay.

Il disait vrai : les odeurs étaient appétissantes et il préférait cette ambiance bon enfant aux lumières tamisées et aux nappes damassées. Dans un endroit chic, il se serait senti empoté et inadapté.

Son enthousiasme fut récompensé par un sourire éblouissant.

— Tant mieux ! On mange super bien ici, même si la déco est sans prétention.

— Ah ! Tu es resté un vrai homme du Kansas !

— Peut-être, mais *on n'est plus au Kansas, Toto* [21].

Une fois assis, les deux hommes consultèrent le menu. Qay se rendit compte qu'il n'avait plus de crampes à l'estomac, du coup, il mourait de faim. Tous les plats lui paraissaient alléchants. Il finit par opter pour une tourte à l'agneau, tandis que Jeremy prenait le porc accompagné de pâtes au fromage. Sur une impulsion, Qay demanda aussi un milk-shake au chocolat. Jeremy fit comme lui. Le serveur nota leur commande et s'éloigna.

Une fois seul avec Jeremy, Qay indiqua :

— Ça fait des années que je n'ai pas eu envie d'un milk-shake.

— Oh, celui-ci va te plaire. Il n'est pas aussi bon que celui de M. Hoffman, mais pas loin.

Merde. Qay se figea. Jeremy avait-il repéré sa grimace ?

Qay tenta de contrôler sa voix pour demander :

— Qui est M. Hoffman ?

— Là où je vivais étant enfant, à Bailey Springs, il avait un drugstore-pharmacie avec une fontaine à soda, comme dans *La vie est belle*. Et il faisait d'excellents milk-shakes.

Exact. Mais M. Hoffman était très lié avec le Dr Moore. Il n'hésitait jamais à fournir les abondantes prescriptions – en nature et en volume – que le bon docteur réclamait pour sa femme ni à boire abondamment le soir avec son vieil ami. Et si le seul fils qui restait à la famille faisait l'erreur d'apparaître alors que son père était éméché, M. Hoffman ne s'offusquait pas qu'il reçoive une bonne gifle ou un coup de pied. Merde, quoi, le pharmacien avait même aidé le Dr Moore à remettre en place le bras disloqué de Keith !

— Ça va ?

La question de Jeremy interrompit le tourbillon dysfonctionnel des souvenirs de Qay. Mentalement, il voyait ce tsunami foncer droit devant lui, comme le train de la chanson *Grateful Dead* de Casey Jones.

— Oui. Excuse-moi, c'est juste que j'ai très faim.

Jeremy hocha la tête et s'adossa dans son siège. Leur box était un des plus grands du restaurant, mais avec sa haute stature le rendait lilliputien.

— Alors, demanda Jeremy, il y a longtemps que tu es à Portland ?

— Environ six mois.

— Qu'est-ce qui t'a amené ici ?

---

21 Phrase culte de Dorothy dans *Le Magicien d'Oz*, passée dans le langage courant des Américains pour signifier : « j'ai quitté ma zone de confort ».

— Rien de précis. J'y étais déjà passé quelques fois et l'endroit m'avait plu, même si j'avais la tête à l'envers à l'époque. Après avoir plus ou moins repris ma vie en mains, je me suis dit que c'était un coin aussi bien qu'un autre pour poser mon sac. Et toi ? Comment es-tu arrivé ici ?

Les commissures des lèvres de Jeremy se soulèvent dans un petit sourire.

— Grâce à l'université. J'ai obtenu une bourse. Et pour être franc, c'était aussi très loin de chez moi. Une fois ici, je ne suis plus jamais reparti.

Le serveur revint avec leurs boissons. Les milk-shakes étaient trop épais pour être bu à la paille, aussi Qay s'y attaqua-t-il à la cuillère.

— Merde ! C'est *dément !*

Tout en sachant qu'il s'aventurait sur un terrain dangereux, il enchaîna :

— Tu n'étais pas bien au Kansas ?

Jeremy ricana bruyamment.

— J'étais un nerd, petit et gros, je me faisais constamment emmerder. Et ce bien avant que je fasse mon coming-out. Mes parents… ils ne sont pas méchants, loin de là, mais je crois qu'ils auraient été bien plus heureux si mon père n'avait pas engrossé ma mère à l'université. Quant à Bailey Springs, c'est un petit patelin mortel. Les gens s'y ennuient tellement qu'ils n'ont rien d'autre à faire que cancaner. Ils sont odieux envers ceux qui ne rentrent pas dans le moule.

Qay faillit révéler sa vraie identité. Il ouvrait la bouche pour parler quand Jeremy lécha sa cuillère. Sa langue fut un choc pour Qay, qui se tut, tout frémissant de désir.

— Maintenant, s'exclama Jeremy avec emphase, oublions les enfances difficiles, d'accord ? Il est temps de suivre le rituel d'un premier rendez-vous. Euh, quels sont tes films préférés ?

Oublions… oui, volontiers.

— *Les Évadés*, répondit Qay. *Fargo, Edward aux mains d'argent.*

Jeremy lécha sa cuillère en réfléchissant.

— Pas mal. Je préfère *Arizona Junior* à *Fargo*, cependant.

Leurs plats arrivèrent peu après : c'était délicieux ! Ils bavardèrent de tout et de rien, de musique et d'émissions télé, des stars de cinéma qu'ils se taperaient volontiers si l'occasion leur en était donnée. Jeremy évoqua ses coins préférés des alentours de Portland. Après une brève hésitation, il proposa même à Qay de l'accompagner en randonnée un de ces jours. Qay accepta de faire un essai, même si marcher en pleine nature n'était pas son truc. Il fit ensuite à Jeremy un compte-rendu détaillé de son examen de philosophie, suivie d'une tirade contre ce petit con de Stuart, son chef d'équipe. Était-ce un sujet de discussion approprié pour un dîner romantique ? Qay l'ignorait, mais en tout cas, il s'amusait beaucoup. Et Jeremy aussi, à en juger par la fréquence de son rire. Son visage s'était peu à peu détendu.

Compte tenu de tout ce qu'ils avaient avalé, y compris une tarte pour le dessert, Qay trouva l'addition très raisonnable. Il se sentit absurdement fier de pouvoir la payer. C'était la première fois qu'il invitait un ami au restaurant.

Ils prirent un autre chemin pour retourner au parking, en contournant le parc. Ils passèrent devant un cinéma aux couleurs vives et un bar bruyant. Une fois encore, Jeremy ouvrit galamment la portière de Qay, s'inclinant même profondément avant de l'inciter à s'asseoir. Il contourna ensuite son SUV et prit place derrière le volant, mais sans démarrer tout de suite. Il semblait réfléchir.

Enfin, il pivota dans son siège, se tournant vers Qay. L'obscurité dans le parking souterrain était telle que son visage se distinguait à peine.

— Tu es partant pour un petit tour en voiture ? demanda Jeremy à mi-voix.

— Bien sûr.

Par le chemin des écoliers, Jeremy l'emmena dans les hauteurs de West Hills. Ils passèrent devant de superbes manoirs aux colonnades ouvragées, traversèrent Washington Park et admirèrent la variété de ses arbres. Qay n'était encore jamais venu dans ce quartier. Il n'avait eu aucune raison de s'y rendre et les transports en commun n'étaient pas simples dans les collines. L'endroit était enchanteur ! La route leur offrait un panorama somptueux sur Portland, illuminé en dessous.

Qay se demanda si Jeremy avait en tête une destination précise, ou s'il roulait au hasard. Pour lui, c'était sans importance. Seule la ballade comptait.

Peu après, Jeremy se gara sur le bas-côté et coupa son moteur.

— Le parc est fermé aux voitures à cette heure de la nuit. Je suppose que je pourrais abuser de mon rang et y entrer quand même, mais j'ai envie de marcher.

— Après tout ce que nous avons mangé, une petite promenade me semble une bonne idée.

Main dans la main, ils suivirent la route forestière jusqu'au sommet de la colline. De l'herbe essentiellement, sauf au centre d'un cercle d'arbres, où une zone pavée était cernée d'un muret de pierre. L'endroit semblait désert, peut-être parce que la nuit était froide. Une fois dans l'enceinte du muret, les yeux fixés sur la ville illuminée, Jeremy posa son bras sur l'épaule de Qay. Du coup, ce dernier ne pensait plus du tout au froid.

— Quelle vue magnifique ! souffla-t-il.

La platitude de sa réflexion le fit grimacer intérieurement.

— Je n'ai jamais rien vu de tel au Kansas, je peux te l'affirmer.

Se sentant audacieux, Qay s'appuya contre Jeremy. Seigneur, qu'il était fort et solide ! Ainsi protégé, Qay pouvait presque prétendre que ses difficultés ne comptaient plus, que la seule réalité qui importait était ce géant à ses côtés.

Au bon d'un long moment, Jeremy parla enfin :

— Je me sens bien avec toi. J'apprécie que tu saches te taire. Merde ! Dit comme ça, ça fait bizarre. J'aime discuter avec toi, s'empressa-t-il de préciser, mais j'aime aussi le silence parfois. Et ça me plaît que tu ne te croies pas obligé de parler tout le temps.

Peu habitué à recevoir des compliments, Qay pesa quelques instants sa réponse.

— Avec toi, c'est facile de se taire, tu sais.

Jeremy avait une telle présence que les mots devenaient moins nécessaires.

— Mes ex n'étaient pas du même avis, ricana Jeremy. Merde ! Je ne devrais probablement pas les évoquer alors que je suis avec toi, tu ne crois pas ?

Qay gloussa.

— Évoque qui tu veux. À nos âges, prétendre ne pas avoir de passé serait idiot. Moi par exemple, je trimbale de sacrées casseroles, pires encore que celles de ton Donny.

Contre lui, Jeremy se crispa avant de soupirer lourdement.

— Il est mort.

Il avait parlé si bas que Qay n'était pas certain d'avoir bien compris.

— Quoi ?

Il se tourna pour dévisager Jeremy, qui fixait résolument l'horizon.

— Il est mort. Assassiné. Ils ont retrouvé son corps dans la Willamette le week-end dernier.

Un corps dans une rivière… Le dîner de Qay menaçait de ressortir. Il déglutit péniblement.

— Oh, merde, Jeremy ! Et moi qui te force à conduire, à aller au restaurant, à venir jusqu'ici…

Jeremy le prit par les épaules.

— Non, ne dis pas ça. Je *veux* être ici avec toi. Si j'ai réussi à traverser cette semaine merdique, c'est uniquement en pensant à ce soir. Ce dîner a été… fantastique. Tout comme cette balade en voiture, cette promenade. *Fantastique* !

Il se pencha et embrassa Qay.

Oh, mon Dieu ! Sa bouche avait un goût de chocolat et de fruits rouges. Ses lèvres étaient douces, ses mains fermes enserraient le crâne de Qay. Sa langue s'enfonça dans la bouche de Qay, mais il n'était pas de ces enfoirés qui cherchent à prouver leur virilité en forçant leur chemin jusqu'aux amygdales de leur partenaire. La langue de Jeremy, tendre et sensuelle, dansait contre celle de Qay, ou caressait ses dents.

Qay avait le vertige, comme s'il se penchait aux confins du monde. Pour garder l'équilibre, il s'accrocha des deux bras à la taille de Jeremy. Son geste fut apprécié, car sans rompre le baiser, Jeremy poussa un grondement d'approbation qui émana du plus profond de sa poitrine.

Qay ignorait depuis combien de temps au juste Jeremy était chaste, mais pour lui, ça faisait une éternité. Un homme magnifique – et *bon* ! – qui le touchait, qui le désirait, c'était presque plus qu'il pouvait en supporter. Attendant peu de la vie, il en avait encore moins reçu, mais comment avait-il cru pouvoir survivre sans contact humain ? Le baiser de Jeremy réveilla en lui des synapses qui n'avaient réagi aussi fort qu'à la drogue, autrefois. L'esprit de Qay *chantait*. Son sexe s'érigeait et il sentait la même réponse physique chez Jeremy : un membre dur, pressé contre lui, Qay était pratiquement prêt à déchirer leurs vêtements.

Malheureusement, ce fut à ce moment-là que ce qui restait de bon sens dans son cerveau enfiévré crut bon de se manifester. *Ne gâche pas tout*, grommelèrent ses fichues cellules grises. *Ne sois pas comme Donny.*

Il lui fallut un gros effort de volonté – le pire depuis qu'il avait renoncé à la drogue – pour s'écarter des bras de Jeremy. La lumière était faible, aussi dut-il plisser les yeux pour discerner son vis-à-vis. Il vit un ex-flic superbe, bien baraqué, les lèvres encore gonflées de leur baiser, mais aussi le fantôme d'un petit garçon timide et la vulnérabilité d'un homme que ses amants avaient déçu. Et maintenant, l'un d'eux était mort.

Qay avait commis d'innombrables erreurs au cours de sa vie. Il ne tenait pas que mentir à Jeremy Cox s'ajoute à cette liste.

— J'ai quelque chose à te dire, souffla-t-il.

Il entendit Jeremy soupirer.

— En général, c'est un préambule qui n'augure rien de bon, déclara-t-il.

— Je sais.

Quand il aurait parlé, sans doute Jeremy l'abandonnerait-il ici, au sommet de West Hills. Qay ne pourrait plus jamais mettre les pieds au *P-Town*, il perdrait à la fois son coffee house préféré et Rhoda, qui devenait une amie. Il ne lui resterait que le souvenir d'un bon dîner, d'une chouette balade en voiture et d'un baiser éblouissant.

Non, ce n'était pas vrai. Il aurait aussi acquis un peu plus de respect pour lui-même, car il saurait avoir bien agi – pour une fois. Même si ça lui faisait mal.

— Tu vas me faire attendre longtemps ? demanda Jeremy. Je suis du genre à arracher vite fait un pansement, tu sais, je préfère une franche et rapide douleur à la procrastination.

Qay recula d'un pas et se heurta au muret. Il n'essayait pas de prolonger l'agonie de Jeremy, c'était plutôt que sa bouche ne trouvait pas les bons mots.

— Je connaissais les milk-shakes de M. Hoffman, déclara-t-il enfin.

Jeremy le regarda bizarrement – ce qui n'avait rien d'étonnant. C'était sans doute la déclaration la plus idiote jamais prononcée par un être humain.

— Pardon ?

Jeremy parlait lentement, en articulant… comme s'il s'adressait à un enfant de trois ans ne comprenant que l'ourdou.

— Je suis… Merde. Je viens de Bailey Falls, moi aussi. Tu ne te souviens certainement pas de moi, mais je suis…

— Keith Moore !

Ils se regardèrent, aussi stupéfaits l'un que l'autre. Jeremy fut le premier à récupérer

— Tu es Keith Moore, répéta-t-il.

— Je l'étais. J'ai abandonné ce nom depuis longtemps.

Il reculait comme s'il avait vu un fantôme, ce qui était le cas, d'une certaine façon. Jeremy secoua la tête.

— Tu as… Le pont. Tu es mort !

— Keith Moore est mort. Qayin Hill est né.

Et comme dans une véritable naissance, cela s'était passé dans le sang et la douleur. En voyant le visage de Jeremy se durcir, Qay eut le cœur brisé.

— Tu savais qui j'étais avant notre rencontre ! s'exclama Jeremy. Tu n'as rien dit, rien du tout. Ça t'a amusé de te foutre de moi ?

— Ce n'est pas ce que tu crois… commença Qay, d'une voix à peine audible.

Il se sentait incapable d'expliquer sa lâcheté, ou plutôt ses efforts pour nier le lien entre l'homme qu'il était devenu et le gosse malheureux d'autrefois.

Avec un sourd grognement, Jeremy tourna les talons et reprit le chemin en direction de son SUV. Qay ne bougea pas, certain d'être abandonné au milieu de nulle part. La route qu'ils avaient empruntée pour monter jusqu'ici avait été tortueuse, comment allait-il faire pour retrouver son chemin ? Il risquait de devoir marcher toute la nuit.

Au bout de quelques mètres, juste avant de disparaître sous le couvert des arbres, Jeremy s'arrêta et cria, le dos tourné, les mains enfoncées dans les poches :

— Dépêche-toi. On rentre !

Un homme fier aurait sans doute refusé de le rejoindre et choisi de disparaître dans l'obscurité. Mais il restait à Qay peu de fierté, aussi suivit-il Jeremy à quelques pas jusqu'au bas du chemin forestier.

Cette fois-ci, Jeremy ne lui ouvrit pas la portière, mais au moins attendit-il que son passager soit installé et attaché avant de démarrer.

Le retour au centre-ville fut beaucoup plus rapide que l'aller. Aucun mot ne fut échangé jusqu'à ce qu'ils traversent le pont Morrison.

Qay ne put se retenir plus longtemps.

— Je te demande pardon. Je suis tellement désolé…

Jeremy ne répondit pas. Ni mot ni son.

Devant le *P-Town*, il n'y avait pas de place. Jeremy s'arrêta en double file et laissa le moteur tourner au ralenti. Il regardait obstinément le parebrise, droit devant lui. Qay détacha sa ceinture, ouvrit la portière et se laissa glisser. Une fois sur le trottoir, avant de refermer, il se retourna.

— Tu t'en es bien tiré, Jeremy. Tu es devenu un homme d'exception. Tu mérites beaucoup mieux que Donny, beaucoup mieux que moi.

À peine avait-il claqué la portière que le SUV s'éloigna.

Le cœur lourd, Qay se mit en marche pour rentrer chez lui. Il espérait avoir assez de courage pour ne pas s'arrêter dans un bar en chemin. Il avait pourtant grandement envie d'un verre !

IX

JEREMY PASSA une bonne partie de son lundi à rencontrer divers fonctionnaires municipaux : des gens de l'Urbanisme, Planification et Durabilité, de la Gestion des Risques et, bien sûr, les Services des Parcs et Loisirs. Le problème concernait un promoteur qui envisageait de détruire de vieilles maisons décrépites et entrepôts désaffectés dans le quartier de North Macadam pour construire à la place des HLM et des espaces verts. Presque tout le monde admettait que la validité du projet, c'était la gestion du parc qui portait à controverse. Certains pensaient que les frais inhérents étaient à répartir entre les futurs copropriétaires réunis dans une éventuelle association, d'autres insistaient pour que la ville récupère une partie du terrain alloué pour créer de nouveaux parkings. Jeremy n'avait pas d'opinion sur le sujet, mais puisque le Service des Parcs – et donc lui et ses rangers – serait impliqué, d'une manière ou d'une autre, il était tenu d'assister aux réunions.

Il haïssait les réunions !

Tandis que les parlotes s'éternisaient entre les avocats, cadres et les édiles – tous en costumes –, que les présentations PowerPoint se multipliaient, que les liasses de documents se distribuaient, que des hectolitres de café étaient ingurgités, Jeremy finit par conclure que c'était un de ses meilleurs moments depuis une semaine.

Il avait été très malheureux les jours qui avaient suivi le meurtre de Donny. D'abord, il avait eu la sensation que la moitié des flics de Portland tenaient à l'interroger, répétant *ad nauseam* les mêmes questions, encore et encore. Ils avaient fouillé deux fois son appartement de fond en comble à la recherche d'indices. Non que Jeremy soit considéré comme suspect – personne ne le croyait impliqué dans cet assassinat, il en était certain –, mais les inspecteurs gardaient un faible espoir que Donny ait pu laisser derrière lui quelque chose susceptible de faire avancer l'enquête. En vérité, il n'avait laissé qu'une bouteille vide, des vêtements bons à jeter et quelques compresses ensanglantées.

Pire encore que l'insistance de la police, Jeremy dut organiser les funérailles de Donny, car sa garce de sœur refusait de s'en occuper – même si c'était Frank qui lui avait transmis la nouvelle, et non lui. Elle supportait déjà mal d'avoir pour frère un ex-flic gay, mais un ex-flic gay *et* assassiné avait été trop pour elle. Jeremy avait donc dû décider quoi faire du pauvre corps – ce même corps qu'il avait autrefois étreint, caressé et aimé. Il avait opté pour une crémation sans célébration – être le seul à y assister aurait été un crève-cœur.

Il n'avait toujours pas décidé quoi faire de l'urne funéraire, aussi les cendres de Donny étaient-elles maintenant dans son salon, à le hanter.

Durant toute la semaine, pendant qu'il subissait ce stress et faisait son travail, il pensait aussi au samedi à venir, à son rendez-vous avec Qay. La soirée s'était merveilleusement déroulée. Qay était intéressant. Drôle aussi, à sa façon pince-sans-rire. Intelligent. Avec une personnalité d'une surprenante profondeur, Jeremy l'avait réalisé durant ces quelques heures passées ensemble.

Et ce baiser ! Ça aurait été d'assez mauvais goût pour un chef-ranger de fricoter à poil dans un des parcs qu'il était chargé de gérer, mais Jeremy avait pourtant bien failli s'y risquer l'autre soir. Effleurer les lèvres de Qay l'avait électrisé comme jamais, éveillant la moindre de ses terminaisons nerveuses. En quelques secondes, il était passé d'un intérêt mesuré à une passion incontrôlable. Jamais il ne s'était excité aussi vite et aussi complètement.

Mais alors, Qay ait reconnu lui avoir menti depuis le début. Et tous les espoirs de Jeremy étaient partis en vrille, vers un anéantissement certain.

Le dimanche, Jeremy s'était exercé jusqu'à ce qu'il n'en puisse plus. Ensuite, assis dans son grand et confortable salon, il avait fixé l'urne de Donny, ruminant sur le champ de ruines qu'était sa vie privée. Il avait aimé Donny, mais au final, il n'avait rien fait pour le sauver de la drogue et de la mort. Il avait vu en Qay des promesses, qui s'étaient avérées un mirage.

En comparaison, une journée passée en réunions était une promenade de santé. Pour ainsi dire.

La fin de la séance eut lieu peu après dix-sept heures. Une des avocates de la ville, une femme de haute taille aux cheveux tressés, s'approcha de lui.

— Nous allons prendre un verre. Voulez-vous vous joindre à nous ?

— Merci, mais je suis attendu chez moi.

Un mensonge éhonté, mais politiquement plus correct que répondre qu'il voulait qu'on lui fiche la paix, rentrer chez lui et ruminer.

— Une prochaine fois, peut-être, insista-t-elle avec un clin d'œil.

Jeremy décida qu'elle ne flirtait pas avec lui. En fait, il croyait se rappeler qu'elle était lesbienne – et mariée. Peut-être avait-il la tête d'un homme ayant besoin de compagnie et d'un verre. C'était sans doute vrai. S'il avait été de meilleure humeur, sans doute aurait-il accepté l'invitation.

Se retrouver coincé dans la circulation à l'heure de pointe pour rentrer chez lui ne fit rien pour améliorer son moral. Il avait l'intention de retourner à la salle de gym, de s'exercer jusqu'à ce que tous ses muscles protestent. Ensuite, il rentrerait chez lui, dînerait d'un plat surgelé qu'il réchaufferait au micro-ondes, et se coucherait. Avec un peu de chance, il serait suffisamment épuisé pour s'endormir immédiatement.

Dans le garage souterrain de son immeuble, il vit quelques voitures inconnues, appartenant sans doute aux clients du spa, mais ne croisa personne en montant l'escalier jusque chez lui.

Sa porte d'entrée était ouverte.

Une idée ridicule lui vint : Donny était là, bien vivant, arborant un sourire moqueur à l'idée d'avoir trompé tout le monde, y compris la police de Portland.

Mais non… À peine entré, Jeremy découvrit que son appartement avait été saccagé.

Les meubles étaient renversés et éventrés. La télévision jetée au sol, l'écran éclaté, des morceaux de verre partout. Son ordinateur portable était massacré, sa chaîne stéréo aussi. Dans la cuisine, tout avait été cassé, le moindre verre, les plats, les assiettes. Les Tupperwares du frigo avaient été ouverts et renversés, sa cafetière Keurig n'était plus que bouts de plastique et morceaux de métal. Dans la chambre, tous les vêtements du placard et des tiroirs avaient été jetés en vrac sur le tapis. Dans la salle de bain, c'était le chaos, l'émail des toilettes était fendu, l'eau coulait sur le carrelage. Et Donny… Oh, merde. L'urne métallique était renversée et ouverte, les cendres éparpillées partout.

Jeremy avait été formé pour gérer avec calme les situations d'urgence. Il inspira plusieurs fois et sortit son portable.

Frank répond à la première sonnerie.

— *Oui, Cox ? Qu'y a-t-il ?*

— On a forcé la porte de mon appartement et tout foutu en l'air. J'ai dans l'idée que ça concerne Donny.

— *Merde. Vous n'avez rien ?*

— Non. Je n'étais pas chez moi.

82

— *Ne bougez pas.*

Jeremy sortit sur le palier, s'assit dans l'escalier et attendit les sirènes.

PEU APRÈS l'arrivée des flics, Jeremy prévint aussi Rhoda. Elle le rejoignit en moins d'un quart d'heure, un café géant dans une main, un sac contenant un *burrito* SuperSteak dans l'autre. À son arrivée, il arpentait nerveusement le palier, d'un mur à l'autre. Elle l'interrompit en lui collant son sac dans les bras.

— Mange, ordonna-t-elle.

— Je n'ai pas faim.

— Foutaise.

Elle le toisa sévèrement jusqu'à ce qu'il cède. Il s'assit sur une marche, elle posa le café à côté de lui et sortit le *burrito* du sac. Jeremy dut reconnaître que ça sentait bon. Il y croqua avidement.

Au bout de quelques bouchées, Rhoda demanda :

— Ils en ont pour combien de temps là-dedans ?

Elle désignait la porte ouverte de l'appartement, à travers laquelle on apercevait une foule : techniciens de la police scientifique, flics en uniforme et inspecteurs en civil.

— Un bail.

— Tu crois que tu pourras dormir là ce soir ?

Il secoua la tête.

— Non. Tout est détruit. Je vais devoir… Merde. Il faut que je convoque des spécialistes pour tout remettre en état, que je loue une benne à ordures, des entrepreneurs. Je dois aussi tout racheter.

Rien que d'y penser lui donnait mal à la tête. Ce n'était pas la dépense – il était assuré – ni la nature des biens endommagés. À l'exception des restes du pauvre Donny, rien de ce que contenait son appartement n'avait eu pour lui de valeur sentimentale. Tout était remplaçable. Mais bon Dieu, que de temps perdu !

Rhoda s'assit à côté de lui.

— Viens chez moi, mon cœur.

— C'est très gentil de ta part, mais je préfère l'hôtel.

— Pourquoi ? J'ai une chambre d'ami. Je te promets que tu auras la paix, je ne me mêlerai de rien. D'ailleurs, je ne suis presque jamais chez moi.

Elle lui donna un petit coup de coude et ajouta gentiment :

— Si tu veux, on peut faire une soirée pyjama ou se vernir les ongles. Tu choisiras.

Malgré son chagrin, Jeremy ne put retenir un petit rire. Il se reprit vite.

— On a assassiné mon ex, Rhoda. Et c'est son tueur, très probablement, qui a saccagé mon appartement à la recherche de Dieu sait quoi. Et si c'est à moi qu'ils s'en prennent maintenant, en croyant que Donny m'a laissé quelque chose, hein ? Je ne tiens pas à conduire ces malades chez toi.

Elle fronça les sourcils.

— Serais-tu en *danger*, Jeremy Cox ?

— J'ai été flic pendant dix ans. Je suis capable de me défendre.

— Donny aussi avait été flic pendant dix ans.

Au lieu de répondre, il se remit à manger son *burrito*. C'était bon. Rhoda attendit patiemment qu'il mâche et avale. Un jeune flic en uniforme montait péniblement les marches de l'escalier, soufflant et pantelant. Il tenait son téléphone portable à la main. En les voyant, il grogna un salut. Rhoda se serra contre Jeremy pour lui dégager le passage. Une fois l'homme entré dans l'appartement, elle poussa Jeremy du coude.

— Il est mignon. Tu crois qu'il est gay ?

— Ne commence pas.

— C'est vrai. Tu as déjà des vues sur Qay. Je ne te le reproche pas. C'est...

— ... un sale menteur !

Il s'était exprimé avec plus de véhémence que prévu. Sous le coup de la surprise, Rhoda cligna des yeux plusieurs fois, puis elle soupira lourdement.

— Oh, chéri ! Quel dommage ! Je l'aimais bien. Que s'est-il passé ?

— J'ai pas envie d'en parler.

Il s'exprimait comme un ado boudeur, il le savait, mais il venait de vivre dix jours éprouvants : une visite-surprise son ex, avant que ce même ex soit retrouvé flottant dans la rivière, son appartement vandalisé et son cœur à nouveau meurtri. Il se sentait le droit d'être en colère.

— D'accord. Garde tes petits secrets, mon grand. Mais es-tu sûr et certain qu'il est ce tu dis ? Parce que j'ai l'œil pour repérer les enfoirés, c'est un don chez moi, et il m'avait paru tout à fait gentil.

Sans répondre, Jeremy termina le *burrito*. Il essuya ses mains graisseuses sur une serviette en papier, la jeta dans le sac et lança le tout en direction de sa porte. Vu la dévastation générale, un sac-poubelle de plus ou de moins ne changerait pas grand-chose.

Il se redressa, serrant son café dans la main.

— Écoute, Rhoda, je te raconterai tous les détails humiliants, c'est promis, mais plus tard, d'accord ? Pour le moment, j'ai le cerveau en bouillie. Je vais voir si je peux récupérer quelques affaires de première urgence, puis je file me trouver un hôtel bien tranquille et anonyme.

Elle le rejoignit et le frappa sur le bras.

— D'accord. Va dormir un peu. Et appelle-moi si tu as envie de parler.

À l'idée d'avoir une aussi bonne amie que Rhoda, Jeremy fut envahi de satisfaction jusqu'au bout des orteils. Il se pencha pour l'embrasser sur le sommet de la tête.

— Tu es une sainte.

— Absolument. Notre-Dame du Café Chaud.

Il leva son gobelet en un toast muet.

Une fois Rhoda partie, Jeremy dut attendre une heure de plus avant d'être autorisé à entrer dans son appartement. Le passage d'un troupeau de policiers n'avait guère amélioré l'état des lieux : de la poudre blanche était répandue partout pour récolter d'éventuelles empreintes digitales. Jeremy fut néanmoins satisfait de constater qu'on avait coupé l'eau dans la salle de bain. Au moins, la fuite de ses toilettes ne créerait pas un dégât des eaux dans tout l'immeuble.

Il trouva Frank assis sur l'un des tabourets de sa cuisine. Lui aussi semblait épuisé.

— Vous n'avez plus besoin de moi, j'espère ? demanda Jeremy.

— Non. J'ai votre déclaration. Si j'ai autre chose à vous demander, je sais où vous joindre. Où comptez-vous dormir ?

— Au Marriott.

— D'accord.

Il désigna la porte d'entrée ouverte et ajouta :

— La serrure est foutue. Nous ne serons pas en mesure de sécuriser votre appartement en partant.

Jeremy eut un rire sans humour.

— Et alors ? Il ne reste rien à voler et tout est déjà détruit.

Frank hocha la tête avec une grimace. Jeremy l'abandonna pour rassembler quelques vêtements et les rares articles de toilette restés indemnes. Sa seule valise ayant été éventrée, il dut glisser ses affaires dans un gros sac-poubelle. Quelle classe !

En quittant l'appartement, son sac sur l'épaule, il salua Frank :

— Bon courage !

— Merci. Hé, Cox ?

— Oui ?

Frank avait l'air mal à l'aise.

— Vous étiez un bon flic. Vous êtes un brave homme. Je regrette toutes ces merdes qui vous tombent dessus.

— Merci, capitaine. Donny ne les méritait pas non plus, vous savez.

— Oui.

Jeremy quitta les lieux, impatient de pouvoir se reposer.

LE MATELAS était confortable et les oreillers assez nombreux pour que chaque ranger des parcs de Portland ait le sien, pourtant, Jeremy dormit peu et mal. Après avoir passé beaucoup de temps à se tourner et se retourner dans son lit, il finit par se lever, ne portant que son boxer, et alla jusqu'à la fenêtre. De là, il fixa la rivière d'un œil morose. C'était la Willamette, celle où le cadavre de Donny avait été découvert.

Mais alors, ses pensées dérivèrent vers une autre rivière, très loin de l'Oregon, au centre, ou presque, du continent américain. Parfois, les eaux de la Smoky Hill coulaient lentement, paresseusement, mais après un orage d'été, les flots devenaient boueux, les rapides cachaient des rochers, des branches d'arbres et d'autres débris emportés en aval. Les enfants nageaient volontiers dans la Smoky Hill, mais pas quand le niveau avait monté. Et personne ne sautait jamais du pont Mémorial. Pas quand on tenait à la vie, en tout cas.

Bon Dieu, pourquoi Keith Moore avait-il sauté de là-haut en ce lointain jour d'été ? Et comment diable le cours du temps l'avait-il ramené dans la vie de Jeremy ?

Il évoqua l'adolescent maigre et silencieux qui s'asseyait toujours au fond de la classe. À l'époque, Keith Moore lui paraissait très grand. Il se montrait hargneux envers tous… sauf lui, Jeremy. Parfois, il lui offrait même un sourire à peine esquissé, comme si tous deux partageaient un secret. C'était le cas, en fait, même si Jeremy l'ignorait en ce temps-là.

Les gens traitaient Keith de voyou, sinon pire. Certains élèves le prétendaient sataniste, l'accusant de voler les chats du quartier pour les sacrifier au démon. Même enfant, Jeremy savait que c'était faux. Dans les yeux noisette de Keith, il trouvait un écho à sa propre solitude émotionnelle, de la tristesse aussi, de la peur peut-être, mais aucune méchanceté.

86

Aujourd'hui, il avait appris autre chose : Keith Moore – ou plutôt, Qay Hill – était un foutu menteur !

Une fois retourné au lit, Jeremy connut quelques heures d'un sommeil agité, interrompu par des cauchemars troublants qui lui échappaient chaque fois qu'il se réveillait. Il tombait... Oui, il ne cessait de rêver qu'il tombait.

Quand l'aube se leva, Jeremy envisagea de se faire porter pâle, mais cela l'obligerait à passer toute sa journée toute à gérer son effraction et à ressasser sa vie merdique. Mieux valait travailler. Après s'être douché, il enfila son uniforme, quitta sa chambre et prit l'ascenseur pour aller prendre son petit-déjeuner.

Par chance, sa journée fut bien occupée. Il dirigea une marche nature à travers Kelly Butte, où un projet de reforestation venait de se terminer. Il expulsa de Forest Park des campeurs squatteurs en les menaçant d'une amende à la prochaine infraction. Il leur donna une liste de refuges pour sans-abris, tout en doutant fort qu'ils l'utilisent. Puis il se rendit *Chez Patty* pour s'entretenir avec Evelyn, la directrice, au sujet d'un programme de travail d'été que tous deux prévoyaient d'organiser. L'idée était de donner des emplois à certains des enfants : d'abord, cela leur ferait prendre l'air, ensuite, cela leur donnerait l'occasion de peaufiner leurs compétences sociales.

Au centre d'accueil, Jeremy avala son quatrième café de la journée.

— Comment va Toad ? demanda-t-il.

Le bureau d'Evelyn était bien éclairé, mais très encombré. Des tas de papiers et de brochures s'accumulaient sur toutes les surfaces disponibles, menaçant en permanence de s'écrouler.

Avec un sourire qui exhiba ses fossettes, elle se redressa dans son siège. En atteignant la soixantaine, elle gardait l'énergie enthousiaste de ses vingt ans.

— Très bien ! Nous l'avons déjà convaincu de fréquenter l'école et de voir un thérapeute. Il est parfois un peu insolent ou désinvolte avec le règlement, mais c'est bon signe, à mon avis. Ça signifie qu'il se sent à l'aise ici. Je vais cependant le surveiller de près parce qu'il m'a l'air très amoureux de Juan. À part ça, je dirais qu'il est sur le bon chemin.

L'un des mille fardeaux que portait Jeremy s'allégea soudain.

— Juan ? Ben, merde alors !

Juan était un nerd qui, par miracle, avait gardé un air innocent malgré de nombreux mois passés dans la rue. Un an plus tôt, Jeremy l'avait découvert endormi dans le petit parc près de la bibliothèque du centre-ville.

Il l'avait emmené dîner et, pendant tout le repas, Juan lui avait parlé non-stop de *Minecraft* et du *Doctor Who*. Jeremy, cachant sa colère envers les parents qui avaient renié un gosse aussi adorable, avait été très soulagé de constater que le gamin s'adaptait très vite Chez Patty.

Evelyn secoua la tête avec un sourire attendri.

— Je ne suis pas certaine que Juan comprenne ce que Toad éprouve pour lui. Il le croit sans doute fana de jeux vidéo et de science-fiction. Ils sont vraiment mignons ensemble, mais pour l'instant, Toad est encore fragile. Il doit avoir les idées claires avant de penser à l'amour.

Jeremy se dit que ce conseil s'appliquait aussi à son cas. Sauf qu'il n'avait jamais été fichu d'avoir les idées claires en quarante ans – il allait bientôt fêter ses quarante-quatre ans – ce qui n'était pas rassurant.

En quittant le centre d'accueil, Jeremy remonta dans sa voiture et se rendit à Kenilworth Park : il comptait parler à ses rangers d'un problème de bicyclettes volées. Son arrêt suivant fut un jardin communautaire à proximité. Les parcelles restaient en friche pendant l'hiver, mais il tenait à y jeter un œil pour s'assurer que tout soit en ordre et envisager une éventuelle expansion au printemps. Enfin, il alla dans un magasin de camping régler une donation de bonnets, gants et sacs de couchage. Une fois par mois, son service participait à un événement caritatif pour les sans-abris sous le pont Burnside. Les participants y recevaient un repas chaud, une coupe de cheveux et un check-up médical. Quand cela leur était possible, les rangers se chargeaient aussi de distribuer des vêtements, couvertures et autres fournitures.

Au cours de la journée, Jeremy passa plusieurs coups de fil : à sa compagnie d'assurance, à un serrurier et à un service de nettoyage, qu'il mit un certain temps à trouver. Il lui faudrait ensuite tout rénover, murs, sols, cuisine et salle de bain, mais il ne saurait l'étendue des dégâts qu'une fois l'appartement débarrassé des décombres. Il envoya aussi régulièrement des textos à Rhoda pour lui faire savoir que tout allait bien.

En fin de journée, il avait rendez-vous chez lui avec le serrurier. En voyant l'état des lieux, l'homme secoua tristement la tête. Quant à Jeremy, il préférait ne pas regarder de trop près ce qui restait de son appartement.

Il aurait bien aimé retourner à l'hôtel et s'effondrer sur son lit, mais d'abord, il devait bien à Rhoda une petite visite. Il savait qu'elle s'inquiétait pour lui. Il laissa son SUV dans son garage souterrain et alla à pied jusqu'au *P-Town*.

Rhoda le repéra dès qu'il mit le pied dans son établissement.

— J'adore un homme en uniforme ! s'écria-t-elle, en battant exagérément des cils.

Il baissa les yeux pour se regarder.

— Quoi, ce vieux truc ?

— Que veux-tu boire, chéri ? Un bon gros café ?

— Non, merci, Rhoda, ce qui coule dans mes veines ce soir est déjà de l'arabica à quatre-vingts pour cent. Je voulais simplement te donner les dernières nouvelles : j'ai remplacé ma serrure, l'équipe de nettoyage passera demain dans la matinée et je retourne au Marriott.

Elle lui jeta un regard menaçant.

— Et je parie que tu n'as rien mangé de toute la journée !

— C'est faux !

Il avait pris un bagel à la saucisse comme petit-déjeuner.

— Je ne te crois pas.

Elle l'entraîna jusqu'à la première table libre et le poussa d'une main sur la poitrine pour le faire assoir.

— Tu ne bouges pas ! aboya-t-elle.

Merde. Il n'avait pas la force de lutter.

Elle disparut dans l'arrière-salle et revint dix minutes plus tard, posant devant lui un sac en papier et une tasse de plastique transparent. Il s'attendait à trouver dans le sac un autre *burrito* – après tout, SuperSteak était juste en bas de la rue. À sa grande surprise, c'était du *pad thaï*. Rhoda savait qu'il adorait ça, car il en avait englouti des tonnes après sa rupture avec Donny, cinq ans plus tôt.

— Qu'y a-t-il dans la tasse ? demanda-t-il, méfiant.

Le liquide était vert et opaque.

— Un smoothie.

— Quel genre ?

— Chou frisé, épinards, bananes, abricots et baies.

Il dut faire la grimace, car elle lui tapota l'épaule.

— En clair, des vitamines, du fer et du potassium, chef. Si tu ne manges rien, ça ne fera qu'aggraver les choses.

Alors, il obtempéra, il mangea le *pad thaï* et but le smoothie, dont le goût n'était pas aussi horrible qu'il l'avait craint. Pendant ce temps, Rhoda circulait parmi les tables et aidait Ptolémée derrière le comptoir, mais elle ne cessait de revenir vers lui, comme une phalène attirée par la lampe d'un porche. Il trouva son attitude irritante, mais touchante.

Une fois les nouilles avalées et la tasse vidée, Jeremy se redressa.

— Combien te dois-je ? Et ajoutes-y ce que tu m'as apporté hier soir.

— Ne sois pas idiot, Jeremy. Va te reposer avant de tomber raide au milieu de mon café. Tu imagines ? Il me faudrait louer une grue pour te soulever !

Elle pencha la tête de côté avant d'ajouter :

— Ton hôtel a-t-il une chaîne porno ?

Il réussit à esquisser un sourire.

— Pourquoi ? Tu comptes venir regarder la télé ?

— Si je devais regarder de beaux gars s'envoyer en l'air, je le ferais à la maison sur mon grand écran HD. Maintenant, file.

Â L'HÔTEL, quand Jeremy passa devant la réception, les veilleurs de nuit regardèrent à deux fois son uniforme, puis le saluèrent gaiement en levant la main, geste auquel il répondit. Il remonta ensuite dans sa chambre confortable, mais impersonnelle, et pensa à la rivière qui coulait sous la fenêtre.

Il lui faudrait se lever tôt le lendemain matin : il avait rendez-vous de bonne heure avec l'équipe de nettoyage. Ensuite, il aurait à affronter une journée de travail – d'autres réunions et une séance de formation pour deux nouveaux rangers – et probablement s'occuper des papiers d'assurance. Il lui fallait aussi acheter un nouvel ordinateur portable… il trouvait très pénible de devoir lire son courrier électronique sur son téléphone. Depuis un certain temps déjà, il avait du mal à lire les petits caractères, même s'il restait dans le déni à ce sujet.

Il était planté devant la fenêtre quand une puissante vague de colère et d'amertume l'assaillit. Il en voulait aux inconnus qui avaient assassiné Donny et dévalisé son appartement. Il en voulait à Donny de s'être fait tuer, mais aussi d'avoir à plusieurs reprises refusé ses offres de l'aider à s'en sortir, lui brisant ainsi le cœur. Il en voulait à cette garce de Laura Gifford d'avoir renié son frère et refusé de s'occuper de ses funérailles. Il en voulait à la police de Portland de ne pas avoir identifié plus tôt les problèmes de Donny, pour le forcer à suivre une thérapie, ce qui aurait pu sauver sa carrière. Il en voulait aux parents de Toad, de Juan et aux siens, et à tous ceux qui n'aimaient pas suffisamment leurs enfants. Il en voulait à Rhoda de s'occuper de lui quand il ne le méritait pas. Il s'en voulait d'avoir échoué à sauver Donny, de vieillir, d'être faible et de pleurer sur son sort.

Et il en voulait à Qay Hill de ne pas être l'homme que Jeremy avait espéré trouver en lui.

Avec un rugissement, il balança un coup de poing dans le mur à côté de la fenêtre. Il y eut un craquement sonore.

Oh, putain ! Tout d'abord, il ne sut trop ce qu'il avait cassé : le mur ou sa main ? L'esprit embrumé par la douleur, il vérifia – le mur paraissait intact. Ainsi, Jeremy n'aurait pas à payer des réparations au Marriott. Une chance ! Ou peut-être pas, parce que ses jointures saignaient. Il grimaça, sa main était aussi atrocement douloureuse qu'après un coup de marteau.

Il resta une éternité à regarder son sang perler de ses entailles et goutter sur le tapis. Il lui faudrait acheter du détachant le lendemain, sinon il aurait bel et bien une facture à rembourser, après tout. En faisant sa valise – ou plutôt, son sac-poubelle –, il n'avait pas pensé à prendre sa trousse de premiers secours. De toute façon, elle était presque vide depuis qu'il avait soigné Donny. Et puis, étant droitier, panser sa main *droite* ne lui serait pas facile.

Se secouant enfin de sa léthargie, il passa péniblement dans la salle de bain et lava sa main blessée. L'eau le brûla comme de l'acide.

— Bien fait pour toi, imbécile ! marmonna-t-il.

Il se souvint alors qu'il gardait un petit kit d'urgence dans la boîte à gants de son SUV. Il descendit au garage de l'hôtel, avec la sensation de parcourir un million de kilomètres, et le trajet retour lui parut encore plus long. Mais enfin, il put désinfecter ses entailles – ce qui lui fit un mal de chien – et envelopper sa main d'un grand pansement maladroit. Ses doigts enflés étant chauds et douloureux, Jeremy ressortit de sa chambre pour aller au bout du couloir, où il avait repéré une machine à glaçons. Il s'installa ensuite dans le confortable fauteuil près de son lit, la main plongée dans un seau rempli de glace.

Tout en se soignant, il avait continué à fulminer. Une fois assis, cependant, son humeur s'apaisa peu à peu, comme si la glace n'agissait pas seulement sur la douleur pulsatile de ses jointures, mais aussi sur son tempérament. Il médita un long moment.

Il pensa à Qay.

Il évoqua d'abord ce baiser échangé, ce baiser extraordinaire qui lui avait fait exploser le cerveau. Un problème hormonal sans doute... Après tout, il était chaste depuis un sacré bout de temps, de quoi tuer même un chameau. Mais il y avait aussi eu leur conversation, intéressante et animée. Qay était doté d'un humour pince-sans-rire qui surgissait de façon inattendue, comme le soleil à Portland en plein mois de décembre. Et il avait les mêmes goûts que Jeremy en matière de films ou de musique, il comprenait ses plaisanteries, aussi tirées par les cheveux soient-elles. Et cette façon qu'il avait eue d'écouter les anecdotes de Jeremy sur son travail, comme s'il s'agissait d'aventures hautement exotiques. Et le plaisir que faisait à Qay le plus petit signe de respect...

Jeremy se souvint de ses confidences : Qay n'avait jamais connu de dîner romantique au sens traditionnel du terme... Il pensa aussi à sa fierté timide en payant l'addition *Chez Perry*. Et à la confiance avec laquelle il s'est blotti contre lui en admirant la vue du sommet de Council Crest. Rongé par les doutes et le manque d'assurance, il s'inquiétait d'avoir raté son examen de philo. Et pourtant, de toute évidence, il était intelligent.

Et durant le trajet retour, après ses aveux, Qay lui avait demandé pardon avec humilité, sans se chercher d'excuses, sans colère ni récriminations. « Je suis désolé ». Avec la résignation d'un homme qui espérait peu de la vie.

Et ses derniers mots avant de quitter sa voiture : « Tu t'en es bien tiré, Jeremy. Tu mérites beaucoup mieux que Donny, beaucoup mieux que moi ».

Pour la première fois, Jeremy chercha à comprendre *pourquoi* Qay ne lui avait pas tout de suite révélé son identité. Sous le choc de cette révélation inattendue, Jeremy l'avait accusé de s'être moqué de lui, mais ce n'était pas vrai. Il le savait même alors, malgré le premier feu de sa colère. Sérieusement, où était le mal à discuter avec Jeremy, à lui offrir un bon dîner et à l'embrasser éperdument ? Qay n'avait rien réclamé, rien soutiré à Jeremy.

Alors, pourquoi s'était-il tu ? Aurait-il honte de sa jeunesse ? Plus encore que de sa dépendance aux drogues ou à l'alcool, de son casier judiciaire, de sa pauvreté... de tout ce qu'il avait admis dès le premier jour ? Ces lointaines années à Bailey Springs étaient-elles restées pour lui un souvenir trop pénible à évoquer ? Peut-être avait-il dit vrai, après tout : Keith Moore était mort dans la rivière Smoky Hill. Peut-être que la réticence de Qay à en reparler n'avait rien à voir avec Jeremy Cox, cet idiot irascible et nombriliste, mais concernait plutôt un fardeau que le malheureux portait sur ses épaules depuis près de trente ans.

Jeremy dut admettre que Qay avait tout avoué spontanément, au final, sans aucune pression de sa part, le soir même de leur premier tête-à-tête et dès que leur relation était devenue plus intime.

Merde !

Sans plus se soucier de sa main douloureuse, Jeremy avait maintenant la sensation d'avoir un gouffre béant au niveau du cœur.

X

SAMEDI SOIR, après la seule et unique soirée romantique qu'il ait connue de toute sa vie, Qay rentra chez lui, se jeta sur son lit et tomba pratiquement dans le coma. L'inconscience fut un soulagement, mais à son réveil, tout un fichu dimanche s'étendait devant lui, ce qui lui foutait une trouille terrible. Cela faisait des années que ses addictions revenaient régulièrement le tourmenter. S'il n'y céda pas ce jour-là, ce fut pour deux raisons. L'une était la conviction que s'il replongeait, il finirait au cimetière. L'autre était une curiosité morbide : il voulait connaître son résultat à ce putain d'examen de philo. Alors, au lieu de chercher à boire, à fumer ou pire, Qay passa son dimanche terré dans son sous-sol, à regarder des bêtises à la télé – une drogue comme une autre, après tout, mais inoffensive. En fin de la journée, il n'aurait pas pu dire ce qu'il avait vu, mais il avait réussi à survivre seize heures de plus, ce qui n'était pas si mal. Il mangea une boîte de conserve – des macaronis au fromage qui n'avaient aucun goût.

Son lundi fut un peu meilleur : au moins, avait-il un but. Il n'avait pas de contrôle cette semaine, mais il révisa néanmoins, lisant deux fois son manuel pour s'assurer d'avoir bien tout enregistré. William James, John Rawls et Bertrand Russell. Bah !

Le *P-Town* lui manquait, Rhoda lui manquait et surtout Jeremy lui manquait avec une intensité qu'il trouvait disproportionnée par rapport à leur relation à peine commencée – et maintenant anéantie. Un dîner, suivi d'une soirée écourtée, ne constituait pas une vraie histoire. Jeremy et lui n'avaient même pas eu le temps de devenir amis, pour l'amour du ciel !

Lundi après-midi, Qay prit un bus pour se rendre à l'université. Il arriva en avance et s'assit à sa place habituelle, le ventre noué d'angoisse. Il garda la tête baissée pour éviter de croiser le regard de la Russe, du professeur, ou d'un autre élève de sa classe. En conséquence, il sursauta presque quand Reynolds déposa sa copie annotée devant lui, sur son bureau.

— J'aimerais vous parler à la fin du cours, Qay.

Merde. Sa note devait être catastrophique, trop nulle pour valider son cursus. Voilà ce que Reynolds allait lui annoncer, en plus du fait que

94

l'université ne voulait plus de lui à l'avenir, dans n'importe quelle discipline, vu qu'il avait le QI d'un écureuil.

Reynolds s'était déjà lancé dans son cours quand Qay osa jeter un coup d'œil à sa note.

Travail exceptionnel.

Qay passa cinq bonnes minutes à envisager les diverses significations de ce commentaire. Il était certain de ne pas toutes les connaître. Certains termes – comme « remercier » ou « apprendre » – signifiaient une chose et son contraire. « Exceptionnel » était peut-être synonyme d'*horrible* ou d'*épouvantable*...

Mais au bas de la dernière page, son pourcentage de réussite était écrit à l'encre rouge : *100 %.*

Oh, putain !

Qay en perdit le souffle. Au sens littéral : il n'arrivait plus à respirer. Il allait mourir en plein cours de philo et le légiste mettrait dans son dossier « cause de la mort : réussite inattendue à un examen ». Quand il parvint enfin à faire entrer de l'oxygène dans ses poumons, il émit un halètement assez bruyant pour que la Russe, sa voisine, lui jette un coup d'œil étonné.

Quant aux autres annotations sur sa copie – certaines assez longues d'ailleurs –, Qay n'était pas en état de les lire pour le moment. La tête lui tournait.

Il ne suivit rien de sa classe ce jour-là. Il planait plus haut qu'il ne l'avait jamais fait en se droguant. Il ne put que de s'accrocher à sa copie en réfléchissant à ces mots choquants écrits à l'encre rouge. *Travail exceptionnel. 100 %.*

Quand le cours se termina, il resta assis dans son siège, enfermé en lui-même, doutant toujours. Sans doute le professeur Reynolds allait-il lui expliquer que cette note était une erreur... Les autres étudiants firent pas mal de tapage en remballant leurs affaires et en quittant la salle. Ils étaient nombreux à se lamenter de leur note à l'examen.

Le silence retomba enfin. Alors seulement, Qay leva les yeux : Reynolds l'attendait avec patience sur son estrade. Il portait un tee-shirt Janis Joplin et une veste de sport qui avait connu des jours meilleurs, et sa queue de cheval grisonnante était un peu échevelée.

— Hé, Qay.

Qay réussit à esquisser un sourire.

— Hé.

— Venez ici.

— D'accord.

Serrant toujours sa copie contre lui, Qay traversa la salle. Si sa vie avait eu une bande-son, sans doute aurait-il entendu les lourds accords de piano d'une marche funèbre. *Boum, boum, boum-boum.*

Reynolds rangea une grosse enveloppe kraft dans son sac à dos, qui paraissait élimé par l'usage, et lui sourit.

— C'est remarquable, déclara-t-il.

Il désignait la copie de Qay.

— Ah, bon ?

— Cela fait près de vingt ans que j'enseigne la philo, vous savez, et je n'ai donné que cinq fois une note pareille. Vous êtes mon sixième 100 %.

— Je...

Ah, il avait l'air fin ! Un vrai débile !

— Qay, si je ne me trompe pas, votre vie n'a pas toujours été facile, n'est-ce pas ? Vous avez encaissé votre lot de coups durs ?

— C'est exact.

— Eh bien, vous vous en êtes sorti et maintenant, vous cherchez davantage.

C'était un bon résumé de ses dernières années, aussi Qay hocha-t-il la tête en silence.

— Je suis impressionné, enchaîna son professeur. Il faut des épaules solides pour réussir ce que vous avez fait. Avez-vous des projets à long terme ?

Qay se souvint de sa conversation avec Rhoda concernant les rêves. Ce qui l'attrista.

— Je ne sais pas. Sobriété, stabilité, solvabilité.

Reynolds eut un rire sonore.

— C'est un bon départ. Très bon même, mais je pense que vous devriez viser plus haut. Quelle est votre matière principale ?

— Psychologie.

— D'accord, ça me va. Combien de temps vous êtes-vous donné pour obtenir votre diplôme ?

Qay haussa les épaules. S'il répondait trois siècles, ça ferait sans doute bizarre.

— Un bail.

— Je vais glisser un mot à un ami à moi qui gère les diplômes d'État. Vu votre niveau, vous devriez obtenir une équivalence pour les UV de première année. Qu'en dites-vous ?

— Je...

Réalisant qu'il avait la bouche béante, Qay tenta de se reprendre, ou tout au moins d'avoir l'air un peu moins idiot.

— C'est vraiment gentil, mais je n'ai pas les moyens de...

— Je vous ferai attribuer une bourse. Qay, ce que vous aurez à faire, c'est de passer un examen qui validera vos acquis, ensuite, vous entrerez directement en seconde année et vous verrez, tout se passera bien. Dès que vous aurez votre licence, nous envisagerons un troisième cycle. Un élève qui me rend une copie pareille est capable de tout. J'aimerais vraiment voir ce que vous pouvez faire lorsque vous êtes pleinement engagé !

— Mais vous ne comprenez pas ! J'ai réussi à ce test par hasard. Je n'ai pas...

— Non, personne n'écrit comme ça *par hasard*. Vous avez connu de durs moments, je n'en doute pas, mais le jour de votre examen, vous vous êtes libéré de votre passé. Vous avez prouvé ce que vous valez vraiment. Vous avez un brillant cerveau, Qay. Il vous suffit de trouver le moyen de le solliciter plus souvent.

Incapable de formuler une réponse, Qay se contenta de cligner des yeux. Sa stupeur fit rire Reynolds.

— Oui, je sais, reprit-il, il vous faudra un certain temps pour vous y faire. C'est normal. Venez me voir quand vous serez prêt et je tirerai quelques ficelles. Vous savez, je comprends très bien qu'un élève préfère mener une vie pépère, ou travailler de ses mains en oubliant le monde universitaire. Mon fils est employé dans un garage, il répare des voitures en semaine et le week-end, il est batteur dans un groupe. Il vit dans un trailer à Boring, heureux comme un roi. Tant mieux pour lui ! Mais quand on veut davantage et qu'on en est capable, je trouve dommage de gaspiller son potentiel et de ne pas tenter sa chance.

— Merci, dit enfin Qay. Ce que vous me dites va me changer la vie.

Reynolds hocha la tête.

— J'ai reçu le même discours il y a bien longtemps, à une époque où je fumais trop d'herbe et où je pensais changer le monde en déblatérant sans fin avec un groupe de copains. Je suis heureux d'avoir été aidé.

Qay rentra chez lui dans un veux bus de la TriMet, avec l'impression de flotter. Les mots de Reynolds repassaient en boucle dans sa tête. Une bourse d'études ? Un putain de troisième cycle ? Un cerveau brillant, lui ? Au nom du ciel !

Le seul point qui assombrissait son humeur était de n'avoir personne avec qui partager ces bonnes nouvelles. Il avait reçu une des six notes parfaites de ces vingt dernières années. On venait de lui ouvrir la porte d'un avenir qu'il n'aurait jamais osé imaginer. Il mourait d'envie d'en parler, mais à qui ? Il ne pouvait plus approcher Rhoda, sans même parler de Jeremy, bien entendu. Alors qui lui restait-il, hein ? Stuart, son connard de chef d'équipe ? Ben voyons, comme si ce nabot autocratique se souciait de ce qui arrivait à Qay.

D'accord, il s'autocongratulerait tout seul, voilà tout. Il se taperait dans le dos et baignerait dans l'euphorie de son succès. En fait, il s'offrirait le soir même un bon dîner pour fêter ça.

Il tint parole. Attablé dans un petit restaurant italien, non loin de chez lui, il se gorgea de *pasta* et finit par une *gelato*. Il évita cependant de prendre un expresso. Le lendemain, il devait se lever tôt pour aller travailler.

Il était rare qu'il regrette sa pauvreté et son manque de gadgets électroniques, mais en rentrant chez lui ce soir-là, il aurait vraiment apprécié avoir un ordinateur. Ou un smartphone. Ou un lecteur de DVD. N'importe quoi pour se connecter à Internet et trouver un site porno. Oh, il avait bien quelques magazines planqués dans son appartement, et même des livres érotiques assez chauds, mais ce soir, il aurait préféré de vrais corps d'hommes. Même s'il ne pouvait pas y toucher, ce serait bon de les regarder bouger, d'écouter leurs cris de plaisir, d'imaginer un moment qu'il n'était pas seul au monde.

Il finit dans son lit, nu, sans livre ou magazine, il posa les mains sur son sexe. Ce fut glorieux. Et quelle importance s'il pensait à Jeremy et à ce baiser fantastique pendant qu'il se masturbait, hein ? Ça ne faisait de mal à personne

Et il méritait bien cette petite concession.

— Hill, viens ici.

La voix stridente de Stuart retentit dans l'atelier, malgré le bruit des machines. Avec un soupir, Qay lâcha la poubelle qu'il faisait rouler et tourna les talons pour répondre à l'injonction. Il reçut plusieurs regards apitoyés des autres employés. Tous prenaient Stuart pour un sale petit con, mais aucun d'eux n'y pouvait rien.

En le voyant arriver, Stuart lui désigna une pile de cartons.

— Ces étiquettes étaient censées se trouver là-bas, aboya-t-il, en désignant l'autre bout de l'entrepôt.

— Mais c'est vous qui m'avez dit de les mettre ici !

— Non, Hill, sûrement pas. Tu n'as rien écouté, une fois de plus. Ou rien compris !

Très en colère, il s'éloigna en moulinant des bras, comme une putain de ballerine. Soupirant de plus belle, Qay alla récupérer un chariot sur lequel il empila les cartons d'étiquettes qu'il déplaça à l'endroit indiqué. Ceci étant fait, il s'apprêtait à retourner vers sa poubelle abandonnée quand Stuart l'intercepta une fois encore.

— J'ai déplacé les étiquettes, indiqua calmement Qay.

— Bravo, Einstein ! Mais tu n'as pas encore nettoyé la salle à manger.

Techniquement, ce n'était pas à Qay de s'en charger, mais à Barry. Or, le matin même, il avait téléphoné pour annoncer être malade. En principe, Stuart devait le remplacer... sauf qu'il préférait déléguer cette charge de travail supplémentaire.

— D'accord, dit Qay. Je le ferai dès que j'aurais vidé cette poubelle...

— Non, Hill. *Maintenant.* Ça aurait dû être fait il y a une heure.

Qay perdit un bon moment dans la salle à manger, où les employés laissaient traîner des sacs en plastique, des serviettes en papier, des verres et assiettes sales et d'autres détritus. Une fois les tables débarrassées, il les nettoya et passa la serpillère sur le sol carrelé. Il lava même la cafetière et le micro-ondes, ce que Barry n'avait pas dû faire depuis un sacré bout de temps. Une nouvelle forme de vie parasite semblait prête à y éclore.

Quand Qay put enfin revenir à sa poubelle abandonnée, il jeta un coup d'œil à l'horloge murale : encore dix minutes à tirer. Dieu merci !

Mais Stuart ne le laissa pas tranquille.

— Maintenant, les toilettes, Hill.

Une fois encore, ça ne faisait pas partie de ses attributions

— J'ai presque fini ma journée.

— Je m'en branle. T'avais qu'à penser à le faire plus tôt.

Qay mourait d'envie de botter le cul de Stuart et de l'envoyer valdinguer le plus loin possible, mais il avait appris depuis longtemps une triste vérité : les petits chefs odieux, il y en avait partout. Mieux valait les ignorer que leur donner le pouvoir de vous atteindre. D'ailleurs, c'était vendredi soir, il n'avait aucun projet particulier pour occuper sa soirée, il n'était donc pas vraiment pressé de rentrer chez lui. S'il travaillait plus tard que d'ordinaire, ses heures supplémentaires lui seraient payées, c'était toujours un bonus. Il aimerait faire des économies et s'acheter un portable premier prix.

— D'accord, j'y vais, dit Qay.

Nettoyer les toilettes des femmes alla très vite. D'abord, elles étaient rares à être employées à l'usine de fenêtres, ensuite, elles avaient de toute évidence de bonnes habitudes sanitaires. Par contre, chez les hommes, c'était un désastre ! Absolument répugnant ! Pendant que Qay récurait, un employé passa utiliser les toilettes et, sous les yeux de Qay, jeta son essuie-mains en papier dans la corbeille et la rata. Il sortit sans la ramasser.

Qay s'en chargea en marmonnant :

— Les hommes sont des cochons !

Il continua sa tâche, qui l'occupa jusqu'à près de dix-huit heures. Quand il sortit enfin, les machines s'étaient tues, tout le monde était parti, sauf les vigiles de nuit et Gaylene, la comptable, qui préférait arriver tard et partir tard quand elle le pouvait. Qay pointa sa sortie, enfila son manteau et salua les gardiens.

La nuit était tombée depuis quelque temps et le ciel noir crachait des gouttes de pluie froides et piquantes. Qay frissonnait en quittant le quai de chargement pour retrouver la rue. Il lui faudrait marcher un moment pour arriver à l'arrêt de bus, sans doute serait-il trempé en arrivant. Quelle galère ! Il aimerait bien, un jour s'offrir une voiture. Oh, rien de flamboyant, même si, par goût, il adorait les voitures de sport. Non, un vieux tacot lui suffirait, à condition qu'il roule et le garde au sec. Il n'avait certainement pas besoin d'un monstre comme celui garé quelques mètres devant lui.

Il venait de reconnaître le sombre SUV en question quand la porte du conducteur s'ouvrit. Un géant en uniforme vert en sortit. Qay se figea. Jeremy avança à sa rencontre et s'arrêta à quelques pas.

— Tu travailles tard, ce soir, déclara Jeremy.

— Quoi… qu'est-ce que tu fais là ?

— Je t'attendais.

— Mais… pourquoi ? Et comment m'as-tu… ?

Comme d'habitude quand il était nerveux, Qay perdait ses mots. Jeremy eut un sourire contraint, mais quand même, c'était un sourire.

— Il pleut des cordes. Tu ne crois pas que nous serions mieux dans ma voiture pour parler ? Je vais mettre le chauffage à fond.

Préférant ne pas se fier à son éloquence, Qay se contenta de hocher la tête. Lorsque Jeremy lui ouvrit galamment la portière-passager, Qay en eut chaud au cœur.

Une fois assis, les deux hommes gardèrent le silence un long moment, pendant que le pare-brise s'embuait peu à peu. La radio était éteinte, mais le chauffage soufflait à pleins volumes. Qay regardait la pluie goutter de ses cheveux sur ses genoux, formant sur le denim des petits cercles foncés, comme des larmes.

— Stuart est un sale con, dit enfin Qay.

— Ton chef d'équipe ?

— Oui. C'est à cause de lui que je suis en retard.

Il jeta un coup d'œil furtif à Jeremy et ajouta :

— Tu m'attends ici depuis dix-sept heures ?

— En fait, je suis arrivé avec une demi-heure d'avance. Et ça fait trois bons quarts d'heure que ma vessie menace d'exploser.

— Je pourrais convaincre un des vigiles de te laisser entrer dans l'usine. Les toilettes sont impeccables. Je viens de les nettoyer.

— Ne te donne pas cette peine, je vais me retenir encore un peu.

Qay acquiesça. Il aperçut alors la main droite de Jeremy, posée sur la console entre eux : les jointures étaient entaillées et légèrement enflées.

— Qu'est-ce tu as aux doigts ? demanda-t-il.

— Rien. J'ai juste été très con.

Le silence retomba, s'attarda et devint inconfortable. Alors, Jeremy s'éclaircit la gorge.

— Et ton examen, comment ça s'est passé ?

Qay ne put retenir un sourire béat.

— Bien, très bien ! Le prof m'a même gardé après la classe pour me dire que ma copie était exceptionnelle.

Jeremy parut aussi heureux que Qay d'entendre cette nouvelle.

— Bien sûr ! Ton esprit est aussi acéré qu'une vitre cassée.

— C'est une comparaison appropriée.

— Je sais.

Un peu de la tension existant entre eux s'était évaporée. Qay tira sur un fil de son jean effiloché, puis il se ravisa, craignant d'aggraver les dégâts. À la place, il tripota son accoudoir et regarda l'obscurité environnante par sa vitre.

— Pourquoi es-tu là, Jeremy ? Et comment as-tu su où me trouver ?

— Hé, je te rappelle que j'ai été flic. Tu m'avais dit travailler dans une usine de fenêtres de la banlieue nord-ouest, ce qui réduisait mon champ d'investigation. J'ai juste passé quelques coups de fil.

Il étouffa un rire en ajoutant :

— Comme je ne voulais pas te créer de problèmes ni te gâcher la surprise, j'ai demandé Stuart – j'avais gardé ce nom en mémoire. Quand je l'ai eu au téléphone, j'ai prétendu être inspecteur du fisc et contrôler les dépenses par carte de crédit. Il était presque en larmes quand il a insisté sur le fait qu'il n'avait rien à cacher.

Qay apprécia – bien plus qu'il ne l'aurait dû ! – d'imaginer son chef d'équipe larmoyant au téléphone. Pour rien, en plus.

— Je vois. Et pourquoi tenais-tu tant à me parler ?

— J'ai… des questions à te poser. Et des excuses à te présenter, si j'arrive à les cracher.

— Des excuses ? Mais pourquoi ?

Jeremy le regarda longuement.

— Bon, on va y aller, d'accord ? Je vais trouver un endroit où je pourrai pisser, ensuite, nous mangerons, ensuite, nous… discuterons.

Qay hésita : la soirée finirait-elle encore en désastre ? Il finit cependant par accepter.

— D'accord.

Il avait cru que Jeremy retournerait *Chez Terry*, le restaurant de la dernière fois, ou peut-être au *P-Town*. Au lieu de ça, le SUV continua vers le nord-ouest et se gara sous les énormes arbres de l'avenue Quimby. Jeremy entraîna Qay vers un boui-boui d'aspect inquiétant. L'endroit était bondé, ce qui était de bon augure. En outre, dans un endroit pareil, la combinaison de travail que Qay portait toujours n'attira nullement l'attention.

De toute évidence, le serveur reconnut Jeremy.

— Chef ! Content de vous voir ! Ça fait longtemps !

— Trop longtemps. Pouvez-vous nous trouver une table tranquille et y installer mon ami ici présent ? Je dois d'urgence vidanger mon réservoir…

Le joli garçon aux mignonnes fossettes se mit à rire.

— Bien sûr.

Il attrapa deux menus et, souriant toujours, conduisit Qay jusqu'à un box d'angle.

— Que désirez-vous boire ? demanda-t-il ensuite.

Toujours transi jusqu'aux os, Qay commanda un café. Puis il fit semblant d'étudier le menu et tenta de ne pas s'attarder sur l'hypothèse que Jeremy avait peut-être changé d'avis en le plantant là. Il fut soulagé, quelques minutes plus tard, quand Jeremy se glissa sur la banquette en face de lui.

— J'ai envie d'un petit-déjeuner en guise de dîner, annonça le géant. Ça ne te gêne pas ?

— Non, pas du tout.

— Parfait. Pour être honnête, en ce moment, je donnerais un rein pour un repas pris à la maison. J'ai passé toute la semaine au restaurant.

— Ton chef de cuisine serait-il en grève ?

Le visage de Jeremy se crispa.

— Je vis actuellement dans un hôtel du centre-ville. C'est une longue histoire, mais pas du tout celle qui nous a réunis ici ce soir.

Qay aurait aimé entendre cette « longue histoire », surtout si ça lui donnait un répit, car il ne tenait pas vraiment à un remake de la scène pénible de Council Crest. Mais le garçon revint remplir leurs tasses de café et prendre leurs commandes. Qay opta pour des œufs brouillés au cheddar et bacon, Jeremy prit les pancakes accompagnés de saucisses.

— Je le regretterai probablement demain, soupira-t-il.

— Pourquoi ?

— Parce que le centre de remise en forme de mon hôtel ne vaut pas tripette, je n'arrive pas à m'exercer correctement. Et je n'ai pas trop envie de traverser la rivière aux heures de pointe pour retourner dans ma salle de gym.

— Que fais-tu à l'hôtel ?

Qay espérait encore diriger la conversation vers des eaux moins turbulentes.

Fixant la salière comme si c'était un spectacle fascinant, Jeremy évita son regard. Sa bouche était dure et pincée, le chagrin assombrissait ses yeux gris.

— Mon appartement a été forcé et vandalisé, jeta-t-il, enfin. J'ai beaucoup à faire pour le remettre en état. Il a fallu deux jours rien que pour le nettoyer. Maintenant, je fois m'occuper des travaux de rénovation, en plus, je dois tout racheter. Absolument tout !

Oh, merde !

— Tu n'as rien ?

Jeremy lui jeta un coup d'œil rapide.

— Non. Je n'étais pas chez moi.

— Une chance pour eux, sinon, tu les aurais massacrés. Non, ce n'est pas ce que je voulais dire…

Mal à l'aise, Qay se tortilla sur sa banquette en vinyle. Puis il ajouta :

— C'est difficile, émotionnellement parlant. Quelle semaine, hein ? D'abord, Donny, ensuite, moi, et maintenant, ton appart…

— À mon avis, cette effraction est liée à Donny. Les salauds qui sont entrés chez moi sont sans doute ses assassins. Ils ne m'ont rien volé, mais ils cherchaient quelque chose.

— Quoi ?

Jeremy haussa les épaules.

— Qu'est-ce que j'en sais ? De la drogue ? De l'argent ? Le Saint Graal ?

— C'est…

— Pourquoi as-tu sauté ?

Sous le choc de cette question inattendue, Qay tressaillit et recula. À son tour, il s'intéressa de très près aux condiments, se concentrant sur la petite bouteille de sauce chili plutôt que sur le sel.

— Parce que je voulais mourir, murmura-t-il au bout d'un moment.

Ce n'était pas à 100 % vrai. Ses thérapeutes étaient souvent revenus sur ce point : pourquoi marcher trois kilomètres jusqu'au pont Mémorial alors qu'il pouvait trouver chez lui tout ce qu'il lui fallait pour ne pas se rater – les médicaments dans le bureau de son père, les couteaux de la cuisine, les fusils de chasse à portée de main ? À l'époque, Qay avait eu du mal à trouver ses mots. Si la chute du pont lui avait été fatale, la rivière Smoky Hill aurait emporté son corps au loin… Or, il ne voulait pas rester piégé à Bailey Springs, même mort. Les psys avaient fini par accepter son explication, en partie authentique, d'ailleurs. Des années plus tard, cependant, Qay avait réalisé avoir eu un autre motif. Ce pont était très haut et, avant de mourir, il avait voulu voler. Brièvement, bien sûr, mais il avait connu un féroce moment d'exultation et de liberté.

— Bailey Springs pouvait être l'enfer, déclara Jeremy, d'une voix cassée. Je n'ai pas oublié. Mais tu avais presque dix-huit ans. Était-ce insupportable au point que tu n'aies pas pu tenir quelques mois de plus ?

— Comme tu l'as fait ? répliqua Qay.

Même à ses propres oreilles, sa voix lui parut amère et désabusée.

— Oui, j'imagine.

— Toi, tu avais une bourse d'études qui t'attendait et Portland dans ta ligne de mire, cette belle cité humide très loin de Bailey Springs. Moi, je n'avais rien.

Il avait été nul, incapable de comprendre les bases des mathématiques, un délinquant, un drogué alcoolique qui volait les pilules de sa mère et les bouteilles de son père pour alimenter ses addictions.

Jeremy posa sa main gigantesque sur celle de Qay.

— Que s'est-il passé ?

Il connaissait déjà la réponse, la devinait tout au moins. Qay le lisait dans l'intensité du regard posé sur lui.

— Qu'est-ce que ça peut te faire ? aboya-t-il, délibérément hargneux. Je t'ai menti, rappelle-toi. Tu m'as accusé de m'être moqué de toi.

Malgré son agressivité, il ne cherchait pas à échapper à l'étreinte des doigts qui retenaient les siens.

— C'est vrai, tu m'as caché la vérité, et ça m'a mis en colère. Mais plus tard, en réfléchissant à tête reposée, j'ai compris que ton attitude n'avait rien à voir avec moi, parce que le monde ne tourne pas autour de mon nombril. Tu voulais tellement oublier Keith Moore que tu as préféré nier son existence. Ce n'était pas pour te moquer de moi, mais pour te protéger. C'est pourquoi je tenais à m'excuser. J'ai mal réagi. Je regrette d'avoir été odieux avec toi, tu ne le méritais pas.

Qay pouvait compter sur une seule main les fois où il avait reçu dans sa vie des excuses. Ce qui expliqua en partie sa réaction.

— Et si je te disais que j'ai bel et bien menti *à cause* de toi ?

Surpris, Jeremy cligna des yeux et ouvrit la bouche, mais avant qu'il puisse répondre, le serveur arriva avec leurs commandes. Il ne tiqua pas en voyant un géant en uniforme de park-ranger tenir, à travers la table, la main de son misérable compagnon. Qay ouvrit de grands yeux en regardant son assiette : il y avait là de quoi nourrir une petite armée ! Une délicieuse odeur lui monta aux narines. Pourtant, il n'attaqua pas son plat, Jeremy non plus. Il avait pourtant reçu une montagne de pancakes proportionnelle à sa stature.

— À cause de moi, comment ça ?

Qay dégagea doucement sa main et haussa les épaules.

— Tu es Captain Caféine.

— Captain Caféine ? répéta Jeremy, étonné.

— Un superhéros ! Beau, bien baraqué, avec un super travail et un chouette uniforme. Tout le monde te connaît et t'appelle chef. Tu conduis une voiture de dictateur. Tu as des amis comme Rhoda, des gens géniaux. Tu es pratiquement parfait. Moi, je ne suis pas grand-chose, j'en suis conscient, mais j'existe et ça m'a demandé des efforts terribles pour arriver là. Je voulais que tu voies le nouveau moi, celui que j'ai créé tout seul, pas le taré que j'étais autrefois, au Kansas.

Pendant un long moment, Jeremy resta bouche bée, comme tétanisé. Puis il secoua lentement la tête.

— Ton petit discours est tellement à côté de la plaque que je ne sais même pas par où commencer.

Il ferma les yeux, puis les rouvrit avec un soupir.

— Mange pendant que je réfléchis à la meilleure façon de te faire comprendre ma façon de voir les choses.

Qay obtempéra sans se faire prier. Avant d'avaler sa première bouchée, il n'avait pas réalisé être affamé. Ses œufs brouillés étaient délicieux. Il s'en gorgea avec appétit pendant que Jeremy engloutissait ses pancakes. Il avait un sacré coup de fourchette ! pensa Qay, émerveillé.

Jeremy termina ses saucisses avant de reprendre la parole :

— Primo, je suis loin d'être parfait, tellement loin que ça en devient comique. Ma vie privée est un désastre. Je te rappelle qu'un de mes ex vient de finir assez mal et que mon appartement est en ruines. J'ai dépassé quarante ans – pour un gay, ça compte double, je suis donc d'âge canonique et toujours célibataire. Je vois mal où est la perfection là-dedans.

— Mais je…

— Deuxio ! Comment oses-tu te traiter de pas grand-chose ? C'est faux ! Dès notre rencontre, j'ai repéré en toi un gars intéressant. Tu es fort, fier, indépendant, et merde, j'ai toujours su que tu étais brillant. Même à l'école, autrefois, quand tu glandouillais en biologie. J'en connais un bout sur la dépendance et la maladie mentale, à cause de mon boulot et de ce pauvre Donny, alors je sais exactement de quoi tu parles en évoquant « des efforts terribles » pour arriver là où tu en es aujourd'hui. Moi, je n'ai pas pu tenir la distance, Qay. J'ai craqué.

Il poussa un soupir, avala un ou deux pancakes de plus et reprit, la bouche pleine.

— Tertio, tu n'as jamais été un taré. *Jamais.* Tu te souviens de l'allure que j'avais à l'école ? J'aurais aussi bien pu porter un écriteau accroché dans le dos « punching-ball ». Tu étais l'un des rares élèves à être gentil avec moi. En plus, je…

Il s'interrompit net et piqua un fard.

— Bon Dieu, c'est embarrassant, enchaîna-t-il. Tu as été mon premier béguin.

Qay ne put retenir un sourire.

— Je sais. Je le savais déjà, à l'époque.

— Tu... Vraiment ? Moi pas, je l'ai compris des années plus tard.

Cet amour timide avait été adorable, l'un des rares plaisirs de la vie de Keith. À l'époque, Jeremy avait une tête de moins que lui, des cheveux soyeux couleur de maïs, trop longs, qui lui retombaient constamment dans les yeux et des taches de son sur le nez et les joues. Souvent, il jetait à Keith des coups d'œil furtifs et s'empourprait aussitôt, comme aujourd'hui, en essayant de cacher un sourire béat.

— Je le savais, répéta Qay. Je n'éprouvais pas d'attirance pour toi, tu étais bien trop jeune, mais je t'aimais bien. Je me demandais souvent ce que tu deviendrais si tu survivais à l'école secondaire.

— Tu me parlais à peine !

La voix de Jeremy était accusatrice et même peut-être un peu blessée.

— Je gardais délibérément mes distances, confirma Qay. Les autres s'en prenaient déjà à toi au moindre prétexte. Tu n'avais vraiment pas besoin en plus d'avoir un lien avec moi. Bien sûr, j'aurais sans doute pu te défendre, à l'occasion, mais pas toujours. Troy Baker et sa bande d'abrutis auraient attendu de te trouver seul et se seraient vengés sur toi de mon intervention.

Laisser le petit Jeremy se débrouiller seul lui avait été difficile. Le gosse aurait bien eu besoin d'un allié grand et fort, surtout d'un gars aussi déjanté que l'était alors Keith Moore. Quant à lui, Seigneur, il aurait tout donné pour avoir un ami ! S'il en avait eu un, peut-être n'aurait-il pas sauté du pont. Ou peut-être aurait-il entraîné Jeremy Cox dans sa chute.

Le serveur leur rapporta du café.

— Voulez-vous autre chose ?

Il débarrassa les assiettes, vidées comme par magie. Qay se demanda comment il avait fait pour tout engloutir. Il allait refuser un dessert, mais Jeremy parla le premier :

— Nous partagerons un roulé à la cannelle, merci.

Qay attendit le départ du garçon pour protester :

— Tu as encore faim ? C'est une plaisanterie, j'espère !

— Tu verras, ils sont bons. Et vu que les aveux à cœur ouvert, ça creuse, je pense que nous avons besoin de calories et de glucides.

— Ça ressemble à un argument de Rhoda.

Jeremy sourit.

— Je pense le lui avoir piqué.

Ils sirotèrent leur café, une sorte de répit, comme respirer de grandes goulées d'air avant de replonger sous les vagues. Mais alors, une petite phrase de Jeremy coupa le souffle de Qay.

— Quand tu as sauté, tu m'as manqué.

— Tu ne devrais pas…

— Les rumeurs se répandaient, chacun avait un avis à donner, mais personne ne semblait connaître la vérité. Personnellement, j'ignorais même si tu étais encore en vie. Je crois que… j'espérais entendre un jour de bonnes nouvelles à ton sujet. Mais jamais je n'aurais pensé retomber sur toi au *P-Town*.

Il ramassa la salière et l'examina comme un bijoutier inspectant un diamant brut. Qay aimait ses mains, grandes et larges, avec de longs doigts et de petites croûtes sur les jointures droites. Les ongles, bien que courts et nets, n'étaient pas manucurés.

Jeremy reposa la salière et se lécha les lèvres.

— Que t'est-il arrivé ? Après le pont, je veux dire, outre le fait que tu as abandonné Keith pour devenir Qay.

— Ça… m'a pris un certain temps. Je m'étais salement amoché : blessures internes, fractures diverses. Quand j'ai été retapé, mon père m'a envoyé dans un hôpital de l'Iowa, probablement parce que personne ne nous y connaissait. Après ça, j'ai passé beaucoup de temps dans les hôpitaux psychiatriques.

Il eut un rire sans humour et ajouta :

— J'avais des problèmes en y entrant, mais j'en suis sorti complètement fou.

— Comment as-tu fait pour en sortir ?

Qay eut un sourire démoniaque.

— Je me suis enfui. Oui, je suis au sens littéral un échappé d'asile. Ils m'ont repris quelques mois plus tard, je vivais dans les rues à l'époque, m'attraper leur a été facile. Mais j'avais plus de dix-huit ans, alors, j'ai refusé d'être interné. Mon père a essayé de me déclarer irresponsable, mais pour une fois, j'ai eu de la chance : le juge a été de mon côté. Je suis parti sans un regard en arrière. Le plus loin possible.

C'était la dernière fois où il avait vu son père, rouge de fureur impuissante, les lèvres pincées dans cette moue sévère qui terrifiait Keith étant enfant. Mais ce jour-là, le Dr Moore n'avait pas pu lever la main sur lui : ils étaient tous les deux dans la salle d'audience, en présence du juge et

108

de son huissier. C'était la seule victoire que Keith sur cet enfoiré. L'après-midi même, il s'était octroyé un nouveau nom.

Comme s'il avait lu dans ses pensées, Jeremy demanda :

— Que sont devenus tes parents après ça ?

— Aucune idée. Je n'ai plus eu de contact avec eux.

— Sont-ils encore en vie ?

Qay haussa une épaule.

— Je n'en sais rien et je m'en fiche. Je te l'ai dit : leur fils est mort dans la rivière Smoky Hill.

Leur fils cadet en tout cas, car l'aîné était mort des années plus tôt.

Le roulé à la cannelle arriva – énorme, bien sûr ! Jeremy leva sa fourchette et désigna ce désastre diététique.

— À ton avis, avons-nous assez déterré de squelettes pour ce soir ?

— Mon Dieu, oui !

— D'accord, dans ce cas, je te propose de ne plus creuser. Nous le ferons éventuellement au fur et à mesure que nous nous connaîtrons mieux. Euh, à condition que tu me pardonnes d'avoir été aussi con et que tu acceptes de continuer à me fréquenter…

Qay tenait à Jeremy autant que ses poumons tenaient à l'oxygène. Avec un sourire, il plongea le premier sa fourchette dans la pâtisserie posée entre eux. Il engouffra une bouchée et retint un gémissement de plaisir. C'était divin !

— Je n'ai rien à te pardonner, déclara-t-il entre deux déglutitions.

Si Jeremy s'autorisait à parler la bouche pleine, Qay n'avait aucune intention de jouer au BCBG coincé.

L'assiette fut rapidement nettoyée, mais ils s'attardèrent un moment à boire leur café. Puis Jeremy paya l'addition et tous deux sortirent sous la pluie.

— Je te ramène chez toi, annonça Jeremy.

— Mais ce n'est pas du tout dans ta direction !

— Et alors ?

Jeremy lui ouvrit la portière-passager et s'inclina avec emphase.

Alors qu'ils traversaient le pont Burnside, Jeremy posa une grande main chaude sur la jambe de Qay.

— Je présume que tu n'as pas envie de m'accompagner demain faire des courses ? Il faut que je rachète tous mes meubles, mais aussi un ordinateur portable. Pour le reste, j'attendrai d'être retourné chez moi.

— Je travaille demain, répondit Qay à regret.

Il n'était jamais allé acheter des meubles, et certainement pas avec un homme aussi étonnant.

— Ah, dommage. Sinon… la météo nous annonce un dimanche à peu près sec. Ça te dirait de faire de la rando avec moi.

— De la rando ?

Jeremy hocha la tête avec enthousiasme.

— Oui. Je te choisirai un parcours facile. Dis oui, s'il te plaît ! J'ai vraiment besoin de m'aérer l'esprit et je préfèrerais le faire avec toi.

Qay pouvait difficilement refuser une telle proposition, surtout avec le ventre plein et la lourde main de Jeremy posée sur sa cuisse.

— D'accord.

Le sourire de Jeremy fut sa récompense.

Qay lui indiqua le chemin pour arriver chez lui et peu après, Jeremy se gara devant la vieille maison victorienne. En pleine nuit, elle faisait illusion.

— Chouette endroit.

— Je vis au sous-sol. C'est moins chouette.

— Au moins, c'est vivable.

Avec un petit sourire, Jeremy ajouta :

— Si tu es tenté par le luxe, viens partager ma chambre au Marriott pour les quelques jours qui viennent.

Oh, merde ! Qay eut une vision soudaine de Jeremy débarrassé de son uniforme, étendu sur un grand lit d'hôtel, l'œil aguicheur. *Mauvaise idée*, se morigéna-t-il. *Tu vas tout foutre en l'air*. Et parce que son envie de ne pas gâcher son temps avec Jeremy était plus forte que son désir sexuel, il secoua tristement la tête.

— Je dois travailler tôt demain.

— Dans ce cas, tu ferais mieux d'aller dormir. Mais dimanche, je passe te chercher à huit heures, d'accord ? Mets des vêtements chauds.

— D'accord.

Qay descendit du SUV, puis s'arrêta avant de refermer la portière. Il se retourna pour regarder Jeremy, si grand derrière le volant de son véhicule.

— Je suis vraiment désolé pour cette histoire avec Donny. Et je me fiche de ce que tu m'as dit concernant ta vie merdique : tu restes mon superhéros, Captain Caféine.

Il claqua la portière, salua Jeremy d'un geste de la main et se dirigea vers son sous-sol.

XI

Jeremy se réveilla très tôt le samedi matin, seul dans son grand lit d'hôtel. Il se sentait mieux après sa première bonne nuit de sommeil de la semaine. Quand il ouvrit les rideaux pour regarder à l'extérieur, il constata qu'il pleuvait, une petite pluie insistante du genre à laisser des flaques sur le trottoir, à tremper les chaussures et à se glisser sous les cols des vestes. Il pensa à Qay qui devrait prendre deux bus pour aller au travail, où Stuart le harcèlerait une fois encore. Tout à coup, Jeremy eut une idée.

Il se doucha et s'habilla rapidement, prit le couloir au pas de course et bloqua de justesse la fermeture des portes de l'ascenseur. Une fois dans le parking souterrain, il courut jusqu'à son SUV. Un samedi matin, la circulation était fluide, aussi ne mit-il pas longtemps pour arriver au *P-Town*, qui ouvrait de bonne heure. Rhoda n'y était pas, mais Ptolémée resplendissait dans un pull tricoté main et une large jupe paysanne, une barrette à fleurs dans les cheveux.

— Je présume que ta thèse avance bien, déclara Jeremy. Tu es superbe !

Ptolémée leva les yeux au ciel.

— Ce n'est pas le cas. J'essaie juste de me remonter le moral.

— C'est une idée intéressante.

Jeremy lui tendit le gros thermos qu'il gardait dans son SUV pour les jours où il travaillait surtout dehors.

— Veux-tu me mettre du café là-dedans, s'il te plaît ? Et je prendrais aussi deux trucs au chocolat de la clayette supérieure. C'est pour emporter.

Après avoir rempli le thermos, Ptolémée mit les deux cookies dans un sac en papier. Elle y ajouta des serviettes en papier, des dosettes de sucre et de crème, et des bâtonnets en bois. Jeremy lui demanda également deux tasses en carton avec couvercles.

— Une aventure un samedi matin ? demanda-t-elle en tapant son addition sur la caisse enregistreuse.

— Non, j'apporte un petit-déjeuner à un ami.

— Le joli brun ?

— Oui.

Elle eut un énergique signe de tête.

— J'approuve ton choix. Il lit de gros bouquins.

Qay n'habitait pas loin du *P-Town*, surtout quand on faisait le trajet en voiture, mais il était déjà plus de sept heures et Jeremy ignorait l'heure à laquelle il partait à son travail. Il espérait ne pas l'avoir manqué. Il ne trouva pas de place pour se garer dans la rue, devant la maison, mais à une heure aussi indue, rares étaient les voitures qui circulaient, aussi resta-t-il en double file, moteur tournant au ralenti, devant la porte où il avait déposé Qay la veille au soir.

Peu après, Qay émergea de la maison, la tête baissée. Il ne remarqua pas Jeremy avant qu'un léger coup de klaxon attire son attention et le fasse tressaillir. En reconnaissant le SUV, il ouvrit de grands yeux et se précipita pour traverser la rue, sans se soucier des trombes d'eau, Jeremy se pencha et lui ouvrit la portière-passager.

— Qu'est-ce que tu fais là ? demanda Qay.

— N'ayant rien d'urgent à faire ce matin, je me suis dit que j'allais t'épargner l'inconfort des transports en commun.

Le ciel était d'un gris sinistre, mais Jeremy trouva le sourire de Qay plus lumineux qu'un rayon de soleil au mois d'août.

— Pourquoi te lever aussi tôt un jour où tu ne travailles pas ?

— Je ne sais pas, je me suis réveillé, c'est tout. Allons-y. Je t'ai aussi apporté un petit-déjeuner. Tu pourras le prendre en chemin.

Surpris et manifestement ravi, Qay lui offrit un autre sourire en attachant sa ceinture de sécurité. Il ouvrit le sac et prit un cookie. Jeremy lui conseilla de sortir aussi une tasse et de se servir un café.

— Il est dans le thermos, indiqua-t-il. Pour rester bien chaud.

Qay goûtait déjà à son gâteau.

— Mmm. Je n'ai encore jamais eu de chauffeur. Je pourrais m'y habituer.

— Ne compte pas sur moi pour porter un costume et une casquette. Je déteste être engoncé dans ce genre de vêtements.

— Je te préfère en uniforme de park-ranger. C'est sexy.

— Si tu le dis.

Jeremy se sentait un peu fat d'éprouver tant de satisfaction, mais être admiré était agréable. Et puis, il portait bien l'uniforme.

Après avoir bavardé de tout et de rien en traversant la ville, ils arrivèrent suffisamment tôt à destination pour passer un moment ensemble dans la voiture, à boire un café en regardant la pluie arroser le pare-brise. Quand l'heure fut venue, Qay paraissait peu enclin à bouger.

— Merci, Jeremy. C'était une très gentille attention.

À la grande surprise de Jeremy, il se pencha vers lui et pressa brièvement ses lèvres douces sur les siennes.

— J'ai beaucoup apprécié, souffla-t-il en se redressant.

Il se précipita ensuite sous la pluie vers l'usine de fenêtres. Jeremy le regarda s'éloigner avec un sourire béat.

JEREMY N'ÉTAIT pas un grand fan des achats de mobilier. Ayant des goûts spécifiques, il détestait quand les vendeurs tentaient de lui refiler des merdes dont il ne voulait pas. Il ne recherchait ni l'ostentatoire, ni le compliqué, ni même le moderne dernier cri. Ce qui l'intéressait, c'était la qualité et le confort, car il avait l'intention d'*utiliser* ses meubles, bon sang ! Dans le salon de ses parents, il y avait autrefois un canapé dans les tons or, crème et marron, dont les coussins ne restaient jamais droits. Il lui était strictement interdit de manger sur ce canapé – ou même à proximité. Devenu adulte, il éprouvait une grande satisfaction à manger sur son canapé, ou de s'y livrer à autres activités qui auraient poussé sa mère à la crise cardiaque.

Il trouva enfin ce qu'il lui fallait : un canapé d'angle gris pâle, aux lignes épurées, assez grand pour qu'un homme de sa taille puisse s'y s'étendre à son aise. La vendeuse lui assura que le tissu était traité antitaches. Il prit également un fauteuil assorti, une table basse, une table de salle à manger et ses chaises, et une console qui pouvait faire office de bureau. N'aimant aucune des têtes de lit qu'on lui présenta, il commanda simplement de nouveaux sommier et matelas. Il attendrait le temps qu'il faudrait pour trouver une tête de lit à son goût. Le magasin promit de tout livrer chez lui d'ici une quinzaine de jours. Jeremy espérait bien qu'à ce moment-là, les rénovations seraient terminées.

Ses achats lui avaient pris une bonne partie de la journée. En temps normal, il en aurait râlé, mais ce matin-là, il était distrait par le souvenir de l'expression de Qay en le découvrant devant chez lui et du doux baiser échangé avant de se séparer. Loin d'être incendiaire comme leur premier, cet effleurement des lèvres avait eu un goût de promesses.

Au cours de l'après-midi, en prenant un café au *P-Town*, Jeremy ressassait encore les premières heures de sa matinée, se souciant peu que Rhoda repère son sourire idiot. Dès qu'il aurait retrouvé un peu d'énergie, il avait l'intention d'aller s'acheter un nouvel ordinateur portable, ce qui l'enthousiasmait encore moins que de choisir un nouveau canapé. En attendant, il sirotait son café et souriait benoîtement. Son regard errait machinalement dans la salle.

À deux tables de lui, une famille était installée, un jeune couple avec deux enfants, un bébé dans son landau et une fillette de trois ou quatre ans. La petite boudait avec exubérance – elle était douée pour le mélodrame ! – et ses parents essayaient patiemment de la dérider. Quand son père fit une grimace clownesque, une serviette en papier sur la tête, la fillette céda enfin et éclata d'un rire cristallin.

La scène était adorable. Pourtant, Jeremy se rembrunit. Jamais ses parents n'avaient ainsi ri ou plaisanté avec lui quand il était petit. Sans se monter dur envers lui, d'aucune façon, ils l'avaient dès son plus jeune âge traité en adulte – toutes proportions gardées. Piégés encore étudiants dans un mariage précipité à cause d'une grossesse non désirée, ils semblaient avoir perdu leur joie de vivre.

C'était triste. Mais Qay – ou plutôt, Keith – avait connu bien pire. L'autre soir, il n'avait pas précisé pourquoi il était aussi malheureux à Bailey Springs, désespéré au point de croire que la mort était sa seule évasion. Pourtant, Jeremy avait deviné la vérité. L'expression de Qay en parlant de son père, il l'avait souvent vue sur le visage des enfants qu'il trouvait dans la rue et qu'il tentait d'aider dans le cadre de ses fonctions. Bien entendu, il ignorait la nature exacte des abus que Keith avait subis, mais trente ans plus tard, les blessures restaient à vif.

Bon sang ! Jeremy aurait dû avoir des soupçons à l'époque. Pour qu'un ado soit aussi perturbé à l'école secondaire que Keith Moore l'était, il devait y avoir une raison – une raison grave. Intelligent et précoce, Jeremy aurait dû le comprendre. Et Keith avait été coincé à Bailey Springs, sans aide à espérer. Les Moore étaient des piliers de la communauté. Mme Moore était impliquée dans la plupart des organisations caritatives des environs et le Dr Moore soignait la moitié des habitants de la petite ville. Il était peu probable que Jeremy ait pu convaincre les autorités d'agir pour protéger Keith, mais au moins aurait-il pu être son ami. Merde ! Avoir quelqu'un à qui parler, à qui se confier aurait pu épargner à Keith des décennies de douleur, mais Jeremy avait laissé passer cette opportunité, prisonnier de sa timidité.

— Tu parais prêt à tuer quelqu'un, déclara Rhoda.

Pris dans ses pensées, il n'avait pas remarqué son approche.

— Pas vraiment. Mais j'aimerais revenir en arrière dans le temps et donner quelques conseils sensés au crétin d'adolescent que j'étais.

Elle éclata de rire.

— Tu n'es pas le seul, chéri ! Je crois que tout le monde sur la planète partage ce même regret. Une nuit, j'ai fait un cauchemar affreux : suite à un jugement divin, mon châtiment était de revivre en boucle toutes les folies de ma jeunesse. C'était horrible !

— Oui, mais là, ma stupidité a affecté une autre vie.

Elle lui tapota l'épaule.

— Oui, ce sont les pires. Je regrette les erreurs que j'ai commises à mon encontre, mais c'est d'avoir fait du mal aux autres que je ne supporte pas. Je te rappelle quand même que l'erreur est humaine, bébé. Nous avons tous des regrets.

Elle avait raison, mais il ne se sentait pas mieux pour autant.

— J'ai acheté des meubles, annonça-t-il, en passant du coq à l'âne. Et je suis sur le point d'aller chercher un ordinateur.

— Eh bien, quel samedi productif !

— Je suppose. Et demain, je fais de la rando.

Elle pencha la tête

— En solitaire ?

— Non. Avec Qay.

Du coup, elle haussa les sourcils.

— Il n'est plus un enfoiré ?

— Non. Ton intuition ne te trompait pas. C'est moi qui avais tout compris de travers. Mais je me suis excusé et il m'a pardonné.

— Oh, tant mieux ! Nous allons pouvoir redevenir des amis, lui et moi. Dis-lui de revenir.

Jeremy sentit son moral remonter. Qay méritait une amie comme Rhoda.

— Je le ferai. Il en sera très heureux.

Il découvrit vite qu'acheter un ordinateur portable était pratiquement indolore. En fait, celui qu'il choisit – en promotion ! – était bien mieux que son ancien, avec un processeur plus rapide, plus de mémoire vive et une meilleure résolution d'écran. Il rapporta son nouveau portable à l'hôtel et consacra un certain temps à le programmer, tout en se demandant s'il devait aller chercher Qay à l'usine. D'abord, ce serait sympa de dîner avec lui, ensuite, son SUV était un moyen de transport bien plus agréable que les bus de la TriMet, même quand il ne pleuvait pas à verse.

Finalement, il décida de ne pas bouger, préférant que Qay ne le prenne pas pour un harceleur monomaniaque. Autant le laisser un peu tranquille. Ils passeraient le dimanche ensemble, après tout.

Il descendit faire de l'exercice au centre de remise en forme de l'hôtel, commanda au room service un plateau qu'il mangea dans sa chambre et passa le reste de la soirée à jouer avec son nouvel ordinateur.

DIMANCHE MATIN, Jeremy bondit presque hors du lit. Il prit une douche, même s'il passerait la journée dehors et en reviendrait suant et couvert de poussière. Il enfila ensuite sa tenue de rando, par chance rescapée de la destruction dans son appartement. Il cavala enfin jusqu'à son SUV.

Le dimanche, le *P-Town* ouvrait plus tard, ce que Jeremy regrettait fortement. Il y aurait volontiers pris son petit-déjeuner avec Qay. Tant pis, ils trouveraient un autre endroit où s'arrêter avant de quitter Portland. Quand il s'arrêta devant chez Qay, dix minutes en avance, il le trouva qui attendait sur le trottoir, tout sourire. Il tenait à la main un grand sac en papier.

— Bonjour, dit Qay en s'installant dans la voiture. Hum, ma tenue, ça va ? J'ai une garde-robe assez limitée, tu sais.

Jeremy lui jeta un coup d'œil attentif. Qay portait de vieilles bottes de travail, un jean, un sweat gris et sa veste en cuir. Pas idéal, mais Jeremy avait prévu pour aujourd'hui un parcours de débutant.

— C'est très bien, répondit-il avec un sourire rassurant. Nous ferons huit kilomètres seulement, la pente sera raide, mais sans excès. Tu es certain que ces bottes ne te feront pas mal aux pieds ?

— Oui, je les porte toute la journée au travail.

— Au moins, tu ne te couperas pas si tu marches sur du verre en chemin.

Qay ricana.

— Effectivement.

Il fouilla dans son sac et ajouta :

— Ce ne sera pas aussi bon qu'au *P-Town*, mais je suis passé à l'épicerie hier soir, en rentrant du boulot. J'ai pris des muffins, des sandwichs, des barres de céréales… Je ne savais pas trop ce que tu aimerais.

Jeremy fut ému. À part Rhoda, il était rare qu'on ait de telles attentions pour lui. Il eut à nouveau un sourire niais.

— Je prendrai volontiers un sandwich, merci beaucoup. Et je me charge du café, il y a un drive pas loin. D'accord ?

— Ah, ah, revoilà Captain Caféine ! souffla Qay

Il tournait la tête, mais son sourire s'entendait dans sa voix.

Nourris et dynamisés, ils filèrent peu après vers le nord-est. Qay ne posait aucune question sur leur destination. Jeremy se demanda pourquoi – était-ce positif ou négatif ? S'agissait-il d'une totale confiance à son égard, ou de la passivité d'un homme résigné à accepter la vie telle qu'elle venait ? En tout cas, Qay semblait heureux de regarder le paysage défiler derrière sa vitre tandis que le SUV avalait l'autoroute. À cette heure matinale, un dimanche, la circulation était fluide. Ce n'était pas les plus beaux aspects de la région, mais sans doute Qay les découvrait-il.

Ils étaient à Troutdale quand Qay pivota dans son siège pour se tourner vers Jeremy.

— Si tu ne changes pas de station, je vais devenir dingue.

Jeremy n'avait vraiment pas fait attention à la musique.

— Tu n'aimes pas ? Pourquoi ?

— Parce que je ne suis pas une adolescente enamourée !

— Tu exagères ! Cette chanson est très sympa.

Jeremy protestait pour la forme. Il ne connaissait pas le chanteur et la mélodie en elle-même n'avait rien d'inoubliable. Pour lui, ce n'était qu'un bruit de fond. Mais l'éclat de Qay l'amusait beaucoup.

— Tu as raison, il n'y a qu'en primaire que les filles écoutent des mièvreries pareilles. Jeremy, enlève-moi ça, je t'en supplie. Je te rappelle que ma santé mentale n'a jamais été très stable.

Jeremy dépassa un énorme camion avec un logo de frites géantes sur le côté, puis un vieux van hippie peint de tourbillons psychédéliques.

— J'ai les mains occupées, déclara-t-il. Prends mon téléphone et relie ma playlist sur le Bluetooth de mon SUV. Je suis certain que tu vas adorer : j'ai Justin Bieber et One Direction.

C'était faux, bien entendu, mais, comme il l'avait espéré, Qay poussa un gémissement outré.

— Je ne savais pas que tu étais sadique !

— Seulement le week-end, rétorqua Jeremy. C'est mon nouveau hobby.

Qay éclata de rire. Sans toucher au portable de Jeremy, il se pencha et tripota les boutons du poste.

— Il doit bien y avoir quelque part de la musique décente, marmonna-t-il.

Il venait de tomber sur Led Zeppelin, que Jeremy aimait beaucoup, quand une sonnerie retentit dans l'habitacle : c'était le téléphone de Jeremy. La sonnerie était générique, pas une de celles qu'il avait assignées à ses amis proches, Rhoda, Nevin Ng, ou d'autres qu'il rencontrait à l'occasion à la salle de gym ou devant un match de basket. Il ne répondit pas.

Qay fixait le téléphone posé sur la console.

— On t'appelle, déclara-t-il.

— Oui.

Qay tapota sur l'accoudoir.

— Tu ne comptes pas répondre ?

— Non, j'ai décidé de te consacrer ma journée, je ne répondrai que si c'est toi qui m'appelles.

— Je sais que ce n'est pas moi, répondit Qay, faussement sérieux. Je n'ai pas de portable.

Quittant brièvement la route des yeux, Jeremy lui jeta un coup d'œil surpris.

— Sans blague ?

— J'en ai pas vraiment besoin, se défendit Qay. Qui m'appellerait ? J'ai un poste fixe chez moi, dans mon appartement.

— Moi, je t'appellerai.

Qay gloussa.

— Ah, bon, d'accord. Moi aussi, je t'appellerai quand je préférerai un chauffeur que le bus.

Et je viendrais volontiers te chercher… N'étant pas fou, Jeremy évita de le dire à haute voix. Son téléphone ne sonnait plus et Robert Plant chantait *The Lemon Song* à pleins poumons. Jeremy eut envie d'entonner lui aussi les paroles lourdes de connotation sexuelle.

— Comment as-tu… commença Qay.

Il s'interrompit quand le téléphone se remit à sonner.

— Regarde l'écran, ordonna Jeremy. Qui est-ce ?

Qay récupéra l'appareil et y jeta un coup d'œil.

— Frank.

La bonne humeur de Jeremy se dissipa, un nœud d'anxiété lui tordit l'estomac.

— Merde ! Rends-moi un service, tu veux ? Mets-le en mains libres ?

Après quelques tâtonnements, Qay y parvint. Puis il baissa la radio.

— Oui, capitaine ? demanda Jeremy à haute voix.

— *Nous avons une piste.*

— Ne me dites pas que vous avez trouvé des empreintes digitales valides dans mon appartement !

— *Non. Une de nos patrouilles est récemment intervenue suite à un appel indiquant des violences domestiques avec aggravation. Le gars avait une sacrée pharmacopée dans sa chambre, plus des articles qui n'étaient pas censés se trouver là. Et le gosse de sa copine est actuellement entre la vie et la mort... Bref, ce citoyen modèle risque d'être très longtemps hébergé par l'État. Ça lui a donné envie de coopérer. Il a des choses à dire.*

— Merde ! déclara Jeremy.

Il connaissait ce genre d'histoires, il les avait souvent entendues quand il était dans la police, mais il ne s'y faisait pas. Ça le rendait malade Frank semblait tout aussi dégoûté.

— *Ouais, hein ? Bon, il faut que je vous parle. C'est important. On se donne rendez-vous au même endroit que la dernière fois, d'accord ?*

— Aujourd'hui, je ne peux pas. Demain ?

Frank n'apprécia pas le délai et ne le cacha pas. Il céda néanmoins.

— *Très bien. Je vous attendrai à neuf heures. En attendant, faites attention à vous, Cox. Ça sent mauvais.*

Merde, *merde.*

— D'accord, capitaine. Merci.

L'appel fut déconnecté. Pendant une minute ou deux, Qay resta silencieux. Puis il se racla la gorge.

— Violence domestique, hein ? Et ça veut dire quoi, « avec aggravation » ?

— La victime est un mineur, un enfant, il a été tabassé par le copain de sa mère – une personne ayant autorité, selon la loi, d'où l'aggravation. Le salaud ! cracha Jeremy avec amertume.

Qay émit un sourd gémissement et détourna la tête. Cette fois-ci, Jeremy devina que ce n'était pas le paysage champêtre qu'il trouvait aussi fascinant. De son côté, Jeremy avait une plus belle vue : les eaux de la rivière Columbia avaient la couleur du mercure. Jeremy vida sa tasse de café tiède et chercha désespérément ce qu'il pouvait dire pour alléger l'atmosphère.

— Mon père... commença Qay.

Il ne termina pas sa phrase. Les mots non-dits pesaient lourdement entre les deux hommes. Jeremy rangea sa tasse en carton et posa la main sur la jambe de Qay.

— Je sais.

— Ah, bon. C'était pareil chez toi ?

119

— Non, mes parents n'ont jamais levé la main sur moi. Quand ils avaient à me punir, il m'envoyait dans ma chambre sans rien à lire.

Qay poussa un long soupir – que Jeremy ne sut déchiffrer.

— Je pensais souvent à le tuer, déclara Qay. J'avais même prévu différentes manières : comme verser quelque chose dans son bourbon, ou l'accueillir un jour à la porte armé de son fusil de chasse. Elle aussi, je voulais la tuer. Elle ne me tapait pas dessus, mais elle était au courant de ce qu'il faisait et elle… elle fermait les yeux. Elle montait dans sa chambre, se bourrait de pilules et prétendait que tout baignait.

Il parlait en regardant la vitre, mais il souleva légèrement sa cuisse et la pressa dans la main de Jeremy. Son jean avait été beaucoup porté, le denim était très doux.

— Pourquoi ne l'as-tu pas fait ?

— J'ai eu la trouille. Je savais que si je passais à l'acte, je serais pris et je passerais le reste de ma vie en prison. Je ne supportais pas l'idée d'être enfermé. Alors, j'ai préféré mourir. J'ai quand même fini en cellule, mais j'ai fini par en sortir.

Il pivota pour regarder Jeremy et enchaîna :

— Tu es policier. Tu veux toujours de ma compagnie après ce que je viens de te dire ?

— Je suis park-ranger, pas policier. Eh oui, bien sûr que je te veux.

Qay remonta le son de la radio et s'adossa dans son siège. Jeremy ne voyait pas son visage, mais était presque certain que Qay souriait.

Qay dut avoir une idée soudaine, car il sursauta et coupa la radio.

— Hé, j'ai entendu ce que te disait ce mec, Frank… Serais-tu en danger ?

— Je n'en sais pas plus que toi.

— Alors, pourquoi ne pas aller le voir pour en savoir davantage ?

— J'irai demain. Pour le moment, je ne risque rien et je n'ai pas l'intention de gâcher notre second tête-à-tête. J'espère qu'il se terminera mieux que le premier.

— Le premier a été super jusqu'au tout dernier moment, chuchota Qay.

— C'est aussi mon avis.

Peu après, Jeremy tourna et entra dans un parking. La matinée était fraîche, rares étaient les courageux déjà debout. Ils n'eurent aucune difficulté à trouver de la place où se garer.

— Les chutes de Multnomah ? s'étonna Qay. Je les ai vues en photos, mais je ne suis jamais venu.

— C'est une belle petite rando. Veux-tu manger ou boire avant de nous mettre en route ? Il y a un centre d'accueil pour les visiteurs, ajouta-t-il en désignant un grand bâtiment en pierre. Ils ont de bons expressos.

— Non, merci. Ça va.

Jeremy avait de l'eau en bouteille dans son sac à dos. Il y ajouta son kit de premiers secours – au cas où – une carte des chemins piétonniers bien usée et ce qui restait des provisions de Qay. Puis il ajusta son blouson et sangla son sac sur ses épaules.

— Allons-y, dit-il après avoir verrouillé le SUV.

Ils commencèrent à un rythme modéré. Rien ne les pressait, après tout. De plus, Jeremy craignait que Qay ne puisse pas soutenir une allure trop rapide. D'abord, il manquait d'entraînement, ensuite, ses bottes n'avaient rein de comparables aux coûteuses chaussures de randonnées que portait Jeremy. Quoi qu'il en soit, c'était sympa de marcher ainsi, de saluer les autres randonneurs et d'admirer le panorama au fur et à mesure qu'ils montaient. La vue était souvent à couper le souffle, aussi Jeremy et Qay s'arrêtèrent-ils pour mieux en profiter. Qay s'intéressait à tout, même aux roches et aux arbres.

— Comme c'est étrange, déclara-t-il.

Il désignait de minuscules rameaux vert vif jaillissant entre des vagues crêpelées d'un gris duveteux. Jeremy s'approcha pour les examiner à son tour.

— C'est du *peltigera collina*, indiqua-t-il. Le vert, c'est la mousse, le gris c'est le lichen.

Les sourcils de Qay se lèvent.

— Et cet arbre sous lequel ils poussent ?

— Oh, c'est facile. *Pseudotsuga menziesii*. Un sapin Douglas. Une fausse appellation, d'ailleurs, car ce ne sont pas de véritables sapins, des *Abies*. Ce sont des *Pseudotsuga*, un genre à part.

— Tu connais vraiment le nom latin de *tout* ? s'étonna Qay en gesticulant, comme s'il cherchait à englober tout ce qui les entourait.

— Pas vraiment. Je suis meilleur en biologie qu'en géologie, et j'ignore le nom des espèces confidentielles. Ce qui est loin d'être le cas des sapins Douglas !

— Mon Dieu !

Jeremy se demanda si Qay était impressionné ou effondré.

— Mon côté nerd t'a achevé ? demanda-t-il.

Il reçut en réponse un grand sourire.

121

— Non, j'adore les nerds, je les trouve bandants… même quand ils ne sont pas, comme toi, des superhéros de l'univers Marvel. Je me demandais juste comment tu peux retenir tant de choses.

— J'ai un diplôme en biologie. Et ça fait plus ou moins partie de mon travail.

Jeremy se rapprocha de Qay et se pencha un peu pour lui murmurer à l'oreille :

— Bandant, hein ?

— Hmm.

— D'accord, alors si je te disais… *Dysphania pumilio. Ailanthus altissima. Ambystoma gracile.*

— Tu me dis des *cochoncetés* en latin ? s'enquit Qay, amusé.

— Non. Je te donnais le nom d'une herbe, d'un arbre et d'une salamandre.

Cette fois-ci ; Qay éclata de rire.

— Je ne sais vraiment pas comment te répondre !

— Cite-moi de chouettes citations de philosophes. Ou… nom d'un chien ! Continue à me sourire comme ça ! C'est plus que suffisant.

Qay baissa la tête

— Tu te moques de moi.

— Absolument pas. Bon sang, je n'ai pas oublié tes sourires d'autrefois… à peine esquissé, juste une crispation à la commissure des lèvres. Ça me donnait des palpitations cardiaques, même si à l'époque, je ne savais pas pourquoi. Tu sais, au fil des années, ton sourire a été l'étalon-or auquel j'ai comparé tous ceux que j'ai reçus.

Avec un rire étranglé et sceptique, Qay repoussa Jeremy d'une main sur la poitrine.

— Tu as du bagout, je le reconnais. Allez, viens, on se remet en route.

Sans attendre de réponse, il reprit la piste. Plus ils montaient, moins ils rencontraient d'autres marcheurs. La plupart des randonneurs du dimanche s'arrêtaient aux chutes de Multnomah, sans se soucier des petites cascades moins spectaculaires. Jeremy en était ravi : il appréciait avoir la piste rien que pour lui – et Qay.

Parfois, les deux hommes s'effleuraient délibérément, parfois, l'un d'eux prenait l'autre par le bras pour attirer son attention sur un point de détail. Dès que la piste s'élargissait, ils cheminaient main dans la main plutôt qu'en file indienne. Ils parlaient peu et quand ils le faisaient, c'était d'une voix feutrée, comme à l'église. Jeremy aimait écouter les bruits de la nature : l'eau qui gouttait, le bruissement des feuilles, les trilles et les chants d'oiseaux, et Qay partageait cette préférence, ou était disposé à suivre son exemple.

Ils s'arrêtèrent à un croisement et s'assirent sur de grosses roches pour terminer les provisions apportées par Qay. Rien d'exceptionnel en soi, mais tout paraissait meilleur en plein air, surtout après un bon exercice physique.

Et en bonne compagnie.

— Comment vont tes pieds ? demanda Jeremy.

— Ça va. Dommage que ces bottes soient aussi lourdes.

D'un geste du menton, il désigna les pieds de Jeremy.

— Ce que tu portes m'a l'air très confortable, enchaîna-t-il.

— Je ne mégote jamais sur certains articles. Les chaussures en font partie.

— Les voitures aussi, je présume, lança Qay, amusé.

Jeremy piqua un fard.

— Hum, mon SUV est un peu ostentatoire, je le reconnais, mais j'ai vraiment besoin de quatre roues motrices pour mon travail et, en tant que fonctionnaire de la municipalité, j'ai obtenu un rabais intéressant.

— Ta voiture est très confortable. Et immense. Tu compenses, peut-être ?

Jeremy lui jeta une touffe d'herbe. Qay se baissa pour l'éviter. Il la ramassa ensuite en riant.

— Ne détruis pas la flore, chef. Tu risques d'éveiller la colère de Smokey Bear.

Il jeta la touffe à Jeremy, qui la rattrapa.

— Ce bon vieux Smokey se fiche bien qu'on arrache quelques touffes. Ce qu'il déteste, c'est le feu. Tu confonds notre mascotte avec ce stéréotype de l'Indien écolo. Mais le noble Peau-Rouge saurait rester digne devant un tel outrage.

Qay le fixa avec incrédulité :

— Le vrai *nerdgasm* !

Se redressant, il caressa les cheveux courts de Jeremy. Un geste rapide, mais électrisant.

Ils passèrent devant de nombreuses chutes où, suite aux pluies récentes, les eaux coulaient à plein débit. Enveloppés d'une nuée de brume, Qay et Jeremy admiraient les petits arcs-en-ciel dessinés par les rayons pâles du soleil hivernal. À un moment, Qay se pencha au bord d'une ravine au-dessus d'une chute, le visage vers la cataracte. Jeremy resta plusieurs mètres en arrière, à le regarder. Qay était magnifique et pourtant vulnérable, ce qui interpellait Jeremy.

Peu avant la fin de leur parcours, ils tombèrent sur le grand pont de pierre si apprécié des photographes et des touristes. Qay s'accouda à la rambarde et regarda le bassin entre les cascades supérieure et inférieure des chutes de Multnomah. Jeremy se rapprocha aussitôt.

— Ne t'inquiète pas, déclara Qay. Je n'envisage pas de sauter.

— As-tu déjà tenté de recommencer ?

Au début, Jeremy pensa que Qay ne lui répondrait pas. Sa question était trop intrusive, sans doute, vu que tous deux se connaissaient encore à peine, malgré les confidences déjà partagées. De plus, peut-être Qay ne tenait-il pas à lui révéler une faiblesse passée.

Mais alors, Qay secoua la tête.

— Non, plus maintenant. Après mon départ de Bailey Springs, ça a longtemps été le cas. J'ai essayé deux fois de me suicider quand j'étais enfermé chez les fous. Plus tard, une fois libéré... Merde. Pendant des années, j'ai fait n'importe quoi, la drogue, l'alcool... c'était une autre forme d'autodestruction.

Pour le récompenser de sa franchise, Jeremy s'appuya davantage contre lui et posa un baiser sur le côté de sa tête. Les cheveux noirs étaient humides, les mèches grises brillaient comme des fils d'argent. Qay sentait délicieusement bon, mélange de forêt, de café et de shampooing à base de plantes.

Jeremy recula légèrement pour demander :

— Comment as-tu réussi à changer ?

Qay repoussa ses cheveux derrière son oreille et se frotta les mains comme s'il avait froid.

— Je ne sais pas trop. Je n'ai pas eu de révélation soudaine, rien de tout ça. Je... je crois que j'en ai eu marre de ce putain de cercle vicieux, tu vois... J'étais rentré dans l'engrenage pour oublier ma douleur, mais la drogue ne faisait que m'apporter de nouveaux tourments. Et la désintoxication, ça a été horrible. On n'a que deux échappatoires et l'une d'entre elles est les pieds devant. Je ne voulais plus d'un cercueil. Je n'avais aucun projet particulier en vue, non, rien. En ça, je n'ai pas changé, ce que tu as déjà deviné, j'imagine. Je me suis dit que j'allais survivre un jour après l'autre, c'était un bon commencement.

Jeremy eut du mal à digérer ces aveux. Il comprenait ce que Qay avait souffert. Bon sang, il avait déjà entendu d'autres personnes lui confier des histoires similaires. Pas de révélation divine, juste une détermination nouvelle à s'habiller le matin et vivre vingt-quatre heures de plus. Et pareil le lendemain, encore et encore. Ce qui frappait le plus Jeremy, cependant, c'était que Qay ait réussi à s'en sortir tout seul. Comment avait-il fait ? D'après ce que Jeremy en savait, il n'avait personne à ses côtés pour l'encourager et l'aider à se relever s'il tombait.

— J'ai une idée, déclara Jeremy après un long silence.

— Oh, laquelle ?

— Allons dîner dans un endroit sympa. Pour commencer, nous passerons chez toi pour que tu puisses te doucher et te changer, nous irons ensuite à mon hôtel pour que je fasse la même chose, puis nous ressortirons ensemble.

C'était logique, parce que le restaurant auquel il pensait était au centre-ville, non loin du Marriott. Et Qay ne travaillait pas le lundi, donc, ils n'auraient pas besoin de rentrer trop tôt. Jeremy se fichait bien d'avoir une nuit écourtée : il ne manquait pas de sommeil.

Qay parut sceptique.

— Mon appart est un taudis.

— Et alors. Je te rappelle que le mien est en ruines, au sens littéral.

— C'est à mon tour de t'inviter à dîner.

— D'accord, déclara Jeremy avec un sentiment de victoire.

IL ÉTAIT évident que Qay aurait préféré le laisser attendre dehors et ne pas lui faire visiter son appartement. Mais Jeremy fit semblant de ne rien comprendre et le suivit de près. Après avoir déverrouillé la porte, Qay se retourna pour le toiser sévèrement. Jeremy fit de son mieux pour prendre le regard du Chat Potté. Qay leva les yeux au ciel et céda.

— D'accord, viens, mais je t'aurais prévenu.

La porte principale ouvrait sur un petit palier, le sol était en vinyle usé, les murs jaunis et tout éraflés. En face se trouvait une autre porte, fermée, et un escalier descendait sur la droite. Jeremy et Qay l'empruntèrent et descendirent au sous-sol. Les marches grinçaient. Une fois arrivé en bas, Qay ouvrit la porte de chez lui.

L'appartement était sombre et sentait légèrement le moisi, les meubles dépareillés venaient manifestement de brocantes, les murs étaient écaillés.

Mais Jeremy ne remarqua que le nombre phénoménal des collections de Qay : bibelots de toutes sortes, photos découpées dans des magazines et accrochées aux murs – paysages, chats ou modèles masculins en sous-vêtements. Et des livres ! Il y en avait partout, en piles branlantes par terre ou sur les meubles.

— Je t'avais prévenu, répéta Qay, très gêné.

— Tu as tout lu ?

— Non. Je… je les prends un peu partout. Dans des vide-greniers ou à l'Armée du Salut, ils les vendent pour rien. J'ai même des invendus de certaines librairies, quand c'est gratuit. Je ne supporte pas d'abandonner un livre, soupira-t-il. Et une fois que je l'ai chez moi, je le garde. Et… pourquoi tu me regardes comme ça ?

Jamais Jeremy n'avait jamais entendu d'aveu aussi adorable. Il eut un sourire attendri.

— Je te trouve adorable.

— Tu parles ! C'est une obsession à la limite de la pathologie. J'ai tendance à être très anxieux. Je ne voudrais pas finir comme ces vieux qu'on retrouve momifiés au milieu de leur bric-à-brac.

— Je veillerai sur toi.

Qay lui jeta un regard impénétrable.

— Je vais… euh, prendre une douche. Mets-toi à l'aise en attendant.

Un dernier signe de la main et il disparut dans ce qui devait être sa chambre. Un instant plus tard, il en ressortit, une pile de vêtements dans les bras, et passa dans une salle d'eau aux carreaux orange. La porte se referma sur lui avec un léger déclic.

Jeremy déambula à travers le salon, prenant un objet après l'autre pour l'examiner, puis le remettre à sa place. Apparemment, Qay collectionnait sans thème particulier : figurines d'animaux, de personnes, de créatures surnaturelles, petites voitures, cendriers, objets en céramique et champignons en bois. Les livres étaient principalement – mais pas tous – de la fiction : westerns, thrillers, romans policiers, romans féminins, historiques, science-fiction, fantasy, histoire, littérature. Il y avait même des livres de cuisine, alors que d'après la taille de sa kitchenette, Jeremy doutait qu'on puisse y faire autre chose que des sandwichs au fromage grillé.

Il venait de commencer à feuilleter un roman « jeune adulte » dont le héros était un artiste de cirque quand il entendit couler de l'eau dans la salle de bain. Il se figea. De l'autre côté d'une mince cloison, Qay était nu sous sa douche. *Juste là !* En quelques pas, Jeremy serait à la porte, il l'ouvrirait –

il n'avait pas entendu tourner le verrou. Il imagina le long corps mince dans un nuage de vapeur, nu, la peau mouillée, les longs cheveux noirs et trempés recouvrant le visage. Alors, il…

Non.

Seigneur, ce scénario le tentait. Et il était pratiquement certain que Qay ne le repousserait pas. Après tout, tous deux avaient passé la journée à flirter ouvertement. Qay avait reconnu le trouver sexy et attirant, ils avaient marché main dans la main aussi souvent que la largeur du chemin le leur permettait…

Oui, Jeremy pourrait glisser dans la salle de bain, se déshabiller à la hâte et serrer contre lui un Qay nu et mouillé… Il pourrait baiser Qay penché sur le lavabo, ou contre le mur de la douche – et le sexe serait exceptionnel. Après tout, Jeremy avait failli jouir dans son pantalon à leur premier baiser, non ? Merde !

Mais s'il agissait ainsi, où cela les conduirait-il ? Leur second tête-à-tête officiel n'était même pas encore terminé. Pourtant, Jeremy était déjà certain qu'il existait entre eux un potentiel, quelque chose qui pourrait les mener loin. À condition qu'il soit patient, que sa vie prenne un cours plus serein, et que Qay ne s'effraie pas, qu'il ne s'enfuie pas, tous deux avaient la chance de devenir… un couple. Ce qui était infiniment plus important qu'une partie de jambes en l'air dans une salle de bain.

Aussi Jeremy ne bougea-t-il pas. Il attendrait.

XII

QUAND QAY sortit de la salle de bain, ses cheveux encore humides collaient à son cou. Il trouva Jeremy assis sur le canapé, un livre entre ses mains.

— C'est un trapéziste, déclara Jeremy.

Qay ne comprit pas le sens de son propos.

— Euh, oui. Si tu veux le lire, prends-le. J'en ai d'autres.

— Je ne lis pas beaucoup, reconnut tristement Jeremy.

— Ah, bon, pourquoi ? Tu le faisais autrefois.

À l'école secondaire, Jeremy finissait toujours le premier le travail donné en classe, aussi sortait-il un livre de sa poche. Les autres le raillaient sans pitié, mais Keith trouvait cette activité bien supérieure à celles auxquelles il se livrait : bayer aux corneilles, s'agiter nerveusement dans son siège et froncer les sourcils. Il s'était mis à lire beaucoup plus tard, contraint et forcé par l'ennui, alors qu'il était enfermé dans des institutions.

— Oui, c'est vrai. Eh bien… ce Jeremy-là est resté à Bailey Springs, je crois. Ce petit looser n'a pas complètement disparu, tu sais, il est juste enfermé à clé, quelque part.

— Dommage. Je l'aimais bien.

Jeremy resta pensif un moment, puis il esquissa un sourire et se redressa, glissant le livre dans la poche de son blouson.

— Prêt ?

— J'imagine. C'est ce que j'ai de plus habillé.

Il portait une chemise blanche et son meilleur jean, la même tenue que lors de leur premier dîner. Peut-être s'agissait-il là d'une dramatique erreur d'étiquette, mais Qay n'avait pas d'autres options. Et Jeremy ne semblait pas choqué.

— Je t'ai déjà dit que je détestais les formalités vestimentaires, indiqua ce dernier. Allons-y.

EN RÉALISANT où vivait Jeremy, Qay se sentit intimidé. Bien entendu, il ne s'attendait pas à le voir choisir un motel miteux comme lui-même avait souvent dû s'y résoudre, mais le Marriott ? Le bâtiment était immense, somptueux, avec une aura qui évoquait les cartes Platinium.

En les voyant passer, le réceptionniste salua Jeremy d'un jovial : « bonsoir, chef ! »

La chambre de Jeremy laissa Qay sans voix. Pas disproportionnée, mais loin d'être minuscule comme celles que Qay avait connues. Le lit était fait, avec une couette blanche amidonnée et avec assez d'oreillers pour accueillir la moitié des habitants de Portland. De jolis tableaux abstraits décoraient les murs, la télé était un grand écran plat et la fenêtre offrait une belle vue sur la rivière. Les affaires de Jeremy étaient alignées sur la commode – soit il était très ordonné, soit une femme de chambre s'était chargée de les ranger. Mal à l'aise, Qay regarda autour de lui... puis il réalisa que l'endroit était sans âme, sans touches personnelles. Bien sûr, Jeremy ne comptait y rester que quelques jours, mais lui, même durant sa période nomade, gardait toujours avec lui quelques livres et du bric-à-brac – par exemple un caillou intéressant, une publicité qui l'avait attiré, ou même les emballages de son dernier fast-food pliés en formes géométriques. N'importe quoi afin de revendiquer l'espace comme sien et annoncer au monde que Qayin Hill existait.

— Je vais prendre une douche rapide, déclara Jeremy. Tu n'as besoin de rien ?

— Non. Je vais juste profiter du luxe pendant un moment.

— Le lit est excellent. Étends-toi, si tu veux.

Avec un clin d'œil, Jeremy disparut dans la salle de bain. Qay ne se coucha pas sur le lit, il traversa la chambre jusqu'à la fenêtre et regarda la Willamette couler, en essayant de repousser la vision qui le hantait : Jeremy étalé sur ce grand matelas, dont la taille correspondait à ses longs membres. Mon Dieu, son esprit dériva sur ce qui se passait derrière la porte close : Jeremy nu sous le jet, exhibant ses muscles et sa peau pâle où l'eau gouttait. Il ne semblait pas du genre à s'épiler, aussi devait-il avoir une toison blonde. Ses mamelons seraient probablement rosés et son sexe...

Ce n'était pas sain de fantasmer ainsi ! Ce que Qay appréciait le plus avec l'arrivée de l'âge mûr, c'était que son sexe ne lui dictait plus sa conduite. Il se montrerait patient. Oui, il attendrait.

Il faillit renoncer à ses bonnes résolutions en voyant Jeremy émerger de la salle de bain, une serviette autour des hanches. Seigneur ! Il était aussi beau que Qay l'avait imaginé, avec ces pectoraux épais, ces abdominaux bien dessinés et ces poils d'or qui partaient du nombril et disparaissaient sous le tissu éponge blanc. Un physique que des jeunes ayant la moitié de son âge lui envieraient ! À plus de quarante ans, il était magnifique.

— J'ai oublié mes vêtements, déclara Jeremy.

— Nom d'un chien !

Surpris, Jeremy cligna des yeux, puis son visage s'éclaira d'un lent sourire.

— Pourquoi dis-tu ça ?

— Je pensais au gosse que tu étais autrefois, petit et potelé.

— J'ai eu une sacrée poussée de croissance. Et je passe beaucoup de temps en salle de gym.

— Je te soupçonne aussi d'avoir accès à la Fontaine de jouvence.

Jeremy secoua la tête.

— Malheureusement, non. Je sens le poids des années.

Qay décida que Jeremy était l'équivalent humain de son SUV : grand et puissant, flamboyant, mais solide malgré le côté bling-bling. Lui, par contre, était une vieille voiture d'occasion. Pas un tacot qui vous lâchait aux premiers kilomètres, plutôt un 4x4 avec beaucoup d'heures de route, des rayures et des bosses, des sièges éraflés et une carrosserie ternie. Il roulait encore – son moteur tournait –, mais il était du genre qu'on échangeait à la première occasion en espérant trouver mieux.

— Si tu es d'accord, nous pourrions dîner plus tard, dit Jeremy à mi-voix.

Comme un gros félin avançant vers sa proie, il fit quelques pas en avant. Il sentait le savon aux agrumes, le shampooing aux amandes et le musc. Qay aurait voulu arracher la serviette et presser son corps contre cette nudité si attirante. Il voulait sentir les grandes mains de Jeremy sur ses épaules, son dos, ses fesses. Seigneur, il y avait si longtemps qu'il était seul ! Il mourait d'envie de retrouver un contact humain – parfois, cela lui manquait presque autant qu'une aiguille ou une pilule.

— Que veux-tu de moi ? demanda-t-il, d'une voix sans timbre.

Jeremy n'hésita pas.

— Tout.

Les genoux soudain flageolants, Qay dut s'asseoir lourdement sur le lit. Il enchaîna, la gorge serrée :

— Je ne suis pas beau à voir, tu sais. J'ai des cicatrices.

— Tu es… tu m'obsèdes. Depuis que je t'ai retrouvé, je ne vois que toi. Je me fiche de tes cicatrices ou des traces que la vie t'a laissées. Ça fait partie de toi, c'est un ensemble. Hé, je vois mal comment je pourrais choisir ce que je veux garder ou pas ! Ce qui m'intéresse, c'est toi… tout entier, tel que tu es là, devant moi.

Sous le coup de l'émotion, Qay perdit la capacité de parler. Il lui fallut un moment pour retrouver ses esprits.

— Tu veux vraiment… Écoute, si ça te dit de me baiser, pas de problème, je vais baisser mon pantalon et me pencher en avant. Ensuite, nous continuerons chacun notre petit bonhomme de chemin. Mais ne me mène pas en bateau, d'accord ?

Il n'avait plus aucune fierté, il se sentait prêt à supplier. Il vit briller les yeux couleur d'orage et sut que Jeremy avait pris une décision.

— Ce n'est pas en bateau que je compte t'emmener ce soir, mais dîner en ma compagnie. Je veux… bon sang ! Ces derniers temps, ma vie est devenue incontrôlable et me voilà en train de discourir d'un sujet important pratiquement à poil ? Donnons-nous du temps. Nous en valons le coup, j'en suis sûr.

Qay lui répondit d'un sourire.

ILS DÎNÈRENT dans un restaurant huppé, certainement pas le genre d'endroit auquel Qay aurait pensé : les nappes étaient blanches, les serveurs portaient une queue de cheval et le menu usait de termes comme « produits de proximité » et « commerce équitable ». Mais les prix étaient abordables et les plats sacrément bons.

Qay avait choisi le vivaneau au lait de coco et citron vert. Il se régalait.

— Connais-tu tous les restaurants de Portland ? demanda-t-il entre deux bouchées.

— Non. Mais je mange souvent dehors.

Jeremy était resté à la viande : un hamburger d'élan. *De l'élan ?* Qay était un peu dégoûté.

— Si tu vis à l'hôtel, c'est normal.

— Même avant. Je sais faire la cuisine, mais quand je suis seul, ça ne m'attire pas.

Il se figea soudain, la fourchette en l'air.

— Thanksgiving ! s'écria-t-il.

— Et alors ? s'étonna Qay.

— C'est la semaine prochaine. J'avais oublié.

Qay haussa les épaules. Les vacances l'intéressaient peu. Mais Jeremy le fixa d'un air résolu.

— C'est décidé, tu viendras avec nous.

— Qui ça, *nous* ?

— Rhoda organise une fête : son fils viendra de Seattle – avec son copain du moment, s'il en a un, il est gay. Et tu connais Rhoda ? Elle sait réunir des tas de gens intéressants : des étudiants du monde entier, de nouveaux arrivants, des célibataires... elle a des goûts éclectiques, la foule sera hétéroclite. Je ne sais même pas où elle trouve tous ses invités ! Nous aurons de quoi nourrir une armée. Et pour une fois, j'arriverai accompagné, ajouta-t-il, rayonnant.

Qay ne connaissait de Thanksgiving que les repas des hôpitaux psychiatriques – dinde desséchée et purée de pommes de terre synthétique – ou ceux servis à la soupe populaire et dans les refuges pour sans-abris. La dernière fois qu'il avait participé à un repas de fête traditionnel, il habitait encore à Bailey Springs : le volatile parfaitement rôti avait été servi avec de multiples garnitures. Son père titubait déjà avant de se mettre à table, sa mère, bourrée de médicaments, était presque comateuse.

— Ma présence ne posera pas de problème à Rhoda ?

— Tu plaisantes ? Elle compte certainement sur toi. D'ailleurs, je suis sûr qu'elle t'aurait déjà invité si elle t'avait vu cette semaine. Elle est heureuse que tu ne m'aies pas éjecté de ta vie, elle me l'a dit.

Qay sourit. Rhoda lui avait manqué.

— Que dois-je apporter ?

— Aucune idée. Nous verrons ça avec elle.

Ceci étant décidé, ils terminèrent leurs assiettes.

Après le dîner, Jeremy ne retourna pas directement à l'hôtel. Il se rendit chez Qay. Une fois garés devant la maison, moteur éteint, ils restèrent un moment dans le noir, l'habitacle du SUV étant silencieux et serein.

Puis Qay rompit la trêve :

— Demain, tu vas rencontrer ce flic.

— Oui.

— Je viendrai avec toi.

Avant ces étonnantes paroles, Jeremy regardait devant lui, à travers le pare-brise. Il tressaillit et se tourna vers Qay.

— Quoi ? Non ! C'est mon merdier, tu n'as pas à t'y impliquer.

— Je t'ai montré les squelettes de mon placard... commença Qay.

Pas tous, peut-être, mais quand même pas mal.

— Si tu as des ennuis, enchaîna-t-il, je tiens à être au courant. À moins que ça te gêne d'être vu avec moi ? Tu préfères peut-être que ce policier ne sache rien à notre sujet ?

Jeremy pinça les lèvres et émit un bruit vulgaire.

— J'ai fait mon coming out bien avant de quitter la police et je fréquente qui je veux, ça ne regarde pas Frank. D'ailleurs, je veux que tout le monde soit au courant pour toi et moi. Je veux exhiber mon compagnon.

Qay eut la sensation qu'un troupeau d'éléphants miniatures lui piétinait la poitrine.

— Ton compagnon ?

Il n'avait jamais été le compagnon d'un autre homme. Pas vraiment.

— Oui, je ne peux pas te présenter comme mon petit ami, ça ferait débile, à nos âges. Copain ? C'est immature. Amant ? C'est trop banal et puis ce serait techniquement inexact. Alors, tu as le choix entre compagnon et partenaire, mais partenaire, ça a une connotation flic – ou hommes d'affaires. Bienaimé, ça me ferait penser aux romans Harlequin, âme sœur ? Euh, non… il y a d'autres termes, amoureux, galant, jules, bien sûr, mais…

Qay éclata de rire.

— Je vois que tu as beaucoup étudié la question.

— Elle est importante.

C'était la vérité.

— Compagnon me va très bien.

— À moi aussi.

— Bon, reprit Qay, dans ce cas, ton compagnon t'accompagnera voir ce flic.

Jeremy soupira bruyamment.

— D'accord. Je passe te prendre à huit heures quarante-cinq. Et ça ne compte pas pour un vrai rendez-vous ! Je veux dire entre toi et moi.

— J'avais compris.

Le silence retomba. Qay n'avait aucune envie de quitter la voiture et de retourner seul dans son sous-sol à l'odeur de pisse de chat. Mais s'il ne bougeait pas très vite ses fesses, ses bonnes résolutions finiraient par se dissiper et il se retrouverait à forniquer sur la banquette arrière du SUV comme un ado en rut.

— Je trouve que notre deuxième dîner a été super, souffla-t-il.

— Moi aussi.

— La vue était sympa… le superhéros nu, j'ai apprécié, même s'il est resté dans les normes de la décence. Et le repas était délicieux.

— Et cette fois, je n'ai pas fait de grosse colère, ajouta Jeremy.

Il se pencha vers Qay – qui ne put résister davantage. À deux mains, il s'accrocha à la tête de Jeremy et la rapprocha de la sienne pour un baiser. Les lèvres fermes gardaient le goût de l'élan consommé au restaurant – Qay préféra ne pas y penser, évoquant plutôt la crème brûlée partagée en dessert. Et l'intérieur de sa bouche était brûlant comme l'enfer. Qay s'enflamma de tout son être, puis se consuma jusqu'à ce qu'il ne reste de lui que des tisons. Les mains de Jeremy étaient chaudes elles aussi, même à travers la veste et la chemise de Qay, et ses joues étaient un peu rugueuses d'une barbe blonde qui repoussait.

Une des larges paumes glissa du dos de Qay à son entrejambe. Il bandait. Il faillit être gêné de son érection si rapide, mais alors, il entendit Jeremy gémir. Un petit cri d'appel désespéré qui fit frémir Qay des pieds à la tête, comme s'il était atteint du delirium tremens.

Puis Jeremy rompit le baiser et posa son front contre Qay. Les deux hommes haletaient.

— Tu disais quoi sur la décence ? s'enquit Jeremy d'une voix que le désir éraillait. Je pense que nous venons de changer de catégorie. Nous sommes passés dans le X hard.

— Je vais… je vais rentrer chez moi avant que nous entamions un porno live.

Il sentit la tête de Jeremy bouger.

— Tu sais, souffla le géant, j'espère que nous y viendrons très bientôt, quand nous serons tous deux certains que c'est bien ce que nous voulons. Et je pressens que ça sera grandiose.

Qay était du même avis.

XIII

QAY SENTIT son cœur bondir en voyant un SUV noir familier apparaître dans sa rue. Il ne s'était pas attendu à se faire poser un lapin – jamais Captain Caféine ne lui ferait un truc pareil ! –, mais peut-être n'avait-il pas totalement confiance dans sa bonne étoile. Et voilà que Jeremy était là, à 8 h 50, ce lundi matin. La pluie aussi était au rendez-vous, une petite bruine tenace qui gouttait des toits et formait des flaques sur le trottoir. Qay se précipita vers la voiture.

Pendant que Qay attachait sa ceinture, Jeremy demanda :

— Tu as fait de beaux rêves ?

— Tu veux la vérité ? Je me suis masturbé comme si j'avais quinze ans.

Jeremy éclata d'un rire tellement tonitruant qu'il faillit devoir s'arrêter sur le bas-côté.

— Moi aussi, déclara-t-il entre deux fous rires. Bon sang, quelle paire, hein ? Nous sommes bien assortis.

Bien assortis ? Sans blague ?

— Je croyais que tu travaillais aujourd'hui, remarqua Qay.

— C'est vrai, mais si je suis en retard, ça n'a aucune importance. C'est un des avantages d'être le chef. Et toi, tu as un autre examen en vue ?

— Ce sera pour après Thanksgiving. À l'heure actuelle, je suis censé travailler sur un rapport de fin de semestre, alors il faudra que je me dépêche, je dois être en avance sur le campus.

— Pourquoi ?

— Parce que je n'ai pas d'ordinateur portable, j'emprunte ceux de l'université.

— Ah.

Arrêté à un feu rouge, Jeremy le regarda et enchaîna :

— De nos jours, ça ne doit pas être évident d'étudier sans portable.

— Un jour ou l'autre, je trouverai le moyen d'en acheter un. Sauf si je me plante complètement.

Jeremy fit un bruit incongru avec sa bouche.

— Peuh ! Je te rappelle que ton dernier test a été parfait ! Tu ne te planteras pas.

Qay aurait voulu rétorquer qu'un seul bon résultat ne suffisait pas à assurer la réussite à l'université. Il avait encore toutes ses chances de tout rater ! Cependant, il préféra se taire, craignant que Jeremy le croie à la pêche aux compliments, ou désespéré d'être réconforté. Quoi qu'il en soit, la question de l'ordinateur restait une priorité. Son salaire lui permettait de payer le loyer de son appartement et sa carte de bus tout en lui laissant de quoi vivre – avec des petits plus ces derniers temps, comme un dîner au restaurant –, mais un ordinateur restait au-delà de ses moyens.

Le parking du McDo était presque vide. Jeremy se gara entre une Prius et une voiture de sport gris acier, puis coupa son moteur.

— Tu es sûr de vouloir subir ça ? demanda-t-il à Qay.

— Sûr et certain.

Au fil des années, Qay avait beaucoup fréquenté les fast-foods. Il savait que si un client était calme et relativement propre, le personnel ne cherchait pas à le déloger, même sans consommation régulière. Un café amer ou un coca plein d'eau pouvait durer longtemps. Tous les établissements de ce type avaient des toilettes généralement correctes, la même odeur, graisse et sucre mélangés, les mêmes tables et chaises en plastique, les mêmes enfants bruyants s'exclamant sur des gadgets bon marché.

Ce McDo était silencieux. Les jeunes employés avaient l'air de s'ennuyer, l'un essuyait sans conviction le comptoir en inox, l'autre remplissait les distributeurs de paille. Trois vieillards attablés ensemble près d'une fenêtre se disputaient pour le plaisir – dans une langue étrangère. Un jeune barbu aux allures de bûcheron était assis auprès d'eux, occupé à lire son journal. Une femme d'un certain âge faisait face à une version d'elle-même en plus jeune, sa fille probablement : toutes deux paraissaient fatiguées et amorphes. Elles venaient peut-être de vivre une longue nuit de travail, ou un long trajet. Ou un drame.

Très à l'écart des autres clients, un homme en blouson de sport regardait avec attention Jeremy et Qay approcher. À un kilomètre, Qay aurait deviné en lui un flic.

Quand Jeremy posa la main sur l'épaule de Qay, le flic parut surpris.

— Capitaine, voici Qay Hill. Mon compagnon.

Se tournant vers Qay, il enchaîna :

— C'est le capitaine Frank.

Après une solide poignée de main, Frank et Qay échangèrent quelques brèves politesses. En temps normal, Qay aurait été mal à l'aise d'être soumis à l'examen minutieux du flic – qui paraissait capable de deviner à vue son casier judiciaire –, mais il baignait encore dans l'euphorie grisante d'avoir entendu Jeremy le présenter comme son « compagnon ». Un mot magique ! Certes, Jeremy et lui en avaient discuté la nuit précédente, mais plaisanter dans l'intimité du SUV et l'entendre prononcer en public ne faisaient pas le même effet.

Il s'assit et Jeremy prit la chaise à côté de lui.

— Êtes-vous sûr… commença Frank.

Jeremy l'interrompit :

— Qay affirme que si j'ai des ennuis, il est en droit de les connaître. À mon avis, il a raison.

Frank n'était pas d'accord, son expression sceptique l'indiquait clairement, mais il se contenta de hausser les épaules.

— Comme vous voulez.

— Comment va le gosse ? demanda Qay brusquement.

Étonnés, les deux autres tournèrent vers lui le même regard d'incompréhension.

— Celui qui est à l'hôpital après avoir reçu des coups, précisa-t-il.

Le regard de Frank s'éclaira légèrement, comme si son opinion concernant Qay venait de s'améliorer.

— Pas terrible, répondit-il. Ce n'était qu'un bébé. Même s'il s'en sort, les docteurs craignent des lésions cérébrales permanentes.

La mâchoire de Jeremy était si serrée que Qay crut l'entendre craquer. Lui-même crispa les poings sur ses genoux.

— Le salaud ! grogna Jeremy. J'espère que le procureur ne va pas le rater !

— C'est probable. Le procureur a accepté d'oublier la drogue pour faire parler ce petit con, mais il nous reste l'inculpation pour mauvais traitements. Oh, le fumier fera appel, mais il aura du mal à s'en sortir.

— Tant mieux.

Frank hocha la tête.

— Oui, mais dans ce cas précis, ce salaud a fait avancer notre enquête. Apparemment, il connaît celui à qui Donny avait cherché des noises. Il le connaît assez bien pour savoir ce qui s'est passé.

Jeremy se détendit dans son siège, comme si la discussion lui devenait plus supportable.

— De qui s'agit-il ?

— D'un dénommé Ryan Davis. Il n'a rien d'une flèche, mais sa famille a de l'argent. Assez haut placé dans la chaîne alimentaire, il touche

137

un peu à tout : drogues, prostitution, jeux d'argent, vol d'identité. Il est toujours prêt à se faire davantage de fric. L'autre salaud ignore l'origine de la querelle entre Donny et Davis, mais d'après lui, ça sentait mauvais.

— Ça, j'avais compris.

Jeremy se pencha vers l'avant, les yeux attentifs et perçants. Il avait dû être un bon policier, pensa Qay. Capable d'empathie, sans jugement trop hâtif, intelligent et concentré. Il en avait rencontré quelques-uns comme ça pendant ses années d'addiction, des flics qui voyaient encore l'être humain dans le toxico.

Par contre, Frank paraissait blasé, comme s'il aurait préféré être ailleurs et faire autre chose... du golf, peut-être, ou boire une bière devant un match à la télé.

— Ce que nous savons, continua le capitaine, c'est que Donny a volé des fichiers informatiques, des fichiers que Davis ne tient pas à voir divulguer. Donny les aurait copiés sur une clé USB et, avec ça, il a tenté de faire chanter Davies.

Jeremy parut éberlué et triste. Il se frotta le front.

— Merde ! gémit-il. Quelle folie ! Donny, bon Dieu ! Donc, c'est cette clé que Davis a cherchée dans mon appartement ?

— Oui. Et d'après notre source, il ne l'a pas trouvée. Alors, vous...

— Attendez. S'il tenait tellement à cette clé, pourquoi tuer Donny ? Il était le seul à savoir où elle se trouvait.

— Comme je viens de vous le dire, Davies n'a rien d'une flèche, répondit Frank.

Il goûta à son café et fit la grimace. Qay avait pensé aller en chercher deux, pour Jeremy et lui-même, mais il ne voulait rien manquer de la conversation. Peut-être irait-il plutôt au *P-Town* à la fin de cette entrevue. Il était impatient de revoir Rhoda.

— Notre indic ignore ce qui s'est passé cette nuit-là. D'après lui, Davis avait donné rendez-vous à Donny en lui promettant d'apporter l'argent, mais il a envoyé ses sbires à sa place. Quand ils sont arrivés, peut-être ont-ils eu peur, ou peut-être Donny a-t-il changé d'avis et tenté de fuir. Ou alors, ces cons-là n'ont pas été foutus de suivre les instructions reçues. En tout cas, ils lui ont tiré dessus. Quand ils ont fouillé son cadavre, ils n'ont pas trouvé la clé USB. D'après notre indic, Davis n'était pas content, précisa Frank avec un sourire qui exhibait beaucoup de dents. Ensuite, je présume qu'il a compris que Donny vous avait rendu visite et espéré que vous aviez peut-être récupéré cette foutue clé.

Jeremy soupira et secoua la tête.

— Je ne sais rien du tout, Donny ne m'en a pas parlé.

— En tout cas, s'il l'a cachée chez vous à votre insu, il s'est bien débrouillé, parce que les gars de Davis ne l'ont pas trouvée.

Quelle injustice ! pensa Qay. Jeremy n'avait rien fait de mal. Il s'était contenté d'aider son taré d'ex bien au-delà de ce qu'on pouvait attendre de lui. C'était lamentable qu'un geste de solidarité entraîne tant de problèmes. Jeremy méritait une vie avec des arcs-en-ciel, des licornes et des feux d'artifice, pas des trafiquants de drogue, des meurtres et des cambriolages.

— Si vous savez autant, pourquoi Davis n'est-il pas en prison ? demanda Qay.

Sa voix exprimait une hostilité qu'il n'avait pas pu retenir.

— Parce que les ragots d'un informateur ne sont pas une preuve suffisante aux yeux de la loi, répondit Frank, sans cacher son irritation. Si nous voulons un dossier béton pour une inculpation de meurtre, nous avons besoin de plus. Et je suis convaincu que nous l'aurons. Mais pendant que nous y travaillons, il faut faire attention à ne pas alerter Davis. S'il sait déjà que nous avons son copain en garde à vue, ça peut le rendre nerveux.

C'était logique, pourtant, Qay était loin d'être satisfait. Il fronça les sourcils en toisant l'homme à la barbe de bûcheron. Il espérait que les hipsters seraient un jour hantés par leurs barbes comme ceux de sa génération l'avaient été par les cheveux longs de leurs jeunes années.

La question de Jeremy le ramena à la conversation :

— Donc, Davis est après moi maintenant ?

Il paraissait très calme.

— C'est que nous pensons, oui. Vous êtes sa dernière chance de remettre la main sur cette clé.

Jeremy hocha la tête et frotta son menton carré.

— Oui, sans doute.

Qay avait si mal à la tête qu'il était prêt à péter un câble – se lever, crier et donner des coups de pied. Il aurait voulu massacrer ces stupides chaises en plastique, les écraser sur le carrelage. Plus jeune et donc shooté, il n'aurait pas hésité à céder à cette impulsion. Après, bien sûr, Jeremy ne voudrait plus de lui. Et justement, Qay commençait à croire que Jeremy le désirait bel et bien, ce qui était un miracle. Et voilà que cette connerie avec Davis se mettait en travers de leur chemin. Merde, quoi !

— Je t'attends dehors, Jeremy, annonça-t-il d'un ton sec.

Sans attendre de réponse, il quitta le restaurant au pas de course. Il arriva devant le SUV et s'y appuya, la tête baissée pour tenter de se protéger de la pluie. Il chercha à se calmer. Ce qui n'était pas facile. Son cœur tambourinait, ses poumons étaient comprimés et il transpirait, malgré le froid. Il lui fallut faire un très gros effort sur lui-même pour ne pas quitter le parking en courant, dévaler la rue et filer droit devant lui jusqu'à s'écrouler de fatigue.

— Comment puis-je t'aider ?

La voix de Jeremy était chaleureuse et sa main posée sur l'épaule de Qay délicieusement lourde et réconfortante. Qay aima la façon dont la question était formulée. Pas « qu'est-ce qui ne va pas ? » ou même « ça va ? », mais une offre d'assistance inconditionnelle.

Il n'osa pas croiser les yeux gris.

— Désolé, marmonna-t-il.

Jeremy lui tapota l'épaule.

— Tu n'as pas à l'être. Allez, viens, fichons le camp d'ici

— Frank...

— Il m'a dit tout ce que je dois savoir. Viens.

Qay se sentait idiot. Après avoir insisté pour venir, il faisait une crise de panique et se retrouvait en train d'hyperventiler dans un parking sous la pluie comme une *drama queen*. Par chance, la présence de Jeremy avait sur lui une influence apaisante, comme si l'attraction gravitationnelle de ce grand corps suffisait à contrer les vagues émotionnelles qui menaçaient de l'emporter.

Une fois dans le SUV, ils restèrent silencieux un moment, à écouter la radio en sourdine. Ça aussi, c'était reposant.

— Un petit-déjeuner, ça te dit ? finit par demander Jeremy.

— Tu ne dois pas aller travailler ?

— Ça peut attendre. Il fait trop humide ce matin pour que j'aie envie de gérer les urgences, forestières ou autres.

Ils tombèrent vite d'accord sur le *P-Town*. Jeremy démarra et Qay s'enfonça dans le cuir moelleux de son siège, les yeux fermés, pendant que son cœur retrouvait un rythme moins effréné. Le bruit calme et régulier des balais d'essuie-glaces l'aida à se détendre.

En arrivant sur Belmont Street, Jeremy trouva à se garer près du café. Il ne sortit pas tout de suite de son SUV.

— Ça ne te gêne pas d'être en public ? Sinon, je peux aller nous chercher deux cafés que nous boirons…

Qay sentit sa résolution se raffermir.

— Non, ça va. Je veux voir Rhoda.

ELLE LES accueillit avec un grand sourire et se jeta avec enthousiasme sur Qay pour le serrer dans ses bras. Elle sentait merveilleusement bon. Qay se demanda pourquoi personne n'avait pensé à commercialiser l'odeur d'un coffee house – Eau de Marc, ou Arabica Parfum, par exemple.

— Ça fait plaisir de vous voir réconcilié, les garçons ! déclara-t-elle. Notre Jeremy est soupe au lait, mais il n'est pas stupide.

Jeremy protesta pour la forme tandis que le trio avançait vers le comptoir. Qay fut un peu déçu de constater que Ptolémée ne travaillait pas. L'androgyne était son barman préféré : intéressant, drôle et très intelligent. Les deux jeunes qui tenaient le bar étaient mignons aussi. Le garçon avait des fossettes et la fille des cheveux verts attachés en couettes. Elle servit du café à Jeremy et Qay pendant que son acolyte faisait réchauffer des… tartes pâles. D'après Rhoda, ce n'étaient pas des quiches, mais Qay trouva que ça y ressemblait beaucoup.

Ils s'attablèrent et Rhoda les rejoignit. Elle voulut parler de « l'affaire Donny », mais Jeremy changea de sujet, peut-être pour épargner la sensibilité de Qay.

— Qay voudrait savoir ce qu'il doit apporter la semaine prochaine, pour Thanksgiving. T'es-tu décidée, Rhoda ?

Qay mit un moment à comprendre la signification de cette question. Il réalisa, étonné, mais touché, que Jeremy avait déjà discuté avec Rhoda de sa présence à la fête.

Elle afficha un air ravi.

— J'y ai réfléchi, oui. Que sais-tu faire de bon, Qay ?

— Vous voulez dire… en cuisine ?

— Oui.

— Du *ramen*. C'est la limite des capacités de ma kitchenette. Mais je peux acheter quelque chose. Ça me plairait bien.

Elle réfléchit. Aujourd'hui, elle portait une tenue vaguement Steampunk, avec des montres-gousset en boucles d'oreilles et un pendentif monocle.

141

— Et si je te chargeais de la partie divertissement ? proposa-t-elle finalement.

— Hum… c'est quoi au juste ?

Parce que s'il devait chanter ou jouer les animateurs, c'était le naufrage assuré.

— Eh bien, nous ne regardons plus de DVD parce que personne n'arrive à s'entendre sur un titre, et notre seul essai de karaoké a été un désastre. En général, nous finissons la soirée par un jeu, ou une activité manuelle.

Amusé, Jeremy acquiesça.

— L'an dernier, nous avons gravé des verres à vin. La plupart des créations étaient obscènes. Moi, j'ai cassé mon œuvre.

Rhoda se pencha pour lui tapoter le bras.

— Si tu y tiens, nous recommencerons à faire des pénis.

— Non ! protesta Jeremy. Qay est un créatif. Je suis certain qu'il aura une idée nouvelle.

Qay secoua la tête.

— La barre est haute ! Comment surpasser de la verrerie à thème génital ?

— Je te fais confiance, mon chou, dit Rhoda avec un sourire.

Après le petit-déjeuner – les non-quiches s'étaient avérées délicieuses –, Jeremy ramena Qay chez lui. Encore une fois, ils s'arrêtèrent un moment pendant que le moteur du SUV tournait au ralenti.

Puis Jeremy émit un son curieux, un râle étranglé.

— À ton avis, dans combien de temps allons-nous coucher ensemble ? Aujourd'hui, ça ne compte pas, mais je me demandais… tu sais, je ne compte pas rester vierge jusqu'au mariage.

— Oui, je m'en doute. Il est un peu tard pour ça, tu ne crois pas ?

— Hé, je ne cherche pas un badge de pureté, mais dans une relation, la première fois compte énormément. C'est presque comme un dépucelage. Ce n'est pas ton avis ?

— Ta *vraie* première fois, c'était avec qui ? demanda Qay.

Jeremy se mit à rire.

— Gary Baker.

Qay ouvrit de grands yeux.

— Le petit frère de Troy Baker ? Mais Troy était…

— … un sale con. Je sais. Il m'a pourri la vie. Par contre, Gary était sympa. Nous étions ensemble dans l'équipe de foot et…

— Toi, tu jouais au foot ?

C'était la matinée des surprises, apparemment.

— Qay, regarde-moi. J'ai pris vingt centimètres en année sophomore et après ça, j'ai continué à grandir. Ça rendait mes parents dingues de devoir me nourrir et me vêtir. Quand en plus d'allonger, j'ai aussi forci, l'entraîneur Williams a décidé que je ferai du foot et non du basket-ball. J'étais nul, mais imposant.

Qay imagina Jeremy en maillot avec une lettre dans le dos. Ou mieux, en short moulant.

— Alors, Gary… ?

— Il avait un an de moins que moi. Et comme je le disais, il était sympa. Je savais déjà que les filles ne m'intéressaient pas, alors, quand Gary m'a offert un jour une pipe dans les vestiaires, je n'ai pas dit non.

Dans les vestiaires ? Merde.

— Et toi ? demanda Jeremy.

Qay se sentit tenu de répondre : c'était lui qui avait soulevé ce foutu sujet.

— J'avais treize ans.

Jeremy sifflota.

— C'est jeune !

— Je sais. Et le gars… Parfois, j'allais dans ce bar près de l'autoroute. Tu te souviens de cet endroit ?

— Oui. Le *Burger Hut*. Un boui-boui qui *puait* le graillon.

Qay enchaîna :

— Je quémandais aux gens des cigarettes ou de l'herbe. Un jour, un mec m'a montré des pilules et un joint, il a dit qu'il me les donnerait si je lui offrais mon cul. J'ai trouvé le marché correct.

Voilà, la vérité était sortie du puits. Qay n'osait plus regarder Jeremy. Quand il s'y risqua enfin, il ne vit aucun dégoût sur le beau visage, juste de la compassion et de la tristesse.

— Bon, déclara Jeremy, alors disons ce week-end. Et pour nous deux, ce sera comme une première fois, d'accord ?

Qay eut un petit rire étranglé.

— D'accord. Tu sais, ça fait un bail que personne ne m'a touché…

Près de sept ans. Bon sang ! Sept ans sans aucun contact humain, même pas du genre rapide et impersonnel.

143

— Bien. Nous ferons quelque chose samedi après ton travail, et dimanche sera le jour J. dimanche soir... Ça tombe bien ! Lundi, tu n'as pas à te lever tôt.

— Mais toi, si.

Jeremy lui adressa un clin d'œil.

— Je prendrai une journée de congé exceptionnel.

Qay sourit : il se sentait capable d'attendre quelques jours de plus.

XIV

UN HOMME sensé aurait passé les jours suivants à s'inquiéter de Ryan Davis et de ses douteuses machinations, mais Jeremy n'avait rien de particulièrement sensé. Il ne pensait qu'à Qay. Oh, il s'occupait aussi autrement : il vaquait à ses occupations comme si rien ne le menaçait, il faisait du footing avant d'aller travailler et s'exerçait au centre de fitness de l'hôtel. Il se rendit aussi *Chez Patty* – officiellement pour discuter du programme de travail d'été, mais en vérité pour s'assurer par lui-même que tout allait bien pour Toad. C'était le cas.

Deux fois, il crut voir une Toyota grise le suivre, d'abord, alors qu'il courait, ensuite, alors qu'il roulait. Il nota le numéro d'immatriculation et appela Frank pour le lui transmettre. Il passait souvent chez lui vérifier l'avancement de ses travaux de rénovation, car il en avait assez de vivre à l'hôtel.

Mais surtout, il pensait à Qay.

Parfois, ses pensées étaient d'ordre sexuel. Il imaginait Qay nu, fantasmait sur tout ce qu'ils pourraient faire ensemble le dimanche venu et se demandait quels sons émettrait son amant pendant l'amour. Dieu, ça faisait tellement longtemps que Jeremy ne connaissait que des plans cul ! Il était impatient d'avoir dans son lit un homme auquel il tenait vraiment, de se détendre contre une peau familière. Son désir pour Qay dépassait tout ce qu'il avait connu jusqu'ici. Il s'y mêlait de la tendresse, de l'affection, des souvenirs partagés. Lorsque ce type de pensées l'envahissait, Jeremy se masturbait. Il ne l'avait pas autant fait depuis son adolescence !

Mais concernant Qay, ce n'était pas seulement le sexe qui l'intéressait. Tout en faisant ses exercices de routine dans la salle de fitness, il ressassait mentalement la réaction de Qay durant l'entrevue avec Frank. Au début, il avait semblé calme, un peu mécontent peut-être, mais maîtrisé. Et une minute plus tard, il se précipitait dehors. Quand Jeremy l'avait rejoint, Qay était blême et semblait prêt à vomir. Et Jeremy n'avait su que faire pour l'aider, ce qui l'avait mis dans tous ses états. Par chance, il avait vite réalisé juste avant de paniquer pour de bon que sa seule présence aidait Qay à se

145

calmer. Quel soulagement ! Pourtant, il en avait aussi été étonné : avec le chaos de sa vie actuelle, comment lui était-il possible d'aider Qay ?

Un troisième point, amalgame des deux premiers, hantait ses pensées. Bon, il désirait Qay, ce qui était assez normal. Mais il avait une certaine expérience, ce qui lui permettait de dire que son attirance pour Qay ne ressemblait en rien à ses aventures passées. Cette fois-ci, c'était différent. Il ne tombait pas souvent amoureux, mais quand cela lui arrivait, c'était brutal, pratiquement immédiat. Cette fois-ci, il avait la sensation d'être au bord d'une falaise, prêt à faire le grand saut. C'était absurde, considérant qu'il connaissait à peine Qay, mais l'amour et le bon sens faisaient rarement bon ménage, c'était bien connu, pas vrai ? À l'université, Jeremy avait suivi des cours d'anatomie. Il connaissait le fonctionnement mécanique d'un cœur humain, mais sans pour autant comprendre comment marchait le sien, émotionnellement parlant.

Jeudi après-midi, la semaine précédant Thanksgiving, il patrouilla dans certains des parcs du centre-ville. D'expérience, il savait que les gens à problèmes trouvaient la vie plus dure en période de vacances. Les sans-abris souffraient d'une aggravation des conditions météorologiques, les malades mentaux luttaient contre le stress supplémentaire, enfants et parents ressassaient d'anciennes querelles ou s'en créaient de nouvelles. En tant que park-ranger, Jeremy était chargé d'endiguer ces crises quand elles affectaient les espaces publics de la ville. Et il s'efforçait de faire son travail, malgré sa distraction. Pensant toujours à Qay, il se demandait s'ils avaient une chance d'un avenir ensemble.

Il remarqua alors un jeune aux épaules voûtées aussi sur un banc du parc, capuchon baissé. Peut-être s'agissait-il seulement d'un étudiant, mais peut-être pas. Jeremy avançait vers lui quand son téléphone sonna. Il s'arrêta, regarda l'écran et eut un bref soupir soulagé.

— Bonjour, Nevin ! Comment va ?

— *Bien, ce qui n'est pas ton cas, enfoiré ! Je viens d'apprendre que tu as des emmerdes. Pourquoi ne m'as-tu rien dit ?*

— Parce que ce n'est pas ton domaine.

Jeremy et Nevin avaient été partenaires à leur entrée dans la police, simples flics des rues. Actuellement, Nevin était dans la Brigade de Protection de la Famille, traitant principalement des cas d'abus domestiques sur mineurs ou adultes vulnérables.

— *Je reste ton ami, connard. Tout ce qui t'arrive m'intéresse. Et pour Donny, merde, je suis vraiment désolé. C'était un abruti, mais il ne méritait pas de mourir comme ça. Et ce n'était certainement pas à toi d'hériter de son merdier.*

Jeremy sourit. Dans la police, Nevin Ng était renommé pour son langage coloré.

— Merci, se contenta-t-il de répondre.

— *As-tu déjà couru aujourd'hui ?*

— Non, mais j'ai levé des poids.

— *Peuh ! Femmelette ! Je passe te prendre à dix-huit heures. Je vais te faire transpirer.*

— Mais…

— *Dix-huit heures pétantes. Où habites-tu en ce moment ?*

Jeremy soupira, résigné.

— Tu es inspecteur, tu n'as qu'à le découvrir tout seul.

— *Je pourrais effectivement te traquer et t'arracher des aveux à la manière forte, mais ensuite, tu ne serais pas en état de courir. Où es-tu, Germy ?*

Nevin était le seul humain de la planète duquel Jeremy acceptait ce surnom détesté – et encore, c'était parce les alternatives seraient encore pires !

— Au Marriott, au bord de la rivière.

— *Ben dis donc, tu t'emmerdes pas ! Sois prêt à dix-huit heures.*

Sur ce, Nevin lui raccrocha au nez. Jeremy secoua la tête et se remit en marche vers le gamin.

PRENDRE UNE douche avant de courir n'avait pas un grand intérêt, aussi après avoir laissé le gamin à Beaverton, où un de ses amis avait offert de l'héberger, Jeremy se dépêcha-t-il de retourner à l'hôtel pour se mettre en tenue. Il n'avait plus le temps de manger, il le ferait plus tard. Avec quelques minutes d'avance, il attendait devant l'entrée de l'hôtel, en s'échauffant, quand Nevin arriva.

De dix ans plus jeune que Jeremy, il était petit, compact et aussi tendu qu'un ressort. Ayant grandi dans un environnement infernal dont il refusait de parler, il était capable de terrasser des adversaires bien plus grands et plus lourds que lui. Aussi teigneux qu'un pit-bull, il avait la réputation de ne jamais lâcher une enquête. Il était bisexuel, avec une libido très active, toujours prêt à se taper les hommes ou les femmes qu'il croisait, du moins ceux dotés de l'endurance nécessaire. Mais il savait aussi se montrer doux et attentionné quand il prenait soin des victimes, en particulier envers les personnes âgées ou les enfants. Il retrouvait Jeremy tous les quinze jours, trois semaines, parfois avec d'autres devant une bière ou un match de basket-ball. Parfois, les deux amis couraient ensemble ou se rendaient à la salle de gym.

Nevin approcha de Jeremy et le frappa au biceps.

— Allez, viens, princesse. J'ai déjà huit cents mètres d'avance sur toi.

Sans attendre de réponse, il partit comme un dératé. Jeremy avait beau avoir trente centimètres de plus et peser plus lourd, ils formaient un tandem sportif étonnamment efficace. Jeremy avait des enjambées plus longues, Nevin plus de vitesse au sprint. Ils coururent côte à côte sur le trottoir pendant que l'obscurité tombait autour d'eux, se séparant parfois pour éviter les piétons. Ils allèrent jusqu'à Waterfront Park et dépassèrent Union Station, puis suivirent les vieilles rues de la zone industrielle, à proximité de l'usine de fenêtres de Qay. Trempé de sueur, Jeremy respirait fort en arrivant au nord-ouest de Portland, au pied des West Hills. Ils ne s'y engagèrent pas, restant sur du plat avant de revenir vers le centre-ville.

Ils s'arrêtèrent enfin devant l'entrée de l'hôtel. Jeremy se pencha en avant, les mains crispées sur les genoux, cherchant à retrouver son souffle.

— Mauviette ! jeta Nevin. Nous n'avons même pas fait dix kilomètres.

— Tu es… tout aussi… essoufflé ! protesta Jeremy.

Avec un sourire, Nevin s'adossa au mur extérieur de l'hôtel.

— Foutaise ! Je fais semblant, vieillard, pour ne pas te coller la honte.

— Trop aimable !

— Exactement !

Après quelques minutes, Jeremy fut capable de se redresser. Il adressa à Nevin un sourire moqueur.

— Même quand j'ai une journée de merde, tu es mon rayon de soleil.

Nevin savait se montrer aimable quand ça lui chantait. Il le prouva une fois de plus.

— Oui, tu as de la chance que les dieux t'aient octroyé la grâce de ma présence.

Il s'inclina légèrement. À ce moment-là, son regard s'étrécit, un mouvement dans la rue ayant attiré son attention. Il perdit son sourire.

— Jeremy, as-tu remarqué…

— Cette Toyota grise ? Oui. J'ai été flic, je te le rappelle.

— Elle nous suit depuis…

148

— ... notre départ. Je sais. Je l'ai déjà vue l'autre jour. Le chauffeur ne cherche même pas à se cacher.

En colère, Nevin fit quelques pas vers la Toyota, puis se ravisa. Tournant les talons, il revint jusqu'à Jeremy.

— Qu'est-ce que tu comptes faire ?

— Rien. Que veux-tu que je fasse ? Il ne fait rien d'illégal.

— Tu es complètement con, ou quoi ? Il fait sûrement partie de...

Jeremy poussa un très long soupir.

— Oui, il est sans doute mêlé à cette histoire avec Donny ! Je sais. Mais ça changerait quoi que je le confronte ou que j'appelle Frank, hein ? Je sais qu'il est là et je fais attention. Ils ne vont pas me descendre en pleine rue à la sulfateuse. Ils veulent des informations, pas un autre cadavre.

Le visage crispé de colère, Nevin envoya son poing sur le mur.

— Les salauds ! Je pourrais aller chercher mon arme de service et...

— ... et tu crois que ça résoudrait tout, Nev ?

Frustré, l'inspecteur envoya un autre coup dans le mur, assez violemment pour faire grimacer Jeremy.

— Sacrés fils de putes vérolées !

Pour être franc, Jeremy trouvait préoccupant cette voiture qui le suivait, mais pas au point de paniquer. Il trouvait touchante l'inquiétude de Nevin à son endroit, même exprimée de façon aussi virulente. S'approchant de son ami, il posa la main sur l'épaule osseuse.

— Merci de cet intermède, Nev. Tu seras aussi chez Rhoda jeudi prochain ?

S'il restait à Nevin de la famille, il n'en parlait jamais. Il lui était souvent arrivé de célébrer Thanksgiving en compagnie de Jeremy, mais pas chaque année.

— Non, désolé, j'ai d'autres projets.

— Ne me dis pas que tu vas travailler ! Un des avantages de monter dans la hiérarchie est de pouvoir laisser aux jeunes flics les jours d'astreinte les plus pourris !

À sa grande surprise, Nevin semblait embarrassé.

— Je vais... hum, quelque part.

— Où ça ?

— Dîner.

Jeremy attendit patiemment, les sourcils levés dans une question muette.

— Non, mais quel fouinard ! grogna Nevin. D'accord, je suis invité dans les collines, chez une famille de la haute. Je dois porter un putain de smoking et avoir l'air civilisé parce que je rencontre officiellement les parents. Tu es content, enfoiré ?

Jeremy eut un sourire ravi.

— Les parents de qui ?

— Hum… d'un mec. Il s'appelle Colin, il est pédé comme un phoque et hyper diplômé d'endroits sophistiqués dont j'ai jamais entendu parler. Je le supporte parce qu'il a un cul d'enfer… et qu'il est mieux membré qu'un étalon.

Il jeta un coup d'œil à Jeremy, fronça les sourcils et détourna la tête avant d'enchaîner :

— C'est un très brave garçon, marmonna-t-il.

D'après ce qu'en savait Jeremy, c'était la première fois que Nevin en arrivait au stade significatif de « rencontrer les parents ».

— Bravo, Nev. *Mazel tov !*

— Salope !

Un sourire démoniaque aux lèvres, Nevin contrattaqua :

— D'après ce que j'ai entendu dire, toi aussi, tu t'es trouvé quelqu'un, hein ?

Jeremy ne fut pas surpris que Frank ait parlé : il n'y avait pas pire qu'un flic pour colporter une rumeur, surtout quand elle était croustillante !

— C'est exact, mais pour le moment, nous en sommes encore aux travaux d'approche. J'ai bon espoir que ça finisse bien.

Nevin le frappa en pleine poitrine, assez fort pour lui couper le souffle.

— Je suis content pour toi, Sasquatch [22]. Tu as bien besoin de baiser, tu commençais à te dessécher sur pied !

Jeremy préféra ne pas évoquer le délai que Qay et lui s'étaient imposé. Il proposa à Nev de dîner avec lui, et essuya un refus.

— Désolé, mon grand. Colin m'attend et si je suis en retard, il va me faire un drame.

— Je vois, je ne voudrais pas te priver de sexe.

Un bref instant, le masque de Nevin tomba, laissant apparaître l'homme attentionné qui veillait toujours à la sécurité des personnes âgées

22 Autre nom de Bigfoot, créature légendaire (humanoïde gigantesque cousin du yéti).

ou qui s'asseyait des heures durant pour jouer à jouer à *Go Fish* avec de jeunes handicapés.

— Fais attention à toi, Germy Cox. Ne laisse pas les méchants te faire du mal. Tu mérites de vivre une belle histoire, tu le sais au moins ?

Un peu inquiet à l'idée de s'attirer le mauvais œil, Jeremy se contenta de hocher la tête.

— Bonne chance avec les parents de Colin, Nev. Tu vas les mettre KO.

Il tapota le bras de son ami, puis tourna les talons pour entrer à l'hôtel, impatient de prendre une douche chaude et de réclamer un repas roboratif au room service.

XV

LEUR SOIRÉE de samedi fut décontractée. Jeremy gara son SUV de dictateur devant chez Qay – ayant miraculeusement trouvé une place – et tous deux, main dans la main, se rendirent à pied au *P-Town* saluer Rhoda. Ils flânèrent ensuite dans Hawthorne, puis s'arrêtèrent devant le cinéma Bagdad.

— Ça te convient ? demanda Jeremy.

Il paraissait inquiet. Le Bagdad était un cinéma, mais aussi un pub.

— Je peux entrer dans un endroit qui sert de l'alcool, déclara patiemment Qay. Je l'ai déjà fait avec toi.

— Oui, bien sûr. Mais aucun n'était aussi agressif.

— C'est gentil de te faire du souci pour moi, mais ça va aller. Je ne risque rien.

C'était plus ou moins vrai. En présence de Jeremy, Qay ne pensait guère à ses addictions. Pourtant, au cours de la semaine, il avait été agité et tourmenté, ne cessant de se masturber comme ça ne lui était pas arrivé depuis des années. Vendredi soir, après son travail, il s'était même rendu à une réunion des Narcotiques Anonymes, une nécessité qu'il n'avait pas ressentie depuis longtemps. Il regrettait – et ce n'était pas la première fois ! – que ses dépendances passées lui interdisent les anxiolytiques, Xanax ou autres, mais risquer une nouvelle addiction ne serait pas sain.

Jeremy esquissa un sourire penaud.

— Je ne veux pas te créer de difficulté ou te tenter, sauf si c'est moi que tu veux, ajouta-t-il en agitant les sourcils.

Malgré le ton gentiment protecteur, Qay se sentit un peu vexé.

— Je ne replongerai pas à la première sollicitation, je te le promets. D'ailleurs, je suis un adulte autonome, tu n'es pas responsable de mes choix de vie.

— D'accord. Tu as raison.

Une fois entré, Qay constata en toute franchise qu'il n'était pas tenté de boire. Sa pire addiction avait toujours été la drogue, pas l'alcool. *Merci, maman !* À travers le grand hall très animé et décoré d'affiches et de photos, il suivit docilement Jeremy jusqu'au comptoir, où ils prirent des pizzas, du pop-corn et des sodas. Puis ils continuèrent jusqu'à la salle de cinéma. Les sièges étaient confortables, constata Qay soulagé.

Le film débuta presque immédiatement. Un duel d'espion, amusant, sans rien d'inoubliable. L'acteur principal était beau. Ce que Qay préféra, cependant, fut de tenir la main de Jeremy dans l'obscurité, de manger du pop-corn dans le même carton, de l'embrasser quand l'intrigue ralentissait. Il se sentait redevenir ado, même si tous deux n'auraient jamais pu se comporter ainsi en public, surtout à Bailey Springs dans les années 80. Blotti contre Jeremy, Qay se sentit jeune pour la première fois depuis... pour la première fois de sa vie.

À la fin du film, Jeremy passa des doigts poisseux de pop-corn dans les cheveux de Qay tout en fredonnant un des airs du film. Qay sentait vibrer le grand torse contre le sien.

Ensuite, ils retrouvèrent le boulevard Hawthorne et déambulèrent sans hâte en papotant de tout et de rien. Parfois, ils s'arrêtaient regarder les vitrines, parfois, ils étudiaient le menu d'un restaurant et prévoyaient une future sortie. Le plus étrange, pour Qay, était cette sensation d'être un couple. Partie prenante de la communauté. C'était nouveau.

En arrivant devant chez Qay, Jeremy annonça :

— C'est notre ultime soirée avant le jour J. Dimanche, c'est demain...

Tous deux étaient appuyés contre la carrosserie du SUV de Jeremy, peu pressés de se séparer.

— Dans moins de vingt-quatre heures.

— Je pense pouvoir tenir jusque-là, surtout si je viens te retrouver de bonne heure. Une autre randonnée, ça te dirait ? Ce sera tout près d'ici cette fois.

Qay n'avait jamais été fan de pleine nature, mais il avait vraiment apprécié leur précédente sortie aux chutes. Il savait bien que pour lui, l'attraction principale, c'était Jeremy qui lui désignait avec enthousiasme un champignon, une fougère ou une limace par son nom latin.

— Ça me plairait beaucoup, répondit-il. Et je te demanderai de résoudre un problème avec moi, d'accord ?

— Bien sûr, ça pimentera notre balade. De quoi s'agit-il ?

— De ma contribution à la fête de Rhoda.

— Ah. Je pense qu'à deux, nous trouverons la solution.

Ensuite, Jeremy baissa la tête, l'air intimidé, une expression inattendue chez un homme aussi grand et assuré.

— Hé, Qay ? souffla-t-il.

153

— Oui ?

— Après toute cette attente, je veux que demain soit mémorable. Ce ne sera pas… à la va-vite, d'accord ?

Qay eut un petit rire gêné.

— Je suis chaste depuis longtemps, bien trop longtemps. Je ne pense pas tenir la distance. Dans mon cas, ce sera rapide, je le sens déjà.

— Je vois. En fait, je suis comme toi, mais rien ne nous empêchera d'avoir un second round lent et langoureux. Je veux passer la nuit avec toi.

Le long frisson qui agita Qay de la tête aux pieds n'était pas dû à la fraîcheur de l'air nocturne. Muet d'émotion, il hocha la tête. Sans cacher son plaisir, Jeremy croisa les bras et pressa son épaule contre la sienne.

— J'aimerais passer la nuit de dimanche chez toi, insista-t-il. S'il te plaît, dis oui.

— Mais tu as une chambre magnifique à l'hôtel, alors que mon sous-sol est…

— Je déteste cette chambre stérile, anonyme ! Ton appart n'a rien du Ritz, je te l'accorde, mais il a une âme. Pour notre première fois, j'y tiens beaucoup.

Il paraissait si sincère et enthousiaste que Qay frissonna de plus belle. Il se blottit contre Jeremy, heureux de profiter de la chaleur de ce grand corps solide

— D'accord, souffla-t-il.

Ils conclurent la soirée par un baiser brûlant, pas tout à fait du sexe, mais presque. Quand Qay s'éloigna vers sa porte d'entrée, son jean le serrait à l'entrejambe, c'était très inconfortable. Ses lèvres enflées vibraient encore et le regard affamé de Jeremy posé sur lui le brûlait presque.

Il aurait besoin d'une douche froide.

Qay occupa la plus grande partie de son dimanche matin à nettoyer son appartement, très encombré, mais pas trop sale, aussi Jeremy ne risquait-il pas de changer d'avis à cause des flocons de poussière. Mais Qay était nerveux et le ménage lui changeait les idées. À trois occasions, il s'effondra sur le canapé, la tête sur les genoux, et pratiqua les exercices respiratoires qu'il avait appris de son dernier psy.

Merde ! Ça faisait un bail qu'il n'était pas retourné en voir un. D'après lui, la mutuelle dont il bénéficiait actuellement en couvrirait les frais, mais le coût n'était pas le plus important. Qay devait trouver un bon thérapeute.

Il lui faudrait aussi prendre le temps de s'y rendre régulièrement, ce qui, sans voiture, serait une gageure. Pas facile non plus de caser des rendez-vous entre son travail et ses cours. D'ailleurs, avait-il réellement besoin de repasser par tout ce processus épuisant ? Il avait déjà vu beaucoup de conseillers, psychologues ou psychiatres. Il avait suffisamment mémorisé leurs méthodes pour être capable d'accomplir seul ses exercices ou réciter ses mantras. N'était-il pas arrivé tout seul là où il en était aujourd'hui ? Que lui apporterait de plus un mec bardé de diplômes pédants ?

En dépoussiérant son appartement, Qay fut sérieusement tenté de se débarrasser de certains objets, de les ranger dans le placard ou même de les flanquer dans la poubelle extérieure. Il ramassa une boîte en étain rectangulaire avec un logo de l'Union Jack. D'après l'odeur, elle avait contenu initialement du thé, mais elle était déjà vide quand Qay l'avait trouvée sur le trottoir devant son appartement, peu après son arrivée à Portland. Il aimait bien cette boîte. Il ne connaissait pas le Royaume-Uni et sans doute ne le visiterait-il jamais, mais la boîte lui rappelait que le monde existait au loin, quelque part. Il la remit en place.

À côté se trouvait un morceau de bois flotté aussi long que sa main, qui tenait dans la paume comme une baguette magique. Quelques années plus tôt, Qay l'avait choisi et ramassé sur une plage balayée par le vent. Il y restait encore des traces de sel. Il reposa également son bois.

Il souleva ensuite une figurine en plastique un peu déglinguée – le génie d'*Aladin*, le film de Disney – venant sans doute d'une boîte-enfant de fast-food. Il l'avait trouvée par terre dans une *taqueria* près de Los Angeles, un mois exactement après avoir décidé de devenir clean. Non, il ne pouvait pas la jeter.

En fin de compte, il nettoya son bric-à-brac sans rien ôter, soulevant chaque pièce pour passer son chiffon avant de la remettre soigneusement en place. Il redressa les piles bancales de ses livres et jeta quelques pages de magazines flétries de leur longue exposition sur ses murs, les remplaçant par de nouvelles : David Beckham en boxer blanc, un cow-boy portant fièrement un Stetson et un jean trop cher, un paysage luxuriant représentant une haute chute bouillonnant dans un bassin. Cette dernière photo le fit sourire.

Jeremy arriva peu après treize heures, ses courts cheveux blonds trempés de gouttes d'eau.

— Il pleut, annonça-t-il. Tu es toujours partant pour aller marcher ?

— Je ne fondrai pas.

Ayant déjà mis ses bottes, il n'avait plus qu'à enfiler sa veste.

— Ai-je besoin d'autre chose ? demanda-t-il.

— Non, ce sera une randonnée urbaine.

JEREMY N'AVAIT pas menti. Il avait choisi une piste pavée de Forest Park, probablement une bonne idée compte tenu de la météo. Pourtant, il fut facile aux deux hommes d'oublier la proximité d'une ville en se trouvant dans la brume au milieu grands arbres. Qay avait l'impression d'être entré dans un roman de Tolkien. Il s'attendait presque à croiser un elfe ou un hobbit au prochain carrefour. Ce ne fut pas le cas. Par contre, ils rencontrèrent un vieil homme maigre à la barbe grise. Il portait une tenue imperméable hyper sophistiquée.

— Chef ! cria l'inconnu en les voyant approcher.

Seigneur ! Jeremy était-il connu de tous ?

Avec un sourire, Jeremy donna d'un seul bras une brève accolade au vieillard.

— Quel plaisir de vous voir, Len. Cela fait longtemps. Voici Qay Hill, ajouta-t-il en se chargeant des présentations. Qay, voici Len Coleman, qui a longtemps supervisé le Service des Parcs urbains.

Coleman échangea avec Qay une conviviale poignée de main.

— Je suis à la retraite depuis quelques années, mais, comme vous le constatez, je ne peux pas me passer de mes parcs.

— Je vous comprends, répondit Qay. Quel bel endroit !

— Chef Cox cherche-t-il aussi à vous recruter ?

Ce fut Jeremy qui répondit :

— Non. Mon compagnon est encore nouveau en ville, alors, je lui montre les environs.

Compagnon... encore ce mot. Coleman n'en perdit pas le sourire.

— Le plein air est un bon moyen de gagner le cœur d'un homme. Ça ouvre l'appétit, ajouta-t-il avec un clin d'œil égrillard.

Jeremy s'empourpra, ce que Qay trouva adorable. Après quelques minutes de conversation, Coleman leur souhaita bonne route et continua son chemin dans la direction d'où venaient Qay et Jeremy.

Tous deux marchèrent en silence pendant une minute ou deux.

— Tu sembles très à l'aise de me présenter à tous ceux que nous rencontrons, dit enfin Qay.

— Et pourquoi pas ?

156

— Je n'ai rien d'un gros lot, tu sais.

S'arrêtant brusquement, Jeremy saisit Qay par les épaules.

— Oh, merde ! Arrête de te sous-estimer tout le temps ! Je te trouvais très attirant autrefois, à Bailey Springs, mais maintenant que tu es enfin devenu toi-même, je te trouve intelligent, intéressant et sexy à tomber.

— J'ai un passé.

— Comme tout le monde, surtout à notre âge ! Un homme de quarante ans qui n'a aucun regret n'a pas vraiment vécu. L'erreur est humaine, comme me le disait Rhoda récemment. Hé, regarde-moi par exemple ! Ma dernière erreur en date vient de se faire assassiner, après avoir attiré sur moi l'attention d'une crapule.

Cette remarque ne fit pas grand-chose pour réconforter Qay, mais il évita de le dire à haute voix. Il serra les dents.

— D'accord. Je ne me critiquerai plus.

Jeremy ne l'avait pas lâché.

— Tant mieux, déclara-t-il, parce que nous devrions nous concentrer sur une perspective plus réjouissante : ce qui nous attend après notre balade.

Il se pencha pour l'embrasser, forçant ses lèvres contre les siennes. Quand le baiser cessa, Qay était légèrement essoufflé.

— Je t'ai prévenu ! Si nous nous *concentrons* trop tôt, ça finira avant même d'avoir commencé.

— Il n'y a pas de médailles pour l'endurance sexuelle, Qay.

Ils se remirent en marche, main dans la main. L'humidité de l'air leur collait à la peau. De temps en temps, Jeremy s'arrêtait pour montrer à Qay un détail intéressant ou pour lui donner le nom d'une fleur, d'un arbre ou d'un insecte, mais le plus souvent, tous deux se contentaient d'apprécier les sons feutrés de la forêt en hiver.

Ils étaient également transis en revenant au SUV. Jeremy mit le chauffage à fond en attendant que les vitres dégivrent. Il posa aussi la main sur la cuisse de Qay, contact qui réchauffa davantage ce dernier que l'air chaud émanant des bouches d'aération.

— Merci pour la promenade, Jeremy. J'ai beaucoup aimé.

— Il y a plus de cent trente kilomètres de pistes dans Forest Park. Quand il fera meilleur, je t'y emmènerai. Je te montrerai mes endroits préférés.

Quand il fera meilleur… c'était dans plusieurs mois. Donc, Jeremy faisait des projets à long terme. Qay avait déjà eu des amants – des hommes qui passaient dans sa vie quelques nuits ou même quelques semaines –, mais il était alors toxico, eux aussi, et ils ne pensaient qu'à leur prochaine dose d'oubli. La plupart n'avaient pas été de mauvais hommes, mais tout comme Qay, ils étaient engagés dans une spirale mortelle, aussi savaient-ils tous qu'il n'y avait aucun avenir pour eux, sinon la fosse d'un cimetière. Et voilà que Jeremy envisageait gaiement des balades au soleil et un avenir plein de promesses. C'était terrifiant.

— Qay ?

La voix de Jeremy l'arracha à sa transe.

— Oui ?

— Pourquoi as-tu choisi ce nom ?

— Qayin est la version hébreu de Caïn.

— Oui, tu me l'as déjà dit. Mais pourquoi Caïn plutôt que George, Tristan ou Marcel ?

Éberlué, Qay tourna la tête vers lui.

— Marcel ?

— Bien sûr, pourquoi pas ? Et si tu préférais un nom issu de l'Ancien Testament, tu avais Jedidiah, Sem ou Boaz.

— Sérieusement ?

— Mes parents tenaient beaucoup à ce que j'aille au catéchisme. Il m'en est resté quelque chose, je suppose. Et toi ?

Qay secoua la tête.

— Ils m'ont forcé à y aller un temps, mais je n'ai rien écouté. Je me souviens seulement des faits marquants : les pommes, les inondations, Sodome et Gomorrhe, des trucs comme ça.

— Alors, pourquoi choisir un nom biblique et hébreu ?

L'air devenait étouffant dans le SUV. Quand Qay voulut baisser le chauffage, sa main tremblait.

— Je ne veux pas en parler. Pouvons-nous aller faire des courses à présent ?

Jeremy avait dû remarquer le changement de sa voix, plus rauque, avec des voyelles presque avalées, mais il ne fit aucun commentaire. Il se contenta d'acquiescer.

— Bien sûr. Je sais exactement où aller.

Au grand soulagement de Qay, il démarra et monta le son de la radio. Aerosmith éclata dans l'habitacle pendant que le SUV quittait le parking du parc.

Dans la banlieue est, ils se retrouvèrent peu après dans un énorme magasin aux allures de caverne avec des poutres apparentes et d'énormes peintures murales sur les parois. Une grande partie de l'espace était occupée par les articles à vendre : étagères, comptoirs et vitrines présentaient tous les jeux imaginables – dont beaucoup dépassaient l'imagination de Qay. Des jeux de société, bien sûr, mais aussi des jeux vidéo, des puzzles, des jeux de cartes et autres systèmes complexes de miniatures. Le magasin avait également au coin pour les joueurs, avec de nombreuses tables, dont la plupart étaient occupées. À côté, une aire de restauration proposait collations et boissons.

— Mon nerd intérieur aime ce lieu, expliqua Jeremy.

— J'ignorais que tu avais un nerd intérieur.

— Tu plaisantes ? Tu m'as connu à quatorze ans. Le petit geek existe encore dans ce corps adulte.

Il tapotait d'une main son impressionnant thorax. Qay eut un sourire lascif.

— Oh, *ça*, je le savais. Je trouve juste ton nerd plutôt *extériorisé*. Un gars qui cite des mots latins dès le premier rendez-vous est un nerd. Et moi, les nerds, ça m'excite.

En réponse, Jeremy lui fit un clin d'œil, puis il eut un geste qui englobait le magasin.

— Alors, tu as trouvé ce que tu voulais apporter ? demanda-t-il.

Dans les différents hôpitaux et institutions qu'il avait fréquentés quand il était plus jeune, Qay avait appris à jouer. Il se souvenait avec horreur d'interminables jeux de dames ou d'échecs, de parties de Monopoly, de Parcheesi ou de Yahtzee. C'était mieux que de se tordre de manque dans un coin ou se perdre dans une transe embrumée, mais pas de beaucoup. Il avait également joué aux cartes : *Go Fish*, bataille, poker, blackjack, bridge et barbu. Et il avait fait beaucoup, *beaucoup* de solitaires.

— Pourquoi pas des cartes ? proposa-t-il sans conviction.

Il doutait que le solitaire soit une activité de groupe, mais Jeremy s'illumina et l'entraîna à travers le magasin jusqu'à une étagère où s'empilaient des boîtes oblongues.

— Voilà ! déclara-t-il avec détermination.

Qay lut ce qui était écrit sur la première boîte.

— Des Cartes contre l'Humanité ?

— Oui.

Jeremy s'empressa de lui expliquer la règle du jeu. Ça paraissait amusant, aussi Qay prit-il la boîte.

— Vendu. Allons-y.

Jeremy sourit vivement.

— Tu me sembles bien impatient de filer, Qayin Hill.

Impatient ou pétrifié ? Parfois, il était difficile de faire la différence.

— Je pense que nous avons suffisamment attendu, dimanche est déjà bien entamé. Il ne nous reste qu'à dîner, ensuite…

— Je vote pour un plat à emporter. Il y a un excellent thaï pas très loin de chez toi.

— D'accord.

LE THAÏ était presque en face du *P-Town* et Jeremy ne put trouver à se garer.

— Pourquoi ne pas retourner chez moi ? proposa Qay. Nous reviendrons à pied chercher notre repas

— Non. J'ai une meilleure idée.

Peu après, Jeremy entrait dans le parking souterrain de son immeuble. Après avoir coupé le moteur, il regarda Qay.

— Je sais que tu es pressé, moi aussi, d'ailleurs, mais si tu es d'accord pour perdre encore quelques minutes, j'aimerais te montrer où en sont les réparations de mon loft.

Oh. Qay regrettait de ne pas avoir connu l'endroit avant sa destruction… pour mieux comprendre Jeremy. Il trouvait très révélateur le cadre de vie d'une personne. Son sous-sol par exemple était vieux, bas de gammes et rempli de merdier sans intérêt.

— Ça me plairait beaucoup.

Jeremy le prit par la main pour l'entraîner dans l'escalier. La cage n'avait rien de spécial : marches en béton, murs blancs et, à chaque étage, une porte anonyme. Quand ils arrivèrent au dernier palier, Jeremy hésita un instant avant de faire jouer la serrure.

— Qu'est-ce que tu as ? demanda Qay.

— Eh bien, j'ai eu récemment quelques surprises désagréables en arrivant chez moi, ça me rend parano. Tu dois bien le comprendre, hein ? Puisque tu fais des études en psychologie.

Avec un demi-sourire, il ouvrit sa porte. De prime abord, Qay fut frappé par la superficie de l'appartement, facilement trois fois plus grand que son sous-sol. En journée, ce devait être lumineux et aéré grâce aux hauts plafonds et aux larges fenêtres. Il n'y avait aucun mobilier et la cuisine était toujours en ruines, mais les murs blancs sentaient la peinture fraîche et le sol en béton était marbré d'un brun chaleureux.

— Waouh ! s'exclama Qay. Ça doit te coûter une fortune !

Jeremy haussa les épaules.

— Je ne l'ai pas acheté cher et j'ai une excellente assurance. Viens. Je vais te montrer le reste.

La salle de bain était de taille à accueillir une orgie romaine, avec une baignoire surdimensionnée et une gigantesque cabine de douche. La réfection du carrelage n'était pas terminée et il manquait les toilettes.

— Ma salle de bain me manque beaucoup, déclara Jeremy avec nostalgie.

La chambre à coucher était grande, mais moins disproportionnée. Pour le moment, le sol était nu et les murs vierges. Au milieu de la pièce, Jeremy regarda autour de lui avec attention.

— Je me suis déjà racheté sommier et matelas, mais je n'ai pas trouvé de tête de lit qui me plaise. Et comme j'aimerais une commode assortie, je ne l'ai pas prise non plus. J'ai quand même intérêt à me décider vite. Quelle plaie ! Je déteste faire du shopping.

— Tu es un drôle de gay ! s'esclaffa Qay.

Jeremy s'approcha, lui prit la main et l'attira dans ses bras.

— Un gay très mâle.

Qay lui vola un baiser, ce dont Jeremy ne parut pas se plaindre. En fait, il le serra plus fort encore contre lui et lui empoigna les reins. Quel dommage, pensa Qay, que plusieurs épaisseurs de vêtements – veste, chemise, jean et boxer – le privent d'un contact peau à peau ! Mais peu importait au fond, car ces grosses paumes étaient délicieusement agréables. Il glissa les mains sous l'ourlet du blouson de Jeremy et s'insinua sous la ceinture de son pantalon, tâtant les fesses dures. Merde ! Un cul d'acier ! S'il était aussi beau en jean, que devait-il être au naturel ?

Qay avait toujours aimé embrasser – un complexe oral, peut-être –, mais un baiser ne suffisait pas, en général, pour l'enflammer tout entier, lui liquéfier les entrailles et lui faire oublier ses angoisses, ses malheurs et la pression constante de ses addictions. Embrasser n'était pas pareil que céder et se soumettre, prêt à tout donner. Il changea d'avis sous les lèvres de Jeremy.

Ils se séparèrent, haletants, la bouche brûlante.

— Nous ferions mieux d'y aller, déclara Jeremy. Baiser à même le sol, ce ne serait pas confortable.

Dans son état actuel, Qay se souciait fort peu d'un éventuel inconfort. Il acquiesça cependant.

— Nous devons aussi passer au thaï. Merci pour la visite.

— Quand les travaux seront finis et qu'on m'aura livré tout ce que j'ai commandé, tu pourras peut-être m'aider à emménager.

— Parce que tu trouves que j'ai l'air d'un décorateur d'intérieur ?

Jeremy éclata de rire.

— Tu es un gay aussi inadapté que moi, à ce que je vois ! Allons nous mettre au lit et à poil, histoire de nous prouver que nous sommes encore de vrais homosexuels.

Ils dévalèrent l'escalier à toute allure.

CHARGÉS DE sacs en plastique qui sentaient le piment, la sauce aux arachides et la coriandre, ils affrontèrent la pluie battante pour retourner chez Qay, riant comme des adolescents qui auraient vandalisé la maison du voisin. Qay eut du mal à faire tourner sa clé dans la serrure tellement sa main tremblait de froid et d'excitation. Le souffle chaud de Jeremy sur sa nuque ne l'aidait pas vraiment à se calmer.

Une fois à l'intérieur, Qay passa le premier et descendit vers son sous-sol. À peine entré, il sortit d'un placard des assiettes et des couverts tandis que Jeremy posait les plats sur la table. Enivrés par leurs hormones en folie, ils en avaient beaucoup trop pris et Qay aurait de quoi manger toute la semaine. Ils remplirent leurs assiettes de curry et de riz, puis s'assirent sur le canapé pour manger.

— Je ne suis pas certain que s'empiffrer avant de baiser soit une bonne idée, protesta Qay.

Tout en parlant, il engouffrait la nourriture dans sa bouche. Jeremy pointa sur lui sa fourchette.

— Nous avons besoin de calories. Ça donne de l'endurance.

Depuis sa rencontre avec Jeremy, Qay mangeait beaucoup plus qu'avant. Peut-être devrait-il penser à faire de l'exercice pour compenser tout ce qu'il ingurgitait. Il se rendait à son travail en partie à pied et sa nervosité chronique consommait pas mal d'énergie, mais quand même. Contrairement à Jeremy, il ne courait pas, il n'allait pas en salle de gym.

Pendant quelques minutes, Qay se concentra sur son *pad gra prow*. Quand il releva les yeux, Jeremy le regardait avec une faim qui n'était pas destinée à la nourriture.

— J'aime te regarder manger, dit Jeremy, d'une voix éraillée.

— Pourquoi ?

— Parce que j'imagine ce que tu pourrais faire d'autre avec ta bouche. Je me demande aussi quel goût tu as.

Qay posa son assiette sur la table.

— Je pense que nous avons fini. Je vais juste prendre le temps de ranger et de nettoyer...

Il n'avait pas encore trouvé de cafards dans cet appartement, mais mieux valait ne pas tenter le sort en laissant traîner de la nourriture. De plus, il préférait se donner le temps de se calmer un peu, sinon, il risquait de se consumer dès que Jeremy poserait la main sur lui.

Jeremy l'aida à mettre les restes au frigo et à rincer la vaisselle, puis il usa de sa stature pour plaquer Qay contre le comptoir de la cuisine.

— Un avant-goût, souffla-t-il.

Il se pencha et caressa de sa langue le cou de Qay. Si ce dernier n'avait pas été maintenu en position par le corps plaqué contre lui, ses genoux auraient sans doute lâché.

— Merde, grogna-t-il.

— Oui.

Les pupilles dilatées de Jeremy mangeaient presque entièrement ses iris gris et son regard était devenu incandescent. Une légère rougeur lui marquait les pommettes. Qay avait rarement vu une telle fébrilité chez un homme sobre.

Mais alors, Jeremy recula un pas – vacillant presque – et se passa les doigts dans les cheveux.

— Dis, c'est toujours comme ça pour toi ?

Qay secoua la tête.

— Non. Jamais.

— Nous... Il faut que nous comprenions ce qui se passe. Je connais les hormones, les neurotransmetteurs et ce qui fait réagir un corps. Et toi, tes profs t'ont appris la philosophie et ce qui rassemble les gens, pas vrai ? Et tu connais aussi la psychologie de l'attraction ? Alors, qu'avons-nous au juste ?

— Je ne sais pas. Je ne saurais pas le nommer.

Oh, si, il pouvait, mais y croire déjà serait d'une totale stupidité.

— Même autrefois, à Bailey Springs, nous nous connaissions à peine, et nous ne sommes plus au Kansas... Bon sang ! Ni toi ni moi ne sommes plus les enfants d'autrefois.

Qay y réfléchit un moment.

163

— Peut-être que si. Du moins un peu. Tu disais que le petit nerd qui se faisait emmerder par tout le monde était toujours en toi. Et moi, je reste cet inadapté boudeur et solitaire.

Il eut un petit rire tremblant et ajouta :

— En fait, je n'ai pas tellement changé. D'un côté, je suis plus que l'était Keith, de l'autre, moins, mais il est toujours là.

Ça, jusqu'à ce jour, il n'avait jamais pu le reconnaître en son for intérieur, alors, ne parlons même pas de l'admettre à voix haute. Cela aurait dû le terrifier, mais c'était plutôt un soulagement. Peut-être avait-il un peu regretté d'avoir tué Keith.

Après une pause, Jeremy enchaîna :

— Est-il vraiment nécessaire de comprendre ce que nous avons ? Si c'est réel, ça me suffit. C'est bien réel, hein ?

— Oui… Sauf si je délire une fois encore.

Quand Jeremy avança vers lui, Qay l'arrêta, le bras tendu, la paume posée sur sa poitrine.

— Attends. Je t'en ai déjà parlé, mais il faut aussi que tu voies.

Il commença à déboutonner sa chemise. Ses mains tremblaient si fort que la tâche lui était difficile. Jeremy voulut l'aider, mais Qay repoussa sa main.

À ses yeux, un des avantages de vivre à Portland était de pouvoir porter des manches longues toute l'année. Même quand la météo était clémente, sa tenue n'attirait pas l'attention. Sa peau était un secret qu'il préférait ne pas exposer. Même lui n'aimait pas se regarder de trop près.

Quand il eut terminé, il laissa tomber sa chemise jusqu'à terre et retira le tee-shirt blanc qu'il portait en dessous. Il resta planté là, les bras légèrement écartés, conscient de ce que Jeremy voyait : un torse maigre et osseux, une peau blême, une toison noire qui commençait à grisonner. Et des cicatrices, dont la plupart venaient de son plongeon dans la rivière Smoky Hill. Il avait aussi d'affreux tatouages, chacun d'eux symbolisant quelque chose qu'il avait cru important alors qu'il était shooté, ou ivre, ou frénétique. Malheureusement, redevenu sobre, ces ratages ne représentaient plus rien pour lui. D'innombrables petits cratères et marques boursoufflées s'étendaient aussi à l'intérieur de ses coudes et avant-bras.

Jeremy ne grimaça pas, ne recula pas, ce qui déjà surprit Qay. Le regard gris le parcourut lentement de haut en bas, comme une scène de crime à analyser à la recherche d'indices.

— J'ai déjà vu des toxicos, déclara Jeremy à mi-voix. Quand j'étais flic, j'ai eu affaire à eux et ça m'arrive encore en étant ranger. Je connais les traces que laissent des seringues, les tatouages qu'on reçoit en prison et je...

Qay croisa les bras sur sa poitrine et se voûta.

— Donc, tu n'as pas besoin de me regarder.

— Si tu me laissais terminer, hein ? dit Jeremy en se rapprochant.

Il saisit doucement le bras de Qay avec ses grosses mains chaudes et enchaîna :

— Ce n'est pas un drogué que je vois quand je te regarde. C'est toi, Qayin Hill, un homme fascinant qui m'a attiré jusqu'à l'obsession bien plus vite que je l'aurais cru possible.

Une partie de la peur qui faisait trembler Qay s'apaisa, surtout parce que le visage de Jeremy expirait une totale sincérité. Et un désir incendiaire. Mais Qay tenait à ne rien laisser caché pour que ses rapports avec cet homme parfait soient aussi satisfaisants que possibles.

— Tu ne m'as même pas interrogé sur le sida.

Une fois de plus, Jeremy ne tressaillit pas.

— Toi non plus.

— Peuh ! Tu es le Captain Caféine. Aucun virus mortel n'oserait s'en prendre à toi ! Mais moi, j'ai fait toutes les conneries à ne jamais faire. J'ai baisé avec n'importe qui sans protection, j'ai utilisé des aiguilles non stériles pendant des années, Jeremy.

Il eut un rire amer et ajouta :

— Savais-tu que le CDC [23] a fait la liste des populations les plus vulnérables au HIV, eh bien, je suis dans presque toutes !

— Et tu te soignes, Qay ? Tu suis un traitement ?

Merde. Tout en parlant, Jeremy s'était rapproché de lui. Il prit le visage de Qay en coupe et le regarda dans les yeux.

Qay se sentait complètement idiot.

— Euh, non, déclara-t-il. Je suis négatif. Je ne sais pas pourquoi, mais je n'ai rien attrapé. Dieu avait peut-être compris que c'était une nouvelle forme de suicide, alors, pour m'emmerder, il m'a laissé vivre.

Jeremy poussa un long soupir tremblant.

— Alors, tu n'es pas...

_____

23 *Centers for Disease Control and Prevention,* service fédéral américain pour le contrôle et la prévention des maladies.

— Non. J'étais négatif les dernières fois où j'ai été testé et je n'ai plus couché depuis lors. Mais si j'étais positif…

Jeremy l'interrompit d'un long et intime baiser.

— Je serais désolé, dit-il en relevant la tête. Et j'aurais peur pour toi, mais ça ne m'arrêtait pas. Je continuerais à insister pour que tu couches avec moi. On peut y aller maintenant ? S'il te plaît ?

Qay frissonna quand une grande main chaude se referma sur la sienne. Puis il redressa les épaules, regarda Jeremy dans les yeux et acquiesça.

— Oui.

XVI

Peu après leur rencontre, Jeremy avait envisagé la possibilité – non, la *probabilité* – que Qay soit séropositif, une perspective qui l'avait terrifié. Se souciant peu de sa vie et de ce qu'il en advenait, Qay n'avait certainement pas pris les précautions d'usage et Jeremy ignorait les avantages santé auxquels l'ex-toxicomane avait eu accès. Encore aujourd'hui, Qay mangeait mal, il traînait sous la pluie et il était souvent stressé et épuisé, pris entre ses horaires de travail et ses cours universitaires.

Alors, apprendre que Qay était négatif avait bien failli lui faire verser des larmes de soulagement. Il s'était cependant retenu, car pleurer aurait pu gâcher l'ambiance, d'ores et déjà assombrie. Et ça, Jeremy s'y refusait formellement. Donc, il laissa un Qay, torse nu, l'entraîner vers la chambre. En voyant le lit fait avec une netteté militaire, il ne put retenir un demi-sourire.

— Super bien fait, ce lit, fit-il remarquer.

Qay rougit.

— On apprend quelques trucs utiles à l'hôpital, surtout quand on y reste aussi longtemps que moi.

Jeremy s'apprêtait à répondre quand il se souvint d'autre chose.

— Ne bouge pas ! jeta-t-il à Qay.

Tournant les talons, il retourna au salon où il avait laissé son blouson traîner sur le canapé. De la poche intérieure, il sortit un petit sac en papier. De retour dans la chambre, il renversa son sac sur le lit. Une douzaine de préservatifs en tombèrent, ainsi qu'un grand flacon de lubrifiant.

Les yeux écarquillés, Qay fixait le tas coloré.

— Je ne crois pas être le Captain Caféine, indiqua Jeremy, mais M. Sécurité, ça, oui, sans aucun doute.

Et c'était vrai. Même durant ses deux relations longue durée, il avait toujours insisté pour rester couvert. Dans le cas de Donny, au moins, la décision s'était avérée judicieuse, vu que cet enfoiré trompait régulièrement Jeremy.

Qay éclata d'un rire qui le rajeunissait. Il ouvrit le tiroir d'une de ses tables de nuit – dépareillées – et en sorti une grosse poignée d'emballages alu et *deux* petits flacons de lubrifiant, aux parfums différents. *Il est mieux préparé que moi*, pensa Jeremy, amusé.

— Je suis allé les acheter l'autre jour, précisa Qay.

— Apparemment, nous sommes tous deux dotés du même optimisme, répondit Jeremy, riant à son tour.

Quel plaisir de pouvoir plaisanter, de se sentir insouciant et impatient de profiter du moment présent !

Il y songeait encore quand Qay le surprit avec un baiser dévorant. Non seulement il lui enfonça la langue dans la bouche, mais il lui mordilla aussi la lèvre inférieure avant de caresser des lèvres sa mâchoire rugueuse de barbe.

Puis Qay se blottit contre Jeremy en tremblant.

— Ça fait tellement, tellement longtemps !

Combien de temps ? se demanda Jeremy, sans réellement vouloir le savoir. Il décida que ce soir, il ferait oublier à Qay toutes les injustices que la vie lui avait infligées… temporairement, au moins.

Il lui caressa lentement le dos, réchauffant par son contact la peau glacée. Qay se pressa davantage contre lui et enroula les bras autour de son torse. Ils n'avaient pas enlevé leur jean, mais Jeremy sentait le sexe érigé de Qay contre le sien. Quand Qay frotta son visage entre le cou et l'épaule de Jeremy et inhala fortement, ce dernier se rappela d'avoir marché tout l'après-midi dans Forest Park.

— Oh, merde ! Tu veux que je prenne une douche ?

— Dieu, non ! Tu sens si bon… les pins, la pluie et le citron vert.

Comme pour prouver la véracité de ses dires, Qay lui lécha le cou, s'attardant sur la veine où le pouls battait.

Bon sang. Jeremy en voulait davantage, du contact peau à peau. Il tenta de retirer son sweater sans lâcher Qay… et réalisa vite que c'était impossible. Ils finirent par s'emberlificoter l'un contre l'autre, morts de rire. Puis Qay aida Jeremy à faire passer son vêtement par-dessus sa tête et le laissa tomber à terre. Il s'attaqua ensuite aux boutons de la chemise que Jeremy portait sous son sweater. Quand il trouva dessous un tee-shirt, il s'impatienta :

— Non, mais c'est pas vrai ! Tu es pire qu'un oignon ! Combien as-tu de couches de vêtements ? Si je continue à te déshabiller, j'ai peur qu'il ne reste plus rien de toi, tu sais, comme la minuscule poupée qu'on trouve à l'intérieur d'une matriochka.

— Non. Après le tee-shirt, c'est fini pour le haut. Il restera le bas.

Une fois torse nu tous les deux, ils se collèrent l'un à l'autre, savourant leur connexion. Qay se remit à lécher Jeremy au cou, à la clavicule, à l'épaule. Quand il arriva au mamelon, Jeremy poussa un gémissement.

— Je suis… euh, sacrément sensible de là.

Qay le regarda avec un sourire ravi.

— Vraiment ? C'est bon à savoir, je vais vérifier…

Quand il mordilla la petite crête érigée, Jeremy sentit ses genoux vaciller. Il repoussa doucement la tête brune.

— Je suis très sensible, répéta-t-il. Si tu continues, ce sera fini avant d'avoir commencé

— Sans blague ? Tu peux jouir rien qu'avec des caresses à cet endroit-là ?

Il pinça doucement le mamelon pour accentuer la formule « cet endroit-là ». Jeremy renversa la tête avec un cri étranglé.

— Aaah !

— C'est dingue !

Jeremy était prêt à supplier Qay, mais sans trop savoir au juste ce qu'il allait dire : « encore » ou « arrête » ? Avec un grognement d'impatience fiévreuse, il détacha sa ceinture, descendit sa fermeture éclair et fit glisser sur ses cuisses son jean et son boxer. Son sexe libéré heurta le ventre plat de Qay. Ce dernier gémit, ce dont Jeremy se réjouit.

— C'est fairplay, reconnut Qay.

Il recula et retira les vêtements qui lui restaient pendant que Jeremy faisait la même chose. Ensuite, le silence retomba… ils regardaient mutuellement. C'était étrange. Jeremy savait avoir hérité de bons gènes et ses heures passées en salle de gym l'avaient rendu raisonnablement attrayant. On le lui avait dit à plusieurs reprises et il avait lu la satisfaction sur le visage des amants qui découvraient son corps pour la première fois, le désir faisant briller les yeux posés sur lui. Pourtant, constater qu'il plaisait continuait à le surprendre. Parfois, quand il se tournait vers son reflet dans un miroir, il était étonné de ne pas y trouver un petit nerd rondouillard.

Adolescent, Keith Moore avait été dégingandé, avec de longs membres et des épaules larges, mais osseuses. Adulte, il avait encore une silhouette adolescente, son corps n'ayant ni épaissi ni forci. Il était noueux, musclé, compact, avec une peau pâle et souple et un sexe érigé qui jaillissait d'un nid de boucles noires. En dépit des tatouages ratés, des marques d'aiguilles et autres cicatrices, Qay était si beau que le cœur de

Jeremy se mit à palpiter. Toutes ses terminaisons nerveuses électrifiées se concentraient sur cet homme hors du commun.

L'heure n'était plus aux paroles, encore moins aux phrases cohérentes. Les deux amants n'émirent que des sons rauques, des cris inarticulés, des gémissements, des mots parfois – *oui… s'il te plaît… encore… merde !* Les préservatifs et les trois flocons de lubrifiant finirent par rouler sur le sol, le lit soigneusement fait devint vite un champ de bataille aux draps enchevêtrés et moites. La chambre était fraîche, mais leurs deux corps brûlaient de passion.

Jeremy avait pris soin de préparer Qay à sa pénétration. Pourtant, l'orifice dans lequel il s'enfonçait lui parut incroyablement serré. Le long cou de Qay était renversé, tendre et vulnérable, la tête creusait l'oreiller, le souffle était erratique. Mais ses talons étaient plantés dans les reins de Jeremy, l'exhortant à aller plus vite, plus profond. Malgré la sensation glorieuse de son sexe pris dans un étau de soie, accueillant et brûlant, Jeremy restait sensible à d'autres stimuli. Les cheveux noirs et raides qui tranchaient sur la blancheur de l'oreiller, les yeux noisette intensément fixés sur lui, les soupirs de Qay, ses grognements, ses gémissements, sa peau si douce contre la sienne, les odeurs de sueur, de sexe et de forêt. Jeremy sentait son orgasme monter. Jusqu'à présent, Qay s'était caressé au rythme de ses coups de reins. Jeremy posa une main sur celle que Qay crispait sur son sexe et bougea avec lui. Contre ses jointures, la peau du ventre de Qay était lisse et tendre, sensation qui fit basculer Jeremy dans le gouffre du plaisir.

Qay jouit juste après lui, avec une violence qui parut lui couper le souffle, et son sperme chaud les éclaboussa tous les deux.

Jeremy n'avait aucune envie de sortir du corps de Qay, mais quand il finit par le faire, il se découvrit sans forces. Il roula sur le dos et chercha à retrouver sa respiration. Qay se chargea du nettoyage : il jeta le préservatif usagé dans une corbeille en plastique, passa dans la salle de bain et en revint avec une serviette humide pour essuyer Jeremy. Il semblait nerveux et concentré sur sa tâche, comme si avoir les mains occupées l'empêchait de réfléchir.

Jeremy lui prit le poignet.

— Reviens te coucher, s'il te plaît. J'ai oublié de te prévenir : j'aime les câlins après l'amour.

— Ça ne m'étonne pas, souffla Qay avec un sourire.

Il éteignit la lumière, près de la porte, et tenta de retrouver le lit dans le noir. Il aurait réussi s'il n'avait pas dérapé sur les emballages de préservatifs répandus sur le sol. Il perdit l'équilibre et bascula sur Jeremy.

Ce dernier l'attrapa et le serra fort. Avec un rire détendu, ils tentèrent d'arranger draps et couvertures autour d'eux. Enfin, Jeremy avait Qay exactement où il le voulait : contre lui et dans ses bras.

Il enfouit son nez dans les cheveux noirs.

— Tu sens bon aussi, déclara-t-il.

— C'est un des trucs que j'aime bien dans mon boulot : les fenêtres, ça ne pue pas. J'ai travaillé un temps dans un abattoir à volailles. Quelle horreur ! Il m'a fallu des mois pour oublier cette odeur. Et quand j'étais dans une usine de recyclage, c'était encore pire.

— Ce soir, tu sens le sexe et la nourriture thaïe. Un mélange bizarre, mais très agréable.

Avec un petit rire, Qay ajusta son corps contre celui de Jeremy, couché derrière lui, si chaud, si solide. Jeremy eut un frémissement : il n'était plus un ado qui récupérait à toute vitesse ni un superhéros aux pouvoirs sexuels surhumains, mais ce cul rond et ferme contre son sexe commençait à le faire réagir. Il y aurait un second round, se promit-il. Plus tard. Après quelques heures de sommeil.

Il bâilla bruyamment. Qay le fit aussi, avant de rire.

— Nous sommes de vrais papys !

Jeremy embrassa la nuque fragile à portée de ses lèvres. Le sexe avait été fantastique, mais l'abandon confiant de Qay contre lui était encore meilleur.

— Je m'en fiche. J'ai dépassé l'âge des folies. Papy ou pas, c'est toi que je veux.

Qay émit un bruit de gorge qui pouvait signifier son accord ou son scepticisme.

Bien au chaud et baignant dans un bienheureux état post-orgasmique, il restait tendu comme un ressort, prêt à jaillir du lit à la moindre occasion. En même temps, il reposait dans les bras de Jeremy comme s'il ne comptait plus jamais en partir.

Avec un choc intérieur, Jeremy comprit soudain que Qay éprouvait toujours cette ambivalence : désir de stabilité, de confort et d'affection, mais aussi crainte que rien ne soit réel ou durable. Eh bien, son rôle serait de lui prouver le contraire. Des émotions positives finiraient bien par chasser les peurs ancrées depuis trop longtemps.

— Je suis content d'avoir attendu, déclara Qay d'une voix ensommeillée. Ça valait le coup.

— Ça, c'est sûr.

Jeremy caressa doucement le bras de Qay sur toute sa longueur, puis le torse, le flanc, le ventre tendre. Qay se détendit un peu et sa respiration se régularisa.

Alors que Jeremy le croyait endormi, Qay se mit à parler :

— Tu connaissais la maison Diegleman ?

De prime abord, Jeremy ne trouva aucun sens à cette question surprenante. Mais très vite, un vieux souvenir émergea de sa mémoire.

— À Bailey Springs ?

Il sentit Qay bouger la tête.

— Oui.

— L'endroit était censé être hanté, non ?

— Oui, quelle foutaise ! C'était juste une vieille ferme en ruines abandonnée depuis... bien avant notre naissance, je pense.

Les sourcils froncés, Jeremy chercha à se souvenir.

— Je me souviens juste d'un champ.

— Oui, ils ont détruit la maison après...

Qay déglutit bruyamment, puis enchaîna :

— Les ados y allaient pour boire, fumer ou baiser, mais ça, c'était quand nous étions tout petits. La ferme datait des temps anciens, quand les gens vivaient en autarcie. À huit ou neuf ans, je passais beaucoup de temps là-bas, à fouiller les décombres. J'y trouvais des tas de trucs intéressants, des vieilles boîtes, des bouteilles. Un jour, j'ai même déterré un tas de pièces caché dans une boîte à café.

Il garda un moment le silence, ce qui donna à Jeremy l'occasion d'imaginer un très jeune Keith Moore aux cheveux noirs, maigrelet, qui creusait la terre et les ruines d'une vieille maison à la recherche d'un trésor. L'image le fit sourire, tout en lui serrant aussi la gorge, car à huit ou neuf ans, Keith n'aurait-il pas dû s'amuser avec d'autres enfants ?

— La plupart du temps, reprit Qay, j'apportais un livre et je m'y plongeais. Parfois, je faisais une esquisse sur mon carnet à dessin. Les autres enfants, plus âgés, ne venaient qu'à la nuit tombée, alors, l'endroit m'appartenait durant la journée. C'était... tranquille. Avais-tu aussi un refuge de ce genre ?

172

— Oui, ma chambre. Pendant les week-ends et les vacances, j'y passais toutes mes journées. Je ne descendais que pour les repas. Ma mère me laissait faire.

En fait, elle semblait même soulagée que Jeremy soit capable de s'amuser seul. Quand son père rentrait du travail, il s'énervait parfois de cette réclusion, traitant Jeremy de paresseux et exigeant qu'il sorte prendre l'air, pour changer. Aucun de ses parents n'ayant jamais levé la main sur lui, il n'avait pas éprouvé le besoin de quitter sa maison pour se sentir en sécurité.

Qay hocha de la tête et frissonna. Jeremy devina que ce n'était pas à cause du froid et resserra l'étreinte de ses bras.

— Je n'étais pas censé aller là-bas, déclara Qay. C'était à un kilomètre à peine de la maison, à condition de suivre la voie ferrée, mais mes parents nous l'avaient interdit. C'était trop dangereux, prétendaient-ils. Je ne sais pas pourquoi ils avaient cette idée loufoque, mais il était rare, à la maison, qu'on nous explique les raisons de certains diktats. Dons, je n'en tenais pas compte et j'y passais tout mon temps. Je faisais même des rêves idiots : quand je serais grand, j'achèterais la maison Diegleman, je la réparerais et j'y vivrais. J'avais choisi la couleur de la peinture des murs, les chiens que j'aurais, leur nombre, leur race... ce genre de conneries.

Il paraissait si jeune et mélancolique ! Jeremy ne savait quoi faire pour le réconforter, à part le serrer fort pour lui rappeler qu'il n'était pas tout seul.

Qay trembla encore, bien plus fort cette fois.

— C'était au mois août, j'avais douze ans. La journée était absolument torride, comme souvent en été... tu te rappelles ? L'air était épais, lourd et oppressant. Si j'avais réfléchi, je serais resté tranquille à la maison où il y avait la climatisation. Mais c'était un samedi et mon père... la canicule le mettait d'humeur exécrable. Merde, *tout* le mettait d'humeur exécrable. Alors, je suis allé à la maison Diegleman, j'ai lu et j'ai beaucoup transpiré. En fin d'après-midi, des nuages sombres se sont amassés à l'ouest, mais je n'ai pas bougé. Je les avais vus, pourtant, mais je me croyais à l'abri dans cette vieille bâtisse. Au pire, je savais qu'il y avait un abri anti-ouragan. En général, je préférais éviter d'y entrer : c'était plein d'énormes araignées.

Jeremy se souvint des tempêtes au Kansas. D'abord, le ciel s'assombrissait à l'ouest jusqu'à ce que les nuages deviennent d'un violet presque noir. Tout le monde alors savait que l'ensoleillement ne durerait pas. Très vite, la température baissait, un étrange silence tombait sur la terre.

Le ciel devenait d'un vert irréel. Quand l'orage arrivait enfin, accompagné de tonnerre et de pluie, Jeremy était bien content d'être à l'abri, avec un toit solide au-dessus de sa tête. Ces orages d'été étaient effrayants, bien sûr, mais aussi follement excitants, comme un feu d'artifice, un spectacle en sons et lumières, avec un fracas de fin du monde qui secouait jusqu'à la moelle des os.

Bon sang. Couché à Portland dans l'obscurité d'un appartement au sous-sol, il revoyait les orages de son enfance éclairer le plafond noir.

Qay ne disant plus rien, Jeremy demanda :

— Alors qu'est-ce que tu as fait ? Tu es resté à la ferme ?

— Oui, répondit Qay dans un long soupir tremblé. Mes parents ont entendu à la radio les prévisions météo, alors ils ont envoyé mon frère à ma recherche. Lui, il n'était jamais allé à la maison Diegleman, c'était interdit et Kevin ne désobéissait jamais aux ordres reçus.

Son frère. Oh, merde. Un autre ancien souvenir titilla la mémoire de Jeremy… Il avait eu deux garçons Moore. Il se rappela d'un drame dont on ne parlait qu'à voix basse.

— Quelques semaines plus tôt, enchaîna Qay, Kevin avait fêté ses quatorze ans. Nos parents lui avaient offert un walkman. Tu te souviens de ces vieux trucs ? C'était le premier walkman de Bailey Springs, sinon de tout le Kansas. Kev se prenait pour un vrai caïd. Il ne le quittait jamais. Putain !

Une autre pause, un autre frémissement qui devint vite une agitation fébrile secouant Qay des pieds à la tête, comme s'il avait un delirium tremens. Jeremy tenta de la calmer, presque certain de ne jamais savoir la fin de cette histoire. Puis Qay prit une profonde inspiration.

— De chez nous, chuchota-t-il, d'une voix cassée, il y avait deux façons d'arriver à la maison Diegleman. Par la route, c'était deux fois plus long, alors, mieux valait couper à travers champs et suivre la voie ferrée. Et Kev était pressé de me récupérer parce que les nuages devenaient menaçants. Il aurait dû rester sur le talus, mais en plein mois d'août, les mauvaises herbes qui avaient poussé s'accrochaient sans doute à ses mollets. Alors, il a préféré marcher sur les rails.

Oh. *Oh, merde !*

— Qay…

— Il n'a pas entendu arriver le train. D'après le conducteur, Kev n'a même pas tourné la tête pour regarder derrière lui. Il portait son foutu walkman aux oreilles, il était perdu dans sa musique, je suppose.

Connaissant Bailey Springs et ses environs, Jeremy n'eut aucun mal à imaginer la scène : un adolescent marche sur les rails, écoutant Bruce Springsteen ou Bob Seger. Derrière lui, la locomotive jaune sort de la courbe à toute allure. Quand le chauffeur voit le gosse devant lui et tire sur son sifflet, il est déjà trop tard.

Le cœur au bord des lèvres, Jeremy préféra repousser cette image. Puis une réalisation le frappa de plein fouet.

— Qayin. Caïn. Merde, Qay. Tu n'as pas tué ton frère !

Il fut surpris de constater que sa voix chevrotait.

— C'est ce que les psys m'ont dit eux aussi. Mais c'est à cause de moi que Kevin est mort. Je le sais. Et mes parents le savaient aussi, ils me l'ont clairement montré.

— Tes parents...

— Avant la mort de Kev, papa n'était pas facile, surtout quand il avait bu, mais ça n'arrivait que le week-end. Et le pire qu'il me faisait était de me gifler pour m'éjecter de son chemin. Et quand il devenait violent, maman s'occupait en général de moi. Oh, elle ne tentait pas de l'empêcher de me frapper, mais après, elle me donnait un pack de glace pour atténuer la douleur, ou une sucrerie pour me consoler. Après la mort de Kev... papa s'est mis à boire tous les soirs. Et il me frappait beaucoup plus fort.

Qay eut un rire sans humour.

— Une chance pour moi qu'il soit médecin, hein ? Comme ça, j'étais soigné sans attendre quand j'avais pire que des bleus.

Avait-il connu Keith à ce moment-là ? se demanda Jeremy. Il n'arrivait pas à s'en souvenir, mais il voyait souvent le Dr Moore en ville. Sa grand-mère était l'une de ses patientes. Un jour que Jeremy l'avait accompagnée à une consultation, le Dr Moore, en le voyant dans la salle d'attente, lui avait donné une sucette. Bon sang, pourquoi Jeremy n'avait-il pas réalisé que l'homme était un tordu ? Qay n'avait personne à qui parler des abus qu'il subissait, Jeremy aurait pu...

En reprenant son récit, Qay coupa court à ses réminiscences.

— Maman aussi a changé. La mort de Kev l'avait détruite. Elle continuait à présider ses clubs et ses œuvres caritatives, mais seulement parce que papa la droguait jusqu'aux yeux. À la maison, chaque fois qu'elle me croisait, elle détournait la tête.

Plus pour lui que pour Qay, Jeremy répéta :

— Tu n'as pas tué ton frère.

Qay continua comme s'il n'avait rien dit :

— Je comprends la dépendance, je comprends la maladie mentale. Seigneur, je les comprends mieux que personne ! Je les ai vécues, je les ai toujours connues. Mais ça n'excuse pas le comportement de mes parents... Moi, au moins, mes problèmes n'ont jamais nui aux autres. La seule vie que j'ai foutu en l'air, c'est la mienne.

Oh. Voilà une autre raison expliquant la méfiance de Qay à se laisser approcher : il craignait de blesser ceux qui lui étaient chers. Ça, même Jeremy était capable de le discerner.

— Tu n'es pas comme eux, affirma-t-il. Tu as eu des problèmes, d'accord, mais ça ne signifie pas que tu es...

— Comme Donny ? Regarde un peu dans quel merdier il t'a mis !

À son tour, Jeremy soupira.

— Tu n'es pas Donny non plus. Et je suis un grand garçon ! Je suis capable de me débrouiller !

— Tu n'es pas aussi fort que tu le crois, Captain Caféine. Chaque superhéros a sa kryptonite.

Ce n'était pas le bon moment d'entamer une discussion, aussi Jeremy évita-t-il d'insister. Mais quand même, il était *fort*. Il avait œuvré sacrément dur pour devenir solide et baraqué. Il serra Qay un peu plus fort, juste pour lui rappeler l'importance de sa musculature.

— Je ne me souviens pas des funérailles de mon frère, enchaîna Qay. Pas de l'église en tout cas, tout reste flou, mais je me revois debout devant la tombe. Ma cravate m'étranglait et je transpirais dans mon costume. J'espérais fondre et disparaître dans l'herbe. Maman était froide comme la Reine des Neiges, et papa, on aurait cru une statue de granit. Ils ne m'ont pas accordé un regard. Ils enterraient le fils qu'ils auraient préféré garder.

— Bon sang, Qay...

— Ils me l'ont dit, plus tard. Tous les deux. *Ça aurait dû être toi.* Et personne... personne ne m'a réconforté. Mon frère était mort et personne ne m'a...

Il poussa un cri étranglé, plus un gémissement qu'un sanglot. Jeremy en eut le cœur brisé. Exhortant doucement Qay à rouler sur lui-même, il cacha le visage bouleversé contre son épaule et étreignit très fort le corps frissonnant. Qay hoquetait, mais il ne pleurait pas. Et il s'accrochait désespérément à Jeremy.

À l'intérieur de chaque homme vit le petit garçon qu'il a été autrefois. Peu importe la taille de l'adulte et les kilomètres parcourus. Peu importe la hauteur du pont duquel il a sauté.

Jeremy caressait le dos de Qay en cercles apaisant. Après un certain temps, la nature de leur étreinte changea. Qay bougea la tête pour lécher et sucer la peau de Jeremy, qui laissa glisser ses mains jusqu'aux fesses fermes. Manifestement satisfait de la tournure que prenaient ses pensées, Qay se frotta à lui, avant de concentrer ses caresses sur les mamelons de Jeremy. Peut-être ces petites crêtes sensibles étaient-elles sa kryptonite, pensa Jeremy, parce que ses intentions virèrent brusquement du réconfort au désir.

Cette fois, ils n'eurent pas besoin de préservatif, car il n'y eut pas pénétration. Des lèvres, de la langue et des dents, Qay s'occupa du torse de Jeremy tandis que leurs bas-ventres ondulaient l'un contre l'autre, leur sexe se caressant mutuellement. Leur précédent orgasme était encore récent, mais ils trouvèrent très rapidement le plaisir. Qay fut le premier à jouir, sans pour autant cesser de titiller Jeremy, qui cria à son tour en éjaculant.

Ils s'endormirent peu après dans les bras l'un de l'autre, la peau poisseuse de sperme séché, les jambes enchevêtrées.

XVII

JEREMY SE réveilla, légèrement désorienté, en sentant une odeur de café. Qay se tenait à côté du lit, une tasse fumante à la main. Il portait un pantalon de flanelle bas sur les hanches et un tee blanc qui moulait sa poitrine.

— Debout, bel endormi.

— C'est le matin ? demanda Jeremy.

Dans cet appartement en sous-sol, c'était difficile à deviner.

— Oui. Ne dois-tu pas aller travailler ?

Travailler ? Merde. C'était lundi, non ? Jeremy n'avait pas pensé à brancher l'alarme de son téléphone la veille. Il ne savait même pas où était son appareil. Il l'avait jeté avec ses vêtements. Au départ, il avait eu l'intention de prendre sa journée, avant de se raviser : avec les congés qui approchaient, il avait beaucoup à faire. Encore ensommeillé, il fit l'effort de s'asseoir. Il accepta le café avec un sourire reconnaissant, puis il nota les chiffres rouges d'un ancien radio-réveil posé sur la table de chevet de Qay.

— Merde. Il est presque huit heures !

— J'ai bien pensé à te réveiller plus tôt, mais tu es trop mignon quand tu dors. Et j'aime t'avoir dans mon lit.

Jeremy ne put retenir un sourire.

— J'aime aussi y être, mais si je ne file pas très vite, je ne partirai jamais.

Qay afficha un air lubrique.

— Si je vois ton cul, je ne te laisserai pas partir.

— Deux fois en une nuit, ça ne t'a pas suffi ?

— Après une aussi longue période d'abstinence ? Sûrement pas.

Jeremy avala quelques gorgées de son café au lait sucré et trop chaud, et retint une grimace : il n'était certainement pas comparable à celui de Rhoda.

— Une longue période, c'est-à-dire ?

Un sujet un peu douloureux sans doute, mais moins que l'évocation des souvenirs d'enfance de Qay.

Ce dernier tressaillit et détourna les yeux.

— Presque sept ans.

— Sept ans ? *Sept ans ?* Oh, l'enculé !

— Non, justement pas, ricana Qay.

— Mais comment as-tu…

— Je sais comment me masturber, Jeremy. Je suis même devenu un expert, en fait.

Jeremy secoua la tête.

— Ce n'est pas pareil. Même pas un petit coup rapide ? Un plan cul ?

Son étonnement semblait amuser Qay.

— Même pas. Et si tu veux tout savoir, je n'ai embrassé personne depuis que je suis clean, c'était il y a sept ans. Et ça ne m'a pas tué. Je n'ai pas exactement vécu comme un moine. J'ai regardé, hum, beaucoup de porno…

— Je sais que l'abstinence n'est pas une maladie mortelle. Mais je ne comprends pas *pourquoi*… Bon sang, Qay. Tu n'aurais eu aucun mal à trouver un partenaire. Tu es très beau.

Qay haussa les épaules.

— C'est faux, mais là n'est pas la question. J'ai beaucoup baisé étant jeune, parfois même en étant assez sobre ou sain d'esprit pour m'en souvenir après coup. C'était sympa, satisfaisant, euphorisant même, mais je pourrais dire la même chose de l'héroïne, de l'oxy ou des autres saloperies que j'ai ingérées. Et rien de tout ça ne me valait rien. C'était en train de me tuer.

Sans plus se soucier de s'ébouillanter le palais, Jeremy vida le reste de son café, puis se leva, nu, du sperme – le sien et celui de Qay – collé à la peau.

Qay ne protesta pas quand Jeremy l'étreignit.

— Je ne suis pas de l'héroïne, chuchota Jeremy à son oreille.

Avec un gloussement, Qay lui malaxa les fesses.

— Non, mais tu me tentes autant.

Jeremy finit par se doucher et partir travailler, mais pas avant d'avoir longuement embrassé son amant. Il aurait pu jurer qu'il garda toute la matinée son goût sur les lèvres.

LE MARDI fut sec, mais nuageux, avec un froid à geler les couilles d'un pingouin. Ce fut l'une des rares occasions où Jeremy regretta de travailler en plein air. Certes, il avait connu pire au Kansas, avec des températures bien au-dessous de zéro, mais étant à Portland depuis longtemps, il s'était accoutumé à un climat plus modéré.

179

Quand il traversa le South Park Blocks, sa respiration formait des petits nuages de vapeur autour de son visage. Il garda ses mains gantées dans les poches de sa parka. Il fut tenté de foncer tout droit jusqu'au café le plus proche pour se barricader à l'intérieur, mais il avait du travail, d'autant plus qu'il avait déjà perdu une heure ce matin à paresser dans le lit de Qay et qu'un week-end de quatre jours approchait.

Avec de telles conditions météorologiques, les seuls à errer dans un parc étaient les malades mentaux et les sans-abris, ceux qui ne réfléchissaient pas au danger du froid ou qui n'avaient nulle part où aller. C'étaient à Jeremy et à ses hommes de veiller à les mettre à l'abri, dans la mesure du possible. Pour certains, ils les reconduisaient chez eux, pour d'autres, ils tentaient de leur trouver de la place dans un refuge.

Jeremy aperçut une silhouette marcher lentement devant lui. Il soupira, avec le pressentiment que pour celui-ci, il lui faudrait plus qu'un appel téléphonique à un parent ou à un aide-soignant. De dos, il ne savait pas s'il s'agissait d'un homme ou d'une femme, mais la personne en question n'était pas suffisamment vêtue pour affronter le froid : vieilles pantoufles éventrées, jean déchiré et sweater informe bien trop grand. Les cheveux bruns pendaient tristement sur les épaules maigres.

Jeremy se hâta pour la rattraper. Une statue en bronze de Teddy Roosevelt le regardait du haut de son cheval alors qu'il s'approchait du SDF.

— Hé, dit Jeremy doucement.

Conscient que sa taille et son uniforme pouvaient intimider, il s'efforçait d'être le moins menaçant possible. L'homme – Jeremy le savait à présent – s'arrêta net, se retourna pour regarder Jeremy et vacilla. Quand il ouvrit la bouche, il exhiba ses dents noires et abimées. Pourtant, il n'avait même pas trente ans, d'après Jeremy, dix années de moins que Qay. Des plaies ouvertes marquaient le visage aux joues creuses.

— Il fait très froid aujourd'hui, reprit Jeremy. Auriez-vous un endroit où vous pourriez vous réchauffer ?

L'homme émit un grognement inintelligible. Jeremy parla plus lentement encore, d'un ton qui cherchait à calmer, à rassurer :

— Je ne suis pas policier. Je ne peux pas vous arrêter. C'est juste que je suis inquiet pour vous.

Plusieurs abris avaient des lits disponibles, il le savait, mais aucun n'accepterait un homme dans un tel état, physique et mental. Ce qui lui laissait peu d'options.

— Écoutez, je vais vous emmener à *Good Sam*. Ils veilleront sur vous et vous garderont au chaud.

L'hôpital ne serait pas ravi de recevoir un tel patient, mais au moins les urgentistes ne lui refuseraient pas leurs soins. Ainsi, le toxicomane ne mourait-il pas d'hypothermie ou d'une overdose dans les heures à venir.

— Non, dit l'homme.

Il se mit à marcher. Jeremy le retint par le bras. Furieux, le gars lui balança son poing dans la figure, un coup maladroit et mal ciblé, que Jeremy évita sans difficulté. En constatant son échec, le SDF se jeta sur lui comme un singe enragé, crachant et mordant, les ongles en avant.

Jeremy eut du mal à le maintenir sans lui faire de mal. Quand il lui attacha enfin les poignets – avec des menottes en plastique prévues pour des cas de ce genre que, par chance, il n'utilisait que rarement – Jeremy avait le visage égratigné et marqué de meurtrissures. Tenant toujours le SDF par le bras pour l'empêcher de filer, il réussit d'une seule main à sortir son téléphone pour appeler la police.

Quelques minutes plus tard, deux agents de patrouille se présentaient. Ils paraissaient absurdement jeunes, mais Jeremy les connaissait et ils étaient bons. Il fut soulagé de leur remettre le malheureux.

— Il n'est pas dangereux, déclara-t-il, mais il doit être en manque, ce qui le rend instable. Pourriez-vous le mettre au frais le temps qu'il se calme un peu ?

Les flics échangèrent un coup d'œil, puis hochèrent la tête à l'unisson. Le blond trapu fut leur porte-parole :

— Si vous voulez, chef. Mais en prenant des photos de votre visage et avec votre déclaration, je suis sûr que le procureur le ferait plonger pour agression.

— En quoi cela l'aiderait-il ? Ne vous donnez pas cette peine.

Les flics acquiescèrent, soulagés sans doute d'éviter de la paperasserie. Par un froid pareil, ils étaient certainement pressés de se mettre au chaud, quitte à passer à la prison la plus proche le temps de délivrer leur prisonnier.

— Allez-vous vous faire examiner par un médecin ? demanda le blond.

De son gant, Jeremy tapota sa joue sanguinolente.

— Non. Je vais désinfecter ça tout seul.

— D'accord. Joyeux Thanksgiving, chef.

— Vous aussi. Restez au chaud.

181

Il leur sourit, puis jeta un coup d'œil au prisonnier, voûté, muet, absent. Jeremy soupira.

Il retourna à pied jusqu'à son SUV, garé à plusieurs rues de là. Une fois à l'intérieur, il mit le moteur en marche, monta le chauffage et sortit de la boîte à gants le petit kit de premiers secours qu'il y gardait. À l'aide du rétroviseur central, il nettoya ses plaies et les enduisit d'antiseptique, puis fronça les sourcils en examinant son visage balafré. Pas terrible. Hum, peut-être était-il un peu trop porté à se soucier de son apparence. Serait-ce de la fatuité ?

Il resta assis un long moment à penser à celui qu'il venait d'envoyer en prison. Pauvre gars. Peut-être un jour se ferait-il aider et réussirait-il à devenir clean, mais pas aujourd'hui, et son avenir était plutôt sombre. Merde. Jeremy se frotta les joues – là où il n'était pas griffé. Même un jour comme celui-ci, s'il n'appréciait guère sa fonction au moins avait-il un endroit bien à lui. Bon, actuellement, c'était juste une chambre d'hôtel, mais il avait des amis qui se souciaient de lui.

À ce moment-là, bien évidemment, ses pensées se tournèrent vers Qay. Combien de fois s'était-il retrouvé tout seul, dans le froid ? D'après ce que Jeremy en savait, Qay avait passé deux décennies à passer d'un hôpital à l'autre, à se droguer pour oublier ses peurs et ses peines. Et si Jeremy l'avait croisé dans un parc au cours de ces années ? La situation se serait-elle conclue comme aujourd'hui, avec ce SDF ? Bon sang, rien que d'y penser lui donnait la nausée.

Il poussa un long soupir et vérifia l'heure. Encore deux heures avant que Qay sorte de son travail. Ce soir, au moins, Jeremy pourrait le garder au chaud.

EN LE voyant qui l'attendait devant l'usine de fenêtres, Qay ne parut ni surpris ni particulièrement ravi. Il approcha du SUV et ouvrit la portière-passager, mais sans se hisser sur le siège.

— Je peux rentrer chez moi tout seul. Ça fait longtemps que je suis autonome.

Jeremy fronça les sourcils. Qay portait une veste d'un cuir bien trop léger pour ces températures polaires.

— Je sais que tu *peux*, ce n'est pas pour autant que tu *dois* le faire. Allez, monte.

Pendant un moment, il crut que Qay allait refuser et dans ce cas, Jeremy n'était pas certain de sa réaction. Mais Qay venait de remarquer son visage. Il plissa les yeux.

— Qu'est-ce qui t'est arrivé ?

— Monte et je te raconterai tout pendant que nous dînerons.

Qay obtempéra, un peu à contrecœur. Jeremy essaya de cacher sa satisfaction en le voyant se pencher en avant et présenter ses mains gelées devant les bouches du chauffage – qui était à fond.

— C'est moi qui t'invite, annonça Qay d'un ton boudeur.

— Mais tu as déjà payé la dernière fois…

— *C'est moi.*

— D'accord.

Ils allèrent à Burgerville, où ils commandèrent un hamburger, des oignons en beignets et des frites de patates douces. Malgré le froid, Qay voulut aussi un milkshake à la citrouille.

Il tira bruyamment sur sa paille, avant de demander :

— Alors, explique-moi l'état de ton visage…

— Rien de grave. J'ai juste rencontré un homme mécontent de la façon dont je faisais mon travail.

Jusqu'ici voûté dans son siège, Qay se redressa brusquement.

— Quoi ? C'est un connard qui a attaqué ? Pourquoi diable s'en prendre à un ranger ?

Très calmement, Jeremy répondit :

— Parce qu'un toxicomane ne veut pas toujours qu'on cherche à l'aider.

— Oh.

Qay sembla se recroqueviller sur lui-même. Il baissa aussi la tête. Jeremy en profita pour récupérer son milkshake, dont il vola une gorgée avant de le reposer sur la table.

— Changeons de sujet, reprit-il. Comment s'est passé ton cours hier soir ?

Qay se rasséréna.

— Reynolds – c'est mon prof – a parlé à un de ses amis qui travaille au service des diplômes d'État. Ils vont peut-être me trouver une place pour le semestre de printemps, avec une bourse d'études.

— C'est fantastique ! Combien de cours auras-tu ?

— Je ne sais pas. Ça dépendra… D'abord, il me faudrait un ordinateur portable. Dans ce cas, je pourrais suivre certains cours en ligne et d'autres sur le campus. Je devrais pouvoir m'en payer un.

Jeremy se demanda si Qay serait *vraiment* furieux de recevoir un ordinateur portable comme cadeau de Noël. Oui, sans doute. Mais il avait encore quelques semaines avant le 25 décembre pour trouver le moyen de le lui faire accepter.

— C'est vraiment génial !

Qay repoussa ses cheveux de son visage.

— Et aussi terrifiant. D'après Reynolds, je peux passer un examen d'évaluation. Si je m'en sors bien, j'éviterais l'année propédeutique et j'obtiendrai une équivalence pour les UV d'enseignement général. Mais si je rate tout… c'est foutu.

— Tu as obtenu la note maximale à ton dernier examen, lui rappela Jeremy.

— Justement ! C'était un pur hasard, du genre qui ne reproduit pas deux fois. Un phénomène rare, comme la comète de Halley ou le feu de Saint-Elme !

— Non, mais écoute-toi ! Tes deux références démontrent des connaissances en astronomie et en météorologie. À moins qu'il s'agisse du film des Brat Pack ? Bref, c'est très impressionnant. Tu es intelligent.

Qay esquissa un sourire, puis secoua la tête.

— Je ne suis pas idiot, je le sais bien. C'est juste que j'ai parfois du mal à transférer ce que j'ai là-dedans, dit-il en se frappant la tempe, sur le papier. Des fois, ça sort n'importe comment, dans le désordre. Ou alors, je panique et je ne vois plus que du blanc.

Il restait quelques frites dans l'assiette qu'ils avaient partagée. Jeremy s'en empara et les mit dans sa bouche.

— Tant mieux si tu n'es pas idiot, parce que ça, c'est définitif. Si tu as des problèmes d'anxiété, nous apprendrons à les gérer.

— *Nous* ?

— Je connais des techniques de relaxation. Nous les pratiquerons ensemble. Tu verras, je peux être très, très relaxant.

Il remua lascivement les sourcils pour accentuer ses propos. Qay répondit par un grand sourire chargé de promesses érotiques.

— Je vois. Je crois que nous devrions commencer à nous exercer dès ce soir.

Ce qu'ils firent à peine rentrés chez Qay.

AUSSI TENTANT que soit le corps chaud et doux étendu sous les couvertures, nu et légèrement moite, Jeremy quitta le lit après l'amour et se rhabilla. Il avait besoin de repos, car une longue journée l'attendait le lendemain. En outre, il n'avait ni vêtements de rechange ni affaires de toilette.

— Je passe te chercher jeudi à treize heures, annonça-t-il. N'oublie pas les Cartes contre l'Humanité.

— D'accord. Euh, j'ai oublié de te demander. Comment dois-je m'habiller ? s'inquiéta Qay en se mordillant la lèvre.

— Hé, tu connais Rhoda. Elle est capable de porter n'importe quoi. Il y a deux ans, elle arborait une robe orange avec une dinde imprimée sur le corsage. Il lui sera difficile de trouver plus extravagant. Moi, je serai en jean et sweater.

— Très bien. Merci.

Jeremy s'agenouilla près du lit pour embrasser Qay sur le front.

— Quoi que tu portes, tu seras superbe. Et tu vas t'amuser, tu verras. Rhoda t'adore ! Et attends aussi de rencontrer Parker, son fils. Un gamin absolument adorable, aussi flamboyant et unique qu'une licorne ! J'ignore quels sont les autres invités, mais je sais déjà que ton allure et ton sens de la répartie vont les impressionner.

— Si je les impressionne, ce sera pour autre chose, marmonna Qay, sceptique.

Cette fois, Jeremy l'embrassa sur le bout du nez.

— À jeudi, treize heures.

En se redressant, il poussa un grognement : bon sang, il ne rajeunissait pas !

Toujours allongé, Qay lui adressa un petit signe paresseux.

— Je suis trop bien ici pour t'accompagner jusqu'à la porte. Excuse-moi. La porte en haut de l'escalier se refermera d'elle-même.

— Tu es libre vendredi ?

Surpris, Qay cligna des yeux.

— Oui. Samedi aussi.

— Parfait. Après le dîner chez Rhoda, nous irons au Marriott, nous nous mettrons au lit et nous n'en sortirons pas avant dimanche soir. Quand nous aurons besoin de calories, nous commanderons des plats roboratifs au room service.

185

Seigneur ! pensa Jeremy. Il donnerait volontiers tout ce qu'il possédait pour que Qay ait toujours un sourire aussi rayonnant.

MERCREDI FUT encore pluvieux, mais avec des températures légèrement en hausse. Un soulagement, car Jeremy n'était pas d'humeur à affronter la neige. À Portland, elle était rare, mais quand elle tombait, c'était un cauchemar. Entre les collines, la modicité de l'équipement de déneigement et l'inexpérience des conducteurs, ça finissait toujours en embouteillages monstres ponctués de carambolages.

La peau engourdie par un vent piquant, Jeremy passa sa matinée à s'entretenir avec ses hommes, s'assurant que tout resterait aussi calme que possible pendant les vacances. Après un déjeuner rapide, il se rendit dans une épicerie du nord-est de Portland, où il acquit de quoi faire des dons en natures aux plus démunis. Il remplit le coffre de son SUV de sacs et de cartons, puis se rendit *Chez Patty*.

Evelyn l'accueillit en le serrant dans ses bras.

— Nous pouvons toujours compter sur vous, chef !

— Je sais que tous ces gamins dévorent. Pour les nourrir décemment, vous avez besoin de toute l'aide que vous pouvez trouver.

Plusieurs jeunes pensionnaires se proposèrent pour aider à vider le coffre. Jeremy sourit en reconnaissant l'un d'entre eux.

— Comment va, Toad ?

Le pull coloré que portait le gamin attestait de sa bonne humeur.

— Vraiment génial, chef. Vous aviez raison : cet endroit me convient.

— J'en suis très heureux. Evelyn m'a parlé de toi avec éloge. Tu deviendras quelqu'un de bien.

Toad lui adressa un sourire rayonnant.

— Avec mon copain Juan, je fais un jeu vidéo où on peut voyager dans une autre planète et tuer les méchants zombies extraterrestres. Et quand on gagne une guerre, on part illico sur une autre planète. C'est dingue ! Nous serons bientôt millionnaires.

En comparant ce garçon enthousiaste à celui, triste et méfiant, avec lequel il avait récemment déjeuné, Jeremy se sentit réchauffé.

— Quand vous l'aurez fini, j'espère pouvoir acheter ce jeu.

— Bien sûr. Nous vous ferons même un rabais !

Avec un éclat de rire, Toad subtilisa deux sachets de chips et courut vers la maison.

186

PLUS TARD dans l'après-midi, alors que Jeremy était en voiture et traversait la ville, il pensait aux âmes errantes. Il y en avait tant dans le monde. Et à Portland ! Face à toute cette détresse, son action était minime : il n'aidait qu'un malheureux à la fois, un effort aussi vain que de tenter de déplacer une dune avec une petite pelle. Et tous ceux que Jeremy rencontrait et sortait de la rue avaient derrière eux des années de souffrances imméritées. Toad, lui, avait eu la chance que Jeremy le repère tout de suite, avant que le rejet familial et les vicissitudes de la vie dans la rue n'aient causé des dommages irrémédiables. Jeremy pensa ensuite à Qay, un homme remarquable resté longtemps à la dérive, si longtemps qu'il refusait de reconnaître sa valeur ou d'accepter un abri sûr, où il pourrait jeter enfin son ancre.

Jeremy mourait d'envie d'appeler Qay, ou de lui envoyer un texto, juste pour rappeler qu'il était là, qu'il pensait à lui... Mais c'était impossible, car Qay n'avait qu'un vieux téléphone fixe. Merde. Jeremy pourrait-il aussi lui offrir un téléphone portable pour Noël ?

Une fois son travail accompli, Jeremy passa à l'hôtel se doucher, se raser et enfiler un uniforme propre. Il descendit au parking souterrain, perdu dans ses pensées. Il aurait volontiers marché jusqu'à sa destination, mais le temps était trop maussade. De plus, il ne pas pouvait se débarrasser d'une sensation de malaise qui pesait sur ses épaules. Il avait l'impression que le ciel bas, couleur d'étain, lui entrait par les oreilles dans le cerveau, assombrissant son horizon. D'ordinaire, il attendait avec impatience cette tradition pré-Thanksgiving qu'il accomplissait chaque année avec Malcolm, mais pas ce soir. Il aurait préféré passer la soirée chez Qay. Pas seulement pour baiser, mais pour parler, être ensemble. Et aussi pour consacrer quelques heures à consolider la relation encore fragile existant entre eux.

Jeremy avait connu Malcolm, son premier amour, en année sophomore à l'université, quand ils étaient devenus binômes au labo de chimie. Petit et très intense, Malcolm avait assez d'énergie pour rivaliser avec une centrale nucléaire. Il s'impliquait dans tous les groupes militants du campus. C'était aussi un perfectionniste qui travaillait assidument, cherchant toujours l'excellence dans ses devoirs et ses examens. Il ne dormait que quelques heures chaque nuit. Plus tard, il reconnut qu'au premier abord, il avait pris Jeremy pour un de ces sportifs acharnés ayant plus de muscles que de cervelle. Très vite, les deux garçons s'enflammèrent avec passion l'un vis-à-vis de l'autre. L'année suivante, ils prirent un appartement ensemble.

Jeremy envisageait déjà un avenir à deux, mais alors, il entra à l'Académie de Police et Malcolm s'engagea dans Le Corps de la Paix. Jeremy connut son premier chagrin d'amour. Ou le second, si on comptait Keith Moore.

Après avoir erré à droite et à gauche pendant des années, Malcolm revint s'installer à Portland, où il ouvrit un restaurant végane, l'*Elfe Vert*. Peu après, Jeremy retomba sur lui – à ce moment-là, il travaillait encore dans la police et vivait avec Donny. Même si l'amour ancien avait disparu, les deux hommes s'étaient quittés en bons termes, ils renouèrent donc sans peine des liens amicaux. Jeremy aimait trop la viande pour manger souvent à l'*Elfe*, mais chaque année, la nuit précédant Thanksgiving, il se joignait à un groupe de « volontaires de marque » – dont faisaient partie le maire, le chef de la police et différentes célébrités des médias locaux – qui servaient à dîner à des personnes âgées, des démunis, des solitaires. C'était plutôt amusant. Habituellement.

Jeremy trouva à se garer dans la vieille ville, non loin du restaurant. Quand il arriva, L'*Elfe Vert* était déjà bondé, même si le repas en lui-même n'avait pas encore commencé, aussi se précipita-t-il dans la cuisine pour annoncer sa présence. Malcolm gérait le chaos, dirigeant ses employés et les bénévoles avec l'assurance autoritaire d'un général chevronné. Dès qu'il aperçut Jeremy, il l'interpela :

— Enlève ta jolie veste et mets un tablier, mon grand. Les hordes réclament d'être nourries.

Après un salut militaire, Jeremy se dépêcha d'obéir.

Bien qu'à cette période de l'année, les repas gratuits soient faciles à trouver, l'*Elfe Vert* avait la côte chez les gens de la rue. Tout d'abord surpris de voir tant appréciés le quinoa et les pois chiches, Jeremy avait mieux compris quand une vieille dame engoncée dans une demi-douzaine de chemisiers et cardigans démodés lui avait expliqué : « On se lasse de manger toujours la même chose, c'est vrai pour les riches, c'est vrai pour *nouzautres*. Ici au moins, c'est du nouveau ». Malcolm se donnait toujours la peine de soigner son menu. Ce soir, c'était champignons en ragoût, citrouille farcie au pain de millet et au chou frisé, tacos aux aubergines et salade de kakis.

Quand les invités finirent les truffes au chocolat, servies avec de la glace au chanvre et du lait d'amande, Jeremy se sentait vidé, mais il lui fallait encore aider au nettoyage et à remise en place. Le service en compagnie d'une célèbre *drag queen* avait été sympa, et ce qu'il avait réussi à grappiller tout à fait délicieux, mais il rêvait de retourner au Marriott, de se commander une pizza – avec plein de fromage et de viande ! – et de s'effondrer sur son lit.

Non. Ce qu'il voulait vraiment, c'était dormir avec Qay dans cet appartement humide qui sentait la pisse de chat, et le serrer dans ses bras. Bon sang !

LE MATIN de Thanksgiving, Jeremy se réveilla agité et inquiet, sans trop savoir pourquoi. Peut-être l'anxiété de Qay était-elle contagieuse.

Une longue session au centre de fitness le laissa en nage, tous les muscles douloureux, mais pas calmé. De retour dans sa chambre, il hésita. Il aurait voulu retrouver Qay sans plus attendre, mais il lui avait donné rendez-vous à treize heures. Il avait peur d'être trop pesant dans la vie de Qay, de finir par l'étouffer et le faire fuir. Une couverture jusqu'au menton, c'était agréable et confortable, se répétait-il, mais la même couverture pressée contre le visage, ça vous empêchait de respirer.

Et s'il allait courir pour se détendre ? Pas longtemps, car il s'était déjà beaucoup exercé, sans pour autant se sentir mieux. Il cherchait son pantalon de survêtement quand son téléphone sonna.

Frank. *Merde*. Jeremy prit l'appel.

— Joyeux Thanksgiving, capitaine.

À l'autre bout du fil, Frank grogna. Jeremy enchaîna, essayant de garder un ton léger :

— Je suppose que vous ne m'appeliez pas pour ça ?

— *Joyeux Thanksgiving, chef. J'ai de mauvaises nouvelles pour vous.*

Pour un moment bref, mais atroce, Jeremy crut que Frank allait lui annoncer une horrible révélation concernant Qay. Le cœur tambourinant, la gorge serrée, il envisagea son amant sautant du pont de Fremont et son corps retrouvé en aval, dans un des méandres du fleuve Columbia.

— Quoi ? croassa-t-il.

— *Laura Gifford a été assassinée.*

Tout d'abord, assailli par le soulagement qu'il ne s'agisse pas de Qay, Jeremy ne reconnut pas le nom que Frank venait de lui donner. Trois bonnes secondes plus tard, il se souvint enfin de qui c'était.

— La sœur de Donny ?

— *Oui. Nous avions contacté la police locale au début de l'enquête. Ils nous ont rappelés pour dire que le cadavre de Mme Gifford venait d'être retrouvé : elle est morte chez elle la nuit dernière.*

189

— Merde !

Jeremy s'assit lourdement sur le lit. Il détestait cette bonne femme, ayant perdu tout respect pour elle quand elle a refusé de s'occuper des funérailles de Donny, mais quand même, elle ne méritait pas de mourir.

— Êtes-vous certain que c'est encore lié à Donny ?

— *Non, pas à cent pour cent, mais mes tripes me disent que oui. Sa maison a été saccagée comme votre appartement et ça ne ressemblait pas à un cambriolage classique. Quand j'ai contacté Mme Gifford au sujet de Donny, elle m'a paru être une vraie garce, mais je doute quand même qu'elle ait eu un assassin aux trousses. Elle, euh, elle a été tabassée avant sa mort. D'après leur légiste, elle a succombé à un arrêt cardiaque.*

— Ils ont été trop brutaux ?

Frank soupira.

— *Oui. Elle était pleine de bleus.*

Jeremy posa son front sur sa main libre.

— Putain !

— *Davis est sous surveillance, nous savons donc que ce n'est pas lui. Elle est morte il y a deux jours et ce fumier n'a pas quitté la ville ces dernières semaines. Donc, il a des hommes de main qu'il envoie à l'autre bout du pays faire son sale travail. Il cherche toujours cette clé USB et il est prêt à tout pour la récupérer.*

— Mais vous ne pas pouvez l'inculper ?

— *Pas encore. Je n'ai pas assez de preuves pour lui coller ces meurtres sur le dos. Mettre la main sur l'assassin de Mme Gifford nous arrangerait beaucoup.*

— En quoi puis-je aider ? demanda Jeremy.

— *Surveillez vos arrières. C'est le but de mon appel : vous prévenir de faire attention à vous !*

Après avoir échangé la promesse mutuelle de se tenir au courant d'éventuels développements, Jeremy raccrocha et se laissa tomber sur le lit. Surveiller ses arrières. Quel conseil idiot ! Il voulait agir, bon Dieu !

Puisqu'il ne pouvait rien faire concernant l'enquête, il décida d'aller à son appartement vérifier si, comme les entrepreneurs le lui avaient promis, les lieux seraient à nouveau habitables en milieu de semaine prochaine. Il ferait aussi la liste de ce qui lui restait à acheter, en plus des meubles attendus prochainement. Du matériel de cuisine, surtout, mais aussi quelques tapis. Il prendrait les mesures exactes. Bon, ça n'élucidait pas les meurtres de Donny et de sa sœur, mais au moins Jeremy serait-il occupé un moment. Il ne tenait pas à passer des heures à ressasser inutilement. Après sa visite au loft, peut-être s'arrêterait-il chez Qay... S'il affirmait en toute franchise se trouver dans le quartier, ça ne ferait pas trop harceleur.

Rasséréné, il se redressa d'un bond.

Il était dans la douche quand lui revint en mémoire son projet de passer le week-end au lit avec Qay, pour tirer le meilleur parti possible de sa confortable chambre d'hôtel. Cette perspective le fit bander et il se masturba sous le jet d'eau chaude. Par chance, le Marriott en avait des réserves illimitées. Quel plaisir d'être un peu plus détendu ! décida-t-il en se rasant. Il s'habilla ensuite et sourit. Avec Qay, il avait l'impression de retrouver son adolescence – ou du moins la sexualité de ses jeunes années. Mieux valait qu'il ne pense pas trop au sexe ce soir, pendant la fête chez Rhoda.

Chez Rhoda. Hmm. Ayant sauté le petit-déjeuner, Jeremy était affamé. Il y avait bien quelques cochonneries dans le mini-frigo de sa chambre, mais rien de tout ça ne le tentait pour le moment. Tant pis, il garderait l'estomac vide jusqu'au dîner, puis compenserait son jeûne en se reservant trois fois de tous les plats du buffet.

Chargé d'apporter les boissons sans alcool, il avait acheté quelques jours plus tôt un plein carton de cidre, de jus de fruits et de sodas. Il le prit sous son bras en quittant sa chambre pour descendre au parking où était garé son SUV. L'hôtel était très animé, sans doute à cause des vacances : les voitures ne cessaient d'arriver et de repartir. En ville aussi, la circulation était ralentie. Jeremy fut heureux à l'idée de ne pas avoir à aller loin, ce soir : Rhoda habitait à quelques kilomètres du *P-Town*.

Dans le parking de son immeuble, il n'y avait personne. Ravi d'être seul et tranquille, Jeremy monta l'escalier en courant jusqu'à son loft et y jeta un bref coup d'œil de reconnaissance. La chambre et le salon étaient terminés, la salle de bain aussi. Il caressa sa baignoire immense – adaptée à sa taille – d'une main aimante et étudia sa douche d'un regard attentif. Oui, Qay et lui pourraient facilement y entrer ensemble. Cependant, son ballon d'eau chaude n'était pas aussi généreux que celui du Marriott. Peut-être vaudrait-il mieux partager un bain...

Contrairement au reste de l'appartement, la cuisine était encore en travaux. Les entrepreneurs n'avaient pas encore installé le robinet de l'évier, les luminaires et les prises électriques, mais tout ça ne devrait pas leur prendre longtemps, aussi l'appartement devrait-il être prêt mercredi, comme promis.

Jeremy sortit de sa poche un morceau de papier et un mètre. Il nota les dimensions des tapis qu'il lui fallait, puis dressa une liste exhaustive de son matériel de cuisine. Presque tout avait été détruit, aussi au lieu de chercher vainement à sauvegarder quelque chose, avait-il demandé qu'on enlève tout. En conséquence, il lui fallait racheter vaisselle, verres, couverts, ustensiles de cuisine et autres. Il cuisinait assez peu chez lui, voyant mal l'intérêt de se mettre aux fourneaux quand il mangeait seul, mais il adorait les gadgets que proposaient les magasins de cuisine.

Son ventre gronda, ce qui le poussa à consulter sa montre. Il sourit en voyant qu'il était déjà midi passé. Cette fois, il pouvait vraiment se présenter chez Qay. Distrait par cette idée, il oublia son mètre et sa liste, ne s'en souvenant que presque arrivé en bas de l'escalier. Avec un juron, il remonta les récupérer. Malgré ce contretemps, le nuage sombre qui l'avait accueilli le matin au réveil semblait s'être évaporé et Jeremy se sentait de bien meilleure humeur. Bientôt, il passerait un long week-end amoureux avec son compagnon.

Sifflotant gaiement, il redescendit au garage, évoquant la peau si douce du ventre de Qay alors que le reste de son corps était dur et tendu. Il sortit de sa poche son trousseau de clés et s'apprêtait à déverrouiller les portières de son SUV quand il entendit des pas précipités derrière lui, quelqu'un venait de surgir d'un des piliers de soutènement. Un « pop » claqua, Jeremy fut touché à la jambe.

Sous la décharge du taser, il tomba avec un hurlement de douleur, tout son corps tressautant sur le béton. Il commençait à reprendre le contrôle de ses muscles quand il reçut une seconde décharge, cette fois en pleine poitrine. Puis un grand costaud lui tomba dessus et le plaqua au sol. Tétanisé de douleur, Jeremy chercha à appeler à l'aide, mais un tissu mouillé fut plaqué contre son visage.

Une forte odeur assaillit ses sinus et sa gorge, brûlant les muqueuses sensibles. Il se débattit, mais le taser le toucha encore à la jambe. Avec un gémissement, Jeremy sombra dans un gouffre noir sans fond.

XVIII

STUART ÉTAIT le roi des cons. Ça faisait un bail que Qay s'en doutait, bien sûr, mais les jours précédant Thanksgiving ne firent que confirmer ses soupçons. Sous prétexte que l'usine fermait pendant quatre jours complets – qui seraient payés, hourra ! – du jeudi au lundi, Stuart avait apparemment conclu que Qay se devait d'accomplir en deux jours le travail d'une semaine. Ce qui ne s'appliquait pas au petit chef, bien entendu. Lui se contentait de houspiller ses troupes en criant des ordres. Un vrai dictateur !

Le mardi soir, en quittant son travail, le fils de pute avait vu Qay montrer dans le SUV de Jeremy. Aussi le mercredi matin, avant même que Qay ait fini d'enfiler ses gants de travail, Stuart vint-il se planter devant lui.

— Hé, c'était qui le mec dans le flashy SUV, hein ? Ton petit ami, hé, hé ?

Qay le fixa droit dans les yeux.

— En fait, oui.

Le connard en resta comme deux ronds de flan. Il cligna des yeux plusieurs fois, mâchoire béante.

— T'es pédé ?

— Bon sang, Stuart. Personne ne vous a dit que nous étions en 2015 ? L'âge des cavernes, c'est terminé, mon vieux, alors, essayons de faire semblant d'être civilisés, voulez-vous ?

Stuart ricana nerveusement, mais sans trouver de réponse appropriée. Il tourna les talons et s'éloigna.

Mais il n'en resta pas là. Toute la journée, il ricana chaque fois qu'il croisait Qay et lui posa des questions du genre : « lequel de vous deux fait la femme ? » ou « tu portes une jolie robe rose en rentrant chez toi, Hill ? » Qay fit de son mieux pour l'ignorer. D'après lui, ce genre d'homophobie démontrait avant tout les insécurités du petit con concernant sa virilité et sa sexualité.

Qay n'avait jamais fait son coming out devant ses collègues, non par gêne ou par peur, mais parce que le sujet ne s'était jamais présenté. Il ne les connaissait pas assez bien pour discuter avec eux de questions personnelles. À dire vrai, son orientation sexuelle ne semblait troubler personne – à part

Stuart. En fait, les plaisanteries de Stuart agaçaient plus les autres gars que Qay. Quand l'odieux chef d'équipe lui demanda à haute et intelligible voix s'il était une *size queen* [24], Barry intervint :

— Avec toutes ces questions, je commence à me demander si vous ne cherchez pas à coucher avec lui, Stuart.

Tout le monde éclata de rire, sauf Stuart, mais il ne harcela plus Qay ce jour-là.

Si Qay n'avait pas perdu son calme sous ces piques, c'était en partie parce qu'il se sentait d'humeur étonnamment conciliante. La nuit avait été… intense. Bon, le sexe était exceptionnel, ce qui aidait, bien sûr, surtout après sept ans d'abstinence, mais il y avait davantage. Et le souvenir de Jeremy, de sa silhouette imposante et pourtant si rassurante suffisait à détendre la nervosité toujours latente de Qay.

Mercredi soir, Qay était plus désireux de recevoir une nouvelle dose de « relaxant ». Il fut même un peu déçu, en sortant de l'usine, de ne pas trouver le SUV noir près du quai de déchargement. Puis il se souvint que Jeremy avait ce soir-là une obligation caritative. Pourtant, le Marriott n'était pas loin de l'usine de fenêtres, Qay pourrait facilement s'y rendre à pied et attendre dans le hall le retour de Jeremy, ensuite…

Non. Le malheureux serait sans doute fatigué. Et après des années d'attente, Qay pouvait bien patienter une nuit de plus.

Comme d'habitude, il lui fallut prendre deux bus pour rentrer chez lui.

JEUDI MATIN, Qay se réveilla bien plus tôt que nécessaire. Il dormait mal et s'attardait peu au lit, sauf quand il était bourré de médicaments. C'était sans doute le frémissement constant de ses nerfs qui lui donnait une telle énergie. Ce matin-là, ce fut encore pire, car il s'inquiétait du dîner à venir.

Rhoda étant merveilleuse, il lui faisait confiance pour ne pas inviter de parfaits crétins. Mais quand même, entrer dans une maison remplie d'inconnus était toujours intimidant. De quoi Qay allait-il leur parler ? Sans doute auraient-ils tous parfaitement réussi dans leurs carrières respectives, alors que lui était balayeur dans une usine de fenêtres. Sans doute auraient-ils tous parcouru le monde entier, alors qu'il n'avait fait qu'errer à travers le territoire américain, se remémorant à peine les États qu'il traversait. Et

24 Un gay amateur de partenaires particulièrement bien membrés.

même quand il gardait quelques souvenirs, il n'avait pas envie d'en parler à des étrangers.

Merde. Peut-être se cacherait-il derrière Jeremy en espérant que personne ne le remarquerait.

Il s'inquiétait aussi de l'alcool qui serait librement proposé au buffet. Il n'était pas très doué pour résister à la tentation, surtout quand il se sentait nerveux, aussi agité qu'un vieux tacot prêt à rendre l'âme. Rhoda avait proposé que la fête soit sans alcool, ce qui était adorable de sa part, mais Qay avait refusé, bien sûr. Les gens normaux aimaient à consommer du vin à Thanksgiving et Qay ne voulait pas être l'emmerdeur qui les en priverait.

Et s'il se prétendait malade ? Pourquoi pas un rhume terrible, hein ? Non, parce que Captain Caféine insisterait indubitablement – et héroïquement – pour se priver de fête à venir le soigner le temps qu'il faudrait. Et bien entendu, Qay en aurait d'affreux remords.

Lorsque son agitation menaça de devenir une attaque de panique, Qay se remit à nettoyer son appartement. Le dépoussiérage était un bon moyen de brûler un peu d'énergie et de garder occupées ses mains tremblantes. Mais bientôt, son cul-de-basse-fosse fut aussi impeccable que possible et lui se sentait toujours au bord de l'hyperventilation. Alors, il décida d'aller marcher. À vive allure.

En sortant de la maison, il prit la direction de la rivière, presque comme si l'endroit où se trouvait Jeremy l'attirait irrésistiblement. Une idée stupide, il le savait, mais il ne put résister à la tentation. En arrivant au bord de l'eau, il chercha des yeux le Marriott. En vain, car de cet angle, l'hôtel restait invisible. Qay aurait voulu continuer à marcher et trouver un pont, non pour plonger dans l'eau glaciale qui coulait en dessous, mais pour le traverser et retrouver le plus vite possible l'abri des bras de Jeremy.

— Non, mais quel con !

Ayant parlé à haute voix, il fut heureux que personne ne soit assez proche pour l'avoir entendu. Il préférait ne pas retrouver une cellule capitonnée. Jusqu'à ce jour, il n'avait jamais été psychotique, mais il sentit qu'il pourrait le devenir alors que, tout frissonnant de froid et de terreur sur la rive de la Willamette, il regardait la vérité en face : il tombait amoureux de Jeremy Cox. C'était fou, complètement insensé.

Jamais il n'était « tombé » amoureux. « Tomber », pour lui, évoquait son saut du pont Mémorial. Il n'était pas homme à aimer, car l'amour signifiait de s'ouvrir à un autre et Qay était verrouillé au point qu'il était incapable de s'ouvrir à lui-même. Au fil des ans, il avait eu des amants, plus ou moins temporaires, des liaisons qui duraient aussi longtemps que les deux impliqués y trouvaient un intérêt et se terminaient quand l'un des deux était emmené en prison, ou en désintoxication, ou en service psychiatrique, ou se trouvait à court de drogue, d'argent ou de patience. Qay était certain de n'avoir aimé aucun de ses ex. Merde, il les avait même complètement oubliés, pour la plupart. Et c'était pareil pour eux, sans aucun doute.

Et si par hasard, Qay *acceptait* le concept de l'amour, il serait absurde de croire que cela puisse lui arriver avec un homme qu'il connaissait à peine. Sauf que… il *connaissait* Jeremy, pas vrai ? Pas seulement à cause des dernières semaines, pas seulement parce qu'ils avaient partagé quelques cours dans une vie antérieure.

Qay ferma les yeux et écouta le brouhaha de la circulation sur l'autoroute au-dessus de sa tête. Tous étaient pressés de rentrer à la maison pour fêter Thanksgiving.

À la maison.

Oui, c'était ça. Il avait quitté le Kansas près de trente ans plus tôt, mais récemment, il était retombé sur Jeremy, un des rares souvenirs de sa jeunesse qui n'était pas douloureux. « La maison », pour lui, c'était Jeremy, sans l'amertume et le chagrin endurés autrefois. Voilà pourquoi Qay le connaissait. Voilà pourquoi il l'aimait.

Il déambula longtemps au hasard des rues. Dans un modeste quartier du sud de Powell, il admira les jardinets mis en hibernation et les bardeaux décoratifs de certaines maisons. Il traversa un parc de grande taille avec des terrains de sport et une aire de jeux pour enfants, et se demanda ce que Jeremy, s'il était là, lui apprendrait de la faune et de la flore avoisinantes. Cette pensée le fit sourire. Puis il prit la direction du nord et entra dans Ladd Addition, avec ses rues bordées d'arbres effeuillés et de contre-allées, ses majestueuses résidences. Il se demanda l'effet que cela faisait d'habiter dans d'aussi belles demeures, de ne pas être terrorisé à l'idée d'y entrer, mais au contraire de se sentir accueilli, aimé, en sécurité.

Non, mais quel con ! Cette fois, les mots n'avaient résonné que dans sa tête.

Il était près de midi quand il retrouva son sous-sol. Il fit chauffer de la soupe à la tomate en boîte, plus pour se réchauffer que pour se nourrir, et la but dans une tasse en arpentant son minuscule salon. Sa promenade lui avait changé les idées un moment, mais à présent, son angoisse revenait de plus belle, lui dévorant les entrailles comme un ptérodactyle. Des gouttes de sueur se mirent à perler à la racine de ses cheveux, son cœur battait une salsa frénétique et sa poitrine contractée l'empêchait de respirer. Étourdi, frissonnant de tout son corps, il avait la sensation de flotter jusqu'au plafond, ce qui le terrifia davantage. De haut, il se voyait, prêt à éclater comme une baudruche.

Il posa la tasse sur le comptoir de la cuisine et se précipita vers la salle de bain. Penché sur les toilettes, il vomit longuement. Bien après que la chasse d'eau eut évacué ce qui restait de la soupe récemment consommée, Qay était encore secoué de hoquets improductifs. Quand il se calma enfin, il resta amorphe, appuyé contre la porcelaine froide en regrettant de ne pas être quelqu'un d'autre, n'importe qui.

Avec les gestes prudents d'un vieillard, il se releva, alla jusqu'au lavabo et se rinça la bouche. Pour faire bonne mesure, il se brossa aussi les dents. Il cracha dans le lavabo en évitant soigneusement son reflet dans le miroir. Il savait ce qu'il risquait de voir : un homme blême aux yeux hagards. Tout du zombie de mauvais film d'horreur !

Il était presque treize heures. Il lui fallait se changer.

Perdre du temps à peser ses options vestimentaires était toujours idiot, mais surtout pour un gars comme lui. D'abord, il n'avait pas grand-chose à se mettre, ensuite, sa modeste garde-robe n'avait rien de *fashion*. Pourtant, il réfléchit à sa tenue. Il finit par se décider sur son meilleur jean et un sweater rouge qu'il avait trouvé dans une friperie la semaine précédente. Doux et confortable, il semblait presque neuf. Il l'avait porté samedi et Jeremy avait trouvé que la couleur seyait à son teint et à ses cheveux. Eh oui, il restait à Qay un peu de vanité, parce que ce compliment l'avait fait rougir et sourire à la fois.

Il était accro, aucun doute : penser à Jeremy l'apaisait, même après une foutue crise. Il était loin d'être serein, mais les ptérodactyles de son estomac étaient devenus des papillons et son cœur venait de décider de rester finalement à sa place, sans plus chercher à échapper à sa cage thoracique.

Qay retourna dans la salle de bain pour s'attaquer à ses cheveux. Chaque fois qu'il les regardait, il les trouvait plus grisonnants que la fois précédente, mais au moins, il ne les perdait pas. Il s'était toujours étonné de leur couleur. Sa mère avait de fins cheveux châtains, plutôt bouclés sauf quand elle sortait de chez le coiffeur. Son père, presque chauve quand Qay était devenu adolescent, était brun clair, lui aussi, avec des reflets roux. Comme Kevin. Mais Qay avait des cheveux raides et si foncés qu'ils paraissaient presque noirs. Quand il était petit, il aimait à se croire un *changeling* abandonné par le Petit peuple parmi les Moore – et ses cheveux différents en étaient la preuve. Mais quand il en avait parlé à son frère, Kevin avait ricané en levant les yeux au ciel. « Nous avons du sang indien, idiot. C'est de là que viennent tes stupides cheveux ».

Merde. En général, évoquer Kevin lui donnait envie de vomir. Pas aujourd'hui. Soit son estomac avait déjà assez donné, soit sa discussion sur l'oreiller avec Jeremy avait été cathartique.

En parlant de Jeremy, où était-il ? Qay regarda sa montre. Treize heures cinq. Quelques minutes de retard, ce n'était pas beaucoup, mais Jeremy avait toujours été ponctuel. Comme un vrai superhéros. Peut-être le SUV attendait-il dans la rue parce que Jeremy n'avait pas réussi à se garer ? À cette idée, Qay enfila vite ses chaussures et sa veste en cuir, monta les marches deux par deux, et sortit peu après de la maison. Il regarda à droite et à gauche. Pas de SUV noir. Pas de Jeremy.

Qay retourna dans le sous-sol et attendit.

À treize heures vingt, Jeremy n'était toujours pas là et Qay recommençait à perdre la tête. Il avait arpenté mille fois son salon, les doigts serrés sur les Cartes contre l'Humanité, rangées dans un sac en plastique, il était remonté six fois vérifier la rue.

À treize heures trente, il passa un coup de fil. Après cinq ou six sonneries, il fut transféré sur la boîte vocale de Jeremy. Sans trop savoir que dire, Qay bredouilla un message :

— Euh, salut, Jeremy. Je pensais que tu devais passer me chercher à treize heures. Pourrais-tu me rappeler et me confirmer ton heure d'arrivée ? Merci.

Peut-être y avait-il eu une catastrophe liée au travail de Jeremy, se dit Qay. Il alluma la télévision et zappa de chaîne en chaîne, mais si quelque chose de terrible s'était passé dans les parcs municipaux de Portland, les médias n'en parlaient pas. Il éteignit son poste et jeta la télécommande sur le canapé.

Il aurait volontiers vendu son âme pour une pilule, un verre, un joint… n'importe quoi pour oublier les griffes qui le déchiraient de l'intérieur.

À quatorze heures passées, Qay décida que Jeremy en avait assez de ses conneries et qu'il ne voulait plus de lui. Sans doute était-il déjà chez Rhoda, à avaler de la dinde et des légumes, en racontant à qui voulait l'entendre que Qay était bien trop chiant, ou que baiser ne valait pas autant d'emmerdements.

Cette pensée le renvoya dans la salle de bain, mais il n'avait plus rien à vomir.

Quand sa nausée et ses étourdissements se dissipèrent enfin, son cerveau décida sans doute qu'il était temps de reprendre le contrôle. Qay comprit alors que jamais Captain Caféine ne le traiterait comme ça. Même si Jeremy en avait marre de lui, il se montrerait gentleman : il emmènerait Qay dîner quelque part, lui servirait le discours habituel « ça n'a rien à voir avec toi, c'est moi... blablabla », et le reconduirait même ensuite chez lui. Jamais il ne planterait Qay le jour de Thanksgiving sans un mot d'explication.

Alors, où était-il ?

Chacun de scénarios qui lui martelaient le crâne était pire que le précédent. Accidents de la circulation. Ennuis de santé. Le Marriott s'effondrant dans une fosse gigantesque. Ou...

Merde.

Ce sinistre individu... celui qui avait tué Donny. Ryan Davis.

Qay essaya encore de contacter Jeremy par téléphone, mais il retomba sur la boîte vocale. Il s'assit sur une de ses chaises de cuisine, la tête en avant, les bras sur ses genoux et essaya de respirer.

— Ce n'est pas le moment de faire une attaque de panique, ça ne va pas aider Jeremy, dit-il entre deux halètements. Reprends-toi, sombre taré.

Il lui fallait traiter la question comme un devoir scolaire, problème de statistiques ou rédaction de philo. Analyser les données de l'énoncé et trouver une solution logique et étayée. Dissocier le cerveau rationnel des émotions et réfléchir posément.

Une première idée utile lui vint : Rhoda ! Il y renonça aussi vite. Il n'avait pas son numéro de téléphone, il ignorait où elle résidait et le *P-Town* était fermé. Il n'avait donc aucun moyen de la joindre.

D'accord, alors, le Marriott, peut-être ? Qay possédait un annuaire téléphonique à l'ancienne, du genre qu'on trouve devant sa porte une fois par an. Sans doute était-il le seul Nord-Américain de son époque à s'en servir encore, mais il n'avait ni Internet ni smartphone à sa disposition, alors... et puis, ça lui aurait fait mal au cœur de jeter un bottin plein de noms et d'adresses. Il se servit du sien pour trouver le numéro de l'hôtel.

Une jeune femme à la voix dynamique lui répondit. Elle s'excusa de ne pouvoir donner suite à sa demande, mais le règlement interdisait de fournir des renseignements sur un client. Or, Qay voulait savoir si M. Cox se trouvait dans sa chambre.

— Je vous en prie. C'est très urgent, insista-t-il, sachant que sa voix était presque hystérique.

— *Je peux essayer d'appeler sa chambre, monsieur.*

— D'accord. Merci.

Quelques instants plus tard, elle reprit la ligne.

— *Il ne répond pas, monsieur.*

Merde. Qay ne s'attendait pas vraiment à ce que Jeremy réponde, mais quand même, il restait un faible espoir qu'il se soit endormi en oubliant l'heure.

— Pourriez-vous… Si vous le voyez, pouvez-vous lui faire passer un message ? Demandez-lui de m'appeler. C'est urgent.

Elle accepta, aussi Qay lui laissa-t-il son nom et son numéro de téléphone avant de raccrocher.

Il savait dans quelle chambre était Jeremy. Il pouvait traverser la ville et frapper à sa porte. Mais ça lui prendrait du temps et il sentait bien que ça ne mènerait à rien. Après un moment de réflexion de plus en plus angoissée, Qay pensa au loft de Jeremy. Peut-être y était-il. Et Davis connaissait cette adresse, puisqu'il avait déjà vandalisé les lieux.

Soulagé d'avoir un but, Qay quitta son appartement et se précipita chez Jeremy. Il couvrit la distance en un temps record. Tous les magasins devant lesquels il passait étaient fermés, ce qui donnait aux rues une apparence un peu sinistre et abandonnée. Quand il arriva devant l'immeuble de Jeremy, il leva les yeux vers le dernier étage : aucune lumière aux fenêtres. Il entra par le parking, prévoyant de prendre l'escalier pour monter à l'appartement.

Il s'arrêta net en voyant le SUV.

Pendant quelques secondes, il ressentit un profond soulagement. Jeremy était bien là ! Mais ce fut de courte durée, car, en approchant du véhicule, il aperçut deux choses sur le béton : un trousseau de clés et un téléphone portable.

L'écran était fracassé.

PLUS TARD – beaucoup plus tard – ce qui étonna le plus Qay fut sa réaction en trouvant par terre les clés de Jeremy et le téléphone en miettes. Ou plutôt, sa *non-réaction*. Car il ne se précipita pas pour vomir contre le mur le plus proche, il ne s'écroula pas sur le sol, tordu d'anxiété. Il ne fonça pas non plus dans un bar du centre-ville, resté ouvert pour Thanksgiving, ni se lança à la recherche d'un pourvoyeur des rues qui travaillait pendant les congés. Non. Sacré miracle !

Il resta tétanisé pendant ce qui lui parut des heures, mais dura probablement moins d'une minute, pesant ses options. Il devait appeler la police. Et pas n'importe quel flic qui ne saurait rien de Jeremy et de Ryan Davis, qui serait ulcéré de travailler dans tout le monde était en vacances, qui ne prendrait nullement au sérieux les inquiétudes de Qay, ou ferait juste traîner les choses jusqu'à ce qu'il soit... trop tard. Merde ! Il devait contacter le capitaine Frank. Pour ça, il lui fallait un téléphone.

Dans d'autres circonstances, il aurait demandé de l'aide au premier magasin venu, mais aujourd'hui, c'était impossible. S'il retournait chez lui pour utiliser son téléphone fixe, ça lui prendrait trop longtemps. Les secondes comptaient. Il pouvait...

Il tourna les yeux vers la cage d'escalier. Il se souvint avoir vu une porte à chaque étage quand il était monté vérifier l'avancement des travaux. L'étage d'en dessous abritait des bureaux. Il y trouverait un téléphone.

Qay se précipita dans l'escalier. Au premier palier, la porte du spa était blindée. Au second, la porte était verrouillée, mais le panneau sonnait creux. Par chance, Qay portait de lourdes bottes à semelles épaisses. Il attaqua la porte à coups de pied, mettant tout son poids. Il obtint vite un craquement satisfaisant, mais il lui fallut recommencer deux fois avant de faire céder les gonds. Ignorant les débris et les échardes, il se rua à l'intérieur. Il trouva un téléphone facilement.

L'opérateur du 911 se montra sceptique et Qay dut faire un gros effort sur lui-même pour rester calme, insister et s'expliquer. Il évita de mentionner son effraction – il verrait ça plus tard. Enfin, le gars lui affirma qu'il allait contacter le capitaine Frank... qui le rappellerait éventuellement. Qay lui donna le numéro marqué sur le téléphone.

Il attendit cet appel pendant les plus longues minutes de sa vie. Quand la sonnerie retentit enfin, il tressaillit et faillit tomber à genoux.

— *Ici, Frank. Qui est à l'appareil ?*

Qay bredouilla à toute allure, le souffle court :

— Qay Hill, je vous ai vu l'autre jour au McDonald... Il a disparu ! Ce salaud l'a attrapé ! Je suis... je suis...

— *Attendez, répétez-moi ça plus doucement, je vous prie. Qui a disparu ?*

Qay décida d'aller à l'essentiel.

— Jeremy. Il a été enlevé.

S'il vous plaît, faites qu'il ait juste été enlevé... je ne veux pas qu'il meure.

Frank poussa une litanie de jurons colorés.

— *Qay, oui, vous étiez avec lui. Son compagnon, hein ?*

— Oui.

— *Ne bougez pas, je reviens.*

Qay se tortilla d'un pied sur l'autre pendant qu'il attendait... une autre éternité. Il n'avait jamais prié de sa vie, même étant petit quand ses parents le traînaient à l'église. Maintenant, il aurait apprécié de savoir comment s'y prendre. Un simple plaidoyer lui vint aux lèvres : *s'il vous plaît, mon Dieu. S'il vous plaît. S'il vous plaît, mon Dieu.* Il répéta les mêmes mots en boucles jusqu'à ce que Frank reprenne la communication :

— *Nous arrivons*, déclara-t-il, très essoufflé. *Où êtes-vous ? Je vais demander à mes gars de vous prendre au passage.*

— Dans l'immeuble de Jeremy. C'est à...

— *Je sais où c'est. Ne bougez pas.*

Frank raccrocha. Qay aussi.

Ensuite, il vomit.

XIX

QUAND JEREMY reprit conscience, à moitié groggy, il avait très froid. Chacun de ses muscles lui faisait mal et une terrible migraine lui martelait les tempes. Sa bouche était sèche et amère et...

Merde !

Il était debout, mais attaché. Des cordes le maintenaient contre quelque chose de dur et de lourd. Il cligna des yeux pour éclaircir sa vision et se débattit pour tenter de se détacher. Pour sa peine, il reçut un coup sur la tête qui faillit le renvoyer dans le néant. Il lutta désespérément pour rester conscient.

— Merde ! cria-t-il.

— Ta gueule ou t'en prends un autre.

Il lui fallut quelques minutes pour retrouver son calme et suffisamment de vigilance pour évaluer plus la situation. Il était dans un immense hangar caverneux entouré de machines, de hautes étagères et de longs établis. Il ne vit que quatre silhouettes autour de lui, quatre hommes. L'un portait un uniforme de sécurité, mais à en juger par sa position obséquieuse, ce n'était pas le patron.

Un petit homme se tenait devant les trois autres.

— C'est *vous*, Ryan Davis ? demanda Jeremy, sidéré.

Davis ricana. Il était jeune – moins de trente ans, certainement – avec une grande barbe et une moustache... cirée. Putain ! De stature frêle, il portait des vêtements de marque, ostentatoires. Sous l'éclairage blafard des néons, sa peau paraissait blême. Il tenait une arme à la main, canon vers le sol.

Jeremy examina rapidement les trois autres : un au moins était armé. Si Davis affichait la nonchalance, ses hommes de main étaient nerveux et agités. Jeremy ne portait plus que ses chaussettes et son boxer, il avait été dévêtu pendant son inconscience. Voilà pourquoi il avait aussi froid ! Il était sans doute attaché à un des piliers de soutènement de la grande salle.

Il lui fallait gagner du temps.

Avec un calme qu'il n'éprouvait pas, il demanda :

— Comment avez-vous réussi à trimbaler un homme aussi lourd que moi ? Je présume que vous avez dû vous y mettre à quatre.

Ryan fronça les sourcils.

— Ta gueule ! C'est moi qui pose les questions, pas toi.

Jeremy essaya encore de tirer sur les cordes. En vain.

Dieu, qu'il avait mal à la tête !

— Nous pouvons rester civilisés, vous savez.

— Va te faire foutre ! Tu sais ce que je veux, enculé. Où est-elle ?

— J'ignore ce que vous voulez parce que vous ne me l'avez pas dit.

— Mais tu sais qui je suis ! cracha Davis.

— Un fils de pute qui pourrira bientôt en prison.

Ce n'était pas la plus intelligente des réponses à donner à un homme armé, mais Jeremy avait froid, mal et très peur. Pratiquement certain d'avoir atteint le bout de sa route, il n'avait plus rien à perdre. Il ne fut pas vraiment surpris que Davis le frappe sur la tête avec le canon de son arme. Jeremy grogna et cligna des yeux, des tourbillons noirs brouillant sa vision.

— Où est-elle ? hurla Davis, lui postillonnant au visage.

Jeremy décida de changer de tactique.

— Si je l'avais, ne pensez-vous pas que je l'aurais déjà donnée aux flics ?

À en juger par son expression, non, Davis n'y avait pas pensé. Fantastique. Amoral et en plus très con. D'expérience, Jeremy savait que la bêtise rendait les criminels encore plus dangereux.

Profitant de l'occasion, Jeremy essaya de perturber Davis.

— Les fichiers de cette clé auraient pu vous envoyer en prison, d'accord, mais maintenant en tant que meurtrier, vous n'en sortirez plus jamais.

— J'ai pas tué ce sale pédé !

— Et alors ? dit Jeremy en ignorant l'insulte. Commanditer un crime est pénalement aussi grave que le commettre. Même si vous n'avez pas pressé la détente, vous restez le seul vrai coupable aux yeux de la loi.

Davis hésita le temps de digérer l'information, ou peut-être de décrypter des mots qui échappait à son registre linguistique basique, puis il se tourna vers l'agent de sécurité.

— C'est vrai ? demanda-t-il.

La garde haussa les épaules.

— Je sais pas, mec. Moi, j'ai juste un GED [25].

— Connard.

Reportant son attention sur Jeremy, Davis releva le menton et ajouta :

— Bon, si je dois tomber, t'es cuit. Je peux être condamné qu'une fois, hein ? En fait, j'ai droit un cadavre gratuit... Ah, c'est marrant !

— Je vous rappelle que vous avez tué aussi la sœur de Donny.

— Cette salope ? Jamais vue !

Jeremy soupira.

— Écoutez, je suis ranger – je connais la loi. Si vous tuez un agent des Forces de l'Ordre, vous risquez la peine de mort.

C'était un mensonge. D'abord, un ranger n'était pas assermenté, ensuite, l'Oregon n'avait plus eu d'exécution capitale depuis près de vingt ans. Mais d'après Jeremy, Davis ne le savait pas.

En voyant le nabot hésiter, Jeremy décida de pousser sa chance et de mieux étayer son scénario.

— Vous savez comment ça se passe dans cet État ? C'est la chaise électrique. J'ai été policier avant d'être ranger, une fois, je suis allé à Salem pour voir griller un condamné. Vous avez déjà vu une phalène brûler sur une flamme la nuit ? C'est pareil, sauf qu'un homme met bien plus longtemps à mourir.

Mal à l'aise, les hommes de Davis s'agitaient et échangeaient des regards affolés. Davis se contenta de rire.

— Y'a pire que la mort. Je te signale que cet endroit est rien qu'à nous tout le week-end. Je vais te travailler au corps, tu finiras par cracher le morceau.

Jeremy avait craint de recevoir une balle dans la nuque. Être torturé n'était pas une amélioration transcendantale de son sort, aussi cherchat-il désespérément un moyen de se sortir de cette situation délirante. Malheureusement, il avait de plus en plus froid et son cerveau était devenu de la mélasse.

— Je ne sais pas où est votre putain de clé, indiqua-t-il d'une voix lasse. Donny ne m'en a pas parlé. Je ne l'ai jamais vue. J'ignorais même son existence avant que vous foutiez mon appartement en l'air.

Boum ! Un autre coup sur la tête. Et cette fois, Jeremy perdit connaissance.

---

25 *General Educational Development*, équivalent à un diplôme secondaire aux États-Unis.

Un seau d'eau glacée en plein visage le réveilla en lui coupant le souffle. Il s'étouffa et cracha de l'eau, qui coula sur sa poitrine nue, le congelant jusqu'aux os. Il avait si froid qu'il pouvait à peine bouger la mâchoire.

Davis se tenait devant lui, un seau en plastique entre les mains, l'air très content de lui.

— C'est pas l'heure de faire dodo. Nous avons à parler.

Il posa le seau et tira de la poche de son pantalon un paquet de cigarettes et un briquet. Il sortit une cigarette, l'alluma et rangea le reste.

— Bon, c'est à toi de choisir, indiqua-t-il entre deux bouffées. La manière simple ou la dure.

Merde, ce con avait regardé trop de films de gangsters !

— Je ne sais rien, répéta Jeremy qui claquait des dents.

— T'as froid ? Je vais te réchauffer.

Davis fit un pas en avant et écrasa l'embout incandescent de sa cigarette sur le sternum de son prisonnier immobilisé.

Jeremy hurla de douleur, sans trop savoir ce qui était pire, la douleur atroce de la brulure ou la puanteur de la chair grillée. Il n'eut pas vraiment le temps d'y réfléchir, car Davis continua, encore et encore. Quand sa cigarette fut réduite à un mégot, il en alluma une autre et recommença. Très vite, les petites douleurs individuelles devinrent une seule agonie insoutenable qui s'aggravait à chaque battement de cœur.

Comment était-il possible de brûler et de geler en même temps ?

Quand Davis se trouva à court de cigarettes, il passa derrière Jeremy et lui cassa les doigts, un par un, en commençant par l'auriculaire de la main gauche. Il s'arrêta juste avant d'arriver au pouce. Il fit le tour de son captif, affaissé dans ses liens, et lui releva brutalement le menton.

— Cet exercice m'a donné soif. Réfléchis bien pendant mon absence. Quand je reviendrai, si t'es pas décidé à parler, je t'arrache les couilles.

Avec un petit sourire pervers, il leva le genou, visant le bas-ventre de Jeremy. Sous le choc, Jeremy faillit s'évanouir, tout devint gris… Il fut vaguement conscient que Davis s'éloignait et discutait avec ses hommes, mais son esprit n'enregistrait plus rien. Il ne sentait plus que le froid, la douleur et…

Oh mon Dieu. Qay.

Et si ce malade était au courant pour Qay ? Et s'il décidait de s'en prendre à lui pour retrouver sa clé ?

Avec un gémissement de bête à l'agonie, Jeremy tira les cordes. Depuis qu'il avait repris connaissance dans ce hangar, il avait peur, terriblement peur, mais réaliser que Qay pouvait être en danger transformait sa terreur en panique. Malgré la douleur, l'épuisement et le froid, Jeremy fut traversé par une forte décharge d'adrénaline. Il était fort, merde ! Ce n'était plus le looser d'autrefois, victime des brutes qui le houspillaient à l'école, l'enfant solitaire auquel ses parents n'avaient jamais accordé d'attention, le timide qui n'avait jamais osé se lier d'amitié avec son beau et triste voisin du fond de la classe.

Il tira sur ses liens de toutes ses forces, mais en vain.

Alors, il perdit la tête et laissa exploser sa rage et sa frustration de la seule manière qui lui restait : dans un hurlement sauvage et désespéré. Il avait échoué à protéger Qay !

Son cri renvoya des échos jusqu'au haut plafond du hangar. Jeremy lui trouva une raucité résignée qui annonçait la défaite.

Davis revint lentement vers lui, une bière à la main, une caricature de sourire aux lèvres.

— T'as réfléchi, pédale ? Tu tiens à tes couilles ou pas ?

— Va te faire foutre ! croassa Jeremy.

Il avait l'impression d'avoir la gorge tapissée de papier de verre. Il vit Davis ouvrir sa bouche, mais sa réponse – sans doute hautement spirituelle – fut perdue, car les deux grandes portes du hangar s'ouvrirent avec fracas. Des hurlements retentirent, des ordres, des directives.

À tout hasard, Jeremy tint à prévenir ses sauveteurs :

— Attention ! Ils sont armés !

Comme pour le prouver, ce con de Davis pivota et lui tira dessus. La balle déchira la chair de son épaule gauche. Jeremy ne cria même pas, il n'émit qu'un grognement entre ses dents serrées. Il souffrait déjà tant qu'il ne sentit presque rien de cette blessure supplémentaire. Il tressaillit cependant à son sang qui coulait, brûlant par contraste avec sa peau glacée, et s'écoulait jusqu'à ses pieds pour former une petite flaque sur le sol.

Le reste ne fut qu'une succession d'images violentes, de cris et de coups de feu. Un homme avança vers lui et hurla quelque chose. Jeremy ne comprit rien à ses paroles. Il se sentit tomber…

Non. Des bras le rattrapaient, l'étendaient sur une civière, le couvraient d'une couverture thermique.

— Qay ? murmura-t-il.

Si quelqu'un lui répondit, il s'évanouit avant de l'entendre.

XX

L'IMMEUBLE DE Jeremy grouillait de flics et chacun d'entre eux avait un million de questions à poser à Qay. Il ne voulait pas leur répondre, il voulait simplement savoir ce que devenait Jeremy. Mais si ces flics le savaient, ils ne le lui disaient pas. Ils continuèrent de le harceler jusqu'à ce qu'il s'effondre sur le sol froid du parking et lutte pour respirer.

— Nom d'un bordel à queue, sombres connards ! Il n'a rien fait. Foutez-lui la paix ! Putain de Dieu !

Étonné, Qay releva les yeux. Ces hurlements émanaient d'un remarquable petit homme en costume. Un inspecteur, supposa Qay à première vue.

— Il est entré par effraction dans les bureaux du second, se défendit l'un des uniformes, pointant le doigt au plafond.

— Pour appeler le 911, débile. Allez, foutez-moi le camp. Allez remplir une tonne de paperasserie et de rapports sans intérêt. Au boulot.

D'un geste dédaigneux, l'inspecteur repoussa la masse des agents, puis il se tourna vers Qay et s'accroupit à ses côtés.

— Vous êtes bien Qay Hill ? demanda-t-il d'un ton plus doux.

Qay acquiesça en silence. Le petit homme se releva et tendit la main :

— Je suis Nevin Ng, un ami de Jeremy. Barrons-nous d'ici, d'accord ? Où est votre voiture ?

— Je n'en ai pas. J'ai marché.

— D'accord, je vais vous ramener chez vous. Allez, venez.

Après un moment d'hésitation, Qay prit la main offerte et se redressa. Ng était solide, car il ne broncha pas sous son poids. Son regard féroce poussa les agents à s'écarter devant eux comme la Mer Rouge devant Moïse. Les deux hommes se retrouvèrent vite à la sortie du parking souterrain.

En d'autres circonstances, Qay aurait souri de plaisir en découvrant la voiture de Ng : une GTO classique d'un pourpre si sombre qu'il en paraissait presque noir. Ng la déverrouilla et fit signe à Qay de monter côté passager. Les sièges noirs étaient absolument impeccables et une faible odeur d'Old Spice parfumait l'habitacle. Ng s'apprêtait à mettre sa clé dans le contact quand Qay l'arrêta d'une main posée sur son bras.

— L'ont-ils retrouvé ?

— Je ne sais pas encore. Mais j'ai des amis dans le service, ils ont promis de me tenir au courant dès qu'ils auront des nouvelles.

Avec un soupir qui ressemblait à un grognement, Qay se laissa retomber dans son siège rembourré.

— C'est vous l'espoir d'un avenir en rose ? demanda Ng.

— Qu… quoi ?

— Vous baisez avec Germy Cox ?

— Ne l'appelez pas comme ça !

Ng eut un demi-sourire.

— Je vois, non seulement vous le baisez, mais en plus vous y tenez à ce gros nounours.

Il perdit son sourire, secoua la tête et enchaîna :

— Que trou du cul ! Je lui avais conseillé d'être prudent. Mais non, il se prend pour un putain de superhéros !

— Captain Caféine, confirma Qay.

L'épuisement lui tombait dessus avec un poids écrasant. Il avait brûlé toute son énergie.

— Ha ! Captain Caféine ! J'aime ça. Où va-t-on, princesse ?

EN DÉCOUVRANT l'appartement médique de Qay, Ng ne fit aucun commentaire. Il poussa Qay à s'asseoir sur son canapé et s'occupa de préparer du thé. Un véritable exploit, car Qay aurait juré ne pas en avoir. Peu après, Ng lui tendait une tasse fumante et prenait place à côté de lui avec un soupir.

— Quel sacré bordel ! grommela-t-il.

Qay acquiesça d'un mouvement amorphe. Il n'y avait que ses mains qu'il sentait encore, sans doute grâce à la chaleur bienfaisante de la tasse entre ses paumes. Le reste de son corps s'était dissous dans un trou noir où la force gravitationnelle terrestre n'existait plus.

Le silence retomba et devint vite pesant. Ng dut se sentir tenu de le rompre.

— C'est même pas mon domaine, vous savez ? Moi, je m'occupe des crapules qui frappent les vieilles dames ou violent les plus vulnérables en les forçant à la boucler. Mais les enlèvements, les meurtres, les trafics de drogue… c'est pour ces enfoirés du Vice et des Homicides ! Et s'ils avaient fait leur boulot correctement, nous n'en serions pas là.

Il aboya un rire bref et enchaîna :

— Je devrais presque leur être reconnaissant ! Cette histoire à la con m'a sauvé du pire des repas de Thanksgiving !

Thanksgiving ! Même si penser à manger lui retournait l'estomac, Qay tressaillit : il avait oublié le repas prévu avec…

— Rhoda ! Nous étions invités chez elle. Je n'ai pas son numéro.

Malgré l'angoisse qui le broyait, sa voix était basse, sans intonation.

— *Nom de Dieu* ! jura Ng, furieux, mais pas contre Qay. Buvez votre thé. Je m'en occupe.

Il passa dans la kitchenette, sa tasse à la main et sortit son portable dans lequel il parla à mi-voix un long moment. Trop hébété, Qay ne chercha même pas à tenter de surprendre la conversation. Ng revint et reprit sa place à côté de lui.

— J'ai parlé à Rhoda. Elle veut savoir comment vous vous sentez.

Qay lui jeta un regard vide, Ng secoua la tête.

— Hé, vous avez de l'alcool ici ? Je pense qu'un petit verre vous ferait du bien. Ça vous détendrait.

— Non, répondit Qay. Je suis un ex-toxico, ex-alcoolo, ex-tout. Je suis clean depuis sept ans, mais…

Loin de paraître choqué, Ng fit claquer sa langue.

— Putain ! Bravo ! Sept ans, c'est long, c'est comme déplacer une saloperie de montagne avec une cuillère à café.

Comment répondre à ça ? Qay se contenta de hocher la tête. Puis une idée naquit dans son cerveau embrumé qui tournait au ralenti :

— S'ils tenaient tellement à retrouver cette clé, pourquoi n'ont-ils pas pris le SUV de Jeremy pour le fouiller ? Ils l'ont abandonné dans le garage… Donny pourrait très bien avoir caché sa clé dedans.

— J'en sais rien, mec. Davis est un tordu, ces gens-là n'ont aucune logique.

Qay acquiesça une fois de plus. Il en connaissait un bout sur les « tordus ».

Ils sirotèrent leur thé.

Lorsque le téléphone de Ng sonna, Qay sursauta si violemment qu'il renversa son mug. Il se mordit la lèvre jusqu'au sang en regardant Ng, mais le visage figé de l'inspecteur ne révélait rien de ce qu'il apprenait au téléphone. Puis Ng raccrocha, remit son portable dans sa poche et jeta à Qay un long regard.

— Il est vivant, déclara-t-il enfin.

Qay gémit.

— Il est vivant, reprit le flic, mais salement amoché. Ils l'emmènent aux urgences pour l'opérer le plus vite possible.

Qay se releva, ignorant son pantalon inondé.

— Où ?

— Je peux vous y conduire, mais…

— S'il vous plaît !

Si Ng refusait, Qay découvrirait tout seul dans quel hôpital était Jeremy et s'y rendrait par ses propres moyens, se fichant bien que les bus soient beaucoup moins nombreux un jour de congé. Il irait à pied, si nécessaire, il courrait tout le long du chemin.

— Oui, d'accord, bon sang. Allons-y.

Si Ng lui parla pendant le trajet, Qay ne s'en souvint pas. Il ne vit aucun des quartiers traversés ni la direction qu'ils prenaient. Il resta simplement assis dans le GTO violet en se demandant si on pouvait mourir d'une crise d'angoisse qui durait une journée entière.

PEU DE temps après leur arrivée à l'hôpital, il perdit Ng, mais Rhoda était là. Elle se leva d'un bond en le voyant et se jeta sur lui avec une étreinte aussi inattendue que robuste.

— Chéri ! s'exclama-t-elle. Tu as une mine à faire peur ! As-tu au moins mangé quelque chose aujourd'hui ?

Il la regarda, le cerveau vide.

— Jeremy ?

— Il est en salle d'opération. Son état est sérieux, mais stable. Il va s'en sortir, mon chou.

Qay soupira en frissonnant. L'oxygène revenait enfin dans ses poumons, mais il n'arrivait pas contrôler ses tremblements. Rhoda le fit asseoir sur une chaise en plastique et repoussa d'une main impatiente une infirmière qui approchait – sans doute avait-elle pris Qay pour un patient nécessitant des soins.

Quand il retrouva l'usage de la parole, il s'excusa d'une petite voix triste :

— Je suis désolé.

— Tais-toi ! Après la journée terrible que tu as vécue, un moment de faiblesse est bien naturel. Mais Jeremy va s'en sortir, et toi aussi.

Il baissa la tête, effondré. Rhoda se releva et disparut. Quand elle revint quelques minutes plus tard, elle posa sur les genoux de Qay un muffin emballé d'un film plastique.

— Ce sera certainement dégoûtant, annonça-t-elle, mais tu dois te sustenter.

N'ayant pas l'énergie de discuter, Qay obtempéra : il déchira le plastique, coupa avec ses doigts un bout du gâteau mou et le mit dans sa bouche. Ça n'avait aucun goût.

— Vous êtes en train de rater votre fête, dit-il.

— J'ai eu le temps de manger une assiette bien remplie, rétorqua-t-elle. Et puis, la dinde froide, c'est excellent. J'ai chargé Parker de tenir le fort, il avait bien besoin d'une distraction, le pauvre. Il vient de rompre avec son dernier petit ami en date, il se sentait un peu mélancolique.

Qay regretta de ne pas connaître le fils de Rhoda : Jeremy n'en disait que du bien. Comme par magie, le muffin avait disparu dans son estomac. Rhoda lui tendit une cannette de coca pour le faire passer.

— Pas de café ? demanda-t-il.

Elle esquissa un sourire.

— Je suis prête à certaines atrocités compte tenu des circonstances, mais pas au point de te donner un café qui sort d'un distributeur.

Elle portait une robe à manches longues imprimée de plumes de paon et des boucles d'oreilles assorties. Ses cheveux étaient attachés en chignon compliqué.

— Vous être superbe, Rhoda. Hum, vous l'êtes tout le temps, bien sûr, mais tout particulièrement ce soir. Ces couleurs vives vous vont très bien.

Seigneur, mais que lui prenait-il de débiter des âneries pareilles ? Avait-il perdu tout contrôle sur sa langue ?

Rayonnante, Rhoda lui tapota le bras.

— Tu es adorable, Qay !

Il cherchait toujours une réponse appropriée quand Ng réapparut. Le visage crispé, il paraissait en colère. Frank était avec lui, il paraissait épuisé.

— Êtes-vous Rhoda Levin ? demanda Frank.

Elle se leva et hocha la tête.

— Oui.

— Je suis le capitaine Frank du Bureau de Police. Venez avec moi.

Qay resta assis. Frank commençait déjà à se détourner, Rhoda eut un geste impatient.

— Viens, Qay. Ça te concerne aussi.

212

— Il n'est pas sur la liste des contacts de Jeremy, déclara Frank.

— Parce que Jeremy n'y a pas pensé, mais ils sont ensemble. Qay doit venir avec moi.

Frank aurait peut-être discuté, mais Ng l'en empêcha en grognant :

— Ne sois pas chiant, Frank ! Jeremy m'a dit lui-même qu'il avait de sérieux projets avec ce gars-là. Qay doit savoir ce qui se passe.

Frank céda avec un haussement d'épaules et s'éloigna, Ng le suivit. Stupéfait, Qay se laissa faire quand Rhoda le prit par la main et l'entraîna. Pendant qu'il avançait dans un long couloir blanc, il ressassait ce qu'il venait d'entendre : Jeremy avait parlé de lui à Ng ? Il avait évoqué de « sérieux projets » ? Et il y avait aussi le fait sidérant que Rhoda et Ng aient pris sa défense, se soient positionnés de son côté. C'était bien la première fois que ça lui arrivait.

Deux étages plus haut, après avoir traversé tout l'hôpital, ou presque, ils arrivèrent dans une autre salle d'attente, plus petite et d'atmosphère plus feutrée. Les sièges n'étaient pas en plastique, mais en cuir, un tapis couvrait le carrelage et les tableaux muraux représentaient de paisibles paysages. Un petit groupe était blotti ensemble dans un coin ; dans l'autre, un vieillard semblait somnoler, la tête appuyée contre la paroi. Frank les conduisit jusqu'à une rangée de sièges vides et fit signe à Rhoda de s'asseoir.

Qay fit pareil, mais il ne put rester immobile que quelques secondes. Il avait la sensation que ses nerfs vibraient sous sa peau. Laissant les deux policiers s'entretenir à mi-voix avec Rhoda, il se mit à arpenter la pièce, les épaules voutées, les doigts crispés sur les pans de sa veste en cuir. Il percevait quelques mots de la conversation : « brûlures, blessure par balle, doigts cassés, hypothermie ». Il apprit que Davis et un de ses hommes étaient morts dans la fusillade, un autre était en chirurgie, le quatrième et dernier en prison. Les flics fouillaient encore le hangar où Jeremy avait été retenu, la maison de Davis et à peu près tous les endroits où cet enfoiré avait pu mettre les pieds ces derniers temps. À un autre moment, Qay aurait sans doute été soulagé que Davis ne soit plus une menace pour Jeremy, mais dans le contexte actuel, cela lui passait au-dessus de la tête, aussi continua-t-il à faire les cent pas. La famille silencieuse dans le coin le regardait.

Il en était à son millième tour de la salle quand Rhoda lui fit signe.

— Pourquoi boites-tu, Qay ?

Surpris, il s'arrêta net et baissa les yeux sur son pied droit, très douloureux. Il n'avait rien remarqué avant que Rhoda le lui signale.

— Il a enfoncé une putain de porte à coup de pied, déclara Ng.

— Une porte ? Pourquoi ?

— Pour avoir accès à un téléphone et demander de l'aide. C'est lui qui a compris que Jeremy avait été enlevé.

— Chéri !

Elle se précipita vers lui et le ramena jusqu'à un siège. Ensuite, elle s'enfuit, revenant bientôt avec un médecin qui insista pour examiner le pied de Qay.

— Une entorse bénigne et quelques contusions, déclara le praticien.

Il donna à Qay une poche de glace et lui conseilla de reposer son pied pendant quelques jours, si possible en le gardant surélevé. Il semblait sur le point d'évoquer les formalités administratives et demander de quelle assurance maladie bénéficiait son patient quand Ng le prit à part et discuta un moment avec lui. Le docteur hocha la tête et s'en alla.

Maintenant, Qay ne pouvait plus déambuler : sa botte ne rentrerait plus sur son pied enflé. Il se pencha en avant, les coudes sur les genoux, les mains sur les yeux et se concentra pour ne pas devenir fou.

— Tiens, mon chou.

La voix douce et une petite tape sur l'épaule le firent se redresser. Frank était parti, mais Ng était toujours là, assis en face de lui, une assiette en papier remplie de nourriture posée en équilibre instable sur les genoux. Et Rhoda tendait à Qay une assiette du même genre, recouverte d'une feuille d'aluminium.

— Ce sera meilleur qu'un muffin de distributeur, affirma-t-elle.

Il accepta l'assiette, souleva l'alu et inhala. *Hmm.* Une aile de dinde encore chaude, avec des légumes de toutes sortes.

— Comment…

— J'ai demandé à Parker de nous les apporter. Il t'a pris aussi une pantoufle, tu pourras la mettre sur ton pied blessé.

Ladite pantoufle était posée sur le siège à côté de Qay. À sa vue, il ouvrit de grands yeux : un truc énorme en fourrure rose avec la tête de Sulli, le monstre bleu, au niveau des orteils.

En voyant la tête de Qay, Rhoda éclata de rire.

— Ta dignité s'en remettra, bébé ! affirma-t-elle.

— Je n'ai pas de dignité.

Pour le prouver, il enfila la pantoufle et se jeta sur son assiette en utilisant les couverts en plastique que Rhoda lui donna. C'était délicieux. Elle avait même pensé à ajouter à leur encas un cidre chaud et épicé – sans alcool –, boisson que Qay n'avait pas goûtée depuis des années.

Peu après que Qay et Nevin eurent fini de manger, une femme médecin entra dans la pièce et se dirigea vers eux. Elle était grande et mince, ses cheveux noirs tirés en queue de cheval. Elle semblait fatiguée, mais un petit sourire victorieux jouait sur ses lèvres.

— Vous êtes les amis de M. Cox ? demanda-t-elle.

Elle avait un léger accent, musical et agréable. Tous hochèrent la tête. Qay resta assis alors que Nevin et Rhoda se levaient.

— Je suis le Dr Jalali, le chirurgien. Je suis heureuse de vous dire que M. Cox se porte bien. Il est en salle de réanimation en ce moment, mais il sera bientôt ramené dans sa chambre et pourra recevoir des visites. Aura-t-il quelqu'un pour l'aider à son retour chez lui ?

— Oui, répondit le trio à l'unisson.

— Très bien. Dans ce cas, il pourra sortir samedi. Peut-être même demain, dans la soirée.

La poitrine libérée d'un poids énorme, Qay en vacilla de soulagement.

— Il va bien ?

— Oui. Il gardera un temps des attelles aux doigts et sans doute aura-t-il besoin de rééducation pour son épaule une fois la plaie cicatrisée. Les brûlures laisseront des cicatrices, bien entendu, mais sinon, il ne gardera aucune séquelle.

Peut-être la prière pitoyable de Qay avait-elle été entendue. Il n'était même pas certain de croire en Dieu, mais décida qu'exprimer sa reconnaissance ne pouvait faire de mal à personne. *Merci beaucoup, Dieu. Je n'oublierai pas ce que je te dois.*

APRÈS AVOIR arraché à Rhoda la promesse de l'appeler en cas de nouveau, Nevin rentra chez lui, mais avant, il serra vigoureusement la main de Qay.

— Vous êtes solide en cas de coup dur, mec. Pour une fois, Germy est bien tombé.

Qay et Rhoda reprirent leurs places et attendirent. Elle avait trouvé quelque part deux livres de poche – peut-être Parker les avait-il apportés ? – et en passa un à Qay. C'était l'un de ces romans fantasy avec un complot compliqué et des noms impossibles à retenir. Dans son état actuel, il fut incapable de suivre les péripéties de l'intrigue, mais trouva néanmoins agréable d'avoir des mots sous les yeux, même quand les phrases qu'ils composaient n'avaient pas beaucoup de sens.

215

Un médecin s'approcha pour parler au groupe dans le coin. Tous parurent soulagés. Mais le vieillard, lui, reçut de mauvaises nouvelles. En larmes, il fut accompagné dans une salle privée. Qay souffrait pour lui. Il espéra qu'au moins cet homme et la personne qu'il venait de perdre avaient vécu longtemps ensemble.

Rhoda lui apporta un autre coca. Quand il s'aventura en boitillant dans le couloir pour se rendre aux toilettes, sa pantoufle ridicule arracha un sourire à une infirmière épuisée. Du coup, Qay fut heureux de la porter.

En revenant dans la salle d'attente, il se laissa tomber sur son siège avec un soupir.

— Ça va, chéri ? demanda Rhoda. Ça ne va pas te causer de problèmes ?

Elle désignait son pied.

— Non. Je n'ai pas à retourner au travail avant mardi.

Grâce à la poche de glace, il avait déjà moins mal.

— Bien. Parlons de ce que nous allons faire de Jeremy. J'ai une idée, si tu es d'accord.

Elle l'examina et ajouta :

— Il va avoir besoin de toi.

— Voyons Rhoda. Regardez-moi. Je suis dans un état lamentable !

— Tu lui as sauvé la vie aujourd'hui, Qay.

Qay envisagea ce qui aurait pu arriver et sa poitrine se contracta douloureusement.

— Je…

— Ce gros imbécile a ignoré tous les avertissements qu'il a reçus, mais toi, tu as appelé la cavalerie. Tu seras donc capable de t'occuper de cet inconscient.

— Si j'avais demandé de l'aide plus tôt, il n'aurait peut-être pas été aussi grièvement blessé.

— Alors, maintenant, tu es censé être médium ? Allez, Qay ! Moi, je n'ai servi à rien. Quand j'ai vu que vous ne veniez ni l'un ni l'autre, j'ai essayé d'appeler Jeremy et je suis tombée sur sa boîte vocale. J'ai cru que vous vous étiez encore disputé et qu'il était en train de bouder dans un coin… ou que vous étiez au lit ensemble, trop occupés pour noter que l'heure tournait.

— Oh.

Qay piqua un fard, ses joues devinrent brûlantes. Avec un petit rire, Rhoda lui tapota l'épaule.

— Ne t'en fais pas. Je suis une grande fille. Mais veux-tu que je t'explique mon idée ?

— Bien sûr.

— Dès qu'ils le libèreront de l'hôpital, je le ramènerai au Marriott. Toi, tu resteras avec lui jusqu'à ce que tu doives retourner travailler.

— Mais je…

— Il va avoir besoin d'aide pour se laver, s'habiller. Je suis convaincue qu'il préfèrera que ce soit toi qui t'en charges plutôt que moi.

Qay réfléchit un moment. Son problème était de savoir s'il serait capable de garder les idées assez claires pour être d'une quelconque utilité à Jeremy.

— Oui, vous avez raison.

— J'ai *toujours* raison, chéri. Bon, alors, c'est décidé. Nous verrons dans quel état il sera lundi soir et déciderons quoi faire en fonction de ça. Il peut venir chez moi s'il veut, j'ai une chambre d'ami.

La question étant réglée, le silence retomba jusqu'à ce qu'une infirmière vienne les chercher.

— Il est réveillé, dit-elle. Vous pouvez venir le voir, mais seulement pendant quelques minutes. Il a besoin de se reposer.

Qay bondit de sa chaise, puis ravala un cri quand sa cheville foulée se rappela à son souvenir. Rhoda soupira et leva les yeux au ciel.

JEREMY ÉTAIT bien amoché. Pourtant, Qay le trouva superbe… parce qu'il était vivant. Et aussi parce qu'en les voyant, Rhoda et lui, il eut un sourire à damner un saint. Son visage était enflé, des bandages couvraient une bonne partie de sa tête et de son corps, et des tubes étaient plantés dans son bras.

— Dès que tu seras guéri, je te mettrai un coup de pied, déclara Rhoda. Idiot !

Ensuite, elle se pencha et embrassa doucement la joue la moins enflée.

Il y avait sur la petite table de chevet un gobelet en plastique et une paille. Elle le prit et la rapprocha de la bouche de Jeremy.

— Bois, ordonna-t-elle.

Obéissant, il prit une gorgée.

— Merci. Tout le monde va bien ?

Sa voix était cassée et rocailleuse.

— Tout le monde sauf toi et les méchants. Davis est mort.

Jeremy hocha la tête et le regretta très vite : il grimaça avec un soupir.

— Quel gâchis !

Puis il tourna son attention sur Qay, resté près de la porte, ne sachant trop quoi faire de lui-même.

— On a raté Thanksgiving, annonça Jeremy.

Qay se rapprocha et secoua la tête.

— Non, pas moi. Rhoda a demandé à Parker de m'apporter de la dinde.

— Qu'est-ce que tu as au pied, Qay ?

Au nom du ciel ! Il avait été kidnappé, torturé et opéré, il subissait encore les effets de l'anesthésie et était dopé jusqu'aux branchies, et malgré tout, il remarquait que Qay boitait ?

— Rien de grave, ce n'est qu'une entorse.

Jeremy essaya de s'asseoir, mais Qay l'en empêcha.

— Davis… commença Jeremy.

Qay comprit alors que Captain Caféine avait eu peur pour *lui*.

— Non, ne t'inquiète pas, le rassura Qay. Je n'ai jamais eu affaire à Davis

— Il s'est blessé pour te sauver, imprudent ! intervint Rhoda. Il a défoncé une porte pour trouver un téléphone.

Jeremy fronça les sourcils.

— Je comptais lui acheter un téléphone pour Noël. Et aussi un ordinateur portable. Je cherchais juste le moyen de lui faire accepter mes cadeaux.

Sidérée, Rhoda cligna des yeux, Qay se contenta de secouer la tête.

— Tu as dû prendre un sacré cocktail, Jeremy. Tu m'as l'air complètement shooté !

Il en ressentait une vague envie.

— Et nos projets du week-end ? se plaignit Jeremy. Nous avions prévu de ne pas quitter mon lit.

Il regarda tristement ses doigts plâtrés. Rhoda toussa, une toux qui ressemblait beaucoup à un rire étouffé. Qay l'ignora, se pencha sur Jeremy et prit sa main intacte dans la sienne. Se rappelant de ce dont il aurait eu besoin autrefois, quand il gisait blessé sur un lit d'hôpital, il parla d'une voix douce et réconfortante :

— Nous aurons le temps plus tard, chuchota-t-il avec un sourire plein de promesses. C'est repoussé, pas annulé. Au fait, t'avais-je dit que j'aurais à Noël une semaine de congés payés ?

— Toi pour Noël ? Hmm. C'est mieux qu'un ordinateur portable !

Jeremy ferma les yeux, puis les rouvrit, luttant contre la fatigue, mais il avait sommeil, ça se voyait. Qay posa un très léger baiser sur les lèvres tuméfiées.

— Profite bien de ces drogues qui coulent dans tes veines. Je reviendrai te voir demain matin.

— Et je te dirai que je t'aime, déclara Jeremy, d'une voix pâteuse.

Il referma les yeux. Cette fois-ci, il ne les rouvrit pas.

QAY HAÏSSAIT les hôpitaux. La veille, il n'y avait pas trop pensé parce qu'il s'angoissait trop concernant Jeremy. Mais le vendredi, cela lui revint en force. Il passa l'essentiel de sa journée au chevet de Jeremy. Pour oublier sa phobie, il tenta de ne penser qu'au blessé. Ça fonctionna tant que Jeremy était conscient, car il avait alors besoin de distraction ou d'assistance. Mais il s'endormait souvent, assommé par les analgésiques qu'il recevait en intraveineuse, ne laissant à Qay rien d'autre à faire qu'à ressasser et se tourmenter. Qay avait apporté de quoi travailler, mais il ne parvenait pas à se concentrer sur ses cours.

Tard dans l'après-midi, un médecin passa et son auscultation dura longtemps. Demeuré dans la chambre, Qay grimaça en voyant les blessures de Jeremy, puis écouta avec attention les conseils du médecin concernant les soins à donner à domicile, une fois que Jeremy aurait quitté l'hôpital.

— Je peux m'en charger moi-même, grogna Jeremy.

Le docteur, un homme âgé avec les sourcils les plus hérissés que Qay ait jamais vus, secoua la tête.

— Non, Jeremy, vous ne pouvez pas. Et si vous ne suivez pas mes consignes, Qay devra vous ramener ici.

Jeremy leva un sourcil amusé, doutant manifestement qu'on puisse le forcer à agir contre son gré.

Qay le toisa d'un œil féroce.

— Je le ferais, promit-il, même si je dois appeler Rhoda et Nevin à la rescousse.

La menace dut porter, car Jeremy soupira et hocha la tête.

— D'accord.

— Si vous promettez d'être sage, je vous laisse sortir, déclara le médecin.

— Je promets.

RHODA VINT les prendre et les raccompagna au Marriott dans le SUV de Jeremy, qu'elle avait récupéré au parking de son immeuble. Elle tendit à Qay un sac contenant les vêtements de rechange et les articles de toilette qu'il avait préparés le matin même avant qu'elle passe le chercher pour l'emmener à l'hôpital.

En arrivant dans la chambre de Jeremy, elle déposa sur la table basse un gros sac en papier plein de nourriture.

— C'est principalement des fruits et des jus fraîchement pressés, expliqua-t-elle. Et des viennoiseries de mon café.

— Nous pouvions en commander au room service, protesta Jeremy de son lit.

Le court trajet l'avait épuisé, ses traits tendus attestaient qu'il souffrait.

— Bien sûr, mais ça me réconforte de vous laisser des provisions. Jer, as-tu des chaussures que tu peux enfiler d'une seule main ? Sinon, je vais...

— Des mocassins – affreux, d'ailleurs. Je me suis toujours demandé pourquoi je les avais achetés.

— Tu remettras très vite tes bottes, chéri.

Elle l'embrassa sur la joue et fit pareil pour Qay, à la grande surprise de ce dernier.

— Appelle-moi si vous avez besoin de quelque chose. Même si je ne peux pas bouger, Parker est là ce week-end et tout à fait prêt à être votre esclave.

Une fois Rhoda partie, Qay aida Jeremy à ôter le pantalon de survêtement et le tee-shirt qu'il avait mis pour quitter l'hôpital. Il vérifia aussi les bandages, qui lui parurent sains, et fit s'étendre à nouveau Jeremy.

Ce dernier cligna des yeux en le fixant.

— Viens te coucher avec moi...

— Tu n'es pas en état de baiser.

— Je sais. Mais j'aimerais quand même te tenir dans mes bras.

En fait, à cause des blessures de Jeremy, ce ne fut pas si facile de trouver une position confortable. Ils y réussirent après quelques essais : Jeremy couché à plat sur le dos, Qay drapé sur son bon côté, évitant soigneusement les brûlures.

Pendant un moment, aucun des deux ne parla. Puis Jeremy chuchota :

— Pardonne-moi. J'ai été stupide, tu aurais pu te faire tuer.

— Moi ? J'étais à la maison. En sécurité.

— Ils s'en seraient pris à toi ensuite. Si Davis n'avait pas eu un pois chiche en guise de cerveau, il nous aurait enlevés tous les deux. Te torturer était le plus sûr moyen de me faire parler.

Qay soupira.

— C'est *toi* qu'ils ont torturé.

— Là n'est pas la question. Je vais bien. Mais ils s'en seraient pris à toi et je n'aurais rien pu faire.

Sa voix était angoissée et Qay sentait la tension du corps collé au sien.

— Il ne s'est rien passé. Je n'ai rien.

Le silence retomba et dura longtemps. Puis Jeremy soupira.

— Putain ! Je suis complètement dans les vapes !

— Les analgésiques agissent comme une drogue.

— Je déteste… ne pas me contrôler.

Qay ne put réprimer un rire étouffé.

— Te connaissant, je n'en suis pas surpris.

— Je ne comprends pas que tu aies pu…

Jeremy s'arrêta brusquement. Qay compléta sa phrase :

— … devenir accro à une merde pareille ? C'est dû à une triste hérédité et à de mauvaises décisions.

— Non, je comprends la dépendance. C'est de la biologie. Ce que je ne comprends pas, c'est comment tu pouvais supporter d'avoir en permanence la tête embrumée. Je n'arrive pas à réfléchir, j'ai l'impression… d'avancer dans de la boue épaisse. Comment faisais-tu ?

— Je ne sais pas.

Ce n'était pas vrai. Qay avait *apprécié* d'avoir du coton dans la tête quand il était shooté, c'était mieux que son agonie constante et ses foutues angoisses. Il doutait que Jeremy le comprenne. Il avait été torturé, pour l'amour de Dieu, et maintenant, il se fustigeait de ne pas avoir été un meilleur superhéros.

Jeremy caressait le dos de Qay – probablement sans même s'en rendre compte.

— Qay ? Si je te dis un truc, vas-tu me croire sans penser que c'est un effet de la drogue ?

— Oui.

D'expérience, il savait que la drogue n'empêchait pas de voir les choses avec clarté.

— Tant mieux. J'y ai pensé dans cet entrepôt pourri. Dire qu'il m'a fallu plusieurs coups sur la tête pour réaliser l'évidence !

Jeremy prit une profonde inspiration et laissa tomber :

— Je t'aime.

Qay se figea. Il avait cru que Jeremy ne pensait plus à sa promesse de la veille.

— Tu ne peux pas…

— *Je t'aime*. Ça fait deux semaines à peine que nous nous sommes retrouvés, je sais, mais c'est sans importance. Plus je te connaîtrai, plus je t'aimerai. Un peu plus chaque jour. Je t'aime, voilà et je tenais à ce que tu le saches.

— Je n'ai jamais été amoureux, déclara Qay, tout raidi.

— Et je ne m'attends pas à ce que tu le sois déjà. Tu es plus sensé que moi. Et tu protèges mieux ton cœur.

Qay n'était pas sensé du tout et son cœur était à nu.

— Je suis comme toi, dit-il calmement. Au même point.

— Oh, c'est vrai ?

— Oui. Et ça me terrifie.

Là. Il s'était rendu vulnérable. Jeremy le serra plus fort.

— L'amour n'est pas effrayant, Qay. Nous affronterons tout ça ensemble, d'accord ?

Qay avait le ventre noué. Pourtant, il ne put s'empêcher de rire : à entendre la voix sinistre de Jeremy, ils s'apprêtaient à affronter un peloton d'exécution, pas une simple relation. Jeremy rit aussi, puis gémit parce que ça réveillait ses douleurs.

Qay jeta un coup d'œil au réveil posé sur la table de chevet et se redressa.

— Tu dois prendre une autre dose.

Il se leva et se dirigea vers le bureau, où Jeremy avait posé le sac en papier qui contenait ses médicaments. Derrière lui, le blessé faisait un effort pour s'asseoir. Cette fois, Qay était trop loin pour l'en empêcher.

— Non, Qay. Je n'en veux pas. Je n'ai pas si mal.

Sans tenir compte de ce mensonge éhonté, Qay alla remplir un verre d'eau au lavabo de la salle de bain. En revenant dans la chambre, il prit le sac et se rapprocha du lit. Il posa le verre sur la table de chevet, sortit un flacon de pilules, dévissa le capuchon. Il sortit une gélule et la tendit à Jeremy.

— Prends ça.

— Qay…

— Oui, d'accord, ça me tente. Mais c'est toi qui en as besoin et avec une seule main, tu ne peux pas ouvrir ce putain de flacon. Alors, prends ça.

Après une pause, Jeremy obéit. Quand la pilule ne fut plus dans sa paume, Qay éprouva un soulagement mêlé de déception. Il regarda Jeremy la placer sur sa langue et la faire descendre avec une grande gorgée d'eau. Épuisé comme après un gros effort, Jeremy retomba sur ses oreillers.

— Merci.

— Jeremy, il faut bien que tu comprennes que je serais toujours comme ça, toujours tenté par la drogue, l'alcool, n'importe quoi. À chaque flacon de pilules que je croiserai, à chaque bouteille, les démons recommenceront à s'agiter dans mon crâne, leurs griffes me déchireront de l'intérieur et la tentation deviendra de pire en pire...

Jeremy serra les dents.

— Merde. Je peux me passer sans ces foutues pilules. Je ne boirai plus. Et je serai là quand tes démons se réveilleront.

Qay secoua la tête et ignora sa nausée, sachant que Jeremy ne l'avait pas compris. Mais ce n'était pas le bon moment de discuter, pas alors que Jeremy souffrait et qu'il était à moitié endormi. Ils auraient le temps plus tard d'entamer ce chemin semé d'écueils.

Les analgésiques assommaient déjà Jeremy. Qay l'aida à avaler un morceau d'un sandwich gourmet de Rhoda et du bouillon de bœuf aux vermicelles qu'il commanda au room service. Puis Jeremy s'endormit.

Qay le regarda longtemps. Malgré les bandages, les ecchymoses et trois décennies de plus, Qay voyait toujours en cet homme aux yeux clos le petit garçon d'autrefois. Même peau claire, mêmes cheveux blonds, même bouche renflée.

Et dire que ce malheureux au grand cœur aimait un taré comme lui !

XXI

C'ÉTAIT UN peu comme une lune de miel, mais avec peu de sexe suite aux blessures de Jeremy. Ça restait délicieux, cependant. Samedi matin, Qay passa de la pommade sur les petits cercles des brûlures qui constellaient la poitrine de Jeremy. Aucun des deux ne protesta lorsqu'il finit par lécher les abdominaux durcis et le sexe qui s'érigeait. Et la nuit venue, quand Qay se mit au lit, tous deux étaient nus. De sa bonne main, Jeremy offrit à Qay un orgasme qui le laissa haletant, le visage caché contre le cou de son amant.

Dimanche, ils eurent envie de bouger, aussi Qay aida-t-il Jeremy à s'habiller et à mettre son bras dans une écharpe. Ils firent une lente promenade à travers les rues du centre-ville, traversèrent deux des parcs de Jeremy, dont il souligna certaines des caractéristiques avec fierté, comme s'il en était personnellement responsable. Ils déjeunèrent dans un petit restaurant libanais tranquille. Après ça, Jeremy insista, avec un sourire, pour passer à la librairie Powell, où Qay reçut une telle surcharge sensorielle qu'ils durent vite s'asseoir dans la zone café et boire du chocolat chaud le temps qu'il se calme. Qay acheta trois livres, même s'il n'en avait pas réellement vraiment besoin et pouvait à peine se permettre une telle dépense. Il refusa cependant de laisser payer Jeremy. En fait, il tint même à offrir à Jeremy un épais volume – d'occasion, heureusement ! – sur l'évolution de la flore locale.

Alors qu'ils revenaient sans se presser, une voiture de patrouille les dépassa. L'agent au volant salua d'un geste amical Jeremy, qui répondit de même. En voyant s'éloigner le fourgon noir et blanc, Qay se mit à réfléchir. Il finit par demander :

— À ton avis, où est cachée cette clé USB ?

Jeremy lui jeta un regard surpris.

— Quelle importance ?

— Eh bien, ça peut aider l'enquête. Mais surtout, je suis curieux.

— Je ne suis même pas certain qu'elle existe ! Donny n'était pas du genre à planifier, à organiser. Je parierais qu'il a eu besoin d'argent et qu'il s'est lancé dans son opération chantage sans matériel d'échange. Il était assez inconscient pour faire un truc pareil et Davis assez con pour le croire.

Qay secoua la tête, stupéfait des dégâts qu'impulsivité et mensonge pouvaient causer.

Quand ils arrivèrent à l'hôtel, Jeremy eut besoin de se reposer. Pendant qu'il dormait, Qay s'assit au bureau pour travailler, tout en cherchant à oublier les puissants analgésiques qui se trouvaient dans la pièce. À sa portée…

DANS LA soirée, Jeremy, installé dans un fauteuil près de la fenêtre, leva soudain les yeux du livre dans lequel il était plongé. Il affichait un sourire tentateur.

— Tu viens m'aider à me laver ?

Qay était plus que partant pour tenter cette nouvelle expérience. Jamais encore il n'avait pris de douche à deux. Même si à l'hôtel, la salle de bain était un peu petite pour leur laisser beaucoup de place, quelle importance alors qu'il avait devant lui toute cette délectable peau tiède et humide. Veiller à éviter l'épaule blessée leur fut assez facile, par contre, pour les brûlures, ce fut plus ardu. Les mamelons ronds de Jeremy attiraient leur attention mutuelle : Jeremy, parce qu'il était particulièrement sensible à cet endroit-là, Qay, parce qu'il aimait entendre son amant gémir et le saisir aux cheveux dès qu'il s'en approchait. Par chance, le grand corps de Jeremy représentait un vaste terrain de jeu, aussi Qay eut-il de quoi s'occuper.

À un moment, Jeremy se pencha en avant, les paumes plaquées à la paroi carrelée, les jambes écartées, le cul offert. Qay, qui se trouvait derrière lui, passa doucement ses mains savonneuses sur ces globes musclés et fermes, s'insinua entre eux… et tous deux poussèrent le même gémissement de plaisir.

Qay chercha l'entrée du corps de Jeremy.

— Nom de Dieu !

Par-dessus son épaule, Jeremy le regardait.

— Savais-tu, reprit-il, que le sexe libère des endorphines naturelles ? Donc, si tu me baises maintenant, tu m'aideras à guérir.

Avançant d'un pas, Qay saisit Jeremy par les hanches et frotta son érection contre ces reins qui le rendaient fou. Il se pencha et lécha la colonne vertébrale de Jeremy, remontant une vertèbre après l'autre jusqu'à l'omoplate droite. Le goût, légèrement savonneux, était délicieux.

— Tu veux que je joue au docteur ? demanda-t-il d'une voix rauque.

— Ouiii…

Jeremy se baissa davantage, pressant son cul contre le bas-ventre de Qay.

— Nous serions mieux au lit, décida Qay.

Son pied et sa cheville restant douloureux, inutile de risquer une glissade catastrophique dans la douche. Ni Jeremy ni lui n'avaient besoin de plus d'hématomes.

En arrivant près du grand lit, alors que Jeremy, d'une seule main, ne cessait d'allumer Qay, ils eurent un choc en réalisant que leur stock de préservatifs était resté chez Qay.

— Je me rhabille et je descends, déclara Qay. Je trouverai bien un drugstore dans le coin.

Jeremy le retint.

— Non, nous pouvons nous en passer. Avant toi, je n'ai pas baisé depuis presque huit mois et je me suis fait tester la semaine dernière. Je suis clean.

Étonné, Qay leva les sourcils.

— Tu t'es fait tester ?

— Oui.

— Pourquoi ?

Jeremy l'attira contre lui et frotta le visage dans son cou. Qay se mit à trembler.

— Parce que j'espérais qu'entre nous… euh, je ne sais pas, j'espérais que ce serait sérieux, exclusif. Pour de bon. Qu'en dis-tu ?

Bon sang. Qay le voulait aussi, plus désespérément qu'il avait jamais voulu de la drogue ou de l'alcool. Mais il était détruit, instable, alors, comment pouvait-il faire ce genre de promesses ? Au lieu de répondre, il embrassa Jeremy, sachant bien que ce dernier risquait de prendre son geste pour une acceptation tacite. Hé, un mensonge de plus que Qay aurait sur la conscience !

Nus et serrés dans les bras l'un de l'autre à côté du lit, ils s'embrassèrent un long moment et se caressèrent, avant que le pied de Qay proteste de cette trop longue station debout. Jeremy grogna, sa bonne main plaquée sur les fesses de Qay et, sans se lâcher, ils tombèrent sur le lit… plus brusquement que prévu. Jeremy gémit un peu, sans lâcher Qay.

— J'ai du lubrifiant, annonça-t-il. Il est dans le tiroir, à côté de la Bible.

Qay ouvrit le tiroir et récupéra le petit flacon.

— Je ne savais pas que les hôteliers étaient aussi prévoyants.

— Non, je l'avais acheté pour la Veuve Poignet quand j'étais trop con pour oser te parler.

Qay sourit.

— D'accord, nous allons lui trouver un meilleur usage.

226

— Bien, *bien* meilleur !

Jeremy s'écarta de Qay et roula sur le ventre, gémissant sous l'effort. Il ouvrit les jambes dans une invite sans équivoque et tourna la tête vers Qay.

— J'attends, ajouta-t-il.

— Tes brûlures, ça ne te fait pas mal ?

— Je m'en tape ! Allez, Qay !

Avec un rire gourmand, Qay se précipita pour masser à deux mains ces globes glorieux.

— Même en tant que passif, tu restes autoritaire, chef. Ça ne m'étonne pas.

Jeremy lui jetant un regard indigné, Qay l'en punit d'une petite claque sur une fesse. Jeremy se tortilla en riant.

Après ça, Qay ignora ses jérémiades et prit tout son temps : il prépara Jeremy, le lubrifia en profondeur et détendit l'anneau de muscles pour faciliter sa pénétration. Jeremy le suppliait d'une voix de plus en plus frénétique, ou essayait de creuser les reins pour mieux s'empaler sur les doigts plongés en lui. Qay savait qu'il pouvait le faire jouir rien qu'avec ces va-et-vient dans son fourreau serré, car Jeremy en même temps se frottait au matelas, émettant toujours une litanie de supplications et de jurons entrecoupés de gémissements. Oui, ce serait amusant. Mais son sexe n'était pas d'accord : il tenait vraiment à participer à la fête. Et Qay n'était pas certain que Jeremy, dans son état, puisse tenir un second round. Alors il retira ses doigts, tapota le cul de Jeremy et lui caressa doucement le dos.

— Tourne-toi.

Jeremy obtempéra avec une célérité surprenante pour un homme grièvement blessé trois jours plus tôt. Il plia les genoux, planta les pieds dans le matelas et sourit largement.

— Tu es si beau, Qay !

Qay piqua un fard, ce qu'il trouva absurde.

— Tu es peut-être shooté aux endorphines, hein ?

— Non. Je dis la vérité. Et rappelle-toi que je suis un observateur qualifié.

Sans trop de difficulté, Qay fit glisser un oreiller sous les reins de Jeremy. Puis il prit un moment pour admirer le spectacle. Thanksgiving avait été horrible, mais ce soir, il se sentait extrêmement reconnaissant envers le destin.

Il se positionna entre les jambes de Jeremy, mais sans le pénétrer. Au lieu de ça, il se frotta contre lui et l'embrassa sur les lèvres. Dieu, que c'était bon ! Mais alors qu'il accélérait le mouvement de ses hanches, Qay se rendit compte qu'il pressait son torse sur des brûlures mal cicatrisées – ce n'était pas malin, même si Jeremy ne s'en plaignait pas. Agrippé au cul de Qay, il tentait de soulever ses hanches et de s'empaler.

— Tu es prêt ? demanda Qay.

— Oui. Je t'attendais depuis des années.

Qay recula un peu, s'aligna et commença lentement à s'enfoncer.

Bon sang, c'était serré, divin ! Rien que l'expression béate de Jeremy faillit le faire jouir. Les paupières mi-closes cachaient en partie les yeux gris, la bouche était entrouverte, une légère rougeur d'excitation marquait les hautes pommettes, les joues étaient un peu rugueuses de barbe. Qay ne baisait pas Captain Caféine, il faisait l'amour à Jeremy Cox, un homme étonnant, doté d'un esprit aiguisé et d'un cœur aussi immense que les Grandes Plaines.

Quand Qay fut enfoui jusqu'à la garde, ils se figèrent et leurs regards se verrouillèrent l'un à l'autre. Et pendant ce moment béni, Qay se sentit parfaitement détendu : ses nerfs ne le tourmentaient plus, ses démons avaient disparu et sa poitrine était libérée de son fardeau habituel.

— Je t'aime, souffla Jeremy.

— Je t'aime, répondit Qay.

C'était la première fois qu'il prononçait ces mots.

Ils finirent par bouger, bien entendu, et ce qui suivit fut sublime, un rêve plus clair et plus joyeux que n'importe quelle euphorie engendrée par la drogue, un instant de perfection dans un monde imparfait.

Quand ce fut terminé, ils ne cherchèrent pas à se nettoyer. Qay voulait garder le sperme de Jeremy sur lui, sur son ventre et sa poitrine, même s'il savait qu'en séchant, ça créerait des démangeaisons. Bien qu'il soit sans doute collant et peu confortable, Jeremy paraissait très heureux lui aussi. Il serra Qay contre lui, remonta la couette et embrassa la nuque à portée de ses lèvres.

— L'univers peut être tellement bizarre, amour.

Qay entendit l'accent du Kansas dans ce dernier mot.

LUNDI MATIN, ils se douchèrent ensemble. Qay n'avait pas prévu d'autres activités sexuelles, mais il ne put pas résister à la nudité de Jeremy. Il s'agenouilla donc et lui fit une fellation. Après avoir joui, Jeremy s'effondra dans ses bras, sous le jet d'eau chaude qui les aspergeait tous les deux. Quelques minutes plus tard, Jeremy retourna la faveur, mais assis sur le lit, adossé au mur, avec Qay accroupi au-dessus qui s'enfonçait dans sa bouche.

C'était une belle façon de commencer la journée.

Finalement, ils durent quand même se lever : il était temps de vaquer à leurs occupations respectives.

— Tu vas t'en sortir tout seul ? demanda Qay.

Jeremy prenait la semaine pour récupérer, mais Qay avait cours dans la soirée et ce matin, il travaillait.

— Oui, ça va aller. Je me débrouille très bien avec une seule main. Dieu merci, ce connard ne m'a pas bousillé la main droite ! Et si j'ai un problème, j'appelle Rhoda : elle me rejoindra en moins de vingt minutes.

— Je pourrais prendre quelques jours de congé.

Financièrement parlant, il ne pouvait se le permettre, mais il était inquiet de laisser Jeremy.

— Non. Ça va aller, je t'assure. Je vais beaucoup mieux. J'ai arrêté de prendre les analgésiques depuis samedi soir. Avais-tu remarqué ?

Bien sûr, Qay le savait, parce que Jeremy ne demandait plus d'ouvrir le flacon de pilules, qui avait disparu mystérieusement.

— On t'a tiré dessus, Jeremy !

Jeremy lui fit un clin d'œil.

— Ma blessure n'avait rien de fatal. Et après-demain, je rentre chez moi. J'en ai ras la frange de vivre à l'hôtel. Tu m'accompagneras ce week-end acheter mes articles de cuisine et... Merde !

— Quoi ?

Jeremy soupira

— J'avais fait une liste de tout ce dont j'ai besoin. Je l'avais dans ma poche quand ils m'ont enlevé. Je suppose que je dois tout recommencer.

Il avait été torturé, blessé et presque tué, et il se souciait encore d'une liste perdue ? Sidéré, Qay secoua la tête.

— Oui, nous irons ensemble faire du shopping. N'est-ce pas là une activité des plus normales pour un couple homosexuel ?

Jeremy paraissait avoir quelque chose sur le bout de la langue, tout en hésitant à parler. Il se mordait la lèvre inférieure, les yeux au plafond.

— Hum, Qay ? Je veux que tu réfléchisses à une proposition, mais ne panique pas, d'accord.

Génial ! Qay paniqua illico : il en perdit le souffle.

— Quoi ?

— Ne panique pas, c'est juste une idée... Voilà, euh, tu pourrais venir vivre avec moi.

Qay resta bouche bée. Jeremy enchaîna avec enthousiasme :

— Tu as vu mon appartement, il est assez grand pour deux. Si tu veux, tu pourras payer une partie des factures, ou me verser un loyer… je m'en fiche, hein, mais j'aimerais… j'aimerais vraiment t'avoir avec moi tout le temps.

Le cœur tambourinant, Qay avait le vertige, mais il réussit à ne pas s'effondrer.

— Je ne peux pas…

— Je sais. C'est trop soudain. Tu n'as pas à te décider maintenant. Je veux dire, tu as déjà payé ton loyer de décembre, non ?

Qay répondit d'un léger signe de tête.

— Je m'en doutais, déclara Jeremy. Alors, il ne faut pas se précipiter. Mais tu pourrais m'aider à choisir les tapis, les plats et… tout ce que tu aimes. Comme ça, quand tu viendras, tu te sentiras chez toi.

Le silence retomba, assourdissant. Apparemment mal à l'aise, Jeremy haussa les épaules, mouvement qui le fit gémir.

— Putain d'épaule ! protesta-t-il. J'en ai vraiment marre ! Et si on sortait marcher ?

PEU APRÈS le déjeuner, ils échangèrent un baiser passionné. Jeremy savait embrasser, même s'il supportait mal la contrainte de ses doigts cassés. Puis Qay rassembla ses affaires – vêtements, bouquins scolaires et autres – dispersées dans la chambre d'hôtel. Il rangea le tout dans son sac de voyage et son sac à dos.

À la porte, juste avant qu'il sorte, Jeremy l'arrêta.

— Tu passes chez moi après ton travail mercredi ?

Au moins, il avait dit « chez moi », sans plus évoquer cette idée folle de partager son appartement avec Qay.

— Bien sûr. Et si tu veux, nous irons dîner chez moi. Je fais un très bon *ramen*.

— Je n'en doute pas. Au fait, cet après-midi, j'irai acheter un téléphone portable, puisque le mien est foutu. Parfois, ils offrent un second appareil pour presque rien. Si je t'en prends un, tu vas me le jeter à la figure ?

Qay réfléchit à ce que s'était passé le jeudi précédent : avec un portable, il aurait pu demander de l'aide beaucoup plus vite. Et s'il avait eu le numéro de Rhoda, il l'aurait contactée tout de suite, pour lui annoncer le retard anormal de Jeremy, ce qui aurait évité bien des souffrances à son amant.

— Non. Mais je payerai le mien.

Jeremy sourit.

— D'accord !

Après un ultime baiser, Qay s'en alla.

Il passa d'abord chez lui. Après ce long week-end au Marriott, son appartement lui parut particulièrement humide et lugubre. Il abandonna son sac, vida du lait périmé dans l'évier et prépara ses affaires pour se rendre à l'université.

Le cours aurait dû l'intéresser : le sujet de cette semaine était l'éthique et la moralité avec Nietzsche et Foucault. Il avait attendu avec anticipation le débat qui s'ensuivrait. Au bout de quelques minutes à peine, un autre étudiant évoqua la responsabilité personnelle et les remords qu'entraînait une erreur. Aussitôt, Qay pensa à Kevin marchant sur la voie ferrée pour aller récupérer son jeune frère avant l'orage. Au cours des années, il avait appris à repousser les pensées de ce genre, mais les derniers jours, émotionnellement tumultueux, avaient affaibli ses défenses. Emporté par un tourbillon, il passa de Kevin à leurs parents, à la dépendance et à son travail. La tornade revint ensuite à Jeremy et y resta, réveillant les terreurs de Qay. Il se mit à énumérer tous les scénarios catastrophes qui condamnaient leur relation.

Quand le professeur Reynolds annonça une pause de quinze minutes, Qay rassembla ses affaires et s'enfuit.

Il descendit du bus plusieurs arrêts avant le sien, en partie parce qu'il ne pouvait plus supporter de rester assis, en partie parce qu'il avait envie de vomir. Mains tremblantes et jambes instables, il vacillait sur le trottoir. Maintenant, l'ouragan qui lui ravageait le cerveau était accompagné par un chœur d'insultes virulentes. *Connard, même pas capable d'assister au cours jusqu'à la fin ! Que va penser de toi, Reynolds, hein ? Il va changer d'avis, bordel. Et qu'adviendra-t-il alors de tes projets universitaires ? Abruti ! Raté !*

Voilà pourquoi, quand Qay passa devant un bar avec une vitrine illuminée par les néons des publicités de bière, il s'y précipita.

XXII

Jeremy n'avait pas l'habitude de l'oisiveté. Ne rien faire le rendait nerveux. D'une seule main, il ne pouvait même pas jouer sur son ordinateur portable. Lundi, après le départ de Qay, Jeremy essaya de lire, mais sans réussir à entrer dans l'histoire. Il finit par tenter de mettre ses chaussures… et passa une bonne quinzaine de minutes à essayer d'attacher ses lacets. Il espéra que le froid n'était pas trop terrible, parce que son blouson était boutonné de travers.

— Comment va, chef ? demanda la jeune réceptionniste.

— Bien, merci.

— Il y a un autre article dans le journal ce matin. L'un des suspects passe au tribunal aujourd'hui.

Jeremy fit la grimace. Son enlèvement et la fusillade en ayant résulté avaient attiré l'attention des médias, surtout après qu'un journaliste intuitif les eut reliés à la mort de Donny. Chacun à leur tour, Rhoda et Nevin avaient appelé Jeremy, encore consigné dans sa chambre d'hôtel, pour l'avertir des gros titres de la presse, aussi durant tout le week-end avait-il soigneusement évité d'allumer la télévision ou de lire les journaux. C'était mieux pour lui, et *surtout* pour Qay, déjà bien assez stressé comme ça. Rares étant les personnes au courant qu'il résidait temporairement au Marriott, il n'avait pas été agressé par les paparazzis. Dieu merci !

— Je sors marcher un moment, annonça Jeremy. Si un de mes amis vient aux nouvelles, dites-lui bien que je ne suis pas mort.

— Vous n'êtes pas mort. J'ai compris.

Il s'aventura à l'extérieur, la tête dans les épaules, et se dirigea vers le Waterfront Park.

Quel idiot il avait été d'ignorer les avertissements de Frank ! Enivré par les débuts prometteurs de sa relation avec Qay, dévasté aussi par la mort de Donny, tout le reste lui avait paru sans importance. Alors, il avait continué son petit bonhomme de chemin avec des œillères. Après avoir envoyé Donny entre les mains d'un meurtrier, il avait mis Qay en danger.

Dorénavant, il avait appris sa leçon. Même si Davis était mort, Jeremy n'oublierait plus jamais de veiller en priorité au bien-être de Qay, qui le méritait bien.

L'eau grise de la Willamette bouillonnait devant lui, aussi tumultueuse que ses pensées.

Après un moment à la contempler, il tourna les talons et prit la direction de l'ouest, s'éloignant de la rivière. Il trouva une boutique de téléphones portables et marchanda durement, flirtant même avec le jeune et flamboyant vendeur, décidé à obtenir pour Qay le meilleur prix qui soit. Ses efforts s'avérèrent efficaces, car il quitta le magasin avec deux téléphones haut de gamme et un nouvel abonnement qui, il l'espérait, ne dépasserait pas le budget de Qay. Le compte était ouvert à son nom, mais si Qay insistait pour payer – ce qu'il ferait indubitablement – eh bien, peut-être accepterait-il de régler sa dette en plusieurs fois, par chèques mensuels. Si le projet de cohabitation se réalisait comme prévu, ça s'ajouterait tout simplement à la quote-part de loyer.

Merde, *le loyer* ! Jeremy traversa les North Park Blocks et espéra ne pas avoir effrayé Qay en lui proposant d'emménager avec lui. C'était assez soudain. Mais après avoir bien failli se faire tuer, Jeremy avait une notion plus nette de la fragilité de la vie. Il menait une existence relativement saine, aussi pouvait-il espérer vivre une cinquantaine d'années de plus, mais il pourrait aussi se faire écraser par un bus en traversant la rue. Quelle que soit la durée du temps qui lui restait, il ne voulait pas en perdre une minute de plus en tergiversations stériles, il voulait le passer avec Qay.

Il attendait au feu pour traverser Burnside quand il aperçut, de l'autre côté, trois sans-abris blottis sous un auvent qui se passaient une cigarette. Il reconnut les deux hommes, mais la jeune fille était nouvelle. Le cœur de Jeremy sombra. Parfois, il avait l'impression que pour chaque gamin qu'il sortait de la rue, Toad, par exemple, deux autres désespérés venaient prendre sa place.

Quand il arriva à leur niveau, les hommes le saluèrent de la main. Le plus maigre des deux, Randall, s'écria :

— Chef ! Qu'est-ce qui vous est arrivé ?

Apparemment, il n'était pas au courant des dernières nouvelles. Jeremy agita sa main gauche.

— J'ai déconné. J'ai les doigts bousillés.

— M'enfin, mec, faut faire attention ! La vie est dure en ce bas monde.

— Je sais. Comment va, Randall ? Vous savez où dormir ?

— Oui. Curtis et moi, on pieute dans un refuge, mais c'est réservé aux hommes. Et Lina, elle vient d'arriver. Elle sait pas où aller.

Jeremy étudia la jeune fille : pâle, avec une meurtrissure sur l'œil et une lèvre légèrement enflée. Il afficha un sourire encourageant.

— Hé, Lina. Je ne travaille pas aujourd'hui, aussi n'ai-je pas mon uniforme, mais je suis park-ranger. Je m'appelle Jeremy Cox.

Elle parut aussi sidérée que s'il avait annoncé être un visiteur de l'espace intergalactique.

— Park-ranger ? répéta-t-elle. On est pas dans un parc !

C'était une réflexion que Jeremy entendait souvent.

— Je sais, mais il y a beaucoup de parcs à Portland, et c'est mon territoire.

Elle restait sceptique, mais l'autre homme – Curtis – la poussa du coude.

— C'est vrai. C'est un bon gars, Li. Y cherche toujours à aider les gens comme nous. C'est grâce à lui que mon AJ est entré dans un programme. Maintenant, AJ a un emploi et tout et tout. Il aide parfois au refuge.

Jeremy se souvenait d'AJ, perdu de vue des années plus tôt. Il fut heureux d'apprendre que le garçon – un alcoolique invétéré, mais avec un très bon fond – s'en était sorti

— Quand vous le reverrez, dites-lui bonjour de ma part.

Curtis acquiesça et Lina se détendit un peu. Elle était vraiment très jeune et Jeremy la soupçonnait d'être enceinte, bien que ce soit difficile à dire avec les vêtements volumineux dans lesquels elle s'enveloppait.

— Avez-vous un endroit où dormir, Lina ?

Elle baissa la tête, regardant ses pieds.

— J'étais chez un ami, murmura-t-elle. Plus maintenant.

— Je vois. Écoutez, je connais un endroit où vous seriez bien accueillie, ça s'appelle *Harbour House*. Une vraie maison, pas une de ces institutions qui datent de l'époque victorienne. C'est réservé aux femmes et aux enfants. Je peux leur téléphoner et voir s'ils ont une chambre libre.

Elle étrécit ses yeux.

— Et j'aurais quoi à faire ?

— Suivre le règlement. Il est assez raisonnable : pas de drogue, pas de disputes entre résidentes, pas d'hommes dans la maison. Des trucs comme ça. Vous y trouverez la sécurité, à manger et un lit où dormir. Et aussi des conseils si vous le désirez. Des soins médicaux.

— Je veux garder mon bébé, dit-elle fermement.

— Ils vous y aideront.

Il la vit hésiter. En temps normal, il lui aurait proposé de l'accompagner sans plus attendre, sans lui donner le temps de refuser, mais le médecin préférait qu'il évite de conduire pendant encore deux jours.

Le mignon vendeur de la boutique de téléphone avait pris le temps de transférer tous ses contacts sur son nouvel appareil. Une chance au vu des circonstances. Jeremy sortit son téléphone flambant neuf.

— Un moment, dit-il.

S'éloignant de quelques pas, il appela le directeur de *Harbour House* – ce qui, d'une seule main, n'était pas si simple. Par chance, sa demande obtint satisfaction : le refuge avait un lit pour la jeune Lina.

Rayonnant, Jeremy revint vers le petit groupe.

— C'est bon, Lina, ils vous ont réservé une chambre. Je vais vous marquer l'adresse sur un papier. C'est dans le nord-est, mais très facile d'accès. Le bus numéro douze vous déposera à cinq minutes à peine à pied.

Pas vraiment enthousiaste, Lina ne refusa pas d'emblée. Et quand Jeremy lui griffonna l'adresse, elle accepta le bout de papier qu'il lui tendit. Elle y jeta un coup d'œil et le mit dans sa poche. Jeremy retint un soupir : il ne pouvait rien de plus pour elle. À moins que…

— Avez-vous assez d'argent pour prendre votre ticket de bus ? demanda-t-il.

Elle secoua légèrement la tête. Il sortit son portefeuille et en tira dix dollars qu'il donna à Lina. Remarquant le regard avide de Curtis et Randall, il donna au second les vingt dollars qui lui restaient.

— Vous devrez partager. Promettez-moi de dépenser ça pour manger et pas pour boire.

— Oui, chef, nous aurons deux repas chauds chacun, déclara Randall, l'air béat.

Jeremy espéra que ce serait le cas. Il leur souhaita bonne chance, surtout à Lina.

— Et faites bien attention à vous, chef, déclara Randall. Plus de fractures.

— Je ferai de mon mieux.

Il reprit son chemin, mais ne put s'empêcher jeter un regard en arrière. Le trio n'avait pas bougé, plongé dans une conversation animée. Jeremy regrettait de ne pas pouvoir pousser Lina dans son SUV pour la conduire à *Harbour House*, embarquer également Curtis et Randall et les emmener dans un endroit où ils pourraient se désintoxiquer le temps qu'il faudrait, le temps d'apprendre à contrôler leur addiction à l'alcool. Il aurait aussi voulu les aider à trouver des emplois décents, un toit sur leur tête, leur faire découvrir une vie qui ne les tuerait pas en pleine jeunesse. Il aurait voulu avoir Qay dans son appartement et…

Merde. Qay ! C'était l'homme le plus extraordinaire que Jeremy ait rencontré, brillant et complexe à la fois. Parfois, quand ils étaient assis ensemble – à table, partageant un repas, ou au lit, un livre à la main – Qay cessait de s'agiter. Ses muscles se détendaient, un sourire illuminait son visage et il avait l'air heureux. Ça ne durait jamais longtemps, mais ces moments-là étaient magnifiques. Et puis, Qay le regardait comme un cadeau du ciel, aussi inattendu que merveilleux. Jeremy voulait que ces répits soient plus fréquents et plus stables. Il voulait que Qay trouve enfin sa place dans le monde. Il le méritait.

MARDI PARUT interminable. Jeremy sortit plusieurs fois marcher dans la rue. Il déjeuna *Chez Perry* avec deux de ses gardes, manifestement éberlués par la notoriété – regrettable ! – que leur chef avait acquise ces derniers temps. Vers quatorze heures, il prit le café avec Frank, qui s'excusa de ne pas avoir mis fin plus rapidement aux agissements de Davis. Jeremy comprenait la position de l'inspecteur : il était impossible de sauter sur un suspect chaque fois qu'il sortait de chez lui. Et comme la famille Davis possédait le hangar où Jeremy avait été emmené, la présence du fils sur place n'était pas de nature à éveiller les soupçons.

Frank jouait avec la poignée de sa tasse.

— Je dois prendre votre déclaration, bien entendu, déclara-t-il, mais ça peut attendre quelques jours. Ces salopards sont en prison pour un bon moment.

— Pas de problème. J'ai la semaine libre. Demain, par contre, ce ne sera pas possible, car je dois m'occuper de mon appartement. Les travaux sont enfin terminés, je vais pouvoir emménager.

— Très bien, alors, je vous attends jeudi. Dites au fait, ce gars… celui qui est avec vous ?

— Qay ?

— Oui. Il vous a sauvé la vie.

Jeremy hocha la tête.

— Je sais.

Au cours du week-end, il avait tenté de remercier Qay, mais ce dernier refusait d'en discuter. En fait, la simple évocation de ce sinistre épisode avait failli lui provoquer une attaque de panique. Bien entendu, Jeremy n'avait pas insisté.

— J'avais des doutes à son sujet lorsque je l'ai vu avec vous au McDonald, enchaîna Frank. Il me paraissait... un peu brut de décoffrage, si vous voyez ce que je veux dire. Mais, merde, il a vraiment assuré.

— Oui.

Plus tard, il dîna avec Rhoda et Parker, toujours chez sa mère. Ils passèrent un agréable moment. Pourtant, Jeremy était souvent distrait : il pensait à Qay qui allait devoir prendre le bus pour rentrer chez lui après son travail, sous la pluie, puis dîner seul dans son sous-sol. *Ne le bouscule pas,* s'admonesta-t-il. *Donne-lui le temps de réfléchir.*

Demain, peut-être, Qay déciderait qu'emménager avec Jeremy était une bonne idée. Et même s'il hésitait encore, Jeremy lui donnerait son nouveau téléphone portable, aussi leur serait-il plus facile de rester en contact. Échanger des textos était un bon moyen de mieux se connaître.

Après que Rhoda l'eut déposé au Marriott, Jeremy commença à emballer ses affaires. Il n'avait pas récupéré grand-chose de son appartement vandalisé, mais durant son séjour à l'hôtel, ses maigres possessions s'étaient, comme par magie, multipliées de façon exponentielle. Il hésitait à les transporter dans des sacs cabas, ce n'était pas l'idéal. Surtout pour un homme qui n'avait qu'une seule main opérationnelle.

En soulevant un tas de tee-shirts froissés, il découvrit dessous un petit objet qui lui tira un sourire. Il le récupéra pour l'examiner de plus près : c'était une banale pomme de pin, un cône mâle porteur de pollen, avec un axe court autour duquel les écailles s'inséraient en spirale. Qay l'avait ramassé pendant une de leurs promenades, demandant à savoir, avec un sourire, de quel arbre il venait. Jeremy avait répondu qu'il s'agissait d'un *Pseudotsuga menziesii* – un sapin Douglas – et Qay avait mis le cône dans sa poche. Jeremy ignorait comment il se retrouvait ici, dans sa chambre d'hôtel.

Il l'examinait encore quand son téléphone sonna. Plein d'espoir, il vérifia son écran, mais ce n'était pas le nouveau numéro de Qay. Le code régional était le 620. Le Kansas ?

Jeremy décrocha, un peu étonné.

— Maman ?

Elle répondit d'une voix incertaine, éraillée par la cigarette.

— *Jeremy ?*

Il n'avait pas *complètement* coupé les ponts avec ses parents. Il les appelait pour la fête des Mères et à Noël, ils lui téléphonaient pour son anniversaire, mais ils n'avaient pas grand-chose à se dire, pour être franc. Ce qui se passait à Bailey Springs n'intéressait pas Jeremy et ses parents ne voulaient surtout rien savoir des hommes de sa vie. Il ne les avait pas revus depuis dix ans, depuis l'enterrement de sa grand-mère.

— Que se passe-t-il, maman ?

— *J'ai rencontré Betty Ostermeyer sur le marché aujourd'hui. Elle m'a dit que son fils t'avait vu sur Internet. As-tu vraiment été blessé ? Elle a parlé d'une arme à feu...*

Oh, bon sang !

— Oui, maman. Mais…

— *Mais tu n'es plus dans la police !*

Ses parents n'avaient jamais approuvé son choix de carrière. Trouvant que c'était gaspiller son diplôme universitaire, ils auraient préféré le voir dans un laboratoire, ou dans l'enseignement. « Tu pourrais au moins être dans la police scientifique, comme dans *Les Experts* », avait déclaré sa mère. Il avait essayé de leur expliquer qu'il voulait aider les gens qui en avaient le plus besoin, mais sans réussir à les convaincre.

Il soupira.

— Je ne suis plus dans la police. Je suis park-ranger en chef. Cette histoire n'avait rien à voir avec mon travail.

— *Betty Ostermeyer prétend que tu as été pris en otage par un baron de la drogue !*

— Ce n'est pas tout à fait vrai. Et cette balle, je l'ai prise dans l'épaule. La blessure est bénigne. Je vais très bien.

Elle se tut un moment, puis renifla.

— *La criminalité est terrible dans ces grandes villes.*

Pour elle, une ville était « grande » si elle possédait plus de deux feux de circulation. À ses yeux, même Dodge City était une métropole grouillante.

— Portland est une ville très sûre. J'ai eu un coup de malchance, mais tout est réglé à présent.

— *Eh bien… J'espère que tu feras plus attention.*

— Oui.

Un autre silence, plus long cette fois-ci. Il imagina sa mère assise à la table de la cuisine, une cigarette entre les doigts, un cendrier posé devant elle. Avait-elle remplacé le vieux téléphone filaire accroché au mur de la cuisine ? Quand il était enfant, le cordon s'emmêlait en permanence, alors, sa mère en défaisait les nœuds pendant qu'elle téléphonait.

238

— Jeremy ? Crois-tu pouvoir nous rendre bientôt une petite visite ? Ça fait tellement longtemps. Je suis sûre que tu es très occupé, mais ton père n'est pas en grande forme ces derniers temps. Il a été malade et...

Jeremy se racla la gorge et regretta de ne pas pouvoir utiliser sa main gauche pour se frotter la tempe.

— Je suis désolé pour papa, mais j'ignore quand je pourrais me libérer. J'ai dû prendre une semaine de congé pour soigner ma blessure. Je vais avoir du travail à rattraper.

— Mais tu vas bien, maintenant, vraiment bien ? Tu n'as pas attrapé cette maladie... au moins ?

Au nom du ciel ! Sa mère connaissait parfaitement le nom de cette « maladie », mais elle ne se décidait jamais à le prononcer.

— Non, maman, je n'ai pas le sida. J'ai gardé de ma récente mésaventure des bosses et des éraflures, mais sinon, je suis en pleine forme.

Il aurait voulu lui parler de Qay, lui annoncer avoir trouvé quelqu'un qu'il aimait et qui l'aimait. Que leur relation était encore incertaine, mais qu'il espérait une fin heureuse. Que Bailey Springs s'était bien trompé autrefois, en jugeant si mal Keith Moore, parce qu'il avait vécu un enfer et lutté vaillamment pour devenir un homme bien. Un homme dont Jeremy était tombé amoureux.

Mais elle ne comprendrait pas, elle n'accepterait pas, aussi préféra-t-il garder le silence.

Il soupira de nouveau et changea de sujet :

— Et toi, maman, comment vas-tu ?

— Je m'occupe. Je ne peux pas jardiner à cette période de l'année, bien sûr, mais j'ai mes séries. Oh ! Et tu te souviens de Mildred Walker ? Ta grand-mère jouait aux cartes avec elle.

— Hum... oui, vaguement.

— Eh bien, elle est morte il y a peu. Mais avant, son fils Stephen est revenu de Kansas City, il a pris une retraite anticipée pour s'occuper d'elle. Il a une dizaine d'années de plus que toi. Je ne pense pas que tu le connaissais.

— Non, effectivement, répondit Jeremy aussi patiemment que possible.

Il se fichait de Stephen Walker et de tous les habitants de Bailey Springs.

— Bon, elle est morte, mais lui est resté. Et sais-tu ce qu'il fait ? Il vit avec un mécanicien de Laupner ! Ils sont installés ensemble. Ce mécanicien, il a divorcé deux fois, il a deux grands fils, et maintenant... tsst, tsst. Certains savent donner le change !

Ainsi, cette anecdote avait pour but d'annoncer à Jeremy que Bailey Springs avait engendré un autre homosexuel. Et Laupner – un patelin voisin – aussi.

— Et alors ? Est-ce la fin du monde ? Bailey Springs et Laupner ont-ils été condamnés à brûler dans les flammes de l'enfer ?

Sa mère fit à nouveau claquer sa langue.

— *J'ai croisé Stephen Walker l'autre jour quand* Fay Boutique *a donné une petite fête pour Thanksgiving, avec des cookies et du cidre chaud. C'était très agréable. Et il était là pour parler de ses peintures. C'est un artiste, tu sais, je suppose qu'il les vend bien. Son... hum, son mécanicien était là, lui aussi. En costume, et tout, et tout. Ils ont l'air vraiment heureux.*

Cette fois, Jeremy réfléchit avant de répondre.

— Tant mieux pour eux, maman, déclara-t-il enfin.

— *Oui. Bon, je te laisse à présent. Prends bien soin de toi, Jeremy.*

— Toi aussi.

Après avoir raccroché, Jeremy resta longtemps debout, pensif, son téléphone à la main.

MERCREDI MATIN, Rhoda arriva de bonne heure, avec Parker et Ptolémée sur les talons. À peine Jeremy ouvrait-il sa porte qu'elle lui colla dans la main une grande tasse de café venant du *P-Town*.

— Avec ça, je ne pourrais rien porter ! grommela-t-il.

Puis il sourit, la remercia et huma avec délices le délicieux arôme.

— Et pourquoi crois-tu que je sois venue avec des renforts ? Ptolémée n'a pas beaucoup de temps avant de commencer son service, mais tu peux esclavager Parker.

— J'en profite quand même pour sortir ma tenue de travailleur de choc, déclara Ptolémée.

Il portait des bottes de combat, un pantalon baggy, un sweatshirt et une veste de chasse à carreaux. Pour couronner le tout, il s'était attaché un bandana gris autour du front.

— Merci à tous pour le coup de main, dit Jeremy. C'est très sympa.

Son café à la main, il se contenta de regarder le trio emporter ses affaires. Il fit un dernier tour des lieux pour s'assurer de n'avoir rien oublié, laissa un pourboire aux femmes de ménage – très agréables envers lui – et referma fermement la porte derrière lui.

— Vous nous quittez, chef ? demanda le jeune homme de la réception.

240

— Oui, vous êtes enfin débarrassé de moi.

— J'espère que vous avez apprécié votre séjour.

Jeremy sourit.

— La prochaine fois que mon appartement sera vandalisé par un trafiquant de drogue qui cherchera ensuite à m'enlever et à me tirer dessus, le Marriott sera le seul endroit où je voudrais me réfugier.

Il décida d'envoyer dès que possible un courrier à la direction du Marriott pour féliciter le personnel qui l'avait si bien traité.

Rhoda et son équipe avaient déjà rangé toutes les affaires de Jeremy dans le coffre de son SUV. Rhoda et Parker s'engouffrèrent dans la Mini.

Ptolémée regarda ses doigts plâtrés.

— Dis, tu veux que je conduise ?

— Je dois bien finir par remonter en selle, hein ? Alors, pourquoi pas aujourd'hui ? D'après le toubib, je devrais m'en sortir.

En vérité, conduire fut un vrai défi et Jeremy avait mal à l'épaule chaque fois qu'il bougeait le volant. Par chance, le trajet n'était pas bien long. En se garant dans le parking où il avait été agressé, Jeremy n'eut même pas un frémissement.

Ptolémée regarda autour de lui.

— C'est là que ça s'est passé, pas vrai ? À ta place, j'aurais été terrifié.

— Tout est allé très vite. J'ai eu beaucoup plus peur en reprenant connaissance attaché à mon poteau.

— Mais tu parais si calme en en parlant !

Jeremy haussa les épaules, ce qui lui arracha un gémissement étouffé.

— C'est fini. Il est mort, j'ai survécu. Je préfère oublier cette histoire.

Ptolémée secoua la tête.

— La plupart des gens n'oublieraient pas aussi vite un traumatisme pareil. Ça laisse des traces dans le psychisme, tu sais. Comme une empreinte dans le ciment humide.

— J'ai des amis fidèles qui veillent sur moi. Ça fait une différence.

— Oui, je suppose. Pourtant, tu dois retrouver ta paix intérieure.

Jeremy s'apprêtait à lui demander ce que ça signifiait, mais alors, Rhoda et Parker entrèrent dans le garage. Elle avait laissé sa voiture au *P-Town* et tous deux avaient fait le reste du chemin à pied. Rhoda portait un carton qui, cette fois, contenait des pâtisseries. Tous, sauf Jeremy, se saisirent de plusieurs sacs. Il leur ouvrit le chemin dans l'escalier, son café toujours à la main. Il dut cependant le poser pour pouvoir actionner sa clé dans la serrure et ouvrir la porte.

Le trio s'extasia devant la nouvelle cuisine – vraiment géniale, d'après Jeremy. Rhoda approuva aussi les nouveaux appareils et le carrelage de salle de bain. Jeremy ne reçut qu'une seule critique : ses murs, encore nus et blancs. Il pensa aux photos de magazine que Qay avait accrochées dans son appartement et sourit.

— Je les décorerai, un jour ou l'autre, promit-il.

Peu après, les livreurs se présentèrent avec les nouveaux meubles. Ptolémée et Parker jetèrent des regards furtifs et pleins d'admiration aux courageux garçons qui transportaient le tout dans l'escalier. Ils avaient tenté d'être discrets, mais les livreurs finirent par remarquer leur intérêt et firent étalage de leurs musculatures avec un enthousiasme renouvelé. Une fois le mobilier déposé dans l'appartement, Parker se chargea d'en choisir la disposition. Jeremy n'en prit pas ombrage. Il se fichait bien de l'aménagement actuel, sachant qu'il y aurait sans doute des changements une fois que Qay et lui auraient choisi les nouveaux tapis de la chambre et du salon.

Finalement, tout fut en place, les livreurs disparurent. Rhoda et les deux garçons avaient aussi d'autres contraintes.

— Merci pour tout, répéta Jeremy.

Rhoda lui tapota le bras.

— Tu nous devras un dîner de gala quand ta super cuisine sera opérationnelle et ta main guérie.

— D'accord.

Il les raccompagna jusqu'à la porte et les regarda descendre les marches en agitant la main. Il retourna ensuite dans son appartement, referma la porte et regarda autour de lui.

Il était chez lui. C'était sacrément bon d'avoir quitté l'hôtel et de retrouver son appartement, mais pour le moment, tout lui paraissait… vide. Et ce n'était pas à cause des murs sans déco ou des planchers sans tapis.

Il rangea ses vêtements dans sa penderie, puis fit une autre longue liste de ce qui lui manquait encore. Certains achats n'avaient rien d'urgent, comme la télévision et le système stéréo, tandis que d'autres l'étaient davantage. Les placards de sa cuisine étaient littéralement vides et même pour cette première journée, il lui fallait le basique : draps, serviettes, papier toilette, etc.

Pas loin de Hawthorne, un magasin vendait des draps de bonne qualité à prix discount. Jeremy envisagea d'y passer, puis renonça. Il aurait du mal à se garer et s'il s'y rendait à pied, rapporter ses achats avec une seule main serait une corvée. Alors, il redescendit au garage, monta dans son SUV et se rendit tout simplement au centre commercial le plus proche, où il acheta le nécessaire. Sur le chemin du retour, il s'arrêta dans une épicerie. Une fois rentré, il lui fallut plusieurs voyages pour monter tous ses sacs, mais il ne s'en plaignit pas : au moins, ça lui faisait de l'exercice.

Il rangea les courses dans la cuisine, puis mit ses draps neufs dans sa nouvelle machine à laver. Il était affamé, constata-t-il. De toute la journée, il n'avait mangé qu'un croissant du *P-Town* et un hot-dog au centre commercial. Il avait l'épaule douloureuse et un début de migraine, aussi décida-t-il en priorité de s'allonger sur le matelas nu pour une petite sieste.

Il se réveilla trois bonnes heures plus tard, alors que le soleil bas jetait de longues ombres à travers ses fenêtres sans rideaux. Au moins, il ne pleuvait pas. Son épaule était détendue et sa tête dégagée, mais son estomac, ayant conclu qu'il ne serait plus jamais nourri, faisait des nœuds de protestation. Jeremy vida une moitié de brique de lait – qu'il but à la bouteille, n'ayant pas encore de verres – ce qui n'apaisa guère sa fringale.

Alors, une idée lui vint.

Il sortit les draps du lave-linge et les transféra dans le sèche-linge, enfila maladroitement ses affreux mocassins et mit sa veste. Puis il dévala l'escalier, un sourire béat aux lèvres.

IL ATTENDIT en regardant la circulation dans les rues près de l'endroit où Qay travaillait. Les nombreux camions passaient en rugissant, parfois, un train faisait trembler la voie ferrée voisine. Ça lui rappela l'horrible mort du frère de Qay, Kevin. Encore aujourd'hui, Qay était-il capable de voir ou d'entendre passer un train sans ressentir une vague d'anxiété ? se demanda-t-il.

Un flux régulier d'employés émergeait déjà des diverses entreprises locales, mais Qay ne sortirait pas avant dix-sept heures, Jeremy le savait, alors, il patienta. L'obscurité tomba, la marée humaine ralentit et toujours pas de Qay. Jeremy vérifia son téléphone. Dix-sept heures quinze.

Un sinistre pressentiment lui serra le cœur, sans qu'il puisse expliquer pourquoi. Peut-être parce que le hangar où il avait été torturé n'était qu'à quelques rues de là. Ses jambes s'agitaient d'elles-mêmes, aussi nerveusement que Qay l'aurait fait. Jeremy se contrôla et attendit encore.

À dix-sept heures trente, il sortit de son SUV et avança jusqu'à l'entrée de l'usine. La porte étant ouverte, il entra. Les machines s'étaient tues, seuls quelques employés travaillaient encore.

— Je peux vous aider, monsieur ?

Le gardien en uniforme ne ressemblait nullement au complice de Davis. Pourtant, Jeremy ne put réprimer un léger frémissement à sa vue.

— Je cherche Qay Hill.

Le garde fronça les sourcils.

— Attendez.

Puis il se retourna et cria :

— Hé, Stuart ! Venez ici !

Un homme maigre apparut peu après, environ vingt-cinq ans, les cheveux gras et déjà raréfiés, le menton pointu et le nez rouge et trop étroit. Il toisa Jeremy d'un œil suspicieux.

— Je suis Stuart. Que me voulez-vous ?

Jeremy fut pris d'une soudaine envie de botter le cul maigre de ce petit salopiaud qui traitait Qay aussi mal. Il réussit néanmoins à rester poli.

— Je cherche Qay.

Les yeux de fouine s'élargirent brièvement, puis les lèvres minces esquissèrent un rictus.

— Ah ! Vous êtes son petit ami.

Il avait la voix sardonique de ces gosses qui, à l'école, cherchent toujours à emmerder leur voisin de table. Jeremy eut un sourire suave.

— Oui, Stuart, exactement. Vous êtes jaloux ? De qui, de Qay ou de moi ?

Ça l'amusa de voir Stuart s'empourprer et son air fat devenir horrifié. Tout son visage de rat se crispa. Il commença à bafouiller un mot commençant par p... – *pédé ? pédale ?* – puis changea d'avis, sans doute en évaluant l'imposante stature de son vis-à-vis

— Je sais pas où est votre copain, cracha-t-il, mais quand vous l'aurez retrouvé, dites-lui qu'il est viré. Il est peut-être trop con pour l'avoir compris tout seul.

Le sang de Jeremy se figea.

— Viré ? Pourquoi ?

— Parce que j'ai pas revu ce trou du cul depuis Thanksgiving, voilà pourquoi.

Ses yeux brillaient d'un éclat mauvais quand il ajouta :

— Ah ! Vous le saviez pas ! Je parie qu'il se fait...

S'il continua à parler, Jeremy ne l'entendit pas, le sang battait trop fort à ses oreilles. Il tourna les talons et ressortit en courant, dévala les marches et se rua dans son SUV. Il appela la ligne fixe de Qay et laissa sonner douze fois avant de renoncer.

Il essaya de conduire prudemment et de respecter les limitations de vitesse, mais sans y parvenir. Il traversa la rivière en un temps record. Bien entendu, il ne trouva pas à se garer devant chez Qay. Il tourna dans le quartier plusieurs fois, de plus en plus agité, jusqu'à tomber enfin sur un parking, à plusieurs rues de là. À peine le moteur coupé, il sauta de son véhicule et se mit à courir sur le trottoir.

Arrivé devant la maison, il sonna plusieurs fois chez Qay, sans réponse. Il sonna donc aux autres portes. Une femme d'une trentaine d'années finit par répondre au premier étage, un petit enfant accroché à ses jambes.

Malgré son agitation, Jeremy fit de son mieux pour ne pas ressembler à un tueur en série.

— Salut. Je suis un ami de Qay. Hum, votre voisin du sous-sol. Je n'ai pas eu de nouvelles depuis quelques jours et je suis un peu... (*très*) inquiet. L'auriez-vous vu ?

— Hier. Il paraissait...

Elle s'arrêta et regarda l'enfant. Puis elle redressa la tête et enchaîna :

— Vous avez déjà passé la nuit chez lui, non ?

— Oui, ça m'est arrivé.

— D'accord. J'ai la clé intérieure, si ça vous dit de vérifier par vous-même...

Il se détendit un peu.

— Merci. J'apprécierais beaucoup

— Je vous rejoins dans deux minutes, attendez-moi devant la porte.

Il redescendit au rez-de-chaussée, elle apparut peu après, sans l'enfant, une clé à la main. Elle l'utilisa et ouvrit de la porte.

— Merci beaucoup, déclara Jeremy.

— Aucun problème. Pensez juste à la claquer quand vous partirez, elle se verrouille toute seule. J'espère que M. Hill va bien.

Elle lui jeta un regard inquiet avant de retourner dans son appartement. Au bas de l'escalier, Jeremy cogna au panneau comme un flic, avec des coups secs, forts et impérieux. Personne ne répondit. Après avoir hésité un moment, il tourna la poignée et découvrit que la porte n'était pas verrouillée. Il entra et se figea.

L'appartement puait l'alcool et les vomissements.

Qay était vautré sur le canapé, inerte. Jeremy le crut mort et faillit en faire un arrêt cardiaque. Mais alors, Qay releva lentement sa tête, repoussa de son visage ses cheveux sales et regarda Jeremy. Malgré le peu de lumière de la pièce, Jeremy distingua des yeux rouges et cernés, qui formaient un contraste choquant avec la peau trop pâle.

— Va-t'en, dit Qay à mi-voix.

Jeremy n'obéit pas, bien entendu, mais pendant un long moment, il resta tétanisé, incapable de bouger. Puis, il se rapprocha.

— Qu'est-ce que tu as foutu, Qay ?

— Va-t'en.

Jeremy regarda autour de lui. La pièce était sens dessus dessous, les livres et les objets renversés. Des bouteilles vides jonchaient le sol et le comptoir de la kitchenette. Il fit quelques pas de plus, ramassa une bouteille et lut l'étiquette.

— Tu choisis étrangement ton vin, bébé.

D'une voix monotone, Qay lança :

— C'est du... comment on dit déjà ? Du Thunderbird [26].

— Tu es encore ivre ?

— Pas vraiment. J'ai dessaoulé depuis des heures.

Qay ricana et ajouta :

— Sois sympa avec moi, va m'en chercher davantage, d'accord ?

— Bon sang !

Jeremy jeta la bouteille sur le fauteuil et se rapprocha du canapé. Il s'accroupit pour être au niveau de Qay.

— Que s'est-il passé ? ajouta-t-il.

— Rien. J'ai eu envie d'un verre – je me suis dit, pourquoi pas ? Quel est le mal à ça ? C'est juste de l'alcool, pas de la drogue. Juste un putain de verre. Est-ce trop demander à la vie ?

Sa voix, amère au début de sa tirade, se termina sur une note de désespoir.

Merde. Merde, *merde.*

— Tu ne peux pas boire, Qay. Même pas un verre.

— Et tu crois que je ne le sais pas ? Ça me tue tous les jours de ma vie, cette soif me bouffe de l'intérieur et je ne peux pas... je ne peux pas...

Avec un grondement, il enfonça sa tête dans le coussin. Ignorant l'odeur fétide de la pièce, Jeremy respira un grand coup pour essayer de se calmer.

— C'est de ma faute. Je suis désolé. Je n'aurais pas dû insister...

Qay se releva brusquement. Jeremy, surpris, faillit tomber sur le cul.

— Ce n'est pas de ta faute ! Tout ne tourne pas autour de toi, Captain Caféine. C'est *mon* addiction, *ma* tare. *C'est moi !* insista-t-il en se frappant

26 Vinasse hobo au gout épouvantable (d'après les puristes).

la poitrine. C'est moi qui ne tourne pas rond. Les gens normaux, quand ils rencontrent un homme fantastique, quand on leur offre une éducation sur un plateau, ils gèrent. Ils en sont même ravis, mais pas moi. Moi, je ne peux pas.

Il émit un bruit inarticulé, se releva et se mit à arpenter son petit appartement. Jeremy ne bougea pas, conscient que tenter d'intercepter Qay ne ferait que l'énerver davantage.

— C'est très injuste, reconnut-il d'une voix apaisante, mais ce n'est pas de ta faute. La vie t'a donné de mauvaises cartes, mais tu es… Écoute. Une rechute, ça arrive. Ce n'est pas la fin du monde. Je vais t'emmener à une réunion, d'accord ? Et nous te trouverons un conseiller. J'en connais des très bons. Tu n'es plus seul. Je suis là.

Qay pivota et s'approcha de Jeremy.

— Pour qui tu me prends ? Pour un autre paumé que tu tiens à aider, c'est ça ? Captain Caféine, toujours prêt à sauver ce putain de monde !

— Arrête de m'appeler comme ça ! tonna Jeremy.

Il serra le poing droit, puis perdit toute agressivité en voyant le désespoir qui noyait les yeux de Qay.

— Tu n'es pas un paumé, Qay, reprit-il, d'un ton plus doux. À mes yeux, tu ne l'as jamais été. Je t'aime.

— Et Donny, tu l'aimais aussi ?

La question était à peine audible tellement la voix de Qay était rauque et cassée.

— Oui, mais c'était il y a longtemps. Il est parti maintenant et…

— Justement, c'est ce que je voulais te prouver. L'amour ne suffit pas, Jeremy, il ne peut pas tout conquérir, tout guérir. Tu devrais le savoir. Donner son cœur, merde, ça ne suffit pas. Rien ne guérira jamais ce qui ne va pas là-dedans !

Il se frappa le front du poing et enchaîna :

— L'amour n'a jamais sauvé personne. Un homme doit se débrouiller tout seul et moi, je n'en ai plus la force. Alors, j'abandonne. Je suis au bout du rouleau.

— Non !

— Keith Moore n'est pas mort, en fait. Il est… *je suis* toujours là, plus taré que jamais. Et je tombe toujours de ce putain de pont.

Jeremy était terrassé. Qay ne l'avait pas frappé, mais ses paroles le blessaient plus que tout ce que Davis lui avait fait.

— Qay…

— Non. Va-t'en. Trouve-toi quelqu'un qui te mérite. Quelqu'un d'entier.

— Je ne veux pas d'un autre. C'est toi que je veux. Tu es…

— Ça te passera.

Qay tenta de durcir son expression pour l'assortir à sa voix glaciale, mais ses yeux trahissaient un chagrin désespéré.

— Va-t'en, répéta-t-il.

— Non, laisse-moi rester, s'il te plaît. Si tu veux, je ne dirais plus rien, je ne ferai plus rien. Je veux juste être avec toi.

Qay secoua la tête.

— Non. Va-t'en.

Un mélange d'émotions toxiques – colère, peur, tristesse, frustration, détresse, inquiétude, panique – brouillonnait dans l'intestin de Jeremy, lui donnant envie de vomir. Il aurait voulu serrer Qay contre lui le temps qu'il retrouve ses esprits, mais il n'avait même pas deux bras valides.

— Je pense… je pense que nous devrions prendre le temps de nous calmer, déclara-t-il. Réfléchis. Tout ira mieux demain. Tu auras l'esprit plus clair…

… quand tu auras vraiment dessaoulé.

— Mon esprit ne sera jamais clair et pour moi, rien n'ira jamais mieux.

— Qay…

— Va-t'en, merde !

À deux mains, Qay poussa Jeremy en pleine poitrine. Pas très fort, mais à cause des brûlures à demi-cicatrisées seulement, le geste fut quand même douloureux. Jeremy grimaça. Qay tressaillit, mais sa mâchoire resta rigide et son air buté.

Jeremy recula. Il s'arrêta en arrivant à la porte, mais Qay lui avait déjà tourné le dos.

— Je t'aime, jeta Jeremy.

Qay ne répondit pas.

Jeremy eut du mal à faire correctement son lit. Il en avait vraiment marre de cette épaule et de ces doigts cassés. Aucune importance d'ailleurs, car il ne parvint pas à dormir. Il passa la plus grande partie de la nuit à arpenter son appartement vide et à maudire tout le monde – Qay, lui, la famille Moore et Dieu. S'il n'avait pas été aussi tard, il aurait volontiers appelé Rhoda pour discuter avec elle, mais elle en avait déjà fait assez pour lui et il ne voulait pas perturber son sommeil.

Au milieu de la nuit, il se souvint qu'il avait faim. Il n'avait rien acheté de substantiel à l'épicerie, constata-t-il, en frissonnant en boxer devant son frigo ouvert, en essayant d'y trouver quelque chose de comestible. Il finit avec du pain et du beurre. Génial !

Il se demandait toujours ce qu'il aurait pu faire pour éviter ce désastre, sans trouver de réponse. Oui, il aurait pu mieux présenter sa proposition d'emménager ensemble, ou même attendre un meilleur moment, mais il sentait bien que Qay aurait pris peur, quoi qu'il fasse. Et Jeremy ne pouvait même pas lui en vouloir. Après quatre décennies vécues dans la solitude à combattre ses démons, se lancer dans une relation soudaine – et passionnée – n'était pas évident. D'après ce que Jeremy en savait, Qay n'avait jamais pu faire confiance à personne. Il ne devait pas être évident de renoncer à cet instinct enraciné.

Alors que l'aube éclairait ses fenêtres, Jeremy prit le temps de penser aux accusations de Qay. Avait-il trop confiance en lui ? Prenait-il son travail trop à cœur, comme s'il était personnellement responsable du bien-être d'autrui ? N'étant pas un superhéros, il ne pouvait pas sauver le monde, malgré tous ses efforts. Il n'avait même pas été fichu d'aider ses proches, Donny, par exemple.

Mais merde, ne pouvait-il quand même pas proposer son aide ? Un homme devait se débrouiller seul, d'accord, admettons – et pour être honnête, Donny n'avait jamais vraiment tenté le coup –, mais il n'était pas obligé pour autant de faire le vide autour de lui. Un coureur de marathon, par exemple, quand il gagnait, il avait accompli seul chaque kilomètre de son parcours, mais il avait à ses côtés un entraîneur pour le conseiller durant sa préparation, lui rappeler de boire et de se sustenter, le féliciter de ses progrès et l'encourager même quand il faiblissait ou tombait. Qay avait couru si longtemps seul. Si seulement il laissait Jeremy le soutenir !

Il alla prendre une douche – et réalisa avoir oublié d'acheter du savon. Au moins, il avait du shampooing. Il se rasa et s'habilla. En guise de petit-déjeuner, il prit du lait et du pain sec, essentiellement pour apaiser les grondements de son ventre. Peut-être passerait-il plus tard au *P-Town*. Mais pas maintenant.

Sans se soucier de la légère pluie qui l'accueillit dès qu'il mit le pied dehors, Jeremy se dirigea à pied vers l'appartement de Qay. Le froid aggravait sa douleur à l'épaule et sa nuit agitée n'avait pas amélioré son état. Ses doigts étaient gourds eux aussi, mais que pouvait-il faire pour les protéger du froid ? Rien. Il n'avait pas réussi à enfiler un gant sur ses doigts plâtrés et sa main, inerte et volumineuse, ne rentrait pas dans sa poche. À chaque pas, des gouttelettes jaillissaient sous ses semelles et mouillaient le bas de son jean. Les hivers de Portland étaient infiniment plus doux que ceux qu'il avait endurés au Kansas, étant enfant, mais malgré ça, Jeremy attendait avec impatience le printemps. Les jours plus longs. La chaleur. Une éclosion de verdure, une promesse à venir.

Il tourna enfin dans la rue de Qay. À cette heure-ci, il y avait des places libres, car la plupart des résidents étaient au travail et les magasins pas encore ouverts. Qay avait-il déjà possédé une voiture ? Quelle question sans intérêt ! s'admonesta-t-il.

À peine entré dans la maison, Jeremy remarqua que la porte menant au sous-sol était entrouverte. Aussitôt, il comprit la vérité.

Il ne put s'empêcher d'aller vérifier. Le flic qu'il avait été – et qui demeurait en lui, tout comme le triste petit garçon d'autrefois, raillé à l'école – exigeait une enquête. Il descendit lentement l'escalier. La poignée de la porte de Qay tourna aussi facilement que la veille.

Les relents de vin empuantissaient toujours la pièce. Qay avait rassemblé toutes les bouteilles vides dans un coin avant de les fracasser, les réduisant pratiquement en poussière. Les livres étaient jetés en tas et déchirés, les images de magazine éparpillées sur le sol, en lambeaux, et tous les bibelots balayés des tables et des étagères. Beaucoup étaient brisés.

Le sac à dos de Qay avait glissé du canapé, ses manuels scolaires et ses notes se trouvaient encore à l'intérieur.

Jeremy entra dans la chambre où ils avaient passé leur première nuit ensemble. Les tiroirs de la vieille commode bancale étaient vides. La porte du placard bâillait, entrouverte. Il restait quelques vêtements sur le sol et sur le lit, mais c'étaient ceux que Qay avait portés pour travailler. Son jean préféré avait disparu, sa chemise blanche aussi, et son sweater rouge, et sa vieille veste en cuir. Son sac de voyage également.

Il était parti.

XXIII

JEREMY CONNAISSAIT les endroits à Portland où l'on pouvait boire pour pas cher. Il les inspecta tous et décrivit Qay à tous ceux qu'il croisa, mais ne trouva aucun signe de lui. Il parcourut aussi les quartiers où la drogue s'échangeait. En vain. Pendant tout ce temps, l'image de Qay se jetant d'un pont le hantait. Pourquoi y avait-il autant de foutus ponts à Portland ? Jeremy imaginait un corps inerte flotter dans la Willamette, à demi immergé. Il chercha à se rassurer : si Qay avait eu l'intention de se suicider, sans doute n'aurait-il pas pris la peine d'emporter son sac à dos et quelques affaires avec lui. Mais cette logique lui offrait peu de consolation.

Au cours des deux jours suivants, Jeremy passa à plusieurs reprises à l'appartement de Qay. Au cas où. La voisine de l'étage connaissait à peine Qay, mais par compassion, elle donna à Jeremy un double de la clé pour pouvoir entrer. Pendant qu'il y était, il vida le frigo des denrées périssables, le nettoya et balaya avec soin les tessons de verre cassé qui jonchaient le salon, même si sa main handicapée lui rendait la tâche difficile. Il rangea les livres et remit avec soin les bibelots sur les tables et les étagères, même ceux qui avaient souffert de leur chute. Après tout, Qay n'avait jamais paru tenir compte d'un éclat ou d'une éraflure. Par contre, les illustrations murales déchiquetées étaient irrécupérables, Jeremy dut se résoudre à les jeter. Il soutira à Rhoda quelques magazines – il y en avait toujours une flopée au *P-Town* – et sélectionna de nouvelles photos qui, d'après lui, plairaient à Qay : panoramas tranquilles, animaux sauvages et beaux jeunes hommes aux poses sensuelles. Il les accrocha sur les murs de l'appartement.

Au fil des jours, Jeremy devint de plus en plus frénétique : toujours aucun signe de Qay.

Dimanche, il céda au désespoir et s'appela Nevin.

— *Qu'est-ce que tu as encore, Germy ?*

— Je l'ai perdu, gémit Jeremy.

— *Tu as perdu qui... c'est quoi ces conneries ?*

Jeremy essaya de se reprendre, en espérant éviter une crise d'hystérie. Il était dans son SUV, non loin de Burnside.

— Qay. J'ai perdu Qay.

Après une brève pause, Nevin reprit d'un ton sérieux, efficace et précis :

— *Tu te calmes – et* tout de suite *! Respire. Et explique-moi ce qui s'est passé.*

Un ton aussi autoritaire aida Jeremy à s'éclaircir les idées. Il en avait assez d'être seul et de porter le monde sur ses épaules. Aussi succinctement que possible, il relata ce qui s'était passé. Durant tout son récit, Nevin ne l'interrompit pas, il attendit la fin de cette confession difficile pour reprendre la parole :

— *D'accord. Ton mec a pété un câble, de trouille, sans doute, et il s'est barré. Le hic, c'est que nous ne pouvons pas signaler sa disparition, tu le sais très bien.*

Jeremy était au courant. Un adulte sain d'esprit avait droit à son autonomie. On ne pouvait lancer une enquête qu'en suspectant un enlèvement, un meurtre ou tout autre problème majeur. Ou une aliénation mentale réclamant une éventuelle mise en tutelle… Une rupture n'entrait pas en ligne de compte.

— Pourrais-tu au moins…

— *A-t-il des amis ou de la famille ?*

— Non, personne.

— *Merde. Bon, ça coûtait rien de poser la question. Tu as une photo de lui ?*

Jeremy se crispa et ferma les yeux.

— Non.

Il n'avait jamais pris Qay en photo. De leur temps passé ensemble, il ne lui restait que le livre que Qay lui avait offert… et une pomme de pin.

— *Du calme, Germy. Ta voix commence à m'inquiéter sérieusement. Ce n'est pas le moment de claquer une durite. Je m'occupe de tout, d'accord ? S'il est encore à Portland ou dans les environs, je vais le retrouver et te le ramener avec un joli ruban rose sur son joli cul.*

— Merci, Nev.

— *Oui, oui. Entre ça et tes conneries de Thanksgiving, ton ardoise ne cesse de s'allonger, cow-boy. Quand tout sera réglé, tu vas devoir élever une statue en mon honneur et la faire trôner dans un de tes foutus parcs.*

Bien que Jeremy n'ait pas le cœur à rire, il ne put retenir un gloussement.

— Tu laisserais les pigeons te chier dessus ? Bon, d'accord.

Avec un temps de retard, il se souvint des projets de Thanksgiving dont Nevin lui avait parlé la semaine précédente. Aussi enchaîna-t-il :

— Au fait, comment ça va avec ton mec ?

— *Colin ? C'est un sale gosse pourri gâté qui vit dans un nuage rose et ignore tout du monde réel. Et je ne peux plus me passer de lui,* reconnut Nevin avec un soupir écœuré.

Jeremy espérait rencontrer un jour l'homme qui semblait avoir conquis le cœur sauvage de Nevin. Mais pour le moment, Qay restait sa priorité.

— Nev ? Peut-être que Qay... Il est resté clean pendant sept ans, mais il a été toxico. Et la semaine dernière, je l'ai trouvé complètement ivre.

— *Je vois.*

Jeremy appréciait que Nevin ne juge jamais les junkies ou les alcooliques. S'il ne trouvait aucune excuse aux brutes qui s'en prenaient aux autres – surtout si les victimes étaient vulnérables, des enfants par exemple – il se montrait tolérant et pragmatique envers les addictions. « Une question biologie, ces gens-là ont reçu les mauvaises cartes » disait-il.

Quand Jeremy raccrocha, il était suffisamment calme pour redémarrer et s'engager dans la circulation. Mais sa terreur restait enfouie en lui, le dévorant de l'intérieur.

LUNDI MATIN, Jeremy retourna travailler, ce qu'il apprécia grandement. Ses tâches l'empêchaient de penser à Qay et lui permettaient de rester sain d'esprit. Tant qu'il inspectait ses parcs, il pouvait aussi chercher à retrouver Qay. Il demandait aussi à tous les SDF qu'il rencontrait si par hasard ils l'avaient vu. Tous lui répondirent par la négative. Tous aussi semblaient au courant de ce qui lui était récemment arrivé. Il avait survécu à la torture, s'en était sorti à peu près intact, mais son calvaire avait changé la façon dont ces malheureux le voyaient. Même les plus sauvages, ceux qui auparavant refusaient de se laisser approcher, se montraient désormais plus ouverts envers lui.

Vendredi après-midi, il se rendit *Chez Patty* avec un gros tas de vêtements à donner. Toad et d'autres gamins se jetèrent sur lui avec enthousiasme, réclamant d'inspecter ses doigts plâtrés et demandant des détails sur son enlèvement. Il fut réticent à leur répondre.

Une fille aux cheveux rose bonbon qui portait un anneau dans le nez lui demanda :

— Est-ce que les flics sont arrivés à la rescousse en brandissant leurs armes ? Des mitraillettes, hein ? Des Uzis peut-être ?

253

— Je doute que la police de Portland utilise des Uzis.

— Alors, c'était la brigade du SWAT ? Avec le…

— J'avais reçu quelques coups sur la tête et un de genou là où ça fait très mal, coupa Jeremy. J'étais dans les vapes. Si ça se trouve, ce sont des clowns qui m'ont libéré, sur un char de parade du Rose Festival.

Il profita de l'éclat de rire des enfants pour se sauver. Il se rendit dans le bureau administratif, où Evelyn l'attendait.

— Merci d'avoir apporté ces vêtements, chef. Nous avons bien besoin.

— Qu'avez-vous prévu comme cadeaux de Noël ?

Ces enfants avaient déjà assez souffert, ils méritaient bien de recevoir un paquet enrubanné, quelque chose qui leur appartiendrait en propre.

— Nous avons eu de la chance : un grand magasin cherchait à accomplir une action charitable. Tous nos pensionnaires recevront un sac à dos avec des sous-vêtements, du savon, un pyjama… des choses comme ça. Et de nouvelles chaussures !

Il hocha la tête. Certains rescapés étaient arrivés *Chez Patty* avec seulement ce qu'il portait sur le dos. Mais alors, il évoqua les collections hétéroclites de Qay, des objets qui n'avaient rien d'utilitaires, mais qui étaient un plaisir des yeux et/ou des sens. Qay les avait gardés pour se souvenir que même au fond du trou, on pouvait rêver… C'était les étapes qui marquaient son chemin, ses petites joies. Ça lui prouvait aussi qu'il existait, même quand le monde lui tournait le dos.

— Evelyn, je pense qu'il faut aussi des jouets à ces enfants.

Elle haussa les sourcils.

— Vous parlez de jeux vidéo ? Nous ne pouvons nous le permettre.

— Non, je parlais… de peluches, de gadgets. Ce sont des ados, je sais, mais… hum, j'espère que l'enfant qu'ils ont été demeure encore en eux.

Lui-même, à plus de quarante ans, avait récemment découvert qu'il n'avait pas renié le petit nerd d'autrefois.

Evelyn eut un doux sourire.

— C'est une idée adorable, chef.

Jeremy se rendit donc au *Target* le plus proche et remplit son panier de bibelots, chiots en peluche, figurines de superhéros et bijoux fantaisie. Rien de coûteux, mais il espérait que ça tirerait un sourire à ces jeunes.

Il rapporta ses achats à Evelyn, en lui disant de les distribuer comme bon lui semblerait.

— Vous serez leur héros, dit-elle en le raccompagnant à son SUV.

Il la remercia d'un sourire, mais son cœur douloureux savait qu'elle se trompait. Il n'avait rien d'un héros.

SAMEDI APRÈS-MIDI, Nevin vint au *P-Town* prendre un café avec Jeremy. Rhoda, qui portait le plus hideux des chandails Hanoucca jamais fabriqués, était assise avec eux. Jeremy regardait les dreidels d'un œil étonné.

— Je pensais que les pires sweaters étaient ceux sur le thème de Noël.

— Tu plaisantes ? rétorqua Rhoda, faussement offusquée. Le Peuple Élu tient à ses traditions. J'en ai huit du même genre.

Le café était bondé d'acheteurs ayant grand besoin de leur dose de caféine et d'étudiants qui paniquaient pour les derniers examens du semestre. Rhoda refusait formellement la musique « à thème », aussi était-ce la voix de Johnny Cash qui émanait des haut-parleurs. L'air sentait la pluie, le café et la cannelle.

Jeremy avait sur la langue un goût sucré qui s'attardait. Ça lui rappelait les baisers de Qay. Du bout du doigt, il traça un chemin sur la table entre quelques gouttes de café.

Nevin venait de lui faire son rapport concernant ses recherches : il n'avait rien trouvé. Qay s'emblait avoir disparu sans laisser de traces.

— Sans doute a-t-il quitté la ville, déclara Jeremy.

Rhoda lui tapota le bras.

— Peut-être a-t-il juste besoin d'espace, chéri. Peut-être va-t-il revenir.

Jeremy secoua la tête. Qay avait abandonné son travail à l'usine de fenêtres, ses cours à l'université et presque tout ce qu'il possédait. Il ne reviendrait pas.

Jeremy avait envisagé tous les scénarios dans lesquels Qay finissait toujours par mourir – suicide, accident, overdose ou agression. Ces images le déchiraient en permanence. Mais ça lui faisait presque aussi mal d'imaginer Qay avoir froid et faim quelque part, recroquevillé dans sa veste en cuir trop mince, sans endroit où se réfugier. Malheureusement, il n'avait aucun mal à imaginer Qay dans cette triste situation : au cours des années, il avait vu bien trop de malheureux dans le même état.

Nevin prenait toujours son café noir et amer, et le buvait brûlant, sans sucre ni crème. Soit sa langue ne sentait pas la chaleur, soit elle était d'ores et déjà carbonisée et insensible. Peut-être était-ce dû au langage sonore qui échappait si souvent de ses lèvres ? Nevin se leva, alla jusqu'au comptoir, tendit sa tasse à Ptolémée pour la faire remplir et revint asseoir.

— Considérons le problème de façon logique. Si Qay n'est pas là, il doit être ailleurs.

Rhoda ricana.

— Oui, admettons, dit Jeremy. Et ça réduit notre champ de recherche à l'ensemble du territoire américain. Je doute qu'il ait un passeport.

— À mon avis, les gens ne s'enfuient pas au hasard. Ils sont immanquablement attirés vers un endroit précis, ou au contraire chassés de là où ils se trouvent. Qu'est-ce qui pourrait le faire réagir dans un sens ou dans l'autre ?

Jeremy passa les doigts dans ses cheveux – ils étaient beaucoup trop longs, il faudrait qu'il pense à les faire couper ! – et réfléchit aux paroles de Nevin. C'était assez sensé. Lui-même, par exemple, avait été chassé de Bailey Springs par l'indifférence de ses parents et les railleries des autres élèves de son école, et attiré en Oregon par une bourse d'études et la chance de se sentir mieux dans sa peau, plus fort, plus confiant. Mais en quoi cela pouvait-il l'aider à retrouver Qay ? Si Jeremy savait ce qui avait chassé Keith Moore du Kansas, il ignorait ce qui avait attiré Qay Hill à Portland. La question n'avait jamais été abordée. Qay et lui en étaient encore à apprendre à se connaître, après tout.

— Je ne sais pas, déclara-t-il. Peut-être n'a-t-il pas ce genre de pulsions.

Nevin leva les yeux au ciel.

— Si, Germy, nous les avons tous, même si parfois, ça ne nous plaît pas, ou que certains refusent de l'admettre. Dans dix jours, j'assisterai à un gala de Noël chez les parents de Colin. Moi, à un putain de gala, bordel ! Je préférerais bouffer crues des limaces-bananes ! Mais Colin prétend que je lui dois bien ça après avoir annulé le dîner de Thanksgiving au dernier moment, et il m'a fait ses yeux de Chat Potté, alors je vais y aller. Tu vois ? Je réagis. Et tu imagines sans peine par quelle partie de mon corps il me tient.

Il désigna son bas-ventre – de façon tout à fait inutile, d'ailleurs. Rhoda éclata d'un rire si bruyant que les clients de la table voisine se retournèrent pour la regarder. Elle afficha un air contrit et s'excusa aussitôt auprès de Jeremy :

— Désolée, chéri. Tout ça est trop sérieux pour en rire.

Il repoussa ses excuses.

— Non, je comprends que le sexe de Nevin soit un sujet risible.

Nevin, le regard menaçant, lui fit un doigt d'honneur, Rhoda se remit à rire. Nevin accomplissait les gestes les plus vulgaires avec un grand panache. D'être ainsi entouré de ses amis, Jeremy se sentait un peu mieux.

Tout à coup, il évoqua le récent coup de fil de sa mère et cette anecdote concernant un gay amoureux d'un mécanicien… Elle avait insisté, non ? comme si c'était important pour une raison quelconque.

Bailey Springs. Parfois, on retournait là où tout avait commencé. Et Jeremy n'avait pas d'autre piste.

Il releva la tête et fixa Rhoda et Nevin.

— Je pars au Kansas.

LES COMPAGNIES aériennes semblaient convaincues qu'aucune personne sensée ne devrait se rendre de Portland, Oregon, à Bailey Springs, Kansas. Peut-être avaient-elles raison, car Jeremy ne se sentait certainement pas sain d'esprit. Mais il tenait néanmoins à faire le déplacement. Il finit par trouver une réservation sur un vol de lundi matin pour Wichita, avec escale à Dallas. Il espérait trouver à son arrivée une météo à peu près correcte, car il comptait louer une voiture à l'aéroport et accomplir par la route le long trajet qui l'attendait encore pour atteindre sa destination.

Il n'eut aucun mal à obtenir ses congés, car il lui restait des jours à prendre. À part ce petit problème professionnel, quitter Portland lui fut remarquablement facile : il n'avait ni poisson rouge à nourrir ni plantes vertes à arroser.

Il avait eu l'intention de prendre un taxi pour se rendre à l'aéroport, mais Rhoda arriva chez lui bien avant l'aube, un café à la main, en annonçant qu'elle se chargeait de le conduire.

En voyant son petit sac de voyage, elle haussa les sourcils.

— Tu voyages léger !

— Il faudra que je fasse des achats sur place. L'hiver est féroce au Kansas. Je n'ai rien d'assez chaud dans ma garde-robe.

PEU APRÈS, ils étaient en route pour Banfield. À une heure aussi matinale, la circulation était quasi inexistante.

— Tu comptes séjourner chez tes parents ? demanda Rhoda.

Il frémit.

— Non, j'ai réservé une chambre dans un motel. Mais je leur rendrai visite. Je vois mal comment l'éviter, après avoir fait le voyage.

Cette perspective l'enthousiasmait autant qu'un arrachage de dent sans anesthésie, mais il ferait contre mauvaise fortune bon cœur. Il était un adulte, après tout.

Rhoda conduisait, elle ne pouvait donc pas le regarder, mais elle lui tapota la cuisse pour marquer son empathie. Elle n'eut aucun mal à l'atteindre : sa voiture était minuscule, Jeremy s'y sentait très à l'étroit.

— C'est très bien, chéri. C'est important que tu les voies, surtout si ton père a été malade. Si tu manquais cette occasion, tu risquerais de le regretter un jour.

Jeremy en doutait.

— Ce sont des étrangers. Même enfant, alors que je vivais avec eux, je les connaissais à peine. Et ça fait longtemps que j'ai quitté la maison.

— Mmm, grogna-t-elle, clairement pas convaincue.

Une fois à l'aéroport, elle s'arrêta dans la zone-minute des départs, se pencha et embrassa Jeremy sur la joue.

— Bon voyage !

— Merci, Rhoda. Tu es la meilleure.

Il récupéra son petit sac de l'arrière de la voiture et agita la main pour saluer Rhoda qui s'en allait.

Jeremy prenait rarement l'avion. À peine installé à bord, il se souvint de ses raisons. Pourquoi les sièges d'avion étaient-ils destinés à des lutins anorexiques ? Un homme d'un mètre quatre-vingt-dix qui soulevait régulièrement des poids s'y trouvait engoncé. Ayant réservé tardivement, il avait un des derniers sièges disponibles, au milieu d'un rang. Ses deux voisins lui jetèrent des regards mauvais comme pour lui reprocher d'être aussi grand. L'hôtesse servit le petit-déjeuner – que Jeremy dut payer. Ensuite, il passa le reste du vol, ou quasiment, avec la tablette de son siège encastrée dans le sternum et une omelette insipide et figée sous les yeux. Question torture, décida Jeremy, écœuré, Davis avait été un amateur : il aurait dû prendre des leçons auprès des compagnies aériennes !

Il resta plus longtemps que prévu à Dallas, car le vol pour Wichita était retardé de deux heures suite à de mauvaises conditions atmosphériques. Il traîna dans les couloirs de l'aéroport, ignorant les regards curieux qu'attiraient sa main mutilée et sa taille imposante.

Quand il atterrit enfin à Wichita, il était fatigué, il avait mal partout. Il vibrait aussi de nervosité après avoir passé la journée à se tourmenter concernant Qay. Et *merde*, il avait oublié le froid. Ayant récemment connu l'hypothermie, il aurait pu s'en souvenir, mais être nu et trempé dans un hangar de Portland, c'était les Bahamas par rapport au mois de décembre au Kansas. Un froid pareil vous congelait les poils du nez, laissait vos mains frigorifiées et traversait les vêtements pour vous atteindre jusqu'aux os.

Il loua une voiture à l'aéroport, mais avant de quitter Wichita, il s'arrêta dans un magasin Dillard et acheta une parka, un bonnet et une écharpe, et des gants épais, heureux de profiter des soldes d'avant Noël. En fait, il ne pouvait utiliser qu'un seul gant à cause de sa main blessée, aussi eut-il une idée de génie : il acheta également des chaussettes en laine, épaisses et extensibles. La vendeuse lui jeta un regard étonné en le voyant enfiler soigneusement une des chaussettes sur sa main gauche, mais au moins avait-il les doigts au chaud.

Le crépuscule tombait quand il se remit en route, Jeremy s'étonna de voir le paysage hivernal aussi monochrome. Ça aussi, il l'avait oublié. À Portland, l'hiver signifiait un ciel bas et d'un gris de plomb, mais seules mourraient les plantes importées dans les jardins paysagers. Les fougères et les mousses subsistaient, beaucoup de conifères restaient verts. Ici, cependant, les bas-côtés de la route ne montraient que des champs brunis et des mauvaises herbes fanées saupoudrées de neige. Même le ciel était pâle en journée et opaque durant la nuit.

Jeremy ne se sentait pas chez lui.

IL ARRIVA à Bailey Springs affamé et épuisé, et décida d'attendre le lendemain matin pour appeler ses parents et se mettre à chercher Qay. Il se rendit donc directement au motel où il avait réservé – un vieux bâtiment sans âme près de la voie rapide. Ce n'était pas le Marriott, loin de là, mais c'était le seul établissement de Bailey Springs, et Jeremy ne rêvait que de chaleur et d'un lit.

Un homme était derrière le comptoir, occupé à regarder la télévision. En voyant Jeremy approcher, il glissa de son tabouret.

— Bonsoir.

— Salut. J'ai une réservation au nom de Jeremy Cox.

Les yeux du réceptionniste s'élargirent et sa mâchoire tomba.

— Jeremy *Cox* ?

Il avait insisté sur la dernière syllabe. Jeremy soupira.

— Oui. J'ai appelé samedi.

Le site web du motel lui paraissant dater des années 90, il avait préféré réserver par téléphone – c'était plus sûr.

— Ben merde, alors ! Nous étions ensemble à l'école, tu te rappelles ?

Jeremy examina le réceptionniste avec plus d'attention : la quarantaine, obèse – quarante kilos de trop, au moins – et quelques rares cheveux sur un crâne lisse, qui paraissaient prêts à tomber d'un moment à l'autre. Le nez et les joues, marqués de couperose, tranchaient sur le teint maladif.

Il secoua la tête.

— Non, désolé. C'était il y a longtemps.

— Bien sûr. Hé, qu'est-ce que je regrette ce temps-là !

Il tendit la main et ajouta :

— Troy Baker.

Jeremy en resta bouche bée. Troy Baker dirigeait jadis la petite bande qui avait fait de son adolescence un enfer. Il ignora la main tendue et annonça froidement :

— Tu m'appelais l'affreux Germy Cox, le lèche-cul.

Troy réussit à paraître à la fois effrayé et embarrassé. Il porta sa main dédaignée à sa nuque, qu'il frotta nerveusement.

— Ouais, mais c'était juste pour rigoler… Les gosses font toujours ça. Mes garçons aussi avaient une grande gueule avant que l'Armée les mette dans le rang.

Jeremy aurait voulu expliquer à son ancien bourreau combien il avait souffert autrefois, combien ces mots blessants l'avaient rendu très malheureux, mais qu'est-ce que ça aurait changé ? Ça datait de trente ans. Et le destin s'était déjà chargé de punir Troy.

Pourtant, il ne put s'empêcher d'ajouter :

— Tu me traitais aussi de pédale. Au fait, tu avais raison : je suis une tante. Qu'en dis-tu ?

La mâchoire de Troy en tomba. Après un moment à marmonner entre ses dents, il secoua la tête.

— Et alors ? Mon petit frère, Gary, lui aussi est pédé. Et, euh… il s'en sort très bien, tu sais ?

Jeremy aurait pu l'informer qu'il connaissait depuis longtemps l'orientation sexuelle de Gary Baker, vu que ce dernier, durant leur dernière année d'école, lui faisait régulièrement des fellations. Et Jeremy l'avait même baisé deux fois, au vestiaire, jusqu'à ce que leurs cris de plaisir renvoient des échos parmi les casiers métalliques.

Il se contenta de demander :

— Puis-je avoir ma clé de chambre, s'il te plaît ?

Troy esquissa un sourire. D'une main tremblante, il fit signer à Jeremy sa fiche et lui remit sa clé, en métal, avec un numéro en plastique jaune.

— Saurais-tu où je peux manger quelque chose à cette heure ? demanda Jeremy.

— Il est trop tard, il faudrait que t'ailles à Laupner. Le Subway devrait être encore ouvert à cette heure. Sinon, y a un distributeur près de ta chambre.

Fantastique.

Jeremy s'éloigna de quelques pas, puis il s'arrêta et se retourna vers Troy.

— Aurais-tu en ce moment un client du nom de Qay Hill ? Qay avec un Q.

Mal à l'aise, Troy cligna des yeux.

— Je ne suis pas censé…

Jeremy revint s'appuyer contre le comptoir et se pencha en avant, les épaules gonflées. De sa meilleure voix de flic, il lança :

— J'ai *vraiment* besoin de cette info.

— Ah. Bon, d'accord. Puisque je te connais…

Troy tapa à deux doigts sur son clavier d'ordinateur.

— Non. Pas de Qay Hill.

Merde.

— Et Keith Moore ? insista Jeremy.

Le visage gras se crispa : Troy réfléchissait.

— Keith Moore ? C'est pas le gars qui s'est suicidé ?

D'une certaine façon, si.

— Vérifie, s'il te plaît.

Troy tapota encore son clavier, puis secoua la tête.

— Non. Personne à ce nom.

Bien sûr, Jeremy ne s'attendait pas à ce que ce soit aussi facile. Pourtant, il fut déçu. Avec un petit sourire, il récupéra son sac et se dirigea vers sa chambre.

Cette nuit-là, son dîner fut composé de Cheetos, de Teddy Grahams, de crackers orange néon au beurre d'arachide, plus une barre Trois Mousquetaires, le tout arrosé de Gatorade. En d'autres termes, des cochonneries. Jeremy se dit qu'après avoir absorbé autant de produits chimiques, il risquait d'être embaumé vif. Il prit une douche – avec un filet d'eau et un microscopique savon – et se sécha avec une petite serviette rugueuse. Enfin, il se coucha. Les draps étaient râpeux, la chambre à la fois surchauffée et pleine de courants d'air. Malgré tout, Jeremy s'endormit à peine la tête sur l'oreiller bosselé.

LE CENTRE-VILLE de Bailey Springs n'était pas grand-chose quand Jeremy était enfant. Au fil des années, il s'était encore rapetissé. Par chance, Walmart ne s'y était pas encore installé pour éradiquer les petits commerces survivants. La pharmacie Hoffman était toujours là, ainsi que la droguerie des frères Arnold. *Fay Boutique* offrait une vitrine colorée sur le thème de vacances. En y voyant des tableaux, Jeremy se demanda s'ils avaient été réalisés par le peintre gay dont sa mère lui avait parlé. Il fut très soulagé de constater que le café de Louella animait encore la Grand Rue. Certes, les pancakes aux saucisses et aux haricots bruns n'avaient rien d'inoubliables, mais la tarte aux pommes restait digne de gagner le premier prix d'un concours local. Par contre, le café était atroce.

Il y prit son petit-déjeuner, conscient des regards curieux qu'on lui jetait. Il aurait pu jurer, pourtant, que personne ne le reconnaissait. Les visages lui parurent tous vaguement familiers, mais aucun nom ne lui revint en mémoire. Il paya son addition en espèces, quitta l'établissement et affronta le froid.

La maison Moore se trouvait à quatre cents mètres environ du centre-ville, dans le meilleur quartier de Bailey Springs – celui où les loyers étaient les plus élevés. De grandes demeures victoriennes trônaient sur des pelouses couvertes de neige. La plupart des avant-toits étaient illuminés de guirlandes de Noël, éteintes à cette heure matinale, les trottoirs soigneusement déneigés et sablés. Un chouette quartier ! Jeremy calcula qu'avec le prix de son appartement à Portland, il pourrait sans doute s'offrir toute une rue.

Il n'était jamais entré chez les Moore, mais il en connaissait l'adresse : un jour, il avait suivi Keith jusque chez lui, avec la sensation d'être un agent de la CIA en filature. La bâtisse à deux niveaux était peinte en blanc, avec d'étonnantes fioritures en bois et un porche qui en faisait tout le tour. Jeune, Jeremy l'avait trouvée opulente et accueillante. Il s'était souvent demandé à quoi ressemblait l'intérieur et laquelle des fenêtres était celle de la chambre de Keith.

Quand il tourna à l'angle de la rue, la maison Moore lui apparut et il comprit instantanément qu'elle était inhabitée. Plus il se rapprochait, plus les outrages du temps devenaient apparents. La peinture était écaillée sur presque toute la façade, les rares traces qui restaient étaient devenues grises. Des plaques de contreplaqué recouvraient les fenêtres, les pans du toit s'affaissaient, deux piliers du porche étaient brisés et les marches de devant s'étaient écroulées. Personne ne vivait là depuis très longtemps.

Jeremy évoqua ce que Keith avait enduré en ces murs. Il en eut le cœur gros et les larmes aux yeux.

SES PARENTS habitaient à trois kilomètres du centre, dans le « quartier neuf », modestes maisons bâties au début des années 1950 pour les couples d'après-guerre qui démarraient une famille. À l'origine, beaucoup de résidents travaillaient dans l'usine de bonbons à proximité, mais elle avait fermé ses portes à peu près à l'époque de la naissance de Jeremy. Il était en primaire quand un incendie avait ravagé ce qui restait des bâtiments, il se souvenait d'avoir regardé la fumée noire monter dans le ciel.

Il alla récupérer sa voiture de location – une vieille Ford Escort, encore recouverte de neige récente – là où il l'avait garée, près du restaurant, et se rendit chez ses parents. La maison lui parut plus petite que dans ses souvenirs. Elle était bâtie en briques, avec trois chambres au rez-de-chaussée et un sous-sol que son père avait toujours parlé d'aménager, sans jamais trouver le temps, l'argent ou l'énergie de le faire.

Jeremy s'engagea dans l'allée étroite. Il inspira un grand coup, sortit de la voiture, monta les marches extérieures et appuya sur la sonnette. Entendre la clochette tinter à l'intérieur de la maison lui fit un effet bizarre : il avait passé dix-huit ans à entrer et sortir par cette porte, mais aujourd'hui, il ne se sentait pas le droit d'entrer sans s'annoncer.

Une vieille dame vint lui ouvrir, elle portait un pull vert, avec des rennes de Noël et des flocons de neige. Avec ses cheveux gris bouclés, elle ressemblait incroyablement à la grand-mère de Jeremy, décédée dix ans plus tôt.

Donc... ce devait être sa mère.

Elle pressa une main tremblante contre sa poitrine et haleta :

— J-Jeremy !

— Je suis désolé, maman. J'aurais dû téléphoner et te prévenir de ma venue.

Il avait des remords tardifs, mais alors qu'il s'inquiétait tellement pour Qay, il ne s'était pas senti le courage de parler *en plus* à ses parents.

Elle secoua la tête comme pour s'éclaircir les idées et recula d'un pas, l'incitant du geste à entrer.

— Mon… mon Dieu ! Viens, viens te mettre au chaud.

Il n'y avait pas d'entrée proprement dite, la porte principale donnait directement dans un salon très encombré, qui n'avait pas été repeint depuis des décennies et gardait de lourds relents de cigarette. Seule la télévision était nouvelle. Son père était assis dans son vieux fauteuil, face à l'écran. Il paraissait somnoler, un livre ouvert sur les genoux, ses lunettes abandonnées sur la petite table à ses côtés, près d'un verre d'eau et d'une boîte de mouchoirs.

Jeremy eut un second choc. Il avait trouvé sa mère âgée, son père lui parut un vieillard. Autrefois grand – deux ou trois centimètres de moins que Jeremy – et solide, Mark Cox avait commencé à perdre sa masse musculaire à l'époque où Jeremy terminait ses études secondaires. Amaigri et tout gris, il avait dorénavant la peau tavelée, surtout sur le front dégarni.

Il tâtonna sur la table, retrouva ses lunettes et les posa sur son nez.

— C'est Jeremy ? demanda-t-il d'une voix fragile.

— Salut, papa.

Les retrouvailles s'annonçaient difficiles, l'ambiance était tendue. Ni baiser ni étreinte ne furent échangés. Puis Shirley Cox proposa à son fils de le débarrasser de sa parka, elle le conduisit jusqu'au canapé et lui apporta un café – instantané – et un paquet de biscuits. Son père lui posa quelques questions sans intérêt : comment il était arrivé à Bailey Springs, par quel aéroport il était passé, quelle voiture il avait louée et quelle route il avait empruntée pour venir.

Sa mère s'assit dans son fauteuil habituel, près de celui de son mari, mais avec la petite table entre eux. Quand Jeremy était enfant, il y avait toujours un cendrier posé sur cette table. Plus maintenant. Peut-être avait-elle enfin arrêté de fumer.

— Veux-tu que je te fasse un lit dans ton ancienne chambre, Jeremy ?

— Non, merci. J'ai réservé au motel. Je ne voulais pas vous déranger.

Ce n'était pas tout à fait la vérité, mais c'était plus poliment exprimé.

— Oh, ça ne m'aurait pas dérangée ! affirma sa mère.

Mais elle n'insista pas. Pour la première fois, elle sembla remarquer la main bandée de Jeremy.

— Est-ce là que tu as pris cette balle ? demanda-t-elle, légèrement alarmée.

— Non, c'était à l'épaule. J'ai eu les doigts brisés.

Il dut leur raconter l'histoire, bien évidemment, mais en leur fournissant une version abrégée et expurgée. Mieux valait que ses parents ne sachent pas les détails de ce qu'il avait subi aux mains de Davis, ou le rôle de Donny dans sa vie. Il le cita simplement comme un ancien policier et ami. Malgré ces précautions oratoires, à la fin de son récit, sa mère le fixait bouche bée et son père fronçait les sourcils.

Au bout d'un moment, Shirley retrouva la parole :

— Tu sembles plutôt bien remis après une telle épreuve.

Jeremy faillit en rire. Il était dans un état lamentable, mais pas à cause de Davis.

— Ce n'était pas aussi terrible que tu sembles le croire, maman.

Elle lui resservit de cet horrible café et insista pour qu'il reprenne des biscuits, des galettes suédoises. Jeremy doutait qu'on en trouve à Bailey Springs, ce devait être un cadeau ramené de vacances par un voisin. Elle apporta aussi à Mark un autre verre d'eau et des pilules qu'il avala sans dire un mot. Il toussa ensuite.

Sa mère reprit son siège et demanda à Jeremy :

— Vas-tu rendre visite à d'anciens amis pendant ta visite ?

Il faillit s'étouffer.

— Maman, je…

— Te souviens-tu de Lisa Wade ? Elle s'appelle Lisa Lamb maintenant. Elle s'est mariée il y a des années et a quitté Bailey Springs. Je crois qu'elle vit à Omaha. Qu'en dis-tu, Mark ?

Son père émit un grognement.

Shirley continua son histoire :

— Elle rend souvent visite à ses parents. Peut-être est-elle là pour les vacances… tu pourrais la revoir.

— Je ne suis pas venu pour voir Lisa, déclara Jeremy.

Cette fois, le grognement de son père fut plus bruyant.

— Ah ! Je parie que tu n'es venu pour nous non plus.

Aussi soudainement qu'une baignoire se vide une fois la bonde ôtée, Jeremy sentit disparaître sa prétendue politesse. Le vieil homme était malade, mais Jeremy s'en fichait. Comme il se fichait que ces étrangers soient ses parents. Malheureux, fatigué et inquiet, il en avait *ras le bol* des non-dits et des faux-semblants.

— Peut-être viendrais-je plus souvent vous rendre visite si je m'étais senti aimé dans cette maison ! tonna-t-il.

Son père le toisa d'un œil noir, sa mère, l'air affolé, leva une main jusqu'à sa gorge.

— Mais voyons, nous t'aimons, dit-elle.

265

— Les mots ne suffisent pas, ils sont vides, sans effet. Tu n'aimes pas celui que je suis en vérité... et tu le sais très bien.

Jeremy avait les yeux brûlants, mais sa voix restait ferme. Sa mère émit un petit cri de protestation étranglé. Son père, le visage crispé de colère, pointa vers lui un doigt noueux.

— Tu fais de la peine à ta mère !

— Je fais de... non, mais vous savez au moins que ce j'ai enduré dans ce trou étant enfant ? Je me faisais emmerder tous les jours à l'école, c'était un calvaire ! Et quand j'arrivais en larmes à la maison, parfois avec des marques de coups, tu te souviens de ta réaction, papa ? Tu me disais de m'endurcir. Je crois que c'était ça, le pire. Tu m'as aussi conseillé de réagir en homme et d'apprendre à me battre.

— Certains gosses se font bousculer par les autres, grogna Mark. Ça a toujours existé, ça existera toujours. Je comprends mal pourquoi on en fait tout un plat de nos jours. Un garçon n'est pas censé être une petite chose délicate qui pleurniche à la première insulte. Tu t'es endurci, pas vrai ? Tu as appris à encaisser comme un homme, un vrai !

— Mais justement, papa, je n'étais pas un homme, j'étais un enfant. Et parfois, les mots blessent plus que les balles.

Il posa sa tasse de café sur la table devant lui et enchaîna :

— Il y a des cas pires que le mien, je le sais. Vous ne m'avez jamais battu. Mais putain ! J'ai connu depuis lors d'autres gens, des étrangers par le sang, qui m'ont accepté pour ce que je suis et qui me respectent pour ce que je fais, alors que vous deux, aujourd'hui encore, vous en êtes incapables.

Son père, bras raidis, paraissait vouloir se lever. Il resta cependant assis et se pencha en avant.

— Nous t'avons appris à te défendre, à être autonome !

Jeremy eut un rire amer.

— C'est génial, papa. As-tu jamais envisagé que j'aurais bien aimé, à l'époque, ne pas être seul ? Oh, je n'attendais pas un superhéros venant à mon secours, juste un allié, quelqu'un de mon côté, c'est tout ce dont j'avais besoin.

Merde. Il lui fallait s'en aller et se mettre à la recherche de Qay.

Il se leva et repassa dans la cuisine chercher ses affaires là où sa mère les avait déposées. Il trouva sa parka, son bonnet et son écharpe suspendus à un crochet près de la porte de derrière. Il ne mit que sa parka et revint au salon. Deux vieillards l'attendaient, un couple d'étrangers, décida-t-il, vaguement familiers, comme le reste de ceux qu'il avait croisés à Bailey Springs depuis son arrivée, mais rien de plus. Ses parents le fixaient : son père paraissait furieux, sa mère avait les yeux brillants de larmes. Ni l'un ni l'autre ne chercha à le retenir.

Eux aussi le considéraient comme un étranger.

Il avait cependant une dernière chose à leur dire :

— Vous vouliez savoir la vraie raison de ma venue ? Eh bien, je cherche Keith Moore.

Son père parut perplexe.

— N'est-ce pas celui qui a sauté…

— Mark ! l'interrompit Shirley.

— Maman ! protesta Jeremy. J'ai quarante-trois ans, j'ai dépassé l'âge où vous ne pouviez parler devant moi. Oui, il a sauté du pont Mémorial. Oui, les gens ont raconté des horreurs sur son compte. Vous aussi, d'ailleurs, je vous ai entendu. Vous êtes-vous jamais demandé pourquoi un adolescent ferait une chose pareille ? Il souffrait tant chez lui qu'il a cru que c'était sa seule porte de sortie…

Sa voix se brisa.

— Qu'as-tu en commun avec ce vaurien ? demanda son père.

— Ce n'était pas un vaurien. C'était un enfant, comme moi. Il souffrait de mauvais traitements, papa, il était effrayé, triste et seul.

C'était toujours le cas aujourd'hui. Pauvre Qay ! Jeremy soupira et enchaîna :

— Lui non plus n'avait aucun allié, mais contrairement à moi, il n'avait pas de bourse d'études qui l'attendait sur la côte ouest, alors, il a envisagé une autre échappatoire.

Shirley secoua la tête.

— Tu dis n'importe quoi. Les Moore sont tous morts : le fils aîné à quatorze ans dans cet accident de train – quel gâchis ! – et le cadet s'est tué de ce pont. Le Dr Moore est décédé il y a plusieurs années. Peu de temps après, Mme Moore…

Elle hésita, puis sembla se décider,

— … s'est suicidée, conclut-elle.

Ben, merde alors ! Jeremy comprenait mieux le triste état de leur maison. Il se demanda si l'un ou l'autre avant de disparaître avait éprouvé des regrets – des remords plutôt. Avaient-ils porté le deuil de leur fils perdu autant que de celui qui était décédé ? Et Qay… que ferait-il en apprenant leur disparition ? Serait-ce pour lui une libération, ou au contraire se sentirait-il frustré de ne pas pouvoir leur montrer que, sans leur aide, il était devenu un homme beau et intelligent ?

Si Jeremy gardait son amertume envers ses parents, sa rage s'apaisait. Eux non plus ne verraient jamais vraiment l'homme qu'il était devenu. Tant pis pour eux !

— Keith Moore n'est pas mort en sautant de ce pont, déclara-t-il. Il a survécu, il s'est échappé loin, très loin d'ici. Nous nous sommes retrouvés à Portland. Je l'aime. Je l'aime *tel qu'il est*, pas celui que j'aimerais voir en lui, ou une illusion d'homme parfait. À présent, je dois le retrouver.

Il eut du mal à tourner la poignée de la porte, avec son écharpe et son bonnet dans la main. Derrière lui, ses parents, toujours assis, le regardaient. Juste avant qu'il s'échappe enfin de cette maison qui l'étouffait, sa mère le rappela :

— Jeremy ! Ne pars pas ! Nous sommes tes parents, ta seule famille !

Il ne se retourna même pas pour jeter :

— Non, vous êtes pour moi des étrangers. Mais je vous adresse mes meilleurs vœux. Passez un bon Noël !

Il sortit dans le froid, remonta dans sa voiture et conduisit sans réellement en avoir conscience – la voiture semblait avancer en pilotage automatique. Il s'éloigna de la rue de ses parents, du quartier. Après un tournant, il ne fut pas vraiment surpris de voir apparaître devant lui le pont Mémorial. Il se gara sur le bas-côté, ajusta sa parka, noua son écharpe et quitta la voiture.

Le vent violent qui descendait des Rocheuses et balayait les plaines le frigorifia sur pied, malgré l'épaisseur de ses vêtements. Jeremy releva son écharpe sur son visage, ne laissant qu'une fente au niveau des yeux. Il avait encore très froid quand il avança sur le pont. Il s'arrêta au milieu et regarda autour de lui. La structure n'avait rien d'élaborée ou de compliquée, ce n'était qu'un pont utilitaire, en acier et béton, passant d'une falaise de grès à l'autre au-dessus de la rivière Smoky Hill. Jeremy se pencha par-dessus la rambarde et regarda les flots bouillonner. Il y avait de la glace le long des rives, mais au centre de la rivière, l'eau avait la couleur de ses yeux, gris orage. Elle était très loin en dessous, vraiment très loin.

Jeremy imagina un adolescent dégingandé aux longues jambes passer par-dessus la balustrade, hésiter un moment sur le rebord extérieur, puis lâcher prise et tomber, tomber…

Il cacha son visage dans ses bras repliés et éclata en sanglots.

XXIV

QAY ÉTAIT presque sobre quand il vandalisa son appartement. Ce ne fut pas l'alcool qui le poussa à tout casser, bouteilles et objets, ou à déchirer les images de ses murs, ce fut la colère. Il était furieux contre ses parents qui l'avaient brisé ; contre le monde qui n'avait pas été tendre avec lui, déjà fragilisé ; contre Jeremy pour avoir failli se faire tuer, pour être si héroïque, pour être venu le voir au pire moment. Mais sa plus grande rage, c'était contre lui-même qu'il l'éprouvait, pour être aussi faible et stupide, aussi incroyablement taré.

Après avoir tout détruit, il contempla les décombres et comprit qu'il ne lui restait qu'une seule option : fuir. Il aimait Jeremy – et c'était plus qu'il n'en avait jamais espéré de la vie. S'il restait à Portland, il allait entraîner un homme bon et courageux dans une spirale inexorable vers une mort prématurée. Comme Donny avait failli le faire.

Ce fut très calmement qu'il réunit quelques vêtements et articles de toilette, et les jeta dans son sac de voyage. Il enfila sa veste, quitta l'appartement et monta l'escalier. Pour une fois, son esprit était aussi calme et limpide qu'un lac de montagne. Il ne ressentait aucune angoisse, même minime. De quoi aurait-il eu peur ? Il avait déjà tout perdu.

Il avait laissé ses clés sur le comptoir de la cuisine, sachant qu'il ne reviendrait pas. Délibérément, il laissa entrouverte la porte en haut de l'escalier pour Jeremy, quand il repasserait. Au moins n'aurait-il pas cette fois à aller emprunter le passe de la voisine du premier. En découvrant son départ, Jeremy serait triste, très triste. Qay le regrettait, sans pouvoir rien y faire.

La nuit était froide, mais Qay se réchauffa vite en marchant vers la rivière. Il la traversa et se rendit à la station routière où il savait trouver des bus Greyhound. Il prit un billet pour le prochain départ, une heure plus tard, sans se soucier de la destination – c'était Pendleton.

Il avait un peu d'argent devant lui. Pas beaucoup. Pas assez pour s'offrir un motel. Aussi passa-t-il les jours suivants à dormir dans les bus et dans les gares, en se lavant de son mieux dans les toilettes publiques. Il se souvenait comment faire : il avait connu ça autrefois, mais pas depuis un bail. Il n'avait pas de but en tête ni de projet précis à dire vrai.

C'était la nuit, la route était pleine de cahots. Qay se trouvait à l'arrière d'un bus, sans savoir où il allait. Il regrettait seulement de ne pas avoir emporté quelques livres avec lui.

Seulement ? Non. Jeremy lui manquait terriblement. De seconde en seconde, Qay souffrait un peu plus.

Il n'aurait pas dû entrer dans ce bar, il…

Non. Le problème n'était pas ce foutu bar, ni le whisky qu'il avait bu au comptoir, ni le vin bizarre qu'il avait acheté en sortant. Le problème ne venait même pas de ses parents, des gènes pourris dont il avait hérité, ou du bordel qu'il avait dans la tête. C'était *lui*, Qay Hill, qui avait pris la décision de boire ce soir-là. Ce faisant, il avait gâché tout ce que lui avait rapporté son travail acharné au cours des dernières années. Il avait aussi repoussé Jeremy pour s'enfuir comme un lapin terrifié. Tout était de sa faute.

Dans une gare routière, à l'est de Salt Lake City, Qay paniqua sur un banc, tremblant si fort qu'un jeune soldat en uniforme rangea son téléphone portable et s'approcha de lui.

— Ça va, mec ? Vous voulez que j'appelle le 911 ?

Qay secoua sa tête et essaya de parler malgré ses dents qui claquaient.

— Une attaque de p-panique, haleta-t-il. Ça va aller…

— On ne dirait pas.

Après une brève hésitation, le soldat s'assit à côté de lui sur le banc. Il ne dit rien, ne tenta pas de toucher Qay, se contentant de repousser d'un regard féroce les curieux qui cherchaient à s'approcher. Peu à peu, sa présence silencieuse eut un effet apaisant. Qay sentit sa nervosité se calmer.

— Merci, réussit-il à murmurer.

Il était encore pâle et ébranlé, mais son rythme cardiaque et sa respiration redevenaient plus stables. Du coup, Qay n'avait plus la sensation d'être emporté par un tsunami.

— Pas de problème. Maman en a aussi. Elle prend des médicaments, vous savez, des pilules au nom bizarroïde. Elle dit que ça l'aide beaucoup.

Qay secoua légèrement la tête.

— Je ne peux pas en prendre.

— Dommage.

Mince et menu, le jeune homme avait vingt-deux, vingt-trois ans, une peau foncée et des lèvres pleines, toujours prêtes à sourire. Sa voix était étonnamment profonde pour sa stature.

— Vous rentrez chez vous pour Noël ? demanda Qay.

Et voilà ! Un beau sourire lumineux !

270

— Oui, m'sieur ! Maman va cuisiner tous mes plats préférés et ma petite amie, hé, elle m'attend aussi.

Il cligna de l'œil, la mine égrillarde.

— Et vous ? ajouta-t-il. Vous êtes également en route pour retrouver votre famille ?

— Non. Moi, je fuis.

Le soldat le regarda attentivement avant de prendre une décision.

— Écoutez, j'ai trois heures à attendre avant mon prochain bus. J'ai faim. Ça vous dirait de venir manger avec moi ?

Étonné, Qay constata que lui aussi avait faim. Il était pratiquement certain de n'avoir rien avalé depuis la veille. Et il n'avait pas encore pris son prochain billet.

— Volontiers.

Ils se présentèrent mutuellement en se rendant dans un bistrot en face de la gare. Le soldat de première classe Elijah Wilson venait de Fort Bliss et se rendait à Sacramento. Il revenait d'un tour en Afghanistan, dont il préférait ne pas parler, mais il était désormais affecté à une unité d'approvisionnement, ce qui lui plaisait beaucoup plus.

— C'est plus près de la maison, dit-il en se glissant sur une banquette.

Il commanda un hamburger, Qay opta pour un sandwich grillé jambon-fromage, et une soupe. La table mal essuyée collait un peu.

Les deux hommes se dévisagèrent.

— Tu fuis, disais-tu. Tu veux en parler ? demanda Elijah.

— C'est une histoire lamentable, ça va te couper l'appétit.

— Non, j'ai envie de savoir. J'ai du temps à tuer et j'en ai assez de jouer à *Temple Run* sur mon téléphone. En plus, ça fait des mois que je n'ai pas parlé à un civil – ma famille, ça compte pas. Alors, vas-y.

C'était étrange. En général, Qay n'était pas du genre à raconter sa vie, mais il éprouva soudain l'envie de se confier à cet homme, à ce gosse plutôt, qu'il ne connaissait ni d'Ève ni d'Adam et ne reverrait sans doute jamais. Quelque chose chez Elijah lui inspirait confiance. Alors, il raconta tout, depuis la mort tragique de son frère jusqu'à sa séparation avec Jeremy. Pendant son récit, Elijah ne broncha pas, même en apprenant sa tentative de suicide, ses multiples séjours en hôpitaux psychiatriques, ses addictions, son homosexualité ou son amour pour Jeremy. Il se contenta d'écouter avec attention, de manger, de hocher la tête de temps à autre. Quand Qay se tut, son assiette elle aussi était vide. Il n'avait plus de mots...

Ils commandèrent une tarte pour le dessert, et du café.

271

— Pourquoi ne pas l'appeler ? demanda Elijah. Tu verras si ça peut s'arranger entre vous, hein ? Prends mon téléphone.

— Je ne connais pas son numéro.

Conscient de la stupidité de sa réponse, Qay ne fut pas étonné de voir Elijah, sceptique, lever les sourcils.

— Je ne crois pas que ça puisse s'arranger, ajouta Qay en soupirant.

— Pourquoi ? Il refusera de t'écouter ?

— Oh, non, il le fera, et il me pardonnera, et il reprendra tout à zéro. Il veut me sauver, tu vois, mais… je ne pense pas pouvoir être sauvé.

— Parce que tu as rechuté ?

La serveuse vint remplir leurs tasses. Elle paraissait fatiguée, mais elle leur offrit un sourire avant de passer à la table suivante.

— Une rechute en sept ans, ce n'est pas la fin du monde, reconnut Qay. Mais je risque de recommencer et je serai toujours un peu fou. Jeremy a mieux à faire de sa vie que s'inquiéter en permanence pour moi.

Elijah goûta sa tarte aux noix de pécan et sembla réfléchir un moment.

— Et si tu le laissais décider tout seul de ce qu'il veut faire, hein ? déclara-t-il avec un sourire. Hé, tu n'as rien d'une demoiselle en détresse, tu ne portes pas de jolie robe rose et de tiare. Tu t'es déjà sauvé tout seul, tu l'as fait pendant toutes ces années. Lui sera juste là pour te donner un coup de main quand tu en auras besoin. J'ai appris un truc en Afghanistan : demander un coup de main n'a rien de honteux. Ça peut même vous sauver la vie. Et certains prennent leur pied à aider les autres, ça les rend plus forts.

Qay se brûla la langue avec son café.

— Tu es d'une grande sagesse pour un garçon aussi jeune, déclara-t-il.

— L'Armée m'a beaucoup appris. J'ai eu le temps de réfléchir. Et tu sais quoi ? Ça m'a aussi permis de prendre du recul, de voir la vie différemment.

— Ah.

Qay pensait à Jeremy dans son hangar.

— D'ailleurs, comme je te le disais, ma mère aussi est un peu folle. Elle a connu des moments très difficiles. Mais mon père était là, avec elle, à l'aider. Et quand il a eu des problèmes de santé, elle l'a également accompagné. Ces deux-là s'aiment tellement que nous, les enfants, avons parfois du mal à le supporter. Ils sont heureux. Maman adore son travail, elle a aussi trois petits-enfants qu'elle gâte honteusement. On peut trouver l'amour en étant un peu fou, tu vois.

Dieu, était-ce possible ? Pouvait-il continuer à lutter contre ses démons et laisser Jeremy lui prêter main-forte quand il se sentait faiblir ?

Qay leva les yeux vers Elijah.

— Tu me prêtes ton téléphone ?

QAY CHERCHA sur Internet le numéro du *P-Town* et passa son coup de fil. Ce fut Ptolémée qui répondit. En apprenant qui appelait, il poussa un cri étranglé. Une seconde après, Rhoda prit la ligne.

— *Chéri ! Je suis tellement contente de t'entendre ! Tu n'es pas mort !*

— Non, mais je suis très con.

En arrière-plan, il entendait le brouhaha des conversations et les crachotements de la machine expresso. Une vague de nostalgie l'envahit. *P-Town* lui manquait, Portland aussi.

— Pourriez-vous me donner le numéro de Jeremy ? J'ai besoin de lui parler.

Elle hésita avant de répondre.

— *Il sera soulagé d'avoir de tes nouvelles. Ou es-tu, mon chou ?*

Il regarda autour de lui.

— En Utah…

— *Oh, chéri. Écoute, je vais te donner le numéro de Jeremy, bien sûr, mais il faut que tu saches… Il n'est plus là. Il se trouve actuellement au Kansas.*

— Quoi ? Pourquoi ?

— *Parce qu'il te cherche, bien sûr.*

Qay s'apprêtait à répondre que c'était une folie – le Kansas était le dernier endroit au monde où il irait – sauf que… En réfléchissant, alors qu'il avait cru avancer au hasard, sans direction particulière depuis qu'il avait quitté Portland, il prenait bel et bien la direction du sud-est… vers le centre des États-Unis, vers Bailey Springs.

— Depuis combien de temps est-il parti ?

— *Il a pris l'avion ce matin.*

— Je vais… j'y serai aussi vite que possible.

Il lui faudrait prendre un bus, deux sans doute, puis faire du stop pour rejoindre Bailey Springs… Il allait mettre un certain temps.

Qay prit sa décision.

— Rhoda ? Pourriez-vous ne pas le prévenir que j'arrive ?

— *Pourquoi ? Ta disparition l'a rendu dingue, Qay. Je pourrais lui demander de t'attendre. Il sera tellement…*

— Et si je me sauve une fois de plus, parce que j'ai la trouille, hein ? J'ai envie d'aller le retrouver et je pense y parvenir, mais je n'ai plus confiance en moi. Si je pète encore un câble, je ne veux pas qu'il en souffre.

— *Il souffre déjà*, répondit-elle, sévèrement.

— Je sais.

Il eut une vision de Rhoda au *P-Town*, accoudée au comptoir, vêtue de façon colorée et originale. Elle se tapotait la dent du doigt, il l'entendait à l'autre bout du fil.

— *D'accord,* finit-elle par dire. *Je te propose un compromis. Tu vas trouver l'agence de location la plus proche et...*

— Je ne peux pas louer de voiture.

— *Pourquoi ? Tu n'as pas le permis ?*

Si, il l'avait passé en Oregon, comme une étape nécessaire pour devenir un citoyen responsable.

— Si, mais je n'ai ni argent ni carte de crédit.

— *Je m'en occupe. Ne discute pas, Qay. Contente-toi d'écouter.*

Elle avait pris un ton autoritaire, celui sans doute dont elle usait avec son fils.

— *Une fois dans cette agence, appelle-moi. Tu utiliseras ma carte visa et...*

— Non, je ne peux pas vous laisser payer pour moi !

— *Pas de discussion, j'ai dit ! Tu me rembourseras plus tard. Un jour. Et te connaissant, je pense que cette dette t'incitera à marcher droit. Tu vas louer une voiture, filer tout droit au Kansas et te jeter dans les bras de Jeremy. Comme dans un beau roman d'amour où tout finit bien. Si tu acceptes ma proposition, je ne dirai rien à Jeremy. Je n'en aurai pas besoin, puisque vous serez bientôt réunis.*

Elijah avait dû entendre la tirade de Rhoda, car, l'air amusé, il hochait vigoureusement la tête pour marquer son accord. Qay réfléchit une minute, envisageant d'agir comme elle venait de le lui décrire. Il attendit l'immanquable crise d'angoisse, pensant se mettre à transpirer et à hyperventiler, mais non, il continuait à respirer normalement. Il ne paniquait pas. Au contraire, il était... soulagé.

— D'accord. Merci, Rhoda.

Elle émit un gloussement satisfait.

— *Enfin, une parole sensée ! Alléluia ! Tout va bien se passer.*

Il écrivit sur une serviette en papier deux numéros de portables, celui de Rhoda et celui de Jeremy, puis glissa le tout dans sa poche. Il raccrocha et rendit son téléphone à Elijah.

— Je ne connais pas cette dame, déclara ce dernier. Mais je parierais sur elle contre n'importe quelle armée existant sur terre.

Qay sourit.

— Oui, je suis d'accord avec toi.

Elijah vérifia sur Internet l'adresse d'une agence de location. Par chance, il y en avait une non loin de la gare. Pour le remercier, Qay insista pour payer l'addition. Ils sortirent ensemble du restaurant.

Dans le parking, Qay serra Elijah dans ses bras.

— Je ne sais pas ce que tu comptes faire faire en quittant l'Armée, mais je te conseille la psychothérapie.

Elijah sourit d'une oreille à l'autre.

— Quand j'étais petit, les gens disaient que j'étais idiot. J'ai eu beaucoup de mal à apprendre à lire. Je suis dyslexique, reconnut-il, mais pas idiot. Je vais essayer d'entrer à l'université. La psychologie, tu dis... pourquoi pas ? Ça me plairait bien.

— Quoi que tu décides, tu réussiras, j'en suis certain.

— Merci, mec. Allez, va écrire une fin heureuse à ton roman d'amour.

Qay éclata de rire.

— Pareil pour toi. Ne disais-tu pas que ta copine t'attendait ? Au fait, Elijah, fais bien attention à toi. Le monde a besoin de gars dans ton genre pour devenir meilleur.

— C'EST INCROYABLE, déclara Qay en traversant le parking. J'ai toujours dépendu de la gentillesse de parfaits inconnus.

Il se parlait à lui-même.

Pour une fois, le sort lui fut favorable. Une jeune femme aimable l'accueillit à l'agence de location de voiture. Elle discuta au téléphone avec Rhoda et tout s'organisa très vite. En sortant, Qay aperçut un Starbucks encore ouvert, où il put prendre un *venti Americano* bien sucré. La route fut facile, la nuit était claire et il conduisit presque sans s'arrêter, ne prenant que le temps de s'étirer toutes les deux heures, vider sa vessie et prendre un café. Il conduisit aussi vite que possible, tout en respectant la limitation de vitesse.

Traverser les Rocheuses au milieu de la nuit n'avait rien de passionnant, mais l'autoroute avait suffisamment de virages et de déclivités pour que Qay ne risque pas de s'endormir. Ne trouvant rien de décent à écouter la radio, il chanta à haute voix, et faux, en conduisant. Il n'eut pas peur, pas une seule fois. Ça faisait un bail qu'il n'avait pas conduit aussi longtemps. Il avait oublié le sentiment de liberté que ça donnait.

Il arriva à Bailey Springs en milieu de matinée, épuisé, les yeux brûlants, les membres engourdis. Il rêvait d'une douche et d'un lit, mais le confort n'était pas sa priorité : il ne pensait qu'à Jeremy, son bien-aimé. Pour le moment, il ne savait où le trouver, mais la ville n'était pas bien grande. Ils finiraient par se croiser.

Qay fit un arrêt au *Burger Hut* près de la voie rapide. C'était là qu'il avait perdu sa virginité, bien des années plus tôt, dans l'ombre entre le bâtiment et le local à ordures. Il entra dans le restaurant, en espérant être à peu près présentable, et sourit à la jeune caissière.

Elle paraissait s'ennuyer mortellement, comme toute fille de dix-huit ans normalement constituée au Kansas en plein hiver.

— Nous servons le petit-déjeuner jusqu'à onze heures, annonça-t-elle.

Qay se demanda si les parents de cette gamine étaient allés à l'école avec lui, autrefois.

— En fait, j'espérais juste consulter votre annuaire téléphonique.

Surprise par cette demande inattendue, elle lui jeta un coup d'œil plus attentif.

—Ah, bon ? Pourquoi ?

— Pour chercher l'adresse d'un ami.

Elle haussa les épaules – geste universel pour indiquer un total désintérêt – et se pencha sous le comptoir. Elle en ressortit avec un mince annuaire.

— Voilà.

Il n'y avait qu'une seule famille Cox : Mark et Shirley, sur Arapaho Drive. Qay ne connaissait pas, mais se souvenait d'un quartier où les rues avaient des noms de tribus indiennes. Sans doute arriverait-il à le retrouver.

Il griffonna l'adresse sur une serviette en papier – tout en se disant qu'il allait bientôt pouvoir en commencer la collection.

Il rendit l'annuaire à la jeune fille.

— Merci.

Il n'alla pas tout de suite chez les parents de Jeremy, mais passa d'abord devant son ancienne maison. En découvrant son état d'abandon, un étrange sentiment lui noua le ventre. À sa surprise, c'était en partie du chagrin.

Sans descendre de sa voiture, il continua jusqu'au cimetière, non loin du centre-ville, grand espace plat entouré d'une clôture qui n'empêchait pas les adolescents d'entrer ou les fantômes de sortir.

La dernière fois que Qay y était venu, c'était en plein été, les cigales stridulaient dans les ormes et les jets d'eau tournoyants s'agitaient à distance. Après cette visite, il était retourné chez lui, s'était assis à table pour dîner avec ses parents, avait mangé dans un silence total. Cette même nuit, il avait subrepticement quitté la maison et sauté du pont.

Aujourd'hui, les arbres avaient perdu leurs feuilles, l'herbe était sèche et brune, saupoudrée de neige. Le froid était terrible. Qay frissonna, les mains dans les poches, le menton enfoncé dans le col de sa veste. Il avança jusqu'à la tombe de son frère.

D'après ses souvenirs, rien n'avait changé, la pierre tombale était discrète et en granit poli. KEVIN P. MOORE, 1968-1982. Mais une autre stèle s'élevait à côté, plus grande, plus ostentatoire. Elle portait deux inscriptions. À gauche, BARRETT LIONEL MOORE. À droite, PATRICIA NICKERSON MOORE. Tous deux étaient morts en 1998, à plusieurs mois d'intervalle.

Qay hurla comme une banshee. Quand cet exutoire ne suffit pas à apaiser sa fureur et son angoisse, il martela à coups de pied la double pierre tombale, encore et encore jusqu'à ce que son pied récemment foulé proteste de douleur. Qay s'effondra alors sur le sol gelé. Il resta assis longtemps, son cul devenant de la glace, tout le reste de son corps si froid qu'il en tremblait incoerciblement. Il ne versa pas une larme.

Il s'était calmé quand il retourna jusqu'à sa voiture.

Il ne lui fallut que dix minutes pour trouver l'adresse qu'il cherchait, sur Arapaho Drive. Le quartier lui parut terne et sinistre. Sans doute était-il un peu plus gai la nuit, quand les guirlandes de Noël étaient allumées. Il se gara devant la maison des Cox, inspira plusieurs fois, puis quitta la voiture et avança jusqu'à la porte en espérant silencieusement que les dieux ne l'aient pas abandonné. Il sonna.

Une dame vint lui ouvrir, d'assez haute taille, même si les années l'avaient un peu voûtée. Ses yeux étaient rouges et gonflés, mais elle avait les mêmes prunelles grises que Jeremy. Elle tenait une cigarette à la main.

— Mme Cox ?

Elle le fixa, bouche bée. Au bout d'un moment, il la vit s'adoucir.

— Vous êtes Keith Moore.

Non, il est Moore, faillit-il répondre, mais elle n'aurait pas compris la blague.

— Oui, madame. Jeremy est-il là ?

— Non, répondit-elle sèchement.

Merde.

— Il est passé ?

Elle eut un très bref signe de tête, comme à contrecœur.

— Sauriez-vous où il se trouve à présent ? insista Qay

— Non.

— Je viens de très loin, j'aimerais vraiment le voir. Je vous en prie.

Elle jeta les cendres de sa cigarette sur le sol du porche.

— Je vous l'ai déjà dit, je ne sais pas où il est.

— S'il revient, voudriez-vous lui dire que je suis là et que je le cherche ?

— Il ne reviendra pas.

Il crut voir dans ses yeux une lueur de regret, mais sans en être certain. Oh, putain. Pauvre Jeremy ! Que lui avaient encore fait subir ses parents ?

Qay ne put retenir sa langue.

— Jeremy Cox est le meilleur homme que j'aie rencontré de toute ma vie, et de loin ! Il connait tout sur les plantes, les animaux et les parcs. Il est incroyablement fort. Il comprend et pardonne. Et il donnerait tout ce qu'il possède pour aider son prochain, même s'il s'agit d'un étranger. Il est important que vous sachiez ça sur votre fils.

Il tourna les talons, prêt à remonter en voiture. Elle s'accrocha à sa veste.

— Attendez.

Qay s'arrêta et la regarda.

— Oui ?

— Dites à Jeremy…

Ses lèvres tremblèrent. Elle tira une bouffée de sa cigarette pour se calmer, puis enchaîna :

— … dites-lui que nous l'aimons, et ce ne sont pas seulement des mots vides. Dites-lui que nous espérons qu'il trouve le bonheur.

— Je le ferai, répondit-il doucement.

Elle le lâcha, il s'en alla.

Une fois derrière son volant, la vérité lui apparut : il sut où il retrouverait Jeremy.

La nuit de son suicide, Qay avait marché pour arriver au pont. Cette fois-ci, il dut réfléchir au meilleur chemin pour s'y rendre en voiture. En arrivant au dernier tournant, il aperçut une berline blanche qui, comme la sienne, criait « location ». Au centre du pont, un grand homme en parka bleu marine était appuyé à la balustrade le visage caché dans les bras. L'écharpe qui couvrait ses oreilles et le sifflement du vent l'empêchèrent d'entendre les pas qui approchaient.

Qay s'arrêta à quelques mètres. Il préférait ne pas approcher du bord.

— Nous ne sommes plus en Oregon, déclara-t-il.

Au son de sa voix, Jeremy pivota et resta figé, à le regarder bouche bée. En fait, Qay ne pouvait que le supposer, vu que le bas du visage de Jeremy était caché par son écharpe. Il ne voyait que deux yeux rouges et gonflés d'avoir pleuré.

— Q-Qay ?

Qay eut un petit soupir de soulagement. Il avait craint que Jeremy l'appelle Keith.

— Oui.

Jeremy se jeta sur lui et le prit dans ses grands bras, le protégeant du froid.

— Je te cherchais.

— Je ne suis pas dans cette rivière.

— Ce n'est pas ce que je voulais dire. Mon Dieu, Qay, comment…

— Et si nous en discutions ailleurs, hein ? Dans un endroit chaud, par exemple, loin des souvenirs douloureux.

— Bien sûr.

Ils reprirent la voie rapide, chacun dans sa voiture. Jeremy suivait Qay comme pour s'assurer qu'il n'allait pas filer. Mais Qay n'en avait pas l'intention

Ils se garèrent côte à côte dans le parking du motel.

Ce fut seulement en pénétrant dans la minable petite chambre que Qay remarqua la grosse chaussette que Jeremy portait à la main gauche. Une chaussette de Noël, vert sapin avec une bordure rouge. C'était tellement ridicule qu'il éclata d'un rire hystérique… qui se termina par des sanglots. Jeremy le serra contre jusqu'à ce qu'il retrouve la capacité de parler.

Se séparant, ils se débarrassèrent de leur veste et parka. Puis ils se dévisagèrent.

— Je me demande qui d'entre nous deux a la plus sale tête, marmonna Jeremy.

— Moi. En quittant Portland, j'ai d'abord erré de bus en bus et cette nuit, j'ai conduit dix heures de suite. En arrivant, j'ai appris la mort de mes parents. Et pour finir, les grandes eaux.

Jeremy le prit par le menton.

— Et moi, alors ? Ta disparition m'a rendu dingue. Mon siège dans l'avion était le pire qui soit, au centre du rang. Mes parents m'ont accueilli comme un étranger. Et pour finir, les grandes eaux, moi aussi.

— Je te trouve magnifique ! déclara Qay en toute franchise.

Alors, Jeremy l'embrassa. Et Seigneur, quel baiser ! Délicieux, à la fois doux et salé. Et passionné. Assez pour faire bander Qay, ses genoux vacillèrent.

Ils relevèrent enfin la tête pour pouvoir respirer, mais restèrent soudés l'un à l'autre, les yeux dans les yeux.

— Comment as-tu su, pour tes parents ? demanda Jeremy. Et quel effet ça te fait ?

— Je ne sais pas trop. Je suis passé au cimetière, j'ai vu leur pierre tombale, j'ai flanqué des coups de pied dedans. Il va me falloir du temps pour l'accepter. Mais je ne veux pas y penser maintenant. Ils ne sont pas ma priorité.

Il se colla davantage à Jeremy, qui se pencha et plaqua son front au sien.

— Et toi ? reprit Qay. Comment ça s'est passé avec tes parents ?

— Mal, j'étais en colère, je leur ai ressorti tous mes anciens griefs.

— Je suis passé chez eux, je te cherchais. Ta mère m'a chargé d'un message pour toi.

Jeremy ricana.

— Je vois le genre.

— Non, je ne crois pas. Elle a dit qu'ils t'aimaient, que ce n'étaient pas seulement des mots vides, et qu'ils espéraient que tu trouves le bonheur.

— Ah…

Jeremy réfléchit un moment, puis secoua la tête et enchaîna :

— Bon, moi aussi, il va me falloir du temps pour digérer tout ça. Je crois que mon père est en train de mourir, mais je ne veux pas y penser maintenant. Tu as raison : ils ne sont pas une priorité. Je t'ai retrouvé, c'est tout ce qui compte.

— Je suis là pour aussi longtemps que tu voudras de moi…

Jeremy ferma les yeux avec un gémissement étranglé.

— Je te veux plus que tout au monde.

Leur deuxième baiser fut plus long et plus profond. Qay referma les mains sur les fesses de Jeremy et s'y accrocha. Jeremy glissa ses doigts valides dans les cheveux de Qay, tirant juste assez pour s'y ancrer.

À la fin du baiser, Qay décida que les lèvres de Jeremy étaient délicieuses, un peu gercées, un peu enflées, mais aussi sucrées que des bonbons.

— Qu'est-ce qui t'a poussé à venir me rejoindre ? demanda Jeremy.

— Les bons conseils d'un étranger rencontré sur la route, il m'a aidé à ouvrir les yeux. Au fait, je ne veux pas être sauvé par Captain Caféine, je me débrouillerai tout seul.

Jeremy soupira contre lui.

— Je ne suis plus censé venir à ta rescousse quand tu seras tombé dans les griffés du super-méchant ?

Qay tourna la tête et frotta son visage à la mâchoire rugueuse de son amant.

— Je te rappelle que c'est toi qui as été kidnappé, pas moi.

— Peuh ! Ryan Davis n'était qu'un petit malfrat qui n'avait ni cervelle ni conscience.

Qay se redressa pour regarder Jeremy dans les yeux.

— D'accord. Mais je tiens quand même à t'expliquer ce que j'attends de toi. Si je m'attache à une voie ferrée, aide-moi seulement à défaire les nœuds.

— Ah, d'accord. Je sais ce que tu as traversé.

À travers la chemise à manches longues, Jeremy frottait le creux du coude de Qay, là où étaient cachées ses anciennes cicatrices.

— Je ferai tout ce que tu veux, enchaîna-t-il. Je t'aime comme tu es, même quand tu déconnes à pleins tubes. Merde, quoi, ça arrive à tout le monde !

Qay se jeta dans ses bras et posa la tête sur son épaule intacte.

— Alors, Captain Caféine prend sa retraite, hein ?

— Bien sûr. Il le mérite bien.

— Mais le petit nerd, tu sais, celui que tout le monde emmerdait, eh bien, il peut revenir quand il veut. Il a un allié désormais, un véritable ami.

Le troisième baiser fut le bon. Comme par magie, Qay et Jeremy se retrouvèrent nus et étendus sur le lit. Qay avait cru être bien trop fatigué pour penser au sexe, mais ce baiser le fit changer d'avis.

Les deux amants passèrent le reste de la journée à faire l'amour.

Et quand ils s'endormirent dans les bras de l'autre, peu leur importait de ne pas être au Marriott, avec vue sur la Willamette. Ce vieux motel déglingué donnait sur les ranchs à moutons et la voie rapide, et alors ? Que ce soit à Portland, Oregon, ou à Bailey Springs, Kansas, ce qui comptait pour eux, c'était d'être ensemble.

À la maison.

ÉPILOGUE

DEBOUT AU milieu du salon, Qay s'agitait nerveusement, son sac à dos sur l'épaule. Malgré la chaleur de cette fin d'été, il avait enfilé une chemise à manches longues d'un vert qui faisait ressortir la couleur de ses yeux. Son jean neuf était plus formel que ce qu'il portait d'habitude. Il mettait en valeur ses longues jambes minces.

— Tu es certain que tu ne veux pas que je te conduise ? demanda Jeremy. Je dois aller au centre-ville de toute façon. J'ai rendez-vous avec le procureur.

Le procureur envisageait une peine allégée pour un des hommes de Davis, à condition qu'il témoigne contre son défunt patron. Par courtoisie, il tenait d'abord à en discuter avec Jeremy.

— Non, merci. Le bus mettra plus de temps et j'ai bien besoin de ce délai pour réunir mon courage.

— Tu es superbe !

Le regard lubrique de Jeremy en témoignait.

— J'ai l'impression d'entrer en première année au jardin d'enfants ! se plaignit Qay. Crois-tu qu'ils vont m'offrir des cookies au goûter ?

— Bien sûr, et des bonbons gélatineux de toutes les couleurs de l'arc-en-ciel.

Jeremy posa sa tasse de café sur le comptoir et se rapprocha de Qay. Ce dernier dansait d'un pied sur l'autre, mais son teint était rosé et sa respiration régulière. Ce n'était qu'un accès de nervosité, bien compréhensible pour son premier jour à l'université. Jeremy décida qu'un petit coup de pouce ne pouvait pas faire de mal.

— Que dirais-tu d'un câlin pour te remonter le moral, hein ?

Qay lui offrit un sourire magnifique, lumineux et pur, qui le rajeunissait de plusieurs années.

— Bien sûr ! Je ne dis jamais non !

Jeremy le serra dans ses bras, sac à dos inclus, inhalant l'odeur à laquelle il était devenu accro au cours des neuf derniers mois : mélange de Qay, de café, de sucre et de savon aux amandes, avec une touche de ce shampooing au bois de santal qu'ils aimaient tous les deux. Enivrant !

Jeremy mordilla l'oreille de son amant.

— Tu les as laissés sur le cul ! Tu as vu tes notes à tous les examens que tu as passés ? Tu t'en sortiras très bien.

Dès leur retour du Kansas, en décembre dernier, Qay s'était excusé par mail auprès du professeur Reynolds pour sa récente absence en classe. Il n'attendait rien de particulier, mais ayant beaucoup apprécié ses cours de philo, il tenait à se montrer correct vis-à-vis de son professeur. Or, Reynolds avait proposé à Qay de rattraper les cours manqués, puis de suivre un test d'évaluation globale. Non seulement Qay avait obtenu un A, mais le professeur avait tenu sa promesse de contacter un ami influent. Peu après, Qay s'était vu attribuer une bourse et une validation de son année propédeutique. Avec des cours d'été et un travail à temps complet, il pouvait espérer obtenir son diplôme universitaire en deux ans.

Qay se blottit contre Jeremy.

— Et si je restais plutôt à la maison pour te faire l'amour ?

— C'est très tentant, mais je te rappelle que j'ai un rendez-vous. Nous attendrons ce soir et célébrerons dignement ton premier jour à l'université.

Qay soupira dans son cou.

— D'accord. Je suppose que je peux me comporter en adulte, pour changer.

— Et si je te promets la fellation du siècle, de quoi te faire oublier jusqu'à ton nom, cela t'inciterait-il à partir plus gaillardement ?

— Non. Je vais bander et passer la journée à souffrir dans ce jean trop serré Merci, Jer.

Qay s'écarta et enchaîna :

— Donne-moi plutôt une randonnée.

C'était une idée du nouveau psychiatre de Qay. Quand ce dernier se sentait stressé le matin, pour une raison ou une autre, Jeremy lui rappelait une de leurs excursions faites ensemble. Au cours de la journée, chaque fois que Qay éprouvait un élan de panique, il faisait des exercices respiratoires et repassait ladite virée dans sa tête. Même si son anxiété ne se dissipait pas entièrement, il se sentait beaucoup mieux.

— Hmm, pourquoi pas Cascade Head ? Tu te rappelles la vue que nous avions de là-haut ?

Qay sourit.

— Et la pluie qui s'est mise à tomber à mi-chemin pendant notre descente !

— En Oregon, sur la côte au mois de mai, c'était inévitable, répondit Jeremy, fataliste.

— C'est une bonne vision. Merci.

Malgré ça, il resta planté au centre de la pièce, toujours aussi agité. Jeremy lui laissa le temps de se reprendre. En attendant, il examina les nombreuses photos accrochées aux murs. Certaines provenaient de magazine, mais il y avait aussi des photos personnelles prises par Qay avec son smartphone alors qu'il visitait les parcs de Jeremy, ou en randonnée, ou au *P-Town*. Jeremy les aimait toutes, mais ses préférées étaient les selfies de leur couple. Qay disait qu'un jour, quand il gagnerait mieux sa vie, il achèterait de vrais tableaux pour décorer l'appartement. Si Jeremy n'avait pas protesté, il espérait que Qay s'en abstiendrait, préférant de beaucoup cette collection de clichés hétéroclites. Il aimait aussi les grandes étagères qu'il avait installées au salon et que Qay, à peine installé, avait commencé à remplir de livres et de ses collections de petits objets qui le faisaient se sentir chez lui.

Enfin, Qay redressa son sac à dos.

— Seras-tu toujours au centre-ville à l'heure du déjeuner ?

— Je peux l'être, répondit Jeremy tout joyeux à cette perspective. On se donne rendez-vous *Chez Perry*, d'accord ? Et ce soir, je vais à la gym, ça te dit de venir avec moi ?

— Je ne serai jamais aussi musclé que toi !

— Tant mieux, sinon, notre lit ne serait pas assez grand.

— Très juste.

Qay s'accrocha à sa boucle de ceinture pour attirer son amant jusqu'à lui.

— Pour aller à l'université aujourd'hui, je vais devoir traverser un pont, chuchota-t-il.

— Oui, rétorqua Jeremy. Sinon, tu peux aussi nager.

— On verra, j'y réfléchirai. Le jour… le jour où j'ai sauté, je me suis senti libre. Pendant un moment… Je croyais que c'était ma seule option.

Il baissa les yeux, sourit et ajouta :

— Je me trompais.

Jeremy acquiesça. Longtemps, il avait cru devoir se lancer au secours des autres pour exister. Lui aussi s'était trompé.

— C'est en vivant qu'on apprend, en commettant des erreurs, aussi.

Le rire de Qay était encore plus beau que son sourire. Il prit le visage de Jeremy entre ses paumes.

— L'amour ne suffit pas, Jer, il ne peut pas *tout* conquérir, mais c'est un allié très puissant pour marcher vers la victoire.

Il pressa ses lèvres contre celles de Jeremy, doucement d'abord, puis avec plus d'urgence. Jeremy gémit quand la langue de Qay pénétra dans sa bouche. Pire encore, Qay glissa la main entre ses jambes et resserra doucement les doigts.

Puis il s'écarta avec un petit rire.

— Si je dois bander toute la journée, je ne vois pas pourquoi je serais le seul à souffrir.

Il se dirigea vers la porte d'un pas assuré, sans un regard en arrière.

Et Jeremy souriait en le regardant sortir.

KIM FIELDING est très heureuse quand on la traite d'éclectique. Ses livres, qui ont gagné le Rainbow Awards, couvrent des genres très variés. Elle a beaucoup bougé sur deux tiers occidentaux des États-Unis et vit actuellement en Californie, où sa bibliothèque, depuis bien longtemps, est archi-comble. Professeur d'université, elle rêve de voyager et d'écrire à plein temps. Elle aimerait aussi avoir deux enfants parfaitement élevés, un mari moins obsédé par le football et une maison autonettoyante. Certains rêves sont plus réalisables que d'autres.

Blogs : kfieldingwrites.com
et www.goodreads.com/author/show/4105707.Kim_Fielding/blog
Facebook : www.facebook.com/KFieldingWrites
E-mail : kim@kfieldingwrites.com
Twitter : @KFieldingWrites

Par KIM FIELDING

L'amour ne suffit pas
Brute

Publié par DREAMSPINNER PRESS
www.dreamspinner-fr.com

BRUTE

Kim Fielding

Brute mène une vie solitaire dans un monde où la magie est omniprésente. Ce qui le définit le mieux serait sans doute ses deux mètres trente de laideur, et son ascendance honteuse. Personne, pas même Brute, ne s'attend donc à ce qu'il puisse être autre chose qu'une main-d'œuvre corvéable. Mais les héros sont de toutes sortes et de toutes tailles, et quand il se retrouve handicapé pour avoir sauvé un prince, la vie de Brute change brusquement. Il est invité à venir travailler au palais de Tellomer afin de devenir le gardien d'un seul et unique prisonnier. La tâche semble facile, mais elle s'avérera être le défi de sa vie.

Les rumeurs prétendent que le prisonnier, Gray Leynham, est un sorcier et un traître. Ce qui est certain, c'est qu'il a passé les dernières années dans une misère à peine imaginable : aveugle, enchaîné, et rendu presque incompréhensible par un bégaiement extrême. Et comme si cela ne suffisait pas, il est assailli par des cauchemars durant lesquels il assiste à la mort de gens vivant à proximité – pire, ses rêves se réalisent.

Tandis que Brute s'habitue à la vie au palais et apprend à connaître Gray, il découvre sa propre valeur, d'abord en tant qu'ami et en tant qu'homme, puis en qualité d'amant. Mais Brute apprend aussi que les héros sont parfois confrontés à des choix difficiles et que faire ce qui lui semble juste peut aussi l'exposer à de grands dangers.

www.dreamspinner-fr.com

Pour les meilleures
histoires d'amour
entre hommes, visitez

DREAMSPINNER PRESS
www.dreamspinner-fr.com

www.ingramcontent.com/pod-product-compliance
Lightning Source LLC
Chambersburg PA
CBHW030647020726
47493CB00006B/1911